铁血旅顺

LVSHUN ON THE MARCH

刘长富／著

人民文学出版社

图书在版编目（CIP）数据

铁血旅顺/刘长富著. —北京：人民文学出版社，2021
ISBN 978-7-02-017007-4

I. ①铁… Ⅱ. ①刘… Ⅲ. ①纪实文学—中国—当代 Ⅳ. ①I25

中国版本图书馆 CIP 数据核字（2021）第 041963 号

策划编辑　脚　印
责任编辑　王　蔚
装帧设计　刘　静
责任印制　宋佳月

出版发行　人民文学出版社
社　　址　北京市朝内大街 166 号
邮政编码　100705

印　　刷　三河市宏盛印务有限公司
经　　销　全国新华书店等

字　　数　310 千字
开　　本　890 毫米×1290 毫米　1/32
印　　张　15.375　插页 3
印　　数　1—26000
版　　次　2021 年 5 月北京第 1 版
印　　次　2021 年 5 月第 1 次印刷

书　　号　978-7-02-017007-4
定　　价　56.00 元

如有印装质量问题,请与本社图书销售中心调换。电话:010-65233595

脚 印 工 作 室

目 录

前言：让历史照见未来

　　毛泽东在向全世界宣告中华人民共和国成立的第六十五天，便远赴苏联访问。此行的一个重要使命是，从苏联人手里收回旅顺的主权。

　　1950年1月20日，周恩来总理按照毛泽东的要求，率政府代表团前往苏联签订协议。途中，他阅读了苏联作家阿·斯捷潘诺夫的长篇小说《旅顺口》，读罢深感气愤，同随行人员说，这本书一面宣扬大国沙文主义，为沙俄侵略者歌功颂德，一面丑化侮辱旅顺口和中国人，竟然获得了斯大林文学奖。他下定决心，中国人要针锋相对地写一部揭露帝国主义侵略罪行，让旅顺和中国人民扬眉吐气的书。后来，他也曾在中国作家协会等不同场合表达过这样的意思。

　　今天的人们能为旅顺明德立传，是因为旅顺有着深厚的底蕴和根基，这便是在千锤百炼之下成就的军事要塞。在这个军事要塞里不断上演的历史大戏，清晰地演绎了旅顺的沧桑与辉煌。

2

　　旅顺虽为弹丸之地，并且偏远荒蛮，但却因与中原、东北乃至远东地区的特殊地理关系，成为一方枢纽，是中国海上国门极为重要的地标之一。自春秋战国时期开始，旅顺归于王化，成为由国家直接掌控的军事要地。在漫长的历史中，旅顺发生了数十次大规模战争。纷乱的三国争霸时期，割据一方的诸侯不惜在这里摆开战场；隋、唐两朝为保卫国家安宁，接连向高句丽和日本用兵，也都选择了在旅顺登陆并囤积重兵；辽、金、元、明等朝代更替，旅顺更是烽火连连，干戈不息……在古代中国发展变迁的舞台上，旅顺扮演着不可或缺的重要角色，创造了波澜壮阔的古代要塞文明。

　　从唐朝到明朝，旅顺在国家平定外敌、抗击倭寇的战争中，发挥了不可替代的作用。公元642年，唐太宗李世民为铲除高句丽边境隐患派兵出征；公元663年，唐高宗李治时代，与日本人的白江口（今韩国锦江）大战，都是以旅顺为大本营的跨渤海用兵。明朝初年，朱元璋为横扫北元残敌，也是以旅顺为根据地，完美实施了"跨海登陆"。明末，努尔哈赤为开通进军中原的海上通道，曾不惜代价地争夺旅顺。清代，康熙为加强海上防务，在旅顺建立起中国北方第一支水师……

　　不仅如此，当日本倭寇气候渐成，对辽东沿海进行大肆侵扰之时，旅顺继续站在抗倭斗争的潮头。这是旅顺打破封闭走向世界，从此亮相于国际舞台的发端，使旅顺的沧桑映衬在了广阔的国际背景之下。

　　然而，当时光转入慈禧、光绪年间，群星闪耀的天空暗淡了下来。先有李鸿章昏着送出，后有袁（世凯）、蒋（介石）的出卖，

退让，旅顺迎来了历史上最为暗淡的岁月。旅顺之东，日本天皇以国运相抵，派兵侵入旅顺，疯狂屠城。东北以北，沙俄势力崛起，彼得大帝睽觑已久，旅顺终被尼古拉二世收入囊中。还有美、英等国联手操纵，旅顺的命运一波三折。

十九世纪，世界进入大的变局当中，写满了掠夺与战争。中国北洋海军旅顺基地的建成，轰动全球，"世界第一军港"从此成为列强争夺的焦点。两次鸦片战争，将战云引向旅顺，甲午战争的爆发，旅顺被推上了战场。日俄战争的随之而来，使旅顺在国家腐朽衰落、列强侵略瓜分的屈辱当中不断跌落。

几场发生在旅顺的世界级大战，对亚洲和世界局势产生了极为重大的影响，直接改变了中、日、俄三国的命运。战争引发了俄国的十月革命，导致了日本的衰落，也极大地推动了中国社会的历史转折。旅顺，为亚洲和世界人民争取民族独立的解放事业产生了积极而重要的影响。

新中国成立之后，旅顺的主权终于被收回。中国近代一百多年屈辱的历史得以终结，先后六次失离于家国的旅顺，真正回到了母亲的怀抱，并从此以全新的姿态，屹立于世界东方。

在中国乃至世界，没有哪个地方像旅顺这样，长久被战云所笼罩，苦难和屈辱成为其标签。但是，也没有哪个地方能拥有旅顺这样的意志与信仰，一代又一代旅顺人所经历的战斗历程，为国家和人类解放事业做出的特殊贡献，在历史的折射下，发出了倔强的光芒。

要塞是地壳运动的产物，旅顺是国家海防的选择。集中在她身上的文化和使命，如同一条或明或暗的红线，贯穿于中华民族

4

的历史当中。往事如烟已渐行渐远，但面对历史的回声，那些铁
与血的故事，那些可歌可泣的家国咏叹，人们总要追问。而探寻
中国近代历史深处的隐秘细节，能够帮助我们寻找到其背后的春
秋大义和发展必须记住的经验教训。

它们远比故事本身更加厚重，更加博大而有内涵。

第一章

要塞，要塞

苍天的选择

辽东半岛最南端的旅顺，自古人杰地灵，从那里流传出的奇闻佳话，直到今天依然为人们所津津乐道。

在远古时代，大连、金州、旅顺一带是一片汪洋，除了星星点点露出海平面的礁石，就是蔚蓝的大海和苍茫的天空，还有日复一日，年复一年的涛声。没有人烟，鸟兽罕至，所有的未来和希望都被大海无情地覆盖着、封锁着。

可是，沧海桑田是大自然的法则。上苍看好了旅顺，就偏要在这里开辟出一个人间，于是，天翻地覆的大裂变爆发了。我们邀约饱经沧桑的时光老人，带领我们穿越时空隧道，揭开那混沌世界的神秘面纱，复原出千万年前的旅顺是怎样伴随着流逝的光阴，演绎出开天辟地的交响乐的。

胶辽古陆板块漂移了。原来，旅顺所在的辽东半岛与隔海相望的山东半岛是连在一起的大板块，同属于气候潮湿的胶辽古陆。旅顺属于辽东后背斜中的复州（今瓦房店市）复向斜南面的一个斜背，与山东半岛的鲁东后背斜部分连成一片。由于地壳运动，古生时代，大陆板块产生了分裂，胶辽古陆以排山倒海之势呈南北向断裂，形成了遥遥相望的辽东半岛和山东半岛。紧接着，在

海潮的侵蚀下，除了几处孤岛，两个半岛的大部分陆地又被茫茫的大海所吞没。到了古生代第二季末期，海水渐渐退下，重新露出了陆地的起伏形态，沉睡多年的辽东半岛和山东半岛重新露出水面，开始了漫长的隔海相望。

到了中生代，从侏罗纪走向白垩纪，辽东半岛发生了强烈的造山运动。在其作用下，辽东半岛的构造发生了改变，原来东西走向的古老山脉变成了东北、西南走向的褶皱断裂山地，呈现出高低不平的丘陵形态——这便是旅顺的雏形，是旅顺地区地质地貌的基础形态。

山不动海动，海不动山移。古老的旅顺在漫长时光的摧折里，蹒跚走到了新生代。新生代的第三纪初是一个地质变迁非常剧烈的时代。在阿尔卑斯和喜马拉雅造山运动的共同作用下，似乎整个地球都晃动了起来，借势发威的燕山也不甘寂寞地参与其中，使已经隆起的山地又沿着原来的构造线负荷上升，从而发生了强烈的断层运动，造成了胶辽古陆大部分地区的下陷。海水趁势而入，从而确立了今天的渤海和旅顺，以及山东半岛的基本轮廓。大约在六七千年前，三面环海的半岛横空出世，旅顺终于成为背负辽东广袤大地的独立半岛。

现在的旅顺还流传着一首古老的民谣：

南面一片海，北面一片岭，背着抱着那座城；
东边一个湾，西边一个塘，倚着靠着连成港。

这首民谣出处不明，也不知是从什么时候开始流传下来，却言简意赅地描述了旅顺的地理地貌特征。旅顺城的北面是层层叠叠的山峦，南面是黄海和渤海海峡，山海相拥，把旅顺城严严实实地拥抱其间。而连绵不绝的山峰又从旅顺城的左右伸出两只翅膀，围出了一个巨大的海湾。海湾又分为东西两个坳，连在一起就是旅顺港。于是，山海交抱的城和港，便构成了旅顺天造地设的军事要塞。

也许是地质变迁与社会变动的因果效应，旅顺在天崩地裂中诞生，决定了她的命运必定是跌宕起伏、惊心动魄的。天欲降大任于斯人，必先苦其心志，劳其筋骨。旅顺得要塞之名，必要尽要塞之责；须吃要塞的苦，才能壮要塞的威。她必须有足够的分量、高度和内涵来注释和支撑这个要塞的称号。毫无疑问，旅顺具备这个底蕴和资格。

这里有天然形胜的地理位置，坚实巩固的防御设施，进退有度的实战据点，在军事上有着非同寻常的重要价值。"军事要塞"四个字勾勒出的历史画卷，让今天的人们依然能够"听"到古道上金戈铁马纵横驰骋，"看"到光阴卷起猎猎雄风气贯长虹。

旅顺是黄海、渤海和渤海海峡的区域中心。辽东半岛南端分布着众多大小口岸和港湾，它们层次分明，众星捧月般地围绕着旅顺，使旅顺自然而然地成为具有母港性质的中心港。当人们站在旅顺港旁的黄金山巅翘首东望，会惊奇地发现，旅顺作为辽东半岛的军事基地，地处东北地区连接太平洋的最前沿，显然是中国黄、渤海区域海上军事力量的重要依托。以旅顺为中心，天然形成了包括羊头洼、小平岛、大连湾、大窑湾、小窑湾以及长山列诸锚地在内的错落有致、进退有度的海上防御体系。山、水、

岸相拥相抱，连成一体，使进攻、防御、屯兵都有了相当广大而灵活的战略纵深。敌人从海上进攻，有辽东半岛作为策应。从陆上进攻，有辽阔海域可做屏障，从而形成了海上、陆上防御的铜墙铁壁，彰显了旅顺母港无可比拟的地理优势。

旅顺同时也是中原进入东北腹地重要的海上通道，在历史上曾被誉为"东北之窗"。中原是中国悠久的政治、经济、军事、文化中心，而旅顺背依着中国东北的辽宁、吉林、黑龙江和内蒙古广大腹地。从中原进入东北有海陆两条大通道，陆路通道是经山海关进入东北，这条路线不仅距离较远，而且要经过狭长的辽西走廊。那是一道天险，容易受到阻滞，自古以来，兵家对辽西走廊的用兵都格外忌讳和谨慎。如果开辟从中原到东北的海上之路，不仅距离大大缩短，而且畅通无阻，具有相当的经济、军事优势。不难看出，旅顺毋庸置疑地成为中国南北政治、经济、军事、文化融合的重要节点和枢纽。所以，这条海上通道的天然优势，为历来的政治家、军事家所关注和倚重。

不仅如此，地处远东中心，旅顺直接与太平洋相连，向东与朝鲜半岛和日本一衣带水，向北与俄罗斯仅一箭之遥。对于旅顺来说，东可直抵日本和朝鲜半岛，北可挺进亚欧大陆，西可封锁渤海咽喉，南可经黄海、东海南下东南亚广大海域，亦可将经太平洋的南下北上之敌拦腰截断。因此，在西方列强由海上疯狂向外扩张掠夺的历史背景下，作为一道天然屏障，旅顺将无可避免地陷入复杂而微妙的国防环境当中，也必然要成为众矢之的。

旅顺同时行使着扼守京津门户之职，这也是旅顺担负的最重要的使命。原来，旅顺和山东半岛上的威海卫隔海相望，共同拱卫和封锁着渤海海峡。当明朝都城从南京迁往北京后，旅顺和威海卫一下又成了京津的守护神，承担了比以前更重的责任，具有了不曾有过的非凡意义，因此又有了京津门户之称。对于旅顺这种极其重要的战略地位，历史上许多军事家和有识之士都给予了高度评价。早在道光、咸丰年间，中国著名学者魏源就曾有过详细论述：

> 旅顺口渤海数千里门户，中间通道仅数十里，两舰扼之，可以断其出入之路，保京津安全必先守旅顺口。

到了光绪年间，爱国人士华世芳则称：

> 山东登州与东北旅顺为中国海防天造地设之门户，虽海面不及二百里，但可以避风，可以汲水，南北联络稳变，从战略论及中国大势，没有超过此二者。

这都是非常宏观且具有远见卓识的断论。北洋大臣李鸿章那双精明的眼睛，也早已洞察了一切。甲午战争前，他向朝廷奏议：

> 严防渤海以固守京畿之藩篱，力保沈阳以固东省之根本。

从旅顺与京城、辽东以及盛京（今沈阳）的相互关系上，突出强调旅顺不可轻视的地位和作用。其实，不仅清朝统治者看到了旅顺的重要性，西方的侵略者也同样认识到了这一点。

尤其是旅顺港的存在，更加提升了旅顺的战略地位。中国素有"画龙点睛"一说，对于旅顺来说是以港兴城，以城带港，并且是港助塞威，塞提港神，因此，这个出类拔萃的港口就是旅顺要塞的"眼睛"。

旅顺港地势险要。因有群山拥簇环抱，尽管直面黄海和渤海，但防风性能好，隐蔽性强，可谓易守难攻。而且，旅顺港是中国北方少有的冬季不冻港，更具有视野开阔，交通便利的天然优势。从黄金山顶俯瞰旅顺全貌，海靠着山，山绕着海，海借山势，山助海威，天海一色，风光浩荡。它是旅顺的核心，是苍天缔造旅顺的精妙设计。

旅顺港分为东港和西港，港口口开东南，宽约二百米，航道八十米，水深十米左右，狭长的水道与黄海相连。世界上的著名港口大都有两个或更多的出入口，唯独旅顺港的出入口只有一个。港口门户东侧为东港，有雄伟险峻的黄金山相伴，紧连着的是起伏绵延的白云山、北斗山、老头山等。港口门户西侧为西港，与举世闻名的老虎尾半岛和西鸡冠山紧紧相接。西南是巍峨挺拔的老铁山，北面是清新秀丽的白玉山。令人称奇的是，同属一片狭小水域的东西两港，景象却是两重天。东港湾因直面冷暖气流的激烈对冲，只要鸡冠山顶吞云吐雾，黄金山的雾钟便会发出牛吼般低沉的声音。旅顺至今还流传着"鸡冠戴帽，南风必到"的说法。南风一到，港内立刻不平静起来。与其相比，处于老虎尾半岛的西港湾却永远波澜不惊。

对应着老虎尾，旅顺还有一座威震八方的"铁山虎"。众所周知，中国版图如同栩栩如生的雄鸡，旅顺就端坐在尖尖的鸡嘴之

8

上。而大自然以巧夺天工之力，在尖尖的鸡嘴上雕凿出了一只猛虎，
所以留下了"铁山虎横卧雄鸡嘴"的传说。而与旅顺有关的诸多
传说，都与铁山虎息息相关。

　　铁山虎长约十五公里，头西尾东地跨过整个旅顺半岛。虎头
枕着老铁山，虎尾甩在旅顺港的黄金水道之上。老铁山正面朝向
渤海湾、渤海海峡和黄海。从海面回望老铁山，在风雨的剥蚀下，
陡峭的石壁露出黑黄相间的色带，像是一只巨大的虎头，耳朵、
鼻子、眼睛和嘴都活灵活现。特别是夜晚，那双虎虎生威的大眼睛，
在月光的映照下更显炯炯有神。它的目光横扫山东半岛的威海卫、
烟台和天津的大沽口，将整个环渤海尽收眼底。在时空交错的漫
长时光里，这片海域上所发生的一切，都被这双眼睛默默地记录
了下来。

　　最为神奇的是，黄海与渤海在交界处形成了一道清晰的水线，
从老铁山脚下蜿蜒到达威海卫的刘公岛。天气晴朗的时候，站在
岸边，可看到水线两侧不同的颜色。这本来是一种自然的地质现
象，但富有想象力的旅顺人把它神化了，说那是铁山虎喘息时留
下的痕迹。他们还说，如果老虎发怒，它呼出的气流会在水线上
激起巨浪，风高浪急，就会阻断渤海海峡通航。也许，大自然真
的会为自己的创造赋予使命和灵性，旅顺的铁山虎头枕着老铁山，
时刻观望着海域的宁静。而雄劲的尾巴足有上千米长，被它甩在
十五公里以外黄金山脚下的海水里。

　　从海面上看，在山与海的映衬下，那条老虎尾巴尽管不过是
条低矮的沙梁，可是它蜿蜒入海，划出了一条优美的弧线，刚好
挡住黄海的浪涛。即使天文大潮来袭，那条虎尾也不过略显消瘦，

从未被海水彻底淹没过，所以才有了西港湾的亘古宁静，和东港湾形成了大相径庭的气象表现。如此平静的港湾，在世界军港中是非常少见的。

王朝兴替的标记

旅顺军事要塞地位的确立与巩固，作用和功能的完善与强化，名声和影响力的扩大与提升，是随着历史的演进逐步形成的。优良的地形地势是苍天的赐予，但名声和作为是一代又一代旅顺人前仆后继，坚持不懈开拓的结果。

现在的旅顺不过五百平方公里。曾经的旅顺，更是一个荒凉的小渔村，仅有屈指不到三十平方公里。港口面积更小，只有一平方公里而已。在几千年的历史绵延当中，这样一个小而封闭的边陲小镇，一度很难成为各方英雄聚事之地。可一旦把她放在国家整体的大格局当中，其分量和成色就彰显了出来。秦汉以来，各个王朝都对旅顺青眼有加，仅仅从旅顺名称的变更就能看出历代当政者对旅顺的关注。进而，通过他们不懈的努力，旅顺终于有了担当大任的阅历和底蕴。

秦始皇统一天下之前的战国时期，旅顺归属燕国。在国家管理上，燕国将旅顺及周边地区统称为辽东郡。燕是两周初年的一个封国，这个弱小的国家南有虎视眈眈的齐国，北有不断袭扰的东胡。幸好它的背后没有敌手，可以不动声色地偷安八百多年。而地处辽东郡的旅顺，也就在这样的偷安之下，走过了八百年的

平静时光。但是，也正是在这段岁月里，由中原进入东北的海上交通运输兴起，旅顺港因此而得到了逐步拓展和开发利用。那时候，不论打鱼还是运输，用的都是挂幡摇橹的小木船。这些小船成群结队地从山东半岛出发，常常要在渤海和渤海海峡餐风啮雪，劈波斩浪，但最终都会被旅顺港——揽入怀中。

辽东郡是地区的总称谓，其辖区内还有不同的属地，各有各的名字。那时的旅顺叫将军山，其喻义是，要如同威武不屈的将军一样，发挥要塞作用，忠诚地守望这片土地。

秦亡汉兴，天下改为刘姓。社会经过了几十年的休养生息，汉武大帝终于迎来了他的历史舞台。这个皇帝非常喜欢海和海岛，一生去过八次蓬莱。他对旅顺也情有独钟，曾对旅顺的海防建设给予了不少关注，这使旅顺发生了前所未有的变化。人口增长，商贸发达，经济繁荣，百姓生活平安，初步具有了欣欣向荣的景象。朝廷为了加强对辽东郡的管理，下设十八个县，辽东半岛最南端的旅顺叫沓氏县。为了充分利用从中原到东北的海上通道，加强旅顺的军事防御，朝廷决定在沓氏县境内修筑军商两用城堡，地址就选在临近羊头洼老铁山水道岸边刁家村西南的丘陵台地上。

自古以来，老铁山水道都是风高浪大，水深流急，大小船只驶入这里便要分外小心。传说，因为当时的百姓大都以渔猎为生，渔民们为了出海平安，每遇风浪就杀猪宰羊，抛入海中祭海神。那时的打鱼船很小，装不了多少猪羊，就以木质的代替。再后来，又进一步简化为木质的猪头、羊头。被抛到海中的木猪头、木羊头，能长久地在海上漂流。有一天，海上狂风大作，似乎要把天地掀翻。风暴平息之后，岸边漂来了三个木羊头。没过多久，这三个木羊头变成了三个小岛，形成了三面凭海的海湾。于是，这个海湾被称为羊头洼，并从此成为渔船避风躲浪的福地。传说虽然不可尽信，但羊头洼确实存在，并且从古至今，一直叫这个名字。

汉代在旅顺修建的这座城堡，地处羊头洼，故称牧羊城。城堡东南依老铁山，西临渤海，是渤海南下和山东半岛北上舟楫往返的重要口岸。从建筑规模上看，城堡石砌墙基，以土夯筑，呈长方形，南北长一百三十二米，东西宽八十二米。城池门朝北，门宽十二米。在那个时代，可以算是规模宏大，功能完备。见惯了土坯房、茅草屋的先民们从未想到，曾经土掉牙的小渔村，竟能够拥有如此气势轩昂的建筑。

经济、军事实力均强大于秦的汉人，眼界宽了，心气也高了。人们不满足于这里只是一座将军"山"，而是希望她能够成为一座城。宏大的牧羊城堡建成以后，"将军山"的叫法渐渐消失了，"牧羊城"成了她的新名字。

牧羊城不仅展示了东汉时期中国经济、军事实力的强盛，也反映了汉武帝统治集团居中原而远顾东北的战略眼光。

时光走进盛唐，牧羊城改成了都里镇。早在西汉末年，盘踞在东北的高句丽就已与中原失和。到了隋唐时代，高句丽羽翼日渐丰满，更加狂傲地威胁着隋唐的边境安全。于是，东征以安天下就成为隋唐两朝统治的重要内容。隋唐两朝痛下决心，多次往辽东派兵，对高句丽大举讨伐。

当年的东征大军都是海路陆路并进，但以走海路居多。当时，隋唐军队大多从烟台登船，过渤海海峡到旅顺上岸，如遇突发风浪可驶入航线上的庙岛群岛港坞避险。把牧羊城改为都里镇，显

示了唐王朝霸气豪迈的性格，全局部署的气度。从称谓上看，镇自然要大于城堡。当年的牧羊城是唐代东征大军从海上通道经辽东半岛向东北纵深扩展的重要节点，必须是和镇妖除恶、平定战乱联系在一起的，要鲜明地亮出防卫镇边的旗帜，突出强调旅顺重要的政治、军事意义。

狮子口是元朝的命名。当一千三百年前唐高宗把高句丽打败后，辽东并没有从此太平下来。摁下一个高句丽，又冒出一个契丹来，契丹之后崛起的是女真和蒙古。在数百年的时间里，三个相继来自北方荒漠和草原的马上民族，把整个东北乃至中国搅得日夜不宁。公元十世纪初，远在中原的大唐政权已经无力东顾，契丹人抓住辽东半岛权力真空、管理无序的机会长驱直入，一直打到了辽东半岛的南部海岸。马背上的骑手们惊奇地发现，黄金山如同临风威卧的雄狮，守卫着它脚下狭长的水道，还有水道外比草原还要辽阔的大海。为了征服汉人，向大唐宣示主权，天性生猛的契丹人强行将都里镇改为狮子口，并在附近驻守了下来。

契丹人的到来打破了宁静，从此，辽东半岛听到了杀戮的声音，闻到了血腥的味道。

旅顺这个响亮而有灵气的名字，是明朝人起的。

明洪武四年，即公元1371年，马云、叶旺两员大将，带着朱元璋的重托，率领十万大军由山东半岛的登州启航，跨渤海海峡到旅顺登陆集结，并在辽东半岛的金州、复州城等地驻兵。于是，四五百艘战船组成的庞大舰队在渤海海峡千帆竞发。作为中国第二大海峡，渤海海峡表面上风平浪静，但水下却暗流涌动。然而，偌大一支船队航行至此，竟然没有遭遇任何天灾人祸，最终顺风顺水、毫发无损地到达了旅顺。为首的二人非常激动，一时兴起，顾不上上奏朝廷，就擅自把狮子口一名改为旅顺口。对于这样的变更，固然是因为旅途顺遂，表达的是对苍天的感谢与敬畏，但更深一层的内涵则是要彰显大明王朝天人感应，天地顺和的威望。

自明朝起一直到今天，旅顺口的名字就再没有变更过，历史为它注了册、定了格。而不同朝代的名称构成了旅顺在古代历史发展中的不同节点，并能够串联出旅顺成长变化的漫长曲线。在这条曲线上，旅顺铸就了两千年的成就与辉煌，并逐渐积淀成为坚韧不屈的强大基因。

旅顺也确实没有辜负皇天后土的期待。她把自己塑造成为古今中外众多政治家、军事家施展政治抱负的舞台，从而闻名于天下。只是，旅顺的先祖们没有想到，在这方历史的舞台上，和平与战争频繁切换，光明与黑暗反复交替，构成了旅顺历史发展的主旋律，也充满了不尽的慷慨与悲壮。

铲除东祸

在古代，作为军事要塞，旅顺是以跳板和枢纽的功能而存在的。它不事张扬，又藏龙卧虎，对时局的变化起着牵一发而动全身的巨大作用。在历史的画卷上，很多英雄豪杰都曾在此一展身手，旅顺也因此被镌刻在历史的丰碑上。

唐是对中国历史产生深远影响，具有重要地位的一个朝代，也是旅顺提升和扩展军事要塞地位的极其重要的一个节点。

七世纪的时候，在朝鲜半岛发生了唐朝大军剿灭高句丽的战争。旅顺当仁不让地发挥了自己的功能，源源不断地为战争提供了保障。

当时的高句丽拥有强大的军事实力，在朝鲜半岛陈兵百万，不仅控制着整个辽东地区，而且对唐朝政权形成了很大威胁。当时，唐王朝经过十多年的调运休整，已颇为强盛，不仅经济繁荣，军事实力也得到了空前提升。因此，太宗李世民一直在寻找机会铲除这个边疆隐患，以保大唐江山安宁。公元642年11月，高句丽国内发生政变，其经济和军事实力都遭到削弱。李世民觉得，东征高句丽的时机已经成熟，于是在公元644年7月，统领十万大军，兵分两路向朝鲜半岛挺进。

　　陆路大军，以李勣为辽东道行军大总管，率六万将士出兵辽西走廊，从辽东进攻高句丽。

　　水陆大军，则以张亮为平壤道行军大总管，率水军四万，战舰五百艘，从海上进攻高句丽。张亮率领水军从山东半岛的烟台登船，跨过渤海海峡，在旅顺（都里镇）登陆。上岸后，他们以牧羊城为依托，迅速在旅顺建立后备基地，为持续进行的战争提供保障。

　　一时间，几百艘战船布满了旅顺大大小小的港湾，桅杆林立，旌旗飘舞，大有排山倒海之势。旅顺城大街小巷，岸边岭上，到处都是绿色、白色的行军帐篷，漫山遍野，层层叠叠，如同海潮卷起的浪涌。这是有史以来旅顺城和港拥有规模最大，人数最多的庞大军容。尤为引人注目的是，在旅顺和周边的海岸线上，堆积着小山一样的军事物资。四万多人的军队长时长线作战，需要大量的物资保障，而旅顺地域狭小，无法解决这样庞大的需求，只能从中原调拨。所以，张亮所率领的五百多艘战船，有一大半装载着的是军队的给养。在旅顺登陆后，一部分卸下来备用，另一部分随舰船停泊，并随时可以输送给有需要的部队。

　　在旅顺，张亮率领的水师又兵分两路，其中一路经金州向丹东方向进发。当三万多大军冒着酷暑行进到离旅顺一百二十多里地的梁家店时，已成疲惫之师，人困马乏，不得不停下来稍做休整，养精蓄锐，以便继续向东挺进。由于队伍庞大，而梁家店只是一个小山村，无法安排大军宿营，他们只好在附近选择了一个平缓而又开阔的山坡作为宿营地。休息的时候，将士们纷纷把身上的铠甲脱下来，摆放在坡地上晾晒。不一会儿，整个山坡就被铺满了。

几万个铠甲在阳光的照射下反射出耀眼的光芒，十分壮观。督军张亮看到满坡铠甲满坡金的景象，忙问部下，我们驻扎的这个地方叫什么名字？部下告诉他，叫梁家店。他听后略一思忖，哈哈大笑起来，什么梁家店？就叫亮甲店！音同字不同，这是上苍的安排。从此，梁家店改名为亮甲店，一直叫到今天。

从旅顺开拔出来的另一路水军，经离大连湾不远的三山岛水道，向鸭绿江口开进。唐军知道，三山岛是一道天然屏障，其水道是进出金州城和大连湾，直抵旅顺的咽喉，所以，自古以来，三山岛连同周边水域都是兵家必争之地。于是，他们以旅顺为大本营，把三山岛开辟为军械和粮草储备之地。后来证明，在对高句丽的战争中，这样的安排发挥了极其重要的作用。

同时，征讨高句丽战争所取得的重大胜利，旅顺功不可没。自此，朝廷对旅顺更加看重，在地方管理和军事防务政策上，开始向旅顺倾斜。

首先就是在战争中没有用完的资源全部留在原地。战争结束后，唐朝水军从朝鲜返回，仍在旅顺登陆集结，并把剩下的粮食、军械、弹药、服装、药品等都留了下来。旅顺弹丸之地，能一下得到这么多援助，对于改善经济状况，增强防御能力，都起到了重要作用。

唐军集结旅顺后，并没有马上离开，而是就地做了一个多月的休整。这期间，唐军为旅顺做了两件大事。一件事是帮助旅顺训练水师。那时候，旅顺没有国家正式编制的水军，只有数量不多的散兵游勇，但他们毕竟担负着对旅顺港和周边港湾的守护责任。唐军在旅顺港开设训练场，同时在海岸线上的月亮湾、双岛湾、塔河湾等处设立临时训练场，对集结起来的水兵进行训练。主要内容是，海上作战基本战术应用，开设岸防基线，异常气象条件下舰船防护等。尽管属于突击式的应急训练，但是对于加强旅顺港口和岸线防护，提高水兵素质，仍是有意义的。

唐军帮助旅顺做的第二件事，是因地制宜地对港口进行扩建。作为军事要塞，旅顺港就是旅顺的核心。但旅顺港一直未得到良好的建设，还保持着它原始的状态，其功能的发挥受到了很大的限制。从朝鲜半岛返回的五百多艘舰船，依然停泊在简陋的旅顺港和周围的港湾之中。面对如此局面，唐军就地取材，量力而行地对旅顺港进行了修筑。他们先是扩沿展边地将港口岸线延长，使港口面积扩大到三平方公里以上，从而可容纳更多、更大的舰船停泊。在此基础上，将港口主要部位和口岸周边垒成石坝。以往，旅顺港的岸堤都是泥土夯成，海水的长期浸泡和海浪冲击，造成了岸坝经常毁损，大量泥沙淤积港中。土坝换成石坝，不仅降低了风浪对岸堤的破坏，也大大减轻了泥沙淤积的情况，使港口的功能得到显著增强。

被称为盛唐的唐王朝，为了加强中央集权管理，建立了册封制度，各地方不同级别的官吏，由朝廷直接任命册封。在这一国家政事中，旅顺又承担了重要职责。

唐开元元年，即公元713年初春，唐玄宗李隆基委派中郎将、鸿胪寺卿崔忻出使位于黑龙江省宁安县东京城的渤海国，完成册封任务。崔忻从长安出发到山东登州，乘船从海上落脚旅顺，然后由旅顺乘船北上到鸭绿江口，溯江而上至渤海国。唐开元二年，即公元714年6月，崔忻完成册封任务，按原路经旅顺返回长安。

按照唐朝律例，朝廷命官持节册封属国家重大事件，均要留得实物证验，或立碑纪事，或建阁叙要，以张国事王威，册事之要。崔忻回京途经旅顺，自然也要按律例办事。为了纪念此次盛事，崔忻在黄金山南北麓各开凿水井一口，并在井旁立有拓片刻石一块，其大如驼，上面镌刻二十九字，"敕持节宣劳靺鞨使鸿胪卿崔忻井两口永为记验开元二年五月十八日"。

凿水井、立石碑以为纪念，这是崔忻的一个创造，表达了朝廷心忧天下，体恤百姓的情怀，其寓意深邃丰满。同时也在提醒旅顺的黎民百姓，吃水不忘打井人，要时时记念朝廷的恩赐。两口鸿胪井为旅顺的要塞文化增添了特别的记忆。

鸿胪井和刻石在旅顺黄金山经历了一千多年岁月的洗礼。光绪二年，以候补道员身份到旅顺督建北洋海军船坞的刘含芳，视这块石碑为珍宝，并专门修建了一个亭子，将刻石覆盖，予以精心保护。日俄战争爆发后，旅顺人怕这个刻石被战争损毁，偷偷将其埋入土中。1908年，日本的海军士兵偶然间发现了它，镇守旅顺的司令长官富冈定恭如获至宝，下令将刻石劫走并藏匿起来，后来偷偷运回了日本，藏于宫内省怀王府，至今未归还中国。

但不管怎样，盛极一时的李唐王朝，使旅顺的威名再次得以确立。而旅顺军港的不断发展壮大，又为大唐帝国宣威立德提供了保证。

跨海平辽东

历史波澜起伏，时代风云变幻，并常常遭际不寻常的拐点。继汉唐之后，旅顺迎来又一个黄金时代——大明帝国诞生了。它赋予了旅顺更加重大的使命。

自 1368 年始至 1644 年终，历经二百七十六年的明王朝，是中国古代历史上最后一个由汉民族建立起来的大一统的中原王朝。1365 年，朱元璋在取得北伐中原的全面胜利后，全国局势已尽在掌握。1368 年，在一片凯歌声里，改元洪武，朱明王朝正式建立了起来。这时，北元王朝的元顺帝妥懽帖睦尔携二十多万残元势力败退辽东，并盘踞在此，牢牢控制着包括旅顺在内的辽南地区，不断聚集旧部以图东山再起，妄图推翻刚刚建立的朱明政权，恢复他们的统治地位。朱元璋虽然已开国建基，登上了皇位，但北元王朝的旧势力踞守辽东，依托辽西走廊与明对峙，依然能够对中原形成巨大威胁，这不免令人寝食难安。为了彻底消除这个心腹大患，朱元璋一面从陆路进入东北，对北元军队施加军事压力，一面派大将马云、叶旺从山东登州出海，跨海登陆旅顺，将旅顺作为向辽东大地推进的根据地和支撑点。马云、叶旺率十万大军在旅顺建立稳固的后方基地后，一路所向披靡地攻克了辽阳、沈

阳等重镇，并做出回师辽西走廊的姿态。此时，辽西走廊的元军已成惊弓之鸟，斗志已衰，无心恋战。还没见到明军的影子，就不战自溃，纷纷投降，最终归顺了明王朝。

这是朱元璋"跨海登陆"策略的成功，否则，仅从陆路攻打辽西走廊，难以实现顺利北上，收复辽东的战略目的。而具体指挥战争的马云、叶旺，不仅名声远播辽东大地，也把自己的名字和丰功伟绩刻在了旅顺历史的丰碑上。

朱元璋和历代皇帝一样，都有好大喜功的一面。在建城筑墙方面，朱元璋则比其他皇帝更甚。他在四处征战的过程中，每攻下一座城池关隘，都会下令修复遭战争破坏的建筑。而当他立国称帝之后，这种嗜好更是被发挥到了极致。明朝以来所建城池，工程规模之大，用料数量之多，历经岁月之长，堪称中国历朝历代之首。至今为世人瞩目的南京、北京和万里长城，就是其中最杰出的代表作。

为了迎合朱元璋的心理，马云和叶旺登陆旅顺以后，把筑城扩军作为第一要务。先是大兴土木，将金州旧古城重新修整。他们不但修复了在战争中损毁的旧城墙，还进行了一番拓建，使金州城内外焕然一新。紧接着，他们在旅顺砍伐了大量树木，修建起一座木栅新城，取名北城，作为长久驻兵屯粮之用，接纳海运过来的粮食和各种军需物资。

在巩固辽南和统一东北的战争中，旅顺发挥了极其重要的作用。元末清初，因连年征战，辽东人口锐减，经济凋敝，民生困难，无法解决驻军的庞大需求，尤其是大批军粮，要靠山东以及江浙闽地区输入。因此，旅顺不仅是海上运粮航道的咽喉，而且成了全部军需物质的集散地。从洪武五年至十三年，即公元 1372 年至 1380 年，是明朝为满足战争需要而进行的大规模海运的高峰期，每年抵达旅顺港的粮食有七八十万石之多。到达旅顺的漕运船队，主要有两支，一支由靖海侯吴祯统领，从山东登州起运。一支由航海侯张赫统领，从江浙闽起运。这两支航队各自拥有漕运船上百艘，每次起航都有数万人力参与其中，可谓声势浩大。当他们通过渤海海峡时，船队首尾相连，桅杆林立，旌旗飘扬。驶入老铁山水道时，锣鼓齐鸣，鞭炮喧天，以敬海神。

漕运而来的粮食和各种军械、布匹、衣物等，从旅顺港卸货上岸后，会全部放进北城，再陆续发往辽东各地。同时，他们又在金州城、复州城、盖州、海城等地设有粮仓，全面保障整个辽东战场的需要。

洪武十三年，即公元 1380 年，为了尽快实现辽东军粮自给，减轻远途漕运压力，节省国家军费开支，马云和叶旺在辽东实行了屯田政策，要求驻守部队在完成作战防御任务的同时，自己垦田种粮，尽快实现自给自足。这一举措很快就见到了成效，经过两年的努力，辽东地区基本实现了军粮自给，从而大大缓解了从中原调拨粮食的海运之劳。边粮的大规模海运停止了，但是史料显示，棉布、冬衣、军饷、小额军粮等物资的运输仍在继续。永乐四年，即 1406 年 3 月，又有海船十八艘自山东登州而来，上面装满了从登州、莱州、青州等地汇集而来的布匹、花纱锭和部分军粮。

马云和叶旺来到旅顺以后，一共镇守了十七年，因此也就开发建设了十七年。他们二人不但克勤克俭，尽忠为国，而且也关

注民生，体恤百姓，开创了旅顺、金州乃至整个辽东兴旺安定的大好局面。天酬功臣，嘉靖初年，为表彰马云、叶旺的功德，朝廷为他们立祠。《明史》赞其为"蓺苦棘，立军府，抚辑军民，垦田万余顷，遂为永制"。

虽然马云、叶旺镇守旅顺、戍边创业的岁月已经远去，但明朝历史的记载永存。直到现在，旅顺的方志还清晰地记录着他们的丰功伟绩，世世代代的旅顺人还铭记着他们不朽的英名。旅顺名声，也因之而沸腾地成长。

马云和叶旺身后，朝廷委派徐刚镇守辽南。永乐十年，即公元1412年，徐刚出任金州卫指挥使，他也将军事基地和防御重点放在了旅顺。为使囤积军需物资的城池稳固耐用，牢不可破，徐刚又效法祖宗做法，继续在旅顺建城。

他先是把拥围北城的木栅推倒，重新用石砖砌筑。扩改建后的北城增高长胖了，城周长一里二百八十步，城池深一丈二尺，宽两丈，显得更加雄伟壮观。新城设有南北两个门，北门称威武，南门称靖海。徐刚觉得新建的北城虽然比原来的木栅城好了许多，但仍不足以壮其威，足其用，还应与北城相对再建一座南城，这样才更有利于旅顺城安天下，定乾坤。于是，在离北城二百米远的地方，徐刚又下令修筑了一座比北城规模稍大的南城。南城周长一里三百步，池深一丈二尺，宽二丈五尺，同样设南北城门，北门为仁和，南门为通津。有了南城之后，两座城的功用就开始有所区分，各有其重。北城为旅顺军事指挥机构所在，主要用于屯兵。南城是海运机构所在地，主要用于储备各种物资。从山东登州、莱州、青州以及江浙闽海运到旅顺的所有军需物资，全部储藏于南城。徐刚是一个全局在胸的军事统领，为了使辽东地区驻军能及时安全地获得军需补给，他又指挥在南北城外单独修建隶属金州、复州、盖州的四十多间库房，从旅顺南城分拨给各地的物资，直接输送到各自库房，大大便利了各驻地所需。

依海而立南北两座城的兴建，一下形成了旅顺城中有城，城外套城，层层设防的战略格局。

并且，由于战事频仍，军事物资需求巨大。旅顺与山东半岛海上航线的畅通与扩大，旅顺军需保障机制的建立与逐步完善，为辽东地区战争源源不断提供了战略支持，并使明朝政权得以巩固。可以说，南北城为维护和支撑辽东地区战争做出了不可磨灭的贡献。因此，不论从外在审视，还是由内在检索，旅顺的功能更加齐全，内涵更加丰富，实至名归地走向了新的高度。

不仅如此，南北城的存在，也极大推动了旅顺与山东之间海运贸易的快速发展。嘉靖三十七年，即公元 1558 年 6 月，金州卫和登州卫两地都向朝廷奏报，"近来，金州、登州、莱州等地南北两岸间，鱼贩往来益增，数以千计。现有的官吏不能胜任管理，应增加管理人员，放宽贸易政策，促进经济繁荣"。总督蓟辽侍郎也为此向朝廷上奏，"莫若因其事而利导之，明开海禁，使山东之粟以方舟而下辽东"。

嘉靖四十一年，即公元 1562 年 11 月，督视辽东军情侍郎葛缙又向朝廷建议，鉴于目前海上贸易已成盛势，请开山东登州至旅顺、金州商民贸易之禁。由此可见明代旅顺与山东以及中原之间海运贸易的繁荣。

遗憾的是，由于明清两朝旅顺这里战乱不断，包括牧羊城

在内的古城几经兴废，已损毁严重，即使是石砖砌成的南北城也未能幸免。但是，南北城的功绩并没有被岁月带走，它们在中国历史上留下浓墨重彩的一笔，在依稀可辨的遗址上留下了无字丰碑。

抗击倭寇

在中国历史上，明朝与其他朝代最大的不同点在于，防御倭寇构成了这个朝代抵抗外敌入侵的一条主线。因此，有效抗倭成为维护国家安全，保证人民安居乐业的重中之重。

只要提起倭寇，最令人们津津乐道的就是浙闽地区的民族英雄戚继光。实际上，戚继光领导的浙闽沿海的抗倭斗争发生于明朝后期，而明朝的抗倭斗争最先起于辽东半岛的旅顺和金州，其挂帅人是刘江，比戚继光早了一百多年。当时，旅顺如同一个坚强的堡垒，巍峨挺立在抗倭的潮头，成为抗倭斗争激流中的坚实砥柱。

那么，倭寇为何要入侵包括旅顺在内的辽南沿海？它单纯是海盗、海寇的抢掠行径吗？不是。倭寇的入侵，是日本实行大陆战略的重要组成部分。站在明朝的地界转身向后望一望，中国的历史自古就与日本有着千丝万缕的联系。这不仅仅是因为中日之间一衣带水的缘故，更有日本人处心积虑要把中国吃掉的狼子野心。而这颗野心的起点，一直可以追溯到唐朝初年的中日白江口之战。

唐朝时期，东亚地区的小国虽然众多，但实力却比较弱，唯

有日本自恃强大，并妄图与唐朝在东亚地区争雄称霸。当时，朝鲜半岛南部有一个小国叫百济，东南部有一个小国叫新罗，百济国与日本亲近，新罗国与唐朝交好。

于隋唐而言，朝鲜半岛一直是一个心腹之患。但是，隋炀帝曾出兵征讨大败而归，唐太宗李世民初次对该地用兵也是无功而返，最后只能把这个"烫手山芋"扔给了唐高宗李治。年轻气盛的李治暗下决心，一定要彻底摆平朝鲜半岛。

唐高宗时期，朝鲜半岛的高句丽、符泽与新罗呈三足鼎立之势，其中的高句丽名声最大，实力最强，对其宗属的唐王朝一直时降时叛，时恶时倨。唐高宗永徽六年，即公元655年，与唐王朝交好的新罗国向唐廷告状，说高句丽、百济、靺鞨三国联兵攻取新罗国三十多个城池，"百济频犯境"，日子没法过了，请求唐王朝出兵，为自己主持公道。唐廷下诏劝和无效，小规模武力干涉也未能阻止战争，高宗大怒，于显庆五年，即公元660年，委派左卫上将苏定方率二十万军马，四百艘战船，经渤海海峡在旅顺登陆，再次挺进朝鲜半岛，意在征讨在朝鲜半岛横行霸道，恣肆妄为的高句丽、百济和靺鞨，并采取"围魏救赵"，断其一方的策略，集中优势兵力，联合新罗军队，大举进攻百济。百济既是高句丽的帮凶，又是日本的盟友。它深知自己抵挡不住唐军的进攻，只能请求日本帮助。对于日本来说，早已不甘于待在小渔岛上钓鱼摸虾了，做起了打败唐军，入主中原，称霸东亚的美梦。收到百济国的邀请，正好将计就计，可以趁机扩大自己的势力，于是派出一千多艘战船，三万两千多人的队伍，在百济军队的协助下，浩浩荡荡地登陆朝鲜半岛，扬言要在数日之内扫平唐军。

可是，当日本军队登陆之时，唐军已打败百济，大多数已撤离回国。其远征军主帅苏定方被朝廷调往青海地区防御吐蕃，朝鲜半岛只有部将刘仁轨带领的一支不足两万人的部队和一百多艘战船，形势十分危急。然而，当刘仁轨听闻日军来犯，而且军力大大超过自己时，竟仰天大笑道，"天将富贵此翁矣"！认为这是天赐良机。他在认真查看地形地貌之后部署军队，在朝鲜熊津江（今朝鲜锦江）入海的白江口，将部队分成两部分，形成对日军的合围之势。

白江口地势狭窄，日本舰队在这里施展不开，必然拥挤，因此适宜火攻。加之百济为了鼓动日本人，谎称唐军已丧失战斗力，听说日军来袭，更是胆怯害怕到人人抱膝而哭的程度。这使日本人不禁狂妄自大起来，到达白江口水域后，还没列好阵势就匆忙开战。而唐军阵地则箭矢齐发，将士们在刘仁轨的激励下，人人奋勇争先，驾驶满载火药的木船一齐冲向敌阵。登时，整个白江口火光冲天，大火迫使日舰上的士兵纷纷落水，白江口海面上到处都是日军尸体，海水都被血水染成了红色。此一役，日军有四百多艘战船被烧毁，三万两千人的队伍，最终只有一千来人逃脱。刘仁轨率军乘胜北上，于总章元年，即公元668年灭掉高句丽，确立了在朝鲜半岛的统治地位。同时摆出要进攻日本本土的架势。当时执政的日本皇子惧怕唐朝的强大，从公元664年便开始修筑各种防御工事，在对马海峡部署防线，日夜警惕不敢轻慢。即使如此，日本国内仍是一片慌乱，皇子不得不下决心迁都，将京都从奈良县的飞鸟地区迁往日本列岛中部的大津宫。

白江口之战，唐军把日本彻底打服了，从此乖乖臣服于大唐，

九百年不敢再犯中国。

并且，从那以后，日本开始向唐朝派出遣唐使，潜心学习中国文化，成为学习中华文化最有成效的国家。我们现在看到现代日本的日语假名、和服、茶道、佛教信仰、建筑风格等等，都是从唐朝克隆过去的，是原汁原味的"唐风"。

明朝初年，日本人突然忘了九百年前的痛，又躁动了起来。当时，日本国内正处于南北朝时代封建割据，诸侯混战的状态。沿海地区的地主富豪想趁机聚敛更多财富，不惜纠集大批武士、浪人、海盗、走私商人等，蹿入中国沿海各地进行抢掠骚扰，史称倭寇。作为重要的海运港口和海防要地，辽南沿海的旅顺、金州、登沙河一带首当其冲，是倭寇侵扰和进攻的重点。进而，北至辽海、山东，南至浙闽、东粤的广大沿海地区，都被搅扰得不得安宁。倭寇十分猖獗，他们不但抢劫财物，而且每到一处都会杀人放火，沿海居民苦不堪言。明洪武二十年，即公元1387年，倭寇进犯旅顺、金州等地的行动开始上规模。公元1392年至1395年三年间的活动尤为猖獗，对旅顺、金州、皮口等地的侵入，致使辽东沿海的海运被阻断。

倭寇犯边，不论从形式到规模，都经历了逐步发展。这就决定了明廷防倭的政策，旅顺军民抗倭斗争的形式，也需不断地调整改变。

最早侵犯辽南沿海的，属于普通海盗，他们大多是乌合之众，没有什么政治、军事企图，主要目的是打家劫舍，抢掠财物，所以是来无踪，去无影，行鸡鸣狗盗之事，得手之后即呼啸而去。后来，海盗演变为倭寇，他们形成了一定规模，在登陆以后，通常都要扎下营盘，建立根据地，伺机围攻村镇，攻打城池，甚至胆大妄为地指定查私贸易的港口。更有甚者，他们在得到日本政府的怂恿和支持以后，有了武装军队的色彩，不仅设立统一领导，内部有严密的组织结构，而且有长线作战的具体计划，开始有了明确的攻城池、占领土、阻贸易的政治、经济、军事目的。此时，倭寇活动的性质开始向武装侵略转变。最令人警觉的是，倭寇的头目，可以随时接受日本政府招安，获得日本海陆军将领的官衔，使得军队和倭寇相互勾连，从一定程度上看已经混为一体。这充分证明，倭寇已不是简单、孤立的乌合之众，而是日本军队的补充和帮凶，是与日本政府有着千丝万缕联系的武装集团。不仅如此，为了达到目的，倭寇常常采取联合中国海盗的方式，迫使中国政府开放对外贸易。倭寇原本较低层次的利益诉求，因为有了日本政府的暗中支持，已经变成军政民一体维护日本国家利益的侵略行径。

　　日本倭寇不断升级的扩大入侵，极大地震惊了明廷。为了捍卫辽南海疆，维护海上运输，保护人民生命财产安全，洪武八年，即公元 1375 年，明王朝建立了辽南第一个卫——金州卫，首任都督是耿忠。金州卫统治六个千户所，卫和所都是军事单位，一个所实际上就是一座城堡，加一道战壕，配备有相应的官军。当时，辽东半岛南部有四个卫所，分别是金州、复州、海州、盖州，归山东半岛的登州府管辖，除此之外的卫所归奉天府（沈阳）管辖。所以，那时候辽南民间有一句顺口溜：金复海盖，辽阳在外。

　　耿忠走马上任后，立即组织建立了以金州为中心，以旅顺和登沙河为两翼的层层递进、环环相扣的防倭体系，沿黄海海岸建

筑了大量土堡。这些土堡位置的选择，均依山傍海，既能直接观察海上敌情，又可以此为依托与倭寇作战，成为抗倭前线的坚固堡垒。

辽南沿海地区抗倭斗争的现实，让耿忠看到旅顺所处位置的重要性，在奏请朝廷后，他将金州卫中左千户所调往旅顺，从而加强了旅顺抗倭斗争的力量。永乐十年，即公元1412年，耿忠为发挥旅顺在抗倭斗争中的更大作用，在辽东驿站增设旅顺至辽阳专线。那时，辽阳的战略地位高于沈阳，成为整个辽东地区政治、经济、军事中心。按明朝律制，驿站置驿递百户，负责飞报军务、运送物资、转运兵员等重大事务，权力很大，责任很重。旅顺与辽阳专线的设立，使旅顺拥有可不经过金州卫，直接将有关军情民情上报，接受辽阳指令的特权，形成旅顺、金州、辽阳三角互倚之势，从而进一步扩大了抗倭斗争的纵深，这是耿忠的远见卓识和重要贡献。

随着辽南沿海抗倭斗争规模的不断扩大，明廷对这个地区的防务愈加重视，最突出的表现是提高级格，增加编制，扩充军备。永乐十二年，即公元1414年3月，明廷任命刘江为辽东总兵，总理辽南防务事宜。

刘江上任伊始，便马不停蹄地开始巡视海防，第一站就来到旅顺，把旅顺里里外外、上上下下非常仔细地看了个遍。当他决定在这里安营扎寨，指挥整个辽东沿海抗倭斗争的时候，真正被只曾耳闻，今日得以亲眼见到的旅顺震撼了。他已敏锐地意识到，朝廷在旅顺布局的前瞻性。旅顺的抗倭斗争，不仅牵涉整个辽东地区，更在全局上关乎京津安危，干系重大。通过已获取的军事情报和对日本倭寇屡次犯边的特点、规律进行总结之后，刘江判断，倭寇正逐步把入侵的重心由皮子窝（今大连市普兰店区皮口镇）、登沙河、金州等地转移到旅顺，已经有了占据旅顺，图谋大沽口，威胁京津的战略企图，绝不能等闲视之。于是，刘江在战略上进行了部署，把辽南防倭斗争的重点放在了旅顺。公元 1416年 12 月，刘江命令辽南各驻军，以旅顺为轴心，在望海埚、左眼、右眼、西沙州、三羊山等地修建九座烽火台，派兵驻防。这些烽火台既是单独防守的据点，又能相互联络照应，一处有敌情，其他各处均可及时驰援。

作为总兵的刘江，镇守海防，指挥抗倭作战，从不纸上谈兵，更不道听途说，而是注重实地考察，根据第一手资料做出判断。为了有效指挥抗倭斗争，他几乎走遍了辽南沿海。当他听说望海埚的特殊地理位置非常有利于展开对倭作战时，于永乐十六年，即公元 1418 年 8 月，亲临望海埚巡视。

望海埚地处金州腹地，位于金州城东北三公里的金顶山上，小黑山岭立其背后，大和尚山雄踞西南。登临山顶，沿海诸岛尽收眼底，故称望海埚。望海埚山下是金州到九连城（今丹东市东北部）干线，今称金皮大道，是古时沿海通往内地的必经之路。并且这一带得益于青云河之利，耕田连绵肥沃，村落密集富庶，因此成为倭寇劫掠的重灾区，自然也成为刘江防倭的重点区。刘江看到，此地离金州城不远，并且地势凭高，视野开阔，可容纳上千人，适于驻兵。于是制定了以旅顺为根据地，以望海埚为抗倭前沿阵地的防御布局。在向朝廷报奏得到批准后，刘江不惜人力、物力、财力，修建了以望海埚为中心的五条烽火联络线，下

隶十八处墩堡和望哨，陈兵据守，张网以待。

永乐十七年，即公元 1419 年 6 月 14 日傍晚，烽火瞭望哨报告，发现金州东南王家岛上有成片火光，恐有敌情。刘江得报后，预判将有大批倭寇来犯，立即从旅顺起身赶往金州城，调兵遣将，作临战布置。当时，金州卫有步军一千八百多人，屯田军两千来人，还有煎盐军、炒铁军近五百人，加在一起共四千三百多人。为了形成以多打少的优势兵力，刘江急令，从旅顺和大连湾方向再调一千兵员赶到望嗝海域。这样，望海埚拥有兵力五千三百多人，对敌形成绝对压倒性优势。6 月 16 日早晨天刚亮，海上飘起薄雾，倭寇一千六百多人，分乘三十一艘战船从马坨子出发，偷偷由登沙河抵近望海埚海域，弃船登岸，呈一字形鱼贯而入，直扑望海埚城堡而来。

此时，刘江早已制订好全歼倭寇的作战计划，兵分两路，一路由指挥徐刚率步兵埋伏在山下，一路由指挥钱真率马队绕到倭寇背后，随时可以断其退路。同时，令百户首领姜隆率领将士，隐蔽潜行至海口，准备伺机烧毁倭寇所乘之船。为防万一，打一场有把握之仗，刘江在战前召开了步兵、马队和民间武装各路首领动员会，立约盟誓，此役意义重大，上承龙恩，下载民意，必获全胜，不使遗漏一人一马一船。刘江斩钉截铁地说，"旗举伏起，炮鸣奋击，不用命者，军法从事"。三位首领慷慨承诺，必身先士卒，奋勇向前。然后，各自领命而去。

倭寇气势汹汹，分三路蹿入城堡，不见一人，心疑中计，立即撤出。就在这时，城堡后方旗举炮鸣，埋伏周围的明军尽起，两翼并进，杀声震天。士气高昂的明军将士，人人奋勇争先，杀得倭寇人仰马翻，尸横遍野。残寇不敌明军追杀，慌不择路地向望海埚附近的柳树园空堡逃去，岂知那里也是刘江摆下的空城计。待残寇进入空堡，明军欲追入尽歼，被刘江挥手制止，并以欲擒故纵之计，亲率官兵从三面将空堡围住，只留西门。当倭寇从西门夺路而逃时，再次遭遇伏击。当溃不成军的倭寇残余狼狈地退回海边寻找战船之时发现，海边早已浓烟滚滚，三十多只战船在熊熊大火之中正逐步化为黑炭，再无藏身之地的倭寇就这样在绝望当中全部被围歼。

中日望海埚之战，除缴获枪支弹药无数外，明军共歼灭倭寇七百四十二人，生擒八百五十七人，使来犯者无一逃脱，光是用来载运俘虏的大车就有五十辆之多。

战后，从俘虏口中得知，此次来犯者为倭寇主力，意在打下望海埚之后占领金州城，并绕过大连湾，由陆路直取旅顺。而刘江领导的望海埚之战，则彻底切断了倭寇侵入旅顺的通道，是明初对倭寇作战取得的最大一次胜利。此役让倭寇主力受挫，至此不敢再犯辽南，大明王朝辽南海疆平静了近百年。但倭寇并不甘心失败，所以改道南下去了浙闽沿海，戚继光抗倭扬名的英雄事迹，也正是在这样的大背景之下徐徐展开的。

辽东总兵刘江率领旅顺、金州地区军民，在望海埚取得了全歼入侵倭寇的重大胜利，在中国人民保家卫国，抵御侵略者的历史上写下了光辉的一页。望海埚大捷后，明廷封刘江为广宁伯，同时奖赏了二百九十四名作战有功的将士。旅顺和金州的先民们为了纪念刘江，在望海埚金顶山上为他立了祠，把他的功德刻在石碑上，以流传后世。直到今天，当人们看到望海埚山岗上的城

堡残迹，还会想起如火如荼的烽火岁月。

时至万历二十年至二十五年，即公元 1592 年至 1597 年，日本先后两次派兵入侵朝鲜半岛，威胁中国利益。作为宗主国，明廷义不容辞，两次派军支援朝鲜，对日敌的进犯给予了坚决打击。同时，日本人不断挑衅的举动，使明廷嗅到了醉翁之意不在酒的味道，看透了他们项庄舞剑——意在沛公的本质。于是大批调拨军队驻守各海口，尤其是辽东各海口，其中尤以旅顺为要。朝廷授命大将周有德为天津、登州、莱州、旅顺等处防倭总兵，把旅顺作为明军水师战船集结和转运军需物资的重要港口。那时候，南来北往的各种战船、商船，成群结队地穿梭于旅顺及周围海域，旅顺港一度盛况空前。到了万历二十六年，即公元 1598 年 6 月，明廷兵部上奏朝廷建言说，登州、莱州、青州和旅顺作为京津之门户，都是可以信赖的军事重镇，不要让它们再互相统辖，而应各司其职，各担其责——这是把原来受制于登州府的旅顺摆在了和登州府同等级别的位置上，也是历史上的第一次。为了排除干扰，实现这个目的，兵部又命令复州参将协同金州参将，共同"联络声援，以固旅顺陆地之防"。

兵部的意图很明确，就是要在重视和加强海防的整体布局中，真正发挥好旅顺重镇对保护京津门户的重要作用。

到了万历三十年，即公元 1602 年时，建州女真势力在辽东迅速崛起，猛力冲击着明朝政权，并步步向辽南逼近，意在打通由辽南到中原的海上通道。明廷采纳了辽东巡抚赵楫的建议，决定在旅顺厚置水军，堵死女真通过旅顺跳板进入中原的海路。赵楫按朝廷要求，调集人马，修造战船，训练水兵，并在金州增设海防周知一员。在旅顺设游击，驻守旅顺兵员由百人增至一千一百多人。万历三十四年，即公元1606年，明廷改设旅顺游击为守备，并命令旅顺与登州划定巡海界限。明廷的这一决定明确了两件事，一是由游击改为守备，提高了旅顺的行政和军事级别，扩大了旅顺的管辖防御范围。二是改变了旅顺与登州的隶属关系。长期以来，旅顺以及金州都为登州府所管辖，是登州府的下级单位。而在旅顺与登州之间划定巡海界限则意味着，旅顺与登州开始平起平坐，从此在各自的管辖区内行使权力，不再有统属关系。

至此，旅顺作为军事要塞，地位更加巩固和突出，英雄的用武之地也更加宽广了。

明金夺关

"要塞"一词的本义就是指边关要隘,是战争中,敌我双方拼死争夺的前沿阵地和重要场所。旅顺被称为军事要塞,意味着历史将在这块土地上铺展战争舞台——战争,将不可避免地成为旅顺的宿命。

那么,旅顺到底重要到什么程度呢?从明清两朝在江山更替之时对旅顺不遗余力地拼死争夺即可觑见一斑。

自汉代起,匈奴等蛮夷民族就不停地从北方的沙漠、草原地带跋涉而来。他们越过长城,侵扰中原,不断威胁汉王朝的统治地位。千百年后,到了明朝末年,女真部落在黑龙江流域兴起,开始由北向南对中国东北部进行大肆侵扰。最终,女真部族将明王朝取而代之,形成并建立了中国历史上最后一个王朝——清。在王朝更迭的殊死对抗中,明清两朝一时一刻没有放弃对旅顺的争夺。在他们眼中,旅顺是皇权得失存亡的桥头堡。让人奇怪的是,明朝死守旅顺不难理解,而兴起于草原上的游牧女真,海洋意识是很淡漠的。尽管浩瀚的海洋沿着亚洲大陆东南缘环抱着中国,但他们并不能看见。对于他们来说,大海毫无用处,远不如草原丰美和重要。不承想,他们却对旅顺产生了兴趣。

天启元年，即公元 1621 年，努尔哈赤率领的后金军在短时间内占领了铁岭、沈阳、辽阳等地，继而大军南下，轻而易举地逼近包括旅顺在内的辽南地区，这对明王朝的统治构成了实质性的威胁。并且，占领辽东以及旅顺并不是努尔哈赤的最终目的，进军关内，扫平中原，推翻朱明王朝，开辟新的疆域和统治，才是努尔哈赤真实的意图。为维护其统治，明朝采取海陆联防的策略，建立起著名的步兵、骑兵、水师"三方布置策"，以广宁（今辽宁省北镇市）为重点，集结马步水三军，阻止后金军西进。同时在天津、登州、莱州设置舰船水兵，控制黄海、渤海北部沿岸，形成了多方协同的整体防御体系。在这个防御体系当中，环绕渤海湾的登州、莱州和天津都以中继港旅顺为中枢，旅顺的战略优势和作用更加得以凸显。对于明朝来说，守卫好旅顺，可阻击后金军从海上进入中原。对于后金军来说，攻占旅顺可以打通大军从海上挺进中原的通道，铲除征服中原的后顾之忧。两种截然相反的战略诉求，决定了明金势力对它的争夺必将是十分惨烈而不惜代价的。

那时候，后金军进入中原有两个选择。第一种选择是从陆路沿狭长的辽西走廊攻克山海关，大踏步挺进中原。这条路表面看似通畅，可以长驱直入，而实际上却危机四伏。明朝大军早已在此布防，其兵力布置与地形地势共同构成了"口袋"阵形，易守难攻，稍有不慎就会遭致毁灭性打击。因此，选择陆路入关冒有极大风险，绝非上策。第二种选择是从海上进军关内。这条进攻路线给明朝造成的压力和危险，可能比直接冲击山海关要大得多，而后金军所面临的困难和风险则要小得多。而要想打通从海上进入中原的通道，首先就是占领旅顺。努尔哈赤经反复比较权衡，

决定同时攻占旅顺城和山海关，双管齐下，互为策应。因而，不论从哪条路线入关，不惜一切代价占领旅顺，是后金军的当务之急。

因此，自公元1621年至1633年的十二年间，明军以旅顺和金州为基地，后金军以沈阳和辽阳为据点，为争夺旅顺不断上演着拉锯战，其中最著名的是明金两军对旅顺城的四次攻防战。

第一次攻防战，是旅顺失而复得的过程。天启元年，即公元1621年6月，努尔哈赤攻陷沈阳后，所向披靡，又顺利夺取了辽阳、海城、盖州等地，并乘胜南下，在夺取金州城后，欲在旅顺摆下战场。那一年的5月，广宁巡抚王化贞派手下的练兵游击毛文龙率二百兵丁，前往辽东沿海地区，将先期到达人数不多的后金军赶出了旅顺地界，并一举占据皮岛（今朝鲜椵岛，又名东江）及周边诸岛，创立东江镇，继而进逼辽南沿海各地，招募辽民，屯兵开垦，壮大势力。立足东江的毛文龙，军事势力愈益强大，不仅挡住了后金军南下的通路，也有效牵制了后金军对辽西的进攻。毛文龙的举动惊扰了努尔哈赤，他判断，明军在玩弄声东击西的把戏，以期拖住后金军入关的脚步。这样拖下去，后金军定会陷入侧背受敌的尴尬与危机当中。于是，他不顾后金军新败，于1621年7月调集部队，发兵急攻，企图把旅顺从明军手中夺回。一番激战过后，后金军如愿以偿，旅顺落入敌手。

为了重新夺回旅顺城，1621年9月，毛文龙制订了"先夺金州，再收旅顺"的作战计划。派麻洋岛（今金州区蚂蚁岛）守将张盘带领三十余队一千五百余官兵组成的先锋队，乘夜色开进金州海岸。恰在此时，探哨向毛文龙报告，金州城内只有四五百名后金军，可以发动突袭。毛文龙权衡认为，自己的兵力是后金军的三倍，占有绝对优势。而此时又是漆黑的夜晚，料定后金军防守松懈，于是率兵以猛虎下山之势扑向了金州城南城门。果不其然，毫无准备的后金军顿时溃乱，慌忙出北门逃遁。夺下金州城，就等于扫除了进攻旅顺的障碍，打开了通往旅顺的后路。毛文龙变戏法似的让明军将士都换上当地老百姓的衣服，往旅顺城急驰而去。第二天夜里，一千五百多明军士兵高举着火把齐聚旅顺城北门，在震天动地的喊杀声中攻破城门，冲进城内。守卫旅顺城的后金军被从天而降的明军吓破了胆，没怎么交手就缴械投降，这使张盘得以兵不血刃地重新占领了旅顺城。这是史载的张盘收服金旅之战，也是明清两军争夺旅顺的第一回合。

第二次攻防战，金兵再败，张盘巩固扩大阵地。此时，已提升为辽东总兵的毛文龙并没有因夺回旅顺而沾沾自喜，他料定，雄心勃勃的努尔哈赤不会善罢甘休，后金军一定会卷土重来，所以，更大规模、更加激烈的战斗还在后边。天启二年，即公元1622年，毛文龙命张盘继续对旅顺严防死守，并从战略上提出了最低要求，辽南沿海各处要隘哪里都可以拱手让人，唯有旅顺必须恪守不渝。

败走旅顺，从全局上影响了后金军大举入关战略目标的实现。面对这种进不得、退不得的胶着战局，努尔哈赤必然不能坐观，如果无限期地耗下去，后金军会被拖入末路穷途。他决定，尽快重新夺取旅顺，为后金军沿辽西走廊南下入关提供有利支援。

天启三年，即公元1623年4月，后金军再次发兵袭击旅顺，对手仍是名将张盘。自两年前打败后金军，夺回旅顺之后，张盘按照总兵毛文龙的要求，从海陆两个方面加强防务，在进入旅顺城的各主要道路设置关卡，在旅顺海域的近岸处设立暗哨，埋伏

水兵，形成了步步有哨、处处有卡的严密防御体系。因此，仍然盘踞在旅顺城周边的后金军，并未发动上规模的主动进攻，但却采取了努尔哈赤的诱敌之计，夜以继日地不断袭扰。张盘不堪其扰，选择了一个有利时机，率兵出城突袭，试图一举破敌。但对手并不愿意正面交锋，而是佯装抵抗，边打边逃。待分散了张盘军主力阵形，拉长了战线以后，后金军集中兵力大举反扑，打了张盘一个措手不及。待张盘发现自己已是孤军深入、兵少粮乏的情况之后，自然不敢恋战。他先是移营扎寨于旅顺三岔海口，最后又不得不撤回了旅顺城。

这次交锋，让后金军占了上风，但旅顺城仍在明军手中，这让努尔哈赤怒火中烧，但以他在辽南地区的军事实力，也没有进一步战胜明军的把握，因此不得不暂时鸣金收兵，等待下一个机会的到来。

客观地说，后金军占领辽南的初期，军事实力尚弱，在相当大程度上受制于明军。而明军在这一地区还有一定的防御能力，相比于后金军稍稍占有上风。在这种局势下，围绕着旅顺城的得与失，就出现了今得明失，失了再夺的拉锯状态。

1623年春，努尔哈赤重整旗鼓，调集一万多人的骑兵部队攻打旅顺，并软硬兼施地诱使张盘投降。血性刚烈的张盘看到后金军的招降书，拔出佩剑刺死来使，誓与旅顺共存亡。诱降不成，只能强攻。努尔哈赤率后金军骑兵日紧一日地把旅顺城围得水泄不通，企图一举歼灭张盘军，拿下旅顺城。张盘的策略是，虚以迎敌，将旅顺守军主力分成两路，分别埋伏在南北城的山上。在后金军骑兵围攻数日不下而气衰力竭时，南北两山伏兵齐出，在党集团，以宦官魏忠贤为首，铲除异己，操纵朝政，史称宦官专权。非常不幸的是，旅顺总兵毛文龙就是阉党集团的一名骨干成员。

在同一时期，名将袁崇焕曾因阉党陷害，不仅被罢了官，还差点丢了性命。天启七年，即公元1627年，明思宗朱由检即位，改元崇祯。他设计除掉魏忠贤，重新起用了袁崇焕，并任命他为兵部尚书兼右副都御史，蓟辽督师兼督登州、莱州和天津事务。

蓟辽督师是辽东地区最高当权者。崇祯皇帝给予了袁崇焕以莫大的权力和荣誉，是希望弥补他那颗受过伤害的心灵，并救朝廷于危难，去扑灭后金政权点燃的反明战火。袁崇焕不负皇恩，也不会放过政敌。在离京赴任前，他就曾千百次地思量，如果能在辽东灭了毛文龙的威风，一可除阉党余孽，二可雪一己之耻，可谓一举两得。所以，灭毛之心在袁崇焕的脑海中挥之不去。他在赴任时向崇祯皇帝承诺，定在五年之内为朝廷肃清边患，创辽东平安，保江山永固。因此，崇祯皇帝不免对袁崇焕寄予了很高的期望。而实际上，袁崇焕是想通过与后金军求和，来实现五年的平辽计划，他这是与皇帝玩了个"阳谋"。

当袁崇焕来到辽东地界，很快就与后金军私下达成了休战言和的谅解。后金军喜出望外，只提出了一个条件：杀掉毛文龙。对后金军而言，毛文龙是当下旅顺久攻不克的拦路之虎，必欲除之而后快。而他们妄图借刀杀人的伎俩却正中袁崇焕的下怀，双方一拍即合。

随后，袁崇焕来到宁远（今辽宁兴城），这是他在辽东上任的第一个落脚点。按照礼节，驻守旅顺的辽东总兵毛文龙自然要前去参拜。送上门的毛文龙并不清楚自己已经大祸临头，他拥兵自重，

见到袁崇焕，只是稍稍弯了一下腰，表现颇为不敬。并且，他以兵力匮乏、军饷不足等理由，不阴不阳地为刚刚走马上任，尚不明辽东军情的袁崇焕出了一堆难题。袁崇焕不动声色，只是与毛文龙相约，尽快检阅东江官兵，一并商议辽东防务事宜。毛文龙不知是计，欣然应允。

崇祯二年，即公元 1629 年农历五月末，袁崇焕自宁远出发，水陆兼程，几天后抵达旅顺双岛湾。第二天晚上，毛文龙乘船自鸭绿江口的皮岛赶来，随身携带着币棉等礼物，去袁崇焕督师的船上详谈。看上去一切如常，但此时，袁督师已安排属下在双岛湾附近的山坡上为自己设置了军帐，并命参将率甲士埋伏在附近的松林当中。六月初五，袁崇焕离船上岸。海边的沙滩上，随毛文龙前来接受检阅的三千五百多名官兵正兴高采烈地享用慰劳酒宴。当一切尽在掌握，袁崇焕在军帐内传令召见毛文龙。毫无防备的毛文龙刚走进来，袁崇焕便令他把部下将官全部召来，并突然起身宣布了毛文龙的"十二宗当斩之罪"。在毛总兵错愕之际，袁督师面朝京城方向叩首请旨，然后取尚方宝剑交给旗令官。毛文龙还没有来得及说出一句话，人头就已经落地。这场迅雷不及掩耳的血腥事变，就发生在辽东总兵毛文龙所辖地盘上，以至于齐聚双岛湾的毛文龙部还没反应过来，就被袁崇焕悉数收编。为了表明杀毛文龙是替朝廷除害，袁崇焕于次日在双岛湾岸边的一座古寺内，亲自主持了毛文龙的葬礼。他站在毛文龙灵柩前说，"昨日斩尔，乃朝廷大法；今日祭尔，乃我辈私情"。言之凿凿，令人深信不疑。

如今，在旅顺双岛湾畔西湖嘴西台山崖的沙滩上，能够看到两个并排而立的巨大礁石，屹立于浪涛之中，雄姿伟岸，英武强悍，远远看去，形似古代的大将军。双岛湾人说，那是袁崇焕和毛文龙的化身。

但是，同为朝廷任命的一方大员，在蓟辽都师袁崇焕的眼里，辽东总兵毛文龙只能屈于自己麾下，整个辽东局势必须由我一人掌握，不需要一个居功自傲、不听指挥的总兵。曾经的阉党权势已去，在辽东前线，我袁某人必能定于一尊。在这种心理驱使下，袁崇焕挟私弃公，玩弄拙劣的政治把戏，亲手导演了蓟辽督师擅杀辽东总兵的历史悲剧。

而对于毛文龙来说，命运让他遇到了努尔哈赤劲旅，也安排他遇到了政治上的对手袁崇焕，于公于私，他都难逃一死，因此，同室操戈在所难免。只是倍感吊诡的是，这二位朝廷大员都拥有皇帝赐予的尚方宝剑。历史如果有声，两柄尚方宝剑会不会发出铮铮的哀鸣？

袁崇焕悍然斩杀边关要员毛文龙一事传到了崇祯的耳朵里，皇帝惊出一身冷汗，一时语结。他忐忑不安地喃喃自语：朝廷还指望袁崇焕经略辽东，稳定天下，现在木已成舟，罢了，罢了！皇帝不予追究，朝内自是一片寂然。

不知是巧合还是默契，就在毛文龙死后不久，努尔哈赤第八子皇太极率十万后金大军，绕开宁远城，通过喜峰口，一路斩关夺隘，逼近大明首都北京城。正在宁远守城的袁崇焕接到朝廷急报，火速带领骑兵回援京都。

在此之前，袁崇焕依靠自己的军事才能，抵御住了后金军的进攻，始终没让满人的铁蹄踏入关内。而此时的他似乎受到了蒙蔽，

头脑发热，在战略上作出错误判断，被后金军算计了。当皇太极率后金军越过山海关之后，按常理应当直取北京，可谁知他却虚晃一枪，上演了个声东击西的把戏，大大放缓了进攻节奏，致使袁崇焕的军队与皇太极的军队几乎同时到达北京。虽然袁崇焕很快解除了京城危机，但朝中大臣纷纷质疑，保卫京城的明军为何与进攻京城的后金军同时抵达？怀疑袁崇焕与皇太极互相勾结。直到这时，袁崇焕才知道自己中了皇太极的圈套，可又百口莫辩。崇祯皇帝本来就对袁崇焕枉杀毛文龙恨意未消，现在又在国家危难之际犯通敌重罪，更是令他怒火中烧，于是火速传旨，将袁崇焕革职入狱。崇祯三年，即公元 1630 年中秋时节，在北京西四牌楼前，蓟辽督师袁崇焕被处以剐刑。报应来得如此之快，也是令人始料未及。

其时，明军与后金军之间的战争，还在继续。

早在是年 6 月，明廷任命黄龙为皮岛总兵官，统辖辽南的军事防务。自此，明军与后金军之间长达四年的第四次较量开始了。

只是这一次，明军显露出强弩之末的态势，非常不堪一击。令黄龙万万没有想到的是，他一上任，还没有来得及施展拳脚，就陷入辽南沿海诸岛内乱的泥沼当中不能自拔。从公元 1631 年起，先是刘兴治、耿仲裕等人在皮岛发动多次兵变，接着是耿仲裕的哥哥，原毛文龙旧部耿仲明联络孔有德在山东登州发动叛乱。他们攻陷登州城后，又网罗岛中诸将，旅顺副将陈有时、广鹿岛副将毛承禄皆往从之。而这些副将在辽南沿海各岛及山东多地都有党羽，他们与后金军私相授受，叛乱渐成燎原之势。不得已，朝廷调集大军征讨了十八个月，才为叛乱画上了休止符。

屋漏偏遇连夜雨，船破又遭顶头风。就在这乱象丛生之时，孔有德、耿仲明率叛军在登州将黄龙一家老小全部抓走，妄图胁迫他投降。黄龙不为所动，毅然向广鹿岛、长山岛、旅顺各地发兵，命令铲除地方叛军党羽。恼羞成怒的孔有德、耿仲明见大势已去，竟痛下杀手。他们杀死黄龙家小之后，率兵一万多人，船百余艘，从登州出发，准备投奔驻扎在鸭绿江口的后金军。此举早已在黄龙的意料之中，而旅顺是叛军叛逃的必经之地，于是带兵船镇守在此，待叛军队伍途经旅顺海域时，下令用大炮进行轰击，并指挥战船在海面上追击堵截。这一役，黄龙部杀死叛军官兵一千二百多人，俘获了叛军诸将毛有贤、毛承禄、苏有功、陈光福等人。在旅顺水域遭受重创，孔有德、耿仲明二人也九死一生，终究不能靠岸，只得绕行三山岛水道，正式归顺了后金军。

之后，孔耿二人率领后金军海上作战部队，在鸭绿江一带游弋防守。黄龙派副总兵沈世魁带领水师进行偷袭，把他们的战船全部烧毁。二人怀恨在心，图谋报复。当他们探知驻守旅顺的明军全部出动，城内空虚的消息时，皇太极非常兴奋。他断定，夺取旅顺的时机已成熟。

崇祯六年，即公元1633年6月19日，皇太极派遣兵部贝勒岳托、户部贝勒德格类，率步骑兵一万三千多人，在孔有德、耿仲明的引导下挥师南下，攻打旅顺城。到这个时候，经过很长时间的战争铺垫，明军与后金军争夺旅顺的第四次较量，终于正式拉开了战幕。

7月1日，后金军先遣部队五百多人到达旅顺河北，迅速占领黄金山制高点，架设火炮，对旅顺外围城墙进行轰炸，一连轰

击了三天。7月4日晚，后金军主力赶到，五门西洋大炮及大批战车、云车等集结城下，轰炸全方位升级。后金军步兵在炮火掩护下，架起云梯登城。守卫旅顺城的明军同时进行了猛烈还击，他们一边用西洋大炮打击远处的后金军，一边据高凭险投掷火罐，发射火石等，压制攻到城下的后金军。云梯上，尚未登城的后金军纷纷被长枪挑落。在伤亡惨重的情况下，激战持续了两天两夜。

由于被后金军围困得水泄不通，旅顺城守军得不到任何外援，眼看弹尽粮绝，形势万分危急。守将黄龙料定，此番对决，旅顺已难固守，必落入后金军之手，因此派副将谭应华携带总兵官的印信，突围返回登州，并镇定自若地在遗书中写道：生前不爱五尺躯，死后惟有三尺剑。7月7日四更时分，后金军组织了最强大的攻城阵容，从东北角杀进城内，双方短兵相接，发生了激烈的巷战。黄龙亲自杀上前线，英勇抵抗，直到弹尽粮绝，被后金军团团围住。战局至此，黄龙深知已无法突围，遂拔剑自刎。部将李惟鸾在杀死全家后，带领残军誓死抵抗，最终与项祚临、樊化龙、尚可义、张大禄等部将一同在血战中阵亡。明廷得知旅顺城陷，众部将以身殉国，草草下诏，赠黄龙左都督，赐祭葬。

从公元1621年到1633年，前后历经十二年，明军与后金军为争夺旅顺，先后进行了四次大规模战争，最终以后金军夺城掠地宣告结束。在最后一场旅顺争夺战中，后金军虽然夺取了最后的胜利，却也付出了四千三百多人阵亡的惨重代价。

后金军占领旅顺后，皇太极派出了两千五百人的军队固守旅顺，扼守水路咽喉，切断了辽东诸岛与山东登州的联系，并很快占领了辽东沿海地区。至此，皇太极终于可以肆无忌惮地在旅顺及周边地区聚集重兵，意图海陆并进，与明朝逐鹿中原了。

欲夺天下，必先取之。作为后金政权觊觎天下虎窥中原的战略要地，旅顺的历史必然要拉开帷帷大幕。成也好，败也罢，命运的悲喜注定要在旅顺这个舞台上渐次展开。明清两朝持续十几年的战争风云似乎只是一个序曲，但是，旅顺城的特殊价值早已淋漓尽致地凸显了出来。而一代又一代的旅顺人，必然和这片土地一起，承受生命中难以承受的沉重和悲壮。

蟠龙山下水师营

在旅顺高家屯靠近海岸的地方，立有一座陈旧的石碑，既没有刻碑人留名，也没有时间落款，但上面刻写的"清代水师营码头遗址"几个大字还清晰可见。碑的阴面有一段文字：

公元1715年至1880年间，清代水师营码头设在蟠龙山麓高家屯，停泊战船十艘。每年水师官兵从这里扬帆起航，沿九公里龙河出海巡哨，南到山东城隍庙，西至辽西菊花岛，经返共一百六十五个春秋。

话虽不多，信息量却很大，把水师营的地理风貌，身世来历，担当职能等等都说清楚了。

如今的水师营是大连市旅顺口区的一个著名小镇。但是在清代之前，它还仅仅是一个只有百十来人的小村庄。清朝初年，朝廷在这里设立了水师营，时间长了，它的名字才慢慢确定了下来，并因其特殊的历史作用而蜚声海外。

在旅顺设立水师，是明朝开创，清朝重启的规制。从明朝万历年间首次设立，到清朝康熙时代重新开始，前前后后断续存在了四百多年，成为旅顺历史上的亮点。

明朝初年，倭寇开始侵扰辽南沿海。辽东巡抚赵楫多次请奏朝廷，倭寇日益猖獗侵扰旅顺、金州一带沿海，使居民不能安稳生活，应在旅顺、金州设置水军，抵御倭寇。明廷很快批准了赵楫的奏请，命他在旅顺组建水军。由于历史条件的限制，当时在旅顺设立的水师规模不大，军力薄弱，还不足以承担海上防务大任。但是，水师的旗帜已经在旅顺打了起来，这表明中国在明朝初期就开始着手建立海防体系，旅顺因此成为辽东地区的海防中心，其功能除防御倭寇入侵之外，还承担着辽东地区军械粮饷运输储存，以及商贸交通等重要海陆口岸的功能。

到了清朝初年，虽然国势已定，但战事仍不能绝，特别是倭寇海上入侵的乱象久治不灭。清廷认识到，重新建立水师势在必行。于是，清廷将八旗水军列入清代军事编制之中，并逐步在八旗军中设立和完善独立的水师系统。《清史稿》中有这样的记载，"奉天旅顺口，于顺治初年设水师营，在山东赶缯船十艘隶之，始编营汛"。

在清代，盛京，也就是今天的沈阳地区，是作为陪都建制存在的。因为是清王朝的龙兴之地，其战略地位仅次于京城。盛京地区盛产人参和动物皮革等，其经济地位也相当重要，因此，已经入关的满洲权贵对盛京的重视程度依然很高。到了康熙年间，清王朝虽然已显露出盛世景象，但黄、渤海沿岸仍时常遭受倭寇劫掠，仅公元1708年至1717年九年间，关于向朝廷奏报倭寇入侵的奏折数量就达九十多个，倭寇对辽南以及东部沿海的入侵，仍然是严重威胁清王朝根本利益和国家安全的重大问题。特别是如何维

持盛京的安全，一直困扰着康熙皇帝，成了他的一块心病。但是在清初，统治者的注意力只能集中在关内，到了十七世纪八十年代，康熙在一统台湾，平定三藩之后，才终于将视线转向关外，要集中精力解决东北边疆问题。康熙五十一年，即公元1712年前后，清廷认识到，仅在八旗军中设立水师还远远不够，可在旅顺设立规模较大的水师营，并将辽南海防事务的副将升格为协领。这样，以旅顺为中心的辽南沿海防务就能够得到加强。

那时候，清王朝已经在黑龙江的绥芬河、牡丹江，吉林的延边等地设立了水师，但都属于内河水师，主要任务是防御和反击沙俄对东北的侵扰。并且，这些水军规模小，装备也差。旅顺水师营建制虽然较晚，却是整个东北地区唯一一支独立的外海水师。应当说，在辽南防务中，旅顺水师营的创建是清朝海防建设的重要开端，成为国家海上防御体系的主要组成部分。

在这样的时代背景下，旅顺水师营的诞生可谓应时应运，也因此得以迅速发展壮大，被称为勇猛的"东方海狮"。

康熙五十四年，即公元1715年春天，经过两年多筹建，旅顺水师营正式挂牌成立。水师营和水师码头坐落在蟠龙山下高家村的龙河旁，占地五平方公里。中央划分十字大街，东西横向是一条官街，也被叫作长街，协领公署、佐领公署等管理部门都设在这条街上。整个兵营修建营房一千二百多间，分东南、西北、东北、西南四部。水师营共有水兵六百多人，分左右两哨，每哨三百人。先期配置水师营建制战船十艘，全部停靠在龙河的码头上。

公元1715年3月15日晨，全副武装，挂满龙旗的十艘巡海哨船，披着早春的霞光，编成规整的队形，缓缓驶出水师营码头，沿着旅顺白玉山西侧向南绵延九公里入海的龙河，浩浩荡荡，向海湾方向鱼贯而去，其气势磅礴，场面热烈，不能不让人心潮澎湃。这一天，旅顺人就像过年一样兴高采烈，成群结队地从十里八村赶来看热闹。人们奔走相告，满心期待在强大水师的保护下，从此可以过上太平安稳的日子。后来，旅顺水师规模不断扩大，陆续从山东、浙闽一带调来近三十艘战船，把水师码头排布得满满的。龙河沿岸最壮观的景致不再是令人推崇的蟠龙山，而是威风凛凛的水师码头，停泊在河内码头的几十艘战船，还有岸边排列整齐的水师营舍。

为了提高旅顺水师的地位，强化其功能，清政府将辽南海防事务副将改为协领的同时，设主管协领一人，为从三品，由熟悉水战的汉族军官担任，后又增设满族协领一人。满族八旗军崛起于黑山白水之地，从小骑马射箭，擅于陆路作战，却不习水性、水战，为加强海上防务，不得不从熟悉水战的汉族军官中提拔任用水师督领。由于满汉融合需要经历一个过程，清廷在放手选用汉族军官的同时，注重培养八旗子弟的水上作战能力，并不断加大海上防务中满族官员的比例。实际上，这也是清廷防备汉族官员，避免旗人完全汉化的一种方式。

旅顺水师营创建之初，军队编制六百余人，除满汉协领各一人外，设佐领一人，左翼一员，右翼一员；防御四员，骁骑校八员；笔帖式二员，正额委员二员，水师协领六十名，兵员五百六十名；正副航工各十名，水手八十名。为了加强水兵训练，清廷从福建以及浙闽水师调拨教官到旅顺水师营操练水兵。雍正七年，即公元 1729 年，清廷又命福建水师提督蓝廷珍，在管理层千总中提拔

二十名指挥官，再去兵丁中挑选若干熟悉水师者，到旅顺教习水师官兵。乾隆十年，即公元1745年，清廷对旅顺水师营的巡查、训练等事宜，专门做出若干规定，使水师营的运行更加规范化。至此，旅顺水师营的设立，从兵制、设备、训练，到职能、任务、作战指挥等诸方面，都有了明确而具体的要求，体现了当时中国海军建设的水平。稍后，清廷又就旅顺水师营规制做出规定：旅顺水师营隶属于熊岳，由熊岳副都统直接管辖。熊岳副都统要于每年农历二月上旬组织对旅顺水师营的全面校阅，并将校阅情况上报朝廷。同时还规定，旅顺水师每三年由盛京将军校阅一次。通过这些方式，不断推动旅顺水师营的建设与完善，全面提升了水师的战斗力。

清朝旅顺水师营，伴随着海防危机的加深迅速地发展起来。乾隆十九年，即公元1754年，旅顺水师营增设大型战舰四艘，每艘战舰十五人，共增加水兵六十人。到了道光二十年，即公元1840年，中国和英国间爆发鸦片战争，英国舰队多次经渤海和渤海海峡入侵旅顺、大连湾等海域，直接对盛京和北京构成威胁。这时候，被英国大炮打得如惊弓之鸟的清政府命令熊岳副都统，马上为旅顺水师营招募水兵，增设炮台，增加炮位。为了进一步加强辽南的海上防务，道光二十三年，即公元1843年，清廷将熊岳副都统衙门移于金州，并改称金州副都统衙门，将旅顺水师营正式归属于金州副都统衙门管辖，七百四十名兵员全部编入八旗水师，并由金州副都统节制。咸丰十年，即公元1860年，中国和英国、法国第二次鸦片战争爆发，英法大量舰船侵入旅顺、大连湾和金州海域，整个辽南海防局势更加紧张。为防止帝国主义列强在辽南再燃战火，清廷又为旅顺水师营增加了六艘战舰。时任盛京将军玉明命辽南各海口再增设炮位，增加兵员，以期防守。到了光绪五年，即公元 1879 年，清王朝的统治已摇摇欲坠，为维护其统治，试图通过加强海防建设来缓解辽东半岛以及闽粤动荡不安之局势。光绪皇帝提议设置海防事宜，并命李鸿章要不惜财力，抓紧为旅顺水师营督造战舰。

清代旅顺八旗水师属于海防水师，其装备主要是清代前期常用的外海战船——赶缯船。这是一种可作军用、商用、渔船等多种用途的船只，具有船体宽大，行驶迅速，不怕风浪，性能良好等特点，清前期曾广泛装备于中国东南沿海水师，并于雍正五年，即公元 1727 年，正式将这种船确定为沿海制式战船。赶缯船有三种规模，大型赶缯船兵八十名，设排炮四十二杆；中型赶缯船兵六十名，设排炮三十杆；小型赶缯船兵五十名，设排炮二十五杆。《盛京典制备考》记载，旅顺水师营出洋巡防时，设额定战船十只，每年增拨六只，每船派兵丁水手六十名，派官员分三路带领出海巡洋。由此可见，旅顺水师营所配备的是中型赶缯船。为了提高旅顺水师的战斗力，在保障战船性能之外，还配置有各种先进武器。水师所有战船共有攻炮四十九位，战备四十九名，鸟枪六百杆；提心炮三百位，金鼓各条船上十一面，抬枪二十杆；子母炮六十位，藤牌六十面，虎尾炮二十位；火箭八百一十支，牌刀十把，钩镰枪六十杆，喷筒九十个。这样的火力配置，现在看来如同儿戏，而在当时已属上乘。

在清朝辽南海上防务中，旅顺水师营的建设具有重大战略意义。从初期创建，逐步完善，到不断发展壮大的历程，旅顺水师

营在抵御倭寇及其他入侵者，防守海口岸线以及海上巡哨缉私等方面发挥着不可替代的作用。

旅顺水师营的发展，是建立在清王朝由盛转衰，内忧外患加剧的大势当中的。到鸦片战争之前，其常设战船和武器装备逐步齐全，兵员素质普遍提高，具有了较强的战斗力。辽东地区拥有漫长的海岸线，尤以旅顺、金州、复州地区为要。强大的水师在此把守，似一把军事利剑，可谓一夫当关，万夫莫开。

旅顺、金州、大连湾居于险要的地理位置，港口海路四通八达，各类船只往来不断，成为重要的海上航线。旅顺水师营的一项重要职责，就是保护整个管辖区域的水上安全和海陆畅通。那时候，旅顺水师营建立了严格的巡哨制度，明确规定，水师所属舰船定期在固定的海域巡哨，缉捕海盗，保证航路安全。同时，清廷还规定，旅顺水师与山东绿营水师要各司其职，各尽其责，分别巡守渤海湾两岸，确保万无一失。其分工是，盛京所属地方，应令盛京将军拨水师营官员巡查；山东所属地方，应令山东总兵官拨水师营官兵巡查。清廷制定的巡哨制度中，不但对巡查海域做了明确规定，而且对巡查地点也提出了具体要求——铁山、旧旅顺、新旅顺、海猫岛、蛇岛、绍前头、双岛、虎坪岛、桶子沟、天桥厂、菊花岛等处，俱系盛京所属海域。这一系列举措，使旅顺成为海上交通要道的重要枢纽。

旅顺水师营不仅在军事上为奉直两省第一门户，在经济上也发挥着保护促进沿海居民与关内关外及周边国家经济贸易往来的重要作用。清廷赋予旅顺水师营的一项重要职责是，管理往来船只，稽查走私物品。奉天经济往来商船，令其先赴旅顺口水师营挂号点验人数，姓名年貌箕斗相符，即于原票内粘贴某年月日，验过印花发交该船持往贸易海口投验，如到口商船验无水师营印花字样，不准入口卸货。由此可以看出，旅顺水师营拥有的权力之大，担负的职责之重要。为了防止防区内的船只与海盗相勾结，水师营要对所有过往商船、渔船等是否夹带违禁物品进行检查勘验，明令规定，任何商船、渔船将不许携带枪炮等器械。在这期间，清廷还特别规定，旅顺水师营可管辖海域的过往商船，施以免税政策。这个政策的制定和实施，吸引了大量外地商人，他们纷纷来旅顺定居，开展海上贸易，扩展商业市场，大大刺激和拉动了经济的发展。这时的旅顺呈现出一派欣欣向荣的景象，成为一座军事坚固、经济发展、文化繁荣的魅力小城。

水师营的存在和发展，还为旅顺创造了满海战船满城兵的别样风景。

旅顺城因驻有水师，城市规划建设在许多方面是从有利于屯兵的角度考虑的，因而城内居民中兵丁占了很大一部分。有着特殊服饰标志的水兵，穿梭于旅顺城的大街小巷，特别是到了年节，拥上街头的水兵们一排排、一队队，使这座小城看起来分外有活力，有色彩。伴随着兵员的不断增加，为城市带来大量外来人口，人口的增加一并带来与之相应的物质需求的增加，这从客观上促进了旅顺商业贸易的繁荣与发展。当时旅顺人说，水师营因旅顺之险而创立，旅顺因水师营存在而兴旺。

因为在中国古代史上占有不可忽视的地位，旅顺水师营也招致了后人的不断质疑：拥有如此优越的地理优势，又一时风头无两的旅顺水师，为什么不能走出国门，开疆扩土，经略大洋，去

创造更大的辉煌，却只是满足于在近海巡哨，保持着一副看家护院的姿态呢？历史给出的解释是，旅顺水师营所具备的功能和所能体现的作为，是受当时的历史条件制约的。首先，清王朝越来越深地陷入农耕文明的桎梏，统治者一代比一代更顽固地实行闭关锁国的政策，狭隘的眼界和保守的心态，把自己隔绝于世界大势之外。他们只知道守护自己的统治权力，眼睛只盯着国门和近海，压根儿就不想也不敢走出国门，去征服世界。其次，他们在军事装备上还不足以挺进大洋，更难说搏击风浪。乾隆十年，即公元1745年，朝廷制定了旅顺水师营巡查训练事宜，从而使旅顺水师得到了前所未有的加强。但即使如此，旅顺水师的先天不足还是逐步暴露了出来——舰队的船只数量虽然不少，但都是木质的，体量小且易腐烂，整体设备也非常简陋，只能担负守护海口、缉私捕盗、巡视交通等方面的任务，不具备远海作战的能力。而彼时，西方列强的坚船利炮，正把侵略的炮口对准中国的大门。

随着时代的潮起潮落，旅顺水师营也避免不了地历经了由盛到衰的蜕变。

道光年间，当康、雍、乾盛世已成往事，清王朝发生了前所未有的金融危机。朝廷上下穷尽了所有的招数，依然不能摆脱经济萧条的困境。在穷途末路之际，他们把目光投向了旅顺的水师营。大臣们竟纷纷上奏说，如今太平光景绵长，天下已无战事，并没有人敢到大清疆土上惹是生非，所以水师也就成了多余的存在。他们建议，旅顺有一千二百多水师营房，留下二三百间就够了，把余下的八九百间营房拆掉换成银子，可解皇家府库燃眉之急。道光皇帝听了大臣们的"妙计"，不禁喜上眉梢，立即下旨照办。

俗话说,败事容易成事难。短短两个月之内,龙河岸边,旅顺水师营的一千二百多间营房拆除了一千多间,变卖的银两上交盛京户部银库,剩下的二百来间营房,供留存不多的官兵使用。舰船大部分被调往山东和闽浙,码头里所剩无几,且大都被封存。往昔威风几乎是在一夜之间就消失殆尽了,留下的是一片萧肃和狼藉。水师营官兵不能再出海巡哨,只能在海内湾里无精打采地演练。

但是,与此同时,中国东南沿海的鸦片走私猖獗,包括旅顺在内的辽东沿海也不能幸免,且有愈演愈烈之势。尽管道光皇帝一再命令盛京将军严查所辖各海口,但此时的旅顺水师已衰弱不堪,官兵根本无心也无力到海上稽查鸦片走私。不仅如此,他们中的一部分人还沾染上了鸦片,变得面黄肌瘦,弱不禁风。旅顺人讥笑说,水师官兵成了一群病秧子。

那么,拆毁旅顺水师营房,削弱海上防御力量的罪过全在道光皇帝吗?不是的,病根要一直追溯到乾隆时代。虽然乾隆时代堪称盛世,但实质上外强中干,是披着盛世外衣下的吏治失利,国力式微。乾隆末年,由于经济不振,管理松弛,水师营已经开始衰落。原本整齐的营房年久失修,逐渐坍塌,码头也渐失当年雄姿,官兵精神颓废,士气不振,放眼望去,尽添凄凉。或许,这就是大清帝国厄运将至的征兆。

到了光绪年间,大清王朝已是残灯末庙,虽然龙山龙河依旧,但存在了一百六十五年的旅顺水师营,却很快就要在落日的余晖当中挂旗谢幕了。对此,旅顺人其实早有察觉。曾经,水师营是旅顺人的主心骨和护身符,为旅顺带来了河清海晏、国泰民安的

自信心和幸福感。对于旅顺人来说，水师营就是自己的家，水师营的事就是自家的事，所以会把维护龙河河道当成自己义不容辞的责任，常常自发志愿地前往疏通，保证了龙河航道几十年、上百年的畅通无阻，那里有旅顺人的奉献与付出。

但如今，营房大部分被拆除，舰船遭遣散，往日里随处可见官兵的身影少了许多。旅顺人虽然不知内情，但是他们已然意识到，朝廷养不起，或者是不需要这支水军了。国弱民穷，六畜不安。旅顺人心怀痛楚，却又无力改变什么，只能伴随着水师余部，在惶惑颓丧当中等待未来。

光绪七年，即公元1881年11月25日，清廷再次计划扩建旅顺港，于是派北洋大臣李鸿章前往考察。平生第一次来到旅顺的李鸿章考察得很认真细致。把情况调查、梳理清楚之后，他向朝廷写了调查报告，开宗明义，有理有力地提出了裁撤旅顺水师营的动议。报告描述的现状包括，舰船数只，均已搁浅，并且船体开裂，早已糟污不堪。船上也没有帆樯和火炮，已不能做出海巡哨作战之用。官兵久不做操练演习，精神不振，羸弱涣散，如同乌合兵痞，完全失去了作战能力。李鸿章认为，保留这样的水师，不仅会为水师官兵自身所轻视，更会令聘请过来的洋人教习耻笑。何况，近些年来，水师上下内外都在呼吁，应尽快裁撤水师，否则，只能白白浪费银两钱财，无益于国家。对于裁撤水师的处理办法，李鸿章在报告里也说得干脆利落：

　　　　其搁置沙滩之废船，即交丁汝昌体察情形，或酌留为练船，装存军火之用，或量于折变至旅顺口巡海防务。嗣后即责成

62

　　驻泊该处之兵轮船兼顾，不致贻误。所有原定驾船之旗营弁兵，
仍会照管陆巡路防。

　　李鸿章从旅顺回京后，将这份报告奏报朝廷，很快便得到了
批复允准。创建于公元1715年的旅顺水师营，就这样退出了历史
舞台。

　　面对这样的结局，人们未免感到惋惜和遗憾。但是，如果从
理性的角度来看待，就不得不接受这一历史的必然。旅顺水师营是
农耕时代的结晶，是落后生产力的产物。尽管如此，春蚕到死丝
方尽，蜡炬成灰泪始干，水师营为国家和民族奉献了一百六十五
个春秋，承担了应有的责任和义务，释放了所有的光和热。而一
个旧时代的结束，往往意味着一个新时代的开始。很快，代表着
现代文明和先进生产力的北洋海军就带着前所未有的神圣使命来
到了旅顺。历史的车轮碾压过的地方，是时代留下的深深印痕。

　　虽然时光已逝，但带不走旅顺水师营在一个半世纪里所创造
的不朽业绩。水师营是一种割不断的情缘和抹不去的印记，它的
名字连同功德一起，会沿着滋养它的川流不息的龙河，沿着旅顺
人绵延不绝的记忆，千年万年地流淌下去。

第二章

海防长城

头一个入侵者

公元 1840 年，随着第一次鸦片战争隆隆的炮声响起，中国封闭已久的大门被强行炸开。一瞬间，珠江流域、长江流域成了英国人的天下，他们在这里划定了势力范围，并霸占了香港，第一次把中国领土从清政府的版图中分割了出去。

但英法两国侵略的野心并未得到满足，时隔二十年后，英国和法国又共同发动了第二次鸦片战争。

不仅如此，英国军队得陇望蜀，在占领广州和香港的同时，也将侵略的魔爪伸向了辽东半岛南端的旅顺。毫无疑问，他们染指旅顺的最终目的是将地大物博、资源丰富的东北地区划为自己的势力范围。而侵占旅顺及其周边地区，是以英法为首的帝国主义列强实施对华侵略战争的一部分，是鸦片战争的延续。

旅顺有个 4810 工厂，这个老资格工厂的厂史里有这样一段记述：

> 1857 年，英法两国舰队接连入侵旅顺口，并将该地称为阿沙港。
>
> 1858 年，英国驻香港提督、海军司令何伯命令英国测量

船沙琳号到辽东半岛，沿海岸寻找军舰驻泊港以及陆军驻扎营地。船长哈恩特在测量之后，建议将大连湾作为海军基地，并将大连湾命名为维多利亚湾。1860 年出版了维多利亚海图。

1860 年 6 月 25 日，何伯率领英国海军司令部和庞大的舰队来到旅顺口。这支舰队有战船一百二十二艘，载一万余名英军。东起骆马山，西至羊头洼，各个海口都被英国舰船占据。

这段记述，把英法军队侵略旅顺的事实和脉络说得非常清楚，而中国近代史也告诉人们一个铁的事实，英国和法国是最早侵入旅顺的侵略者。并且，在两次鸦片战争发生的前后二十年间，英国和法国军队曾三次侵入旅顺。

英国舰船第一次侵入旅顺，是在第一次鸦片战争的背景中生成的。在鸦片战争爆发前的七十多年间，以英国人为主的欧洲海盗式殖民者、商人、冒险家们，早已纷纷来到中国，除了向中国输出一般商品之外，还大力倾销鸦片。这种"毁灭人种"的卑劣手段，不仅使国家的白银大量外流，并且会使吸食鸦片的中国人在精神上和生理上都受到极大摧残，从而使整个社会蒙受危害。道光十八年，即公元 1838 年 12 月，皇帝任命林则徐为钦差大臣，节制广东水师，并立即前往广州查禁鸦片。

然而，中国人为捍卫自己的权益进行的一场禁烟运动，竟在英国掀起轩然大波。公元 1840 年 2 月，英国政府决定发动侵华战争。同年 6 月，特命英海军上将、侵华军总司令乔治·懿律，率由四千名英军、四十八艘军舰和运输船组成的东方远征军，从印度和南非先后驶抵澳门海面，对广州珠江和珠海海口进行军事封锁。公元 1840 年 7 月 5 日下午，英国战舰公然向舟山定海的一个小渔村进行炮击，这意味着鸦片战争的正式爆发。一个月后的 8 月 6 日，英国军舰驶抵大沽，开始同清政府进行谈判。就在这个时期，英国军舰闯入旅顺海域，并在复州湾与旅顺之间往来游弋，实行侦探。

英国军舰的行动，立即引起警惕，时任盛京将军耆英、户部侍郎兼管奉天府府尹惟勤联合向朝廷奏报，8 月 21 日，在复州城海口，发现两只船体较大的船只，在八岔沟（今长兴岛）的外海面游弋。因天色已晚，相去甚远，未能辨认真切，但肯定不是旅顺水师船只。待到 22 日清晨瞭望，可以清楚地辨认出那是西方国家舰船，白色桅篷，船身较大。因我防守官兵戒备，夷船没能靠岸，在二三十里外海面游弋后，向旅顺方向驶去。

8 月 30 日，耆英再次上奏朝廷，8 月 26 日，复州湾海面又开来两艘夷船，与前两天所到旅顺折回之船停泊在一起。

9 月 4 日，耆英与部将祥厚等专程赶到旅顺和复州城察看。当天，又有一艘英国船只到来，在八岔湾塔山以南外海停泊。从 8 月 21 日到 9 月 4 日，半个月内，共有五艘英国舰船闯入复州湾和旅顺海域来回穿梭。1840 年 9 月 18 日，又有两艘英国军舰由渤海湾沿旅顺老铁山水道进入黄海，开往小平岛，最后在西口处停泊下来。第二天一早，这两艘船舰起航开往和尚岛、红土崖方向，转而驶向棒棰岛、三山岛等海域。这两艘形体更大的铁甲舰，明目张胆地到处游弋，或停泊，或观察，忽远忽近，行迹不定，终于在三山岛水域停泊下来。七八个英军官兵从大船下来，驾驶着小脚船，把线系的铅坠抛入海中，测试海水的深度。9 月 20 日，

这两艘英国船起锚直奔棒棰岛水域，并在离岛二十里的地方抛锚，对这一带的水域进行测量。

面对英国舰船的挑衅行为，耆英命令旅顺水师营舰船出海巡哨防守，不得让敌舰船靠岸、上岸。同时要求金州城、复州城、大连湾等各港口要隘增加防御兵力，随时准备应战。

从 1840 年 8 月 21 日到 9 月 25 日，一个月内先后有七八艘英国军舰闯入旅顺、复州湾、三山岛等水域，他们成群结队来这里干什么？

英军在他们的《作战记》里解释说，英舰到旅顺、复州湾、大连湾等水域主要是为补给、休整，别无他意，更无军事企图。但是这不符合军事常识。如果仅仅是为了休整、补给，为什么不在大沽，或者是离大沽很近的烟台、威海卫等处解决，而是舍近求远地跨过渤海，远道而来？倘若真的是为补给而来，为什么不行补给之事，而是对旅顺、复州湾、三山岛水域、航线进行反复测量，甚至画成海图，这与补给有何干系？更为主要的是，鸦片战争还在进行当中，绕海北上大沽口的英舰是要返回广州方向参战的。可是他们不顾南方战事，却远远地停泊在旅顺海域长达一个多月，这符合军事和战争逻辑吗？所谓补给、休整，显然是欲盖弥彰的谎言和掩耳盗铃的强盗逻辑。

然而，英国人胡诌八扯的理由，道光皇帝竟然采信了。他告诉手下大臣，不要小题大做，不要惊慌失措，对英国入侵旅顺、复州城、大连湾的行径，要采取妥协羁縻之策。公元 1840 年 8 月 30 日，清廷对盛京将军耆英发布上谕，"此次夷船驶至奉天，如情词恭顺，另派小船投递禀揭等件。该将军不必遽开枪炮，仍遵前旨派员接受。倘有桀骜情形，断不准在海洋与之接仗"。道光担心耆英理解不到位，9 月 5 日又在耆英的奏折中批复，"慎重防之，如不能操必胜之权，万不可与之接仗"。一再强调，无论遇到什么情况，都不要在海上与英军开战。道光之所以奉行对西方列强的妥协投降政策，真实的原因是恐惧。南方的战火已然从广州烧到了浙闽，这已足够令人焦头烂额。金銮殿上，道光早已坐立不安。北方的辽东沿海断不能再起战端，一定要让英国军舰赶紧退回南方去。洋人，就让他们在南方祸害罢，绝不能让他们形成南北夹击之势，使大清国陷入腹背受敌之危。道光宁愿息事宁人，只能相信英国人的托词，也绝不愿意节外生枝，干戈再起。所以，在面对西方列强的时候，他主张"上不可以失国体，下不可以开边衅"，从历史的角度来看，其实是相当昏聩的。

但真相是，英国人挟鸦片战争之威，侵入旅顺、复州湾、大连湾，是投石问路之举，有一石三鸟之企图。首先，英国舰船逼近大沽口，几乎等于开进了北京城，对大清皇帝而言，相当于兵临城下，此举显然是在威慑清政府，必须采取合作态度。同时，英国人旨在占据先机，将旅顺纳入势力范围，并迫使清政府确认这一点，不敢将那里的利益让与别国。其次，是对旅顺进行战争考察。已经扎根于中国南部的英国人，对包括旅顺在内的辽东半岛并不了解，他们借此机会进军旅顺，目的是对这一带进行全面考察，为可能发生的战争做好准备。最后，英国人也在试探俄国和日本的态度。他们虽然对中国发动了鸦片战争，但其对华贸易的重心在珠江、长江流域，侵略的重心也放在了那里。并且，他们当时并没有足够的军事力量，所以并不急于在北方开辟第二战场。

当然，时势是在不断变化当中的。如果说英国舰船第一次侵入是投石问路，那么，当时光推进到咸丰时代，英法联军共同侵入旅顺、复州湾、大连湾一带，则是在第二次鸦片战争的背景下摆开的作战架势，并始终在寻找有利的开战时机。

正当太平天国军队与清军在长江中游地区及天津外围展开激烈争夺之时，英国和法国在沙俄和美国的怂恿与支持下，利用中国内乱之机，又联合发动了新的侵华战争。这是第一次鸦片战争的扩大和继续，史称第二次鸦片战争。

咸丰六年，即公元 1856 年 10 月，英国制造了"亚罗号事件"，并以此为由，突然发动了对广州的攻击，又一次点燃了侵略战火。一心要和英国联手的法国，也精心炮制了"马神甫事件"，于咸丰七年，即公元 1857 年 12 月 26 日，将军舰开进省河，向广州发炮轰击。三天后，英法联军占领了广州城。为了扩大战争，英法联军于咸丰八年，即公元 1858 年 4 月，调集十六艘战舰由广州一路北上，最终穿越渤海海峡，直驱天津白河口（即大沽口，是天津和北京的门户），向天津大沽炮台发起进攻，逼迫清政府再签城下之盟。

在帝国主义列强像强盗一样侵占中国领土，掠夺中国资源，残害中国人民的时候，一刻也没有忘记旅顺，千方百计地寻找机会，意欲抢占对旅顺的控制权。

两次鸦片战争的路线如出一辙，都是先在广东开辟势力范围，再绕海北上，穿越渤海海峡，开进大沽口，威逼京津，最后再把战舰开进旅顺。英法联军入侵旅顺始于公元 1858 年。从当时的盛京将军玉明和地方官员的多次奏报可知，英法军队对旅顺的入侵不是蜂拥而至，而是一批接一批逐次进入的。1858 年 4 月底，英国的四艘战船由大沽口经渤海湾、旅顺老铁山水道，进入和尚岛外亮子冈海面停泊，这是他们先期到达的部队。咸丰皇帝听闻此事，预感到大祸临头，接踵而来的，一定还有更大规模的入侵，于是命盛京将军玉明节制旅顺水师，只可做巡哨状，不得与敌接仗，以避其锋芒。果不出所料，到了 5 月中旬，先后有九艘英法舰船开进旅顺海域，其中包括测量巡防舰"阿克泰翁号"。约翰·沃德舰长对其官兵说，我们冒着风险来到旅顺和大连湾，就是要在这里寻找一个理想的海军基地，为长期驻泊提供保障和依托。他命令舰上所有人员，要全面仔细地察看从旅顺到大连湾水域的海况、岸况，研究这里的海域特点，水流、暗流、海浪等细节都不可放过，不可有任何疏漏。在英国皇家海军"桑普森号""阿尔及利亚号"和"白鸽号"三艘战舰护航下，英法军队用了七天时间，完成了对以旅顺为轴心的渤海湾以及从旅顺到大连湾的全部水域和岸线的绘图。

英法军队的第二次入侵比第一次入侵有显而易见的升级，不仅舰船由七八艘增加到了三十艘，人员也增加了数十倍，而且军事活动更加猖獗。而对于英国来说，想要得到旅顺的迫切心情与日俱增，国会的一些政客甚至叫嚣，在中国，得到了旅顺，就可以南通北联，凌驾于其他国家之上，不再受制于人。

果然，公元 1860 年 2 月，英国舰队以更大的声势，实行了对旅顺的第三次入侵。海军司令何伯率领由一百二十多艘战舰和运输船、一万一千多名官兵组成的庞大舰队，浩浩荡荡地从中国的南海直接开进旅顺、大连湾和复州城。这些舰船分散停泊在西起

旅顺羊头洼、骆驼山，东到和尚岛、登沙河、大孤山，北至复州湾、长兴岛迤连三百五十多公里的海面上，沿海的大小港湾都被英军舰船占据了。何伯平生第一次来到旅顺，他既惊讶又兴奋，伸出大拇指赞叹道，我考察过世界上的许多著名军港，旅顺港可谓是其中的佼佼者，简直就是东方的直布罗陀！

直布罗陀海峡位于西班牙最南端的海滨和非洲大陆之间，得名于直布罗陀港。直布罗陀海峡作为贯通地中海和大西洋的唯一通道，具有重要的经济和战略价值，被誉为"西方的生命线"。公元 1704 年，英国攻占了直布罗陀，并在此建立了军事基地。英国海军司令将旅顺喻为直布罗陀，既是对旅顺重要战略地位的肯定，同时也暴露了英国人占有旅顺的野心。

那么，从 1860 年 6 月到 11 月，在五个多月的时间里，英国军队在旅顺一带都做了些什么呢？

抢劫中国商船。英国舰队自六月初开始大规模入侵旅顺，肆无忌惮地抢劫，先后在黄、渤海海域劫掠了往来于旅顺、大连湾、营口、威海、烟台之间的中国商船三十三艘。为了掩人耳目，他们将抢来的商船上的桅杆全部砍断，再涂上白色油漆，然后将这些船混杂在他们的舰队中。1860 年 6 月 22 日，四艘英舰驶入羊头洼，靠岸后蹿入附近村庄，挨家挨户抢劫食物，但很快就遭到了顽强抵抗。三里五村的近两千村民联合起来，手持铁锹、镐头和镰刀，在岸边列成阵势，与入侵的敌人对峙，最终令英军灰溜溜地退回船内，并很快开出口外。

英军无视中国主权，占据了旅顺至大连湾一带沿海的大小港湾之后，还肆意测量水位，绘制海图。何伯此行并不是虚张声势，而是按照战争要求，带来了英国海军司令部一部分班底。他们的任务是研究分析旅顺的战略位置，测绘可作战争之用的海上航行、军舰泊港、陆岸营地等科目，从各个方面为以战争手段占领旅顺做准备。英国人还按照自己的文化习惯和政治要求，将所到之处都重新取了英文名字，并将这些地方视同自己的地盘。因此，大连湾一度是以英国女王的名字命名的，称维多利亚湾。旅顺是以英女王的丈夫的名字命名的，称亚瑟港。依此类推，小孤山改名为贝尔湾，大鱼沟湾改为布斯塔特湾，大孤山改为奥甸湾，复州湾改为亚当湾等等，还于 1860 年出版发行了维多利亚湾海图。

何伯对旅顺、大连湾、复州城水域、岸线等作了全方位考察后，放弃了原来把大连湾作为英国海军基地的打算。军事家独有的战略眼光最终落向了旅顺港，尽管这里还不够完善，但何伯有他的考虑——旅顺水深港阔，隐蔽性尤其好，各种类型的船舰都可以入港驻泊，拥有不可多得的要塞地貌。而且，旅顺到大连湾沿岸，地理条件优越，非常有利于陆军驻扎营地。因此，无论平时与战时，都能够实现海陆联动和相互照应——按照何伯的要求，英军一方面以旅顺为轴心对周边海域进行全方位的考察、绘图，另一方面就是广泛地开辟岸线。从旅顺到大连湾、复州湾，三百五十多公里的海岸线上，英军陈兵近四千人，还备有六百多匹战马。他们在离距海面一两百米的地方搭建起近五百架帐篷宿营，每个帐篷都紧连着一个或多个海上登陆口，可以进退有度地登陆和撤离。他们还在帐篷营地周围开设了简易的操演场，进行登陆与反登陆的对抗演习。

从公元 1840 年 7 月，英国舰船第一次侵入旅顺开始，到 1860

年 11 月，英国舰队离开旅顺的二十年间，整个旅顺及周边地区一直笼罩在战云之下，战火硝烟似乎随时都有可能被点燃。但富有戏剧性的是，英法两国最终没有在旅顺区域发射一枪一炮。是什么力量化解了战争呢？回溯到当时扑朔迷离的世界局势，我们能够看到英国人和法国人的真面目。他们的一百二十多艘战舰在周边耀武扬威，并且置建了大量陆上营地，就像豺狼瞄准了猎物，无时无刻不想把旅顺吞噬下去，并且，看起来，他们也确实具备这样的能力。最终令他们不愿打、不敢打的真实原因，既不是害怕是腐败无能的清政府，也不是因为他们国内的政治动荡，而是怕早已对旅顺垂涎三尺的俄国和日本。新旧两个远东列强的横眉冷对，才是让英法两国投鼠忌器的真正根由。

1860 年 8 月，当英国人和法国人的几十艘舰船刚刚开进旅顺，俄国和日本两国几乎同时做出了反应，毫不掩饰地表达了反对其向北扩张的态度，并表示全力支持他们在珠江、长江流域发展势力，也允许分享俄日在中国东北地区获得的各种利益。俄国和日本把不愿英法插足旅顺的意思表达得非常明确。

其实，俄日两国早已把旅顺视为囊中之物，并且双方也非常清楚，为争夺旅顺的控制权，双方在此必有一战。对此，英国人和法国人心领神会，他们自然也有自己的算计。首先，他们不愿与俄日两国搅和在一起。在他们眼中，俄国是一头野性十足的熊，日本则是一只不讲信义的猴，他们都不会是非常好的合作伙伴，只能将自己拖入泥潭。其次，俄国是老牌列强国家，而日本则是新的霸主，为了排斥英法，他们一旦联起手来，势力不可低估，与其反目，后果不堪设想。所以，英法两国在反复权衡了二十年之后，放弃了嘴边的这块"肥肉"，把战舰开出了旅顺。当然，英法在旅顺所做的二十年的努力并未打水漂。他们苦心孤诣地在此地几进几出，目的就是向全世界宣示，向俄日宣示，英法帝国的触手可以伸到全球任何一个地方，只看他们想不想。

列强之间的博弈，其实与烂泥窝里的螃蟹有几分相似。面对食物，它们既横行霸道，又会尽量避免相互缠斗，以维持自身利益不受损害。但是，不怕贼偷，就怕贼惦记。旅顺的宿命就在于，在大航海时代之后，她的战略价值早已为一系列霸权国家所发现，并在风雨飘摇的清朝下半叶，成为若干强国军事扩张的焦点之一。事实上，早在明清交替之际，旅顺已经饱受战争创伤，但那时的战争性质和规模都与清朝后期的列强瓜分不可同日而语。虽然英法两国出于利害考虑，没有为旅顺带来更大的伤害，但是，他们开启了列强侵占、欺凌旅顺的罪恶先河。可以说，命运的颤音已经在大海的惊涛中回响，它预示了更大灾难的来临。

值得一提的是，在之后的岁月里，英法两国并未忘记旅顺，他们对她如圣地一样膜拜。而来自英国海军司令的评价和赞美，以及"东方直布罗陀"的美誉，更是让旅顺的盛名在整个欧洲得以流传。

危机骤起

在旅顺的近代史上，光绪十四年，即公元 1888 年是一道分水岭。虽然一度威名显赫的旅顺水师营逐渐衰落，但最终取而代之的，却是一支李鸿章创建的近代化舰队——北洋海军。就在这一年，旅顺拥有了新的身份——北洋海军基地。这是古老的水师营所不能比拟的，因此可以称之为时代发展的界碑。

公元 1874 年至 1875 年间，晚清政府内部爆发了一场关于海防与塞防的国家战略的大辩论，因为牵涉到北洋海军基地是否放在旅顺的问题，所以旅顺被卷入大辩论的旋涡之中。

这场持续的论战，不是偶然间爆发的，而是有着深刻的国内和国际背景。它不仅反映了中国海陆复合型地缘环境所导致的海防与塞防的两难选择，同时也是当时世界海权与陆权之争在中国的反映——海防与塞防之争，是应对帝国主义列强激烈争夺殖民地而采取的不同方式，选择的不同方向。

先来看看海防与塞防论争的国际背景。十五世纪以来，大陆和海洋两种发展模式的优劣问题，一直贯穿于地缘政治之中。西方的一些政治家、军事家认为，拥有海权是占领殖民地，取得世界霸权的关键。十八世纪六十年代，在资产阶级已夺取政权，掌握国家机器的英国，产业革命开展得如火如荼。公元 1794 年，法国取得了资产阶级革命的成功，欧洲资产阶级专制统治开始变得空前团结。美国在 1783 年宣告独立之后，紧紧追随英法的脚步，迅速走上了资本主义工业化道路。这些国家渐成气候以后，日益加紧对外扩张的步伐，尤其垂涎巨大的中国市场。他们认为，谁先占领中国市场，谁就能在世界竞争中拔得头筹，因此，处心积虑地要从海上敲开中国大门。

与此同时，"康乾盛世"已近尾声，中国边境，不论江河、海洋，还是山川、陆地，其防务都弱不禁风，甚至形同虚设，因而，四面八方都面临着被列强蚕食或鲸吞的危机。

十九世纪后半叶，英国完成了吞并印度的计划，进而向北扩张。而沙俄势力疯狂贪婪，也在极力向中亚和中国进行侵略扩张。同治三年，即公元 1864 年，俄国开始向邻近新疆的浩罕汗国发动军事进攻，而该国恰恰处于英国的卵翼之下，因此，两国势力在中亚和中国西北部发生了尖锐冲突，对中国新疆地区的角逐也呈现出更加激化的趋势。这时候，浩罕汗国摄政王派遣军事头目阿古柏率领一支军队，于同治四年，即公元 1865 年 4 月 11 日侵入新疆南疆，至 1870 年 3 月，南疆全部和北疆部分地区都被阿古柏势力所控制。至此，一直蓄谋占领新疆伊犁的沙俄开始极力拉拢阿古柏，以便为其侵占伊犁创造条件。1871 年 6 月，沙俄占领了伊犁九城（惠远古城及其八座卫星城）地区，并悍然宣布了对伊犁的永久统治权。在这一背景下，新疆地区战祸连年，人民处于水深火热之中。

同治十三年，即公元 1874 年，日本以琉球居民漂流到台湾遇

害为由，公然出兵台湾，东南亚一些小国也蠢蠢欲动，企图借机挤入西方殖民者侵略中国的行列。如此一来，东南沿海也风云骤起，对清王朝形成了前所未有的海上冲击与威胁。

如此，清廷难免寝食难安。英法列强于太平洋虎视，沙俄于东北和西北狼环，日本威逼于东南沿海，帝国主义列强从三个方向把中国团团包围起来，危机骤升。在朝内有识之士和人民抵御外来侵略的强烈诉求下，海防也好，塞防也罢，清政府必须从战略和全局上提出具有针对性的策略。

而如何取舍，国内原因则更复杂，是多层、多重矛盾的聚合叠加。在十五世纪中叶以前，中国从来没有遇到过来自海洋方面的，对主权、领土产生重大影响的威胁。但是自十八世纪末开始，清王朝的统治自身开始呈现出危机四伏的态势，土地兼并严重，政治空前腐败，财政拮据，军务废弛，其严峻局势岌岌不可终日。可以说，近代中国，处于苦难且复杂多变的社会转型期，内忧外患纷至沓来。明清两朝争夺旅顺的战争，已经为旅顺打下了苦难的烙印。而始于1840年的鸦片战争，又成为近代中国维护国家安全的转折点。西方列强从海上侵入中国，南下北上，日本吞并琉球，法国占领中越边境地区等等说明，西方列强的主要威胁来自海上。

然而，尽管世界形势风云变幻，朝廷内部的党争也日益激烈了起来。面对东南沿海和西北边塞两方面的军事威胁，清政府实在是进退维谷，焦头烂额。为了扭转时局，摆脱困境，清政府开始在各省督抚和中央王公大臣当中广泛征求意见。在此基础上，关于国家防御战略的大讨论热潮迭起，海防与塞防何者为先，何者为重，众臣各抒己见，很快便形成海防派与塞防派两种主导性声音。

主张以海防为主导的代表是洋务运动领袖李鸿章。从安徽合肥走出来，后被尊为中堂的李鸿章，在恩师曾国藩的提携下，成为淮军的创始人、北洋大臣和北洋水师的掌门人。身为同治、光绪两朝重臣，李鸿章曾在晚清政治舞台上纵横四十年。他执掌直隶总督大印，手握北洋大臣兵权，统领一方，雄视华夏，朝内有人称他为"坐镇北洋，遥控朝政"的官上官，可见其权势之大，威望之高。同时，李鸿章也不负盛名，对大清王朝所面临的危机了然于胸。他在给朝廷的奏折中说：

今则东南海疆万余里，各国通商传教，来往自如，聚集京师及各省腹地，阳托和好之名，阴怀吞噬之计；一国生事，诸国构煽：实为数千年来未有之变局。轮船电报之速，瞬息千里；军器机事之精，功力百倍；炮弹所到无所不摧；水陆关隘，不足限制，又为数千年来未有之强敌。

李鸿章看透了西方列强相互勾结，玩弄欺骗，妄图用坚船利炮侵占大清领土的险恶目的，反复强调，帝国主义对中国的威胁已从陆路转到海上，要想消灾避祸，保住清廷的半壁江山，必须要从海上防务做起，效法西方国家，建立现代海军，加强海防建设。

李鸿章提出的战略构想是，在清廷国库空虚，财力不足，可供调配的国防资源有限的情况下，国家战略应向海防倾斜。而新疆等西部地区则可暂时采取守势，静观其变，待机收复国土，因而可以最大限度地把西部地区屯兵花费转移到东部沿海地区的海

防上来，集中财力发展海军。对此，李鸿章的具体解释是：

> 已经出塞及尚未出塞各军，似须略加核减，可撤则撤，可停则停。其停撤之饷，即匀作海防之饷。否则只此财力，既备东南万里之海疆，又备西北万里之饷运，有不困穷颠蹶者哉！

从中可以看出，李鸿章对加强海防建设的重要性、必要性和迫切性的思路是高瞻远瞩和有理有据有节的。

反对方以左宗棠为首，他极力反对李鸿章加强海防，暂缓塞防的主张。湖南湘阴人左宗棠为湘军名将，是晚清著名的军事家、政治家，与曾国藩等人并称"晚清四大名臣"。他性格刚烈，不畏权贵，富有远见卓识。在海防与塞防的论战中，他坚定地站在塞防立场上与李鸿章辩争。在分析了当时国际国内形势后，左宗棠认为，回民叛乱已平定，新疆分裂势力刚刚兴起，英国和俄国都对新疆抱有野心，并且俄国已经抢先占领了伊犁，"以夷制夷"的策略已经失败。左宗棠还强调说，现在，沿海地带海防形势已趋缓和，西方诸国正忙于欧洲争夺，现在出兵新疆正是好时机，可一并收复失地。倘若久拖不决，定会形成尾大不掉之势，并引起内地安全的连锁反应，酿成严重的后果。

从本质上看，无论海防还是塞防，都是从维护清王朝统治，保证国家安全的大局着想，只是在实行的具体政策，采取的具体路径上有不同的政见和主张。也正因为如此，海防派与塞防派在关系国家前途命运的核心问题上仍存在共识，就是西方列强要瓜分中国已难以避免，不可等闲视之。

西方地缘政治学中海权与陆权的争论与竞争，已经从实质上指出了，世界政治中心是海权国家和陆权国家争夺霸权的斗争，而中国则处于海权和陆权的交叉地带，不论从哪一个方向上看都难逃牵连。这种地缘环境必然决定了中国成为西方列强争霸世界的中心。而晚清王朝又处于快速衰落之中，恰好为侵略者提供了有利时机。正是基于这种政治上的共识，历时一年的海防与塞防之争，最终双方打成了平手，只是在气势上，海防派稍占上风。

在这个过程中，清政府保持着两种意见的大体平衡，先是采纳了左宗棠的意见，下决心进军新疆，消灭阿古柏分裂势力，逼迫俄国归还伊犁。又积极支持李鸿章的海防主张，批准了他提出的"海防大筹议"议案，委托李鸿章扩建海军，购买军舰，大力发展海防建设。因此，李鸿章得以力排众议，在国家财力不足，缺乏军事、技术、管理人才，朝廷内外干扰不断的情况下，抓住历史机遇，把筹建现代化海军摆在了国家战略的高度。当然，这也意味着北洋海军的诞生是冲破重重阻力的结果，可以想见，其成长发展之路也会是艰难的。

海防、塞防大辩论后，总理衙门综合各方意见，从现实国力出发，提出了原则上同意建立北洋（旅顺、威海）、南洋（浙江）和东洋（福建）三支水师，但优先组建北洋水师，将南洋和东洋水师一并列入计划，待财力允许再行考虑。

到了光绪十年，即公元 1884 年，中国终于有了具有现代色彩的三支水师——北洋水师、南洋水师和东洋水师。公元 1885 年 10 月，清廷宣布成立总理海军事务衙门（简称海军衙门），统筹管辖

海军事宜。为了提高海军衙门的地位和档次，慈禧任命光绪皇帝的父亲醇亲王奕譞为清政府第一任总理大臣，命乾隆的曾孙、庆亲王奕劻和北洋大臣李鸿章会同办理，也叫会办，协助总理大臣工作。按照当时朝中的权力格局，醇亲王虽贵为一把手，但海军衙门的实际权力却在慈禧的嫡系亲信李鸿章手里。

要组建北洋水师，不能没有与之配套的基地，于是，建立海军基地的问题同时被提上了议事日程。这既是李鸿章的当务之急，也是清王朝的一件大事。担当筹建海军大任的李鸿章把目光投向了旅顺。但是，朝廷上下依然存在不同的声音。曾经出使过法国、德国的许景澄（晚清政治家、外交家）认为，海军基地设在山东胶州湾的青岛较好，那里港阔水深，常年不冻，不仅直接面向太平洋，而且离京城也不太远，因而从水陆两个方面都有利于对京城的保卫。对此，福建巡抚丁日昌提出了反对意见，他认为，在大连湾建立海军基地更为有利。福建船政大臣黎兆棠认为，广州的黄埔已有船坞，可以在这个基础上扩建一座军港。围绕着把海军基地建在何处，朝臣们争论不休，只好请光绪帝定夺。光绪贵为皇帝，在国家大事上却没有什么决策权，他不敢拍板，把皮球踢给了根本不懂军事的慈禧太后。慈禧太后却又把皮球给踢了回来。她说，海防之论是李鸿章提出来的，在这件事情上，他应早有筹划，见识也应高人一筹，就让他自己决定吧。于是，李鸿章当机立断，把北洋海军基地安放在了旅顺。

李鸿章做出的这个决策并不草率。自洋务运动以来，他已经在这里作了深厚的铺垫。为了建造好梦寐以求的海军基地，他和幕僚马建忠也曾专程前往旅顺和大连湾进行实地考察。光绪七年，即公元1881年秋天，李鸿章又亲自带着新购置的"超勇"号和"扬威"号两艘巡洋舰，劈波斩浪来到旅顺考察。当他志得意满地站在"超勇"号的指挥台上，目光掠过波涛汹涌的海面，投向旅顺方向逶迤连绵的群山，不禁为这群山交抱的海湾和港口而折服。能在这个举世难得的天然良港建立基地，培养海军，这不禁令李鸿章心旌摇荡。

因此，在写给皇上的奏折当中，他提出：

> 渤海大势，京师以天津为门户，天津以旅顺、烟台为锁钥。
>
> 西国水师，建阃择地，其要有六：水深不冻，往来无阻，一也；山列屏障，可避飓风，二也；路连腹地，易运糗粮，三也；近山多石，可修船坞，四也；口滨大洋，便于操练，五也；地出海中，以扼要害，六也。
>
> 北洋海军欲觅如此地势，甚不易得。胶州澳形势甚阔，但僻在山东之南，嫌甚太远；大连湾口门过宽，难于布置。唯威海卫、旅顺口两处较宜，与以上六层相合；而为保守畿疆计，尤宜先从旅顺下手。

奏折很短，水平极高，从宏观到微观，利弊得失，条分缕析，抑扬褒贬，言之有序，把北洋海军基地放在旅顺的道理阐述得明明白白，难怪慈禧如此倚重李鸿章。就这样，中国近代的第一个海军基地顺理成章地在旅顺安营扎寨了。从此，旅顺将以"北洋海军第一军港""东方第一要塞"的新姿态、新气势，揭开历史上辉煌的一页。

公元 1888 年，北洋水师改称北洋海军，正式挂牌成立，但人们仍习惯地称之为北洋水师。刚组建起来的北洋海军拥有二十五艘舰船，其中就有后来参加了甲午战争的"定远""镇远"两艘铁甲舰。舰队分别驻扎在旅顺、威海卫、大沽口三个港口。北洋海军一成立，就制定了《北洋海军章程》，其中规定，"择威海卫地方建衙或建公馆办公。另于威海卫、旅顺口两处，各建海军办公屋一所"。

按照要求，北洋海军提督丁汝昌负责分别在威海卫的刘公岛和旅顺口建立办公场所，由李鸿章亲自题写相同式样的"海军公所"牌匾，各自挂在其门楣上。现在的旅顺口港湾街 45 号欧式小楼就是当年的海军公所，其主人就是丁汝昌。从此以后，旅顺军港里停泊的不再是旧时代的木质小帆船，而是为新时代高大威猛的西洋大船和铁甲舰所取代了。

北洋海军诞生于国家危难之际，可谓使命在肩，责任重大。作为北洋海军基地的旅顺，则开始迎风击浪，巍然挺立在国家海防的第一线。

收拾乱局

把旅顺建造成北洋海军基地，成为清廷的国家战略级重大工程。在防务危机的逼迫下，在海防理论的引导下，在挽救大厦于将倾的企望下，也是在朝野上下的监督下，工程建设的开场锣鼓敲响了。

雄心勃勃的李鸿章深知，建立一支现代化海军，对于维护国家安全的重要性，也深知，建好旅顺海军基地对于壮大北洋海军的重要性。为了承担好关系国家和民族命运的重大责任，他于光绪八年，即1882年春天，再次来到旅顺。在实地察看了旅顺、金州以及大连湾的地理形势之后，一张战略防御蓝图在李鸿章的胸中绘就，他要为海军搭建展威扬功的舞台，就必须以旅顺为中心，建立起互为犄角、相互照应、进退有度的三个层次的防御体系。

其一，从宏观上构筑旅顺、威海卫、大沽口防御体系，使整个环渤海和渤海海峡，旅顺与威海卫成锁喉之势，旅顺、威海卫与大沽口成犄角之势，这种军事上的优势和功能是无与伦比的。有人说，必须有美人南威之色，方可以论姿容；必须有宝剑龙渊之利，才能够议断割。从宏观上构筑旅顺、威海卫、大沽口三地所形成的大三角防御体系，必能御敌于国门之外，令坚船利炮难

以突破，从而拱卫北京的安全。

其二，从中观上构筑旅顺、大连湾、金州防御体系。对于旅顺来说，金州和大连湾是两道关卡，两道门，只要金州和大连湾不被突破，旅顺就能安然无恙。倘若这两道关卡被打开，旅顺就成了孤城、死城。李鸿章和他的幕僚，以及聘请的外国军事专家都看到了这一点，并反复强调，金州和大连湾是旅顺的生命线，在建筑炮台及其他军事设施时，要不惜重金。在军力部署上，要不惜重兵。除此之外，李鸿章还有另外的眼光，把防御阵线延长到庄河花园口和复县（今瓦房店市）的复州城，形成自鸭绿江、花园口、皮子窝到旅顺的长线沿海防御体系，构成花园口、复州城南连旅顺、北接盛京的更大的区域防御格局。

其三，从微观上打造旅顺海陆交融的主体防御体系。这是北洋海军基地的核心，自然要成为李鸿章最为看重，最为关切的部分。他要调动一切资源，竭尽全力把旅顺建造成坚如磐石的雄关。

实际上，旅顺的建港工程并非一帆风顺。由于选人用人不当，致使工程一开始就陷入滞缓的窘境，引来了朝廷内外的非难和指责，不得不频繁走马换将。李鸿章本人也差点在这场换将风波中栽倒。

第一个走进旅顺建港工地的总指挥叫陆尔发，是一个名不见经传的小小县令。小县令怎么会有资格和机会到旅顺主持国家级工程呢？因为他是李鸿章的亲信。

李鸿章一代豪杰，心怀天下，但他有一大缺陷，即用人唯亲。选拔北洋海军提督时，很多人认为丁汝昌优柔寡断，才能不佳，远不及一些留洋培训过的将领，恐难成大事。但因他是淮军元老，对李鸿章忠心耿耿，言听计从，硬是被提拔为海军提督。问题的根本在于，北洋海军的重要性，决定了提督一职在李鸿章心中的分量，不用自己人，不足以控制这支队伍。同样，北洋海军建港项目如此重大，也非自己的嫡系不能选派任用。李鸿章把身边的人挑来拣去，最后看中了长期在北洋大臣衙门里办理洋务的陆尔发。虽然这个人对建港修坞一窍不通，但是他有两个得天独厚的优势。第一，他是从合肥走出来，跟随李鸿章打天下的乡勇，自然是李鸿章信得过的人。第二，陆尔发不懂业务却精通英语，德语和法语也略知一二，在李鸿章眼中是难得的人才。那时候，在洋务运动的影响下，建港口、造炮台等等工程也已开始从外国引进专家和工程技术人员，能直接与洋人交流合作的人，当然会被高看一眼。

事实上，早在光绪二年，即公元 1876 年 11 月，陆尔发就曾领命来到旅顺。面对即将开展的建造船坞、修筑炮台这样巨大的工程，他眼花缭乱，不知所措，更拿不出像样的工程规划和具体的实施计划，只能走一步看一步地零敲碎打。陆尔发不但自己不行，还容不得能人，喜欢摆着一副高高在上的架子，到处指手画脚。他还不懂得和洋人之间的合作，对李鸿章派来的洋专家，德国陆军少校汉纳根、英国海军上校柯克等人提出的建议置若罔闻，久而久之，相互之间形成了互不买账的严重对立。如此，使旅顺的建港工程陷入了无休止的扯皮之中。转眼之间，两三年的时间过去了，建港工程却没有多大进展，李鸿章的宏伟蓝图在陆尔发的手上搁浅了。

这期间，告发陆尔发混日子、不作为的奏折不断飞往北京，

李鸿章因此而成为众矢之的，被推到了风口浪尖上。郁闷无奈之余，他一纸命令，撤换了不争气的陆尔发，并从此不许他再踏入北洋总理衙门。

接替陆尔发的人是黄瑞兰。此人比陆尔发更有来头，他不仅是李鸿章的合肥同乡，淮系老人，而且与李鸿章的私人交情非同一般，在淮军圈子里有着不可撼动的地位。

黄瑞兰十四岁从军，一直跟在李鸿章身边，鞍前马后，东征西战，共同走过了刀刃上舔血的岁月，深得李鸿章信任，并不断地给予提拔，一直提到了总兵的位置。同治年间，他跟随李鸿章的淮军围剿捻军的时候，正值盛夏，由于战况不利，加上酷暑难耐，李鸿章患上了湿热症，背后长出了毒疮，吃药也不见效，医生也不敢开刀治疗，李鸿章病倒了，生命受到威胁。是黄瑞兰贴身照顾，按照医生的嘱咐，用嘴帮李鸿章吸出毒液，每天数次。这样坚持了半个多月，毒疮竟然好了，这令李鸿章大为感动。滴水之恩，当涌泉相报。那么，救命之恩当如何报答呢？李鸿章对黄瑞兰表示，日后无论什么时候都不会相负，你我二人同甘共苦。

报答的机会来了。在撤掉陆尔发之后，李鸿章很快就决定在旅顺口设立营务工程局，全权负责旅顺海军基地的建设事宜，并委派黄瑞兰任工程局总办，即工程总指挥。光绪四年，即1878年底，黄瑞兰走马上任。

令人没有想到的是，黄瑞兰也是一摊糊不上墙的烂泥，不但工作能力差，而且是个利令智昏的无耻小人。他对旅顺海防工程的所有作为都堪称伤天害理。工程局主管着整个旅顺基地大大小小的工程项目，自然是个流着油的肥缺，为了捞到更多的外快，黄瑞兰在每个具体工程部门都安插了“自己人”，整个工程局被他的亲信垄断了。为了满足私欲，黄瑞兰还胆大包天地在工程账目上弄虚作假，就算是在拦海大坝这样重大的工程上，他也敢以假乱真，以次充好，致使大坝险些毁于一旦。黄瑞兰还擅长拉帮结派，在不到两年的时间里，任用亲信人员，导致工程局超编了三四倍。汉纳根、柯克等洋人专家有着西方的道德伦理和处事标准，他们对黄瑞兰的诸多行径深恶痛绝，发生了多次激烈的争吵，建港工程被迫陷于停顿。

这种荒谬的现状，很快就在京城里传得沸沸扬扬。朝廷要求李鸿章尽快调查，予以严办。无奈的李鸿章只好出来打圆场说，“该员貌似质直，而举动任性，办事糊涂，文武将吏皆不愿与其共事”“似有心佯者，臣不敢任徇庇同乡之咎，是以撤去差使”，并评价其人“实不堪任用”。他的这套说辞，不痛不痒，将黄瑞兰的品行问题说成有心理障碍，性格古怪，不能与人共事。谁都看得出来，这其实是在“捂盖子”，是在袒护自己的大恩人。可是，黄瑞兰在旅顺捅出的天大的窟窿，不是凭李鸿章的几句话就能搪塞的。

其实，李鸿章对黄瑞兰其人还是了解不够，因此，对于满朝文武的指责、痛骂，对于黄瑞兰顽劣、贪腐的指责，一直有些将信将疑。空穴真能来风吗？他决定亲自到旅顺考证一番。光绪十年，即 1884 年 5 月，李鸿章到旅顺考察军港建设进度，黄瑞兰安排得周到细致，从表面上看不出任何破绽。当李鸿章来到弹药库视察，并问及弹药数量是否充足时，黄瑞兰拍着胸脯打包票说，中堂大人尽管放心，弹药数量充足，已经妥善保管四五年了，如有战事，可随时投入战斗。他甚至做出了北洋海军战则必胜这样的保证。

李鸿章随手打开几个炮弹箱子，发现炮弹果然保存完好，非常高兴。但当他准备离开之时，突然转回身来，走向了远处摆放的一排排崭新的炮弹箱，并命黄瑞兰把这些箱子全部打开。检查的结果是，这些箱子里装的并不是炮弹，而是一块块乌黑的石头，并没有一发炮弹存放。李鸿章用气得哆嗦的手指着黄瑞兰大发雷霆，黄瑞兰也吓得瘫坐在地，不得不承认贪污军港建设费用，私吞购买炮弹银两的事实。原来，那些石头都是他为了应付检查而紧急调来充数的。

李鸿章怒不可遏。他当然清楚，与国家命运息息相关的建港工程已经拖延了四五年了，无法取得实质性的进展，难逃自己用人不当的干系。为了摆脱眼前的险境，逃避朝廷的追究，李鸿章只能弃卒保车，除掉黄瑞兰。对于李鸿章来说，黄瑞兰带来的伤害有两个方面，一个是来自下属的欺骗，一个是遭遇友人的背叛。于是，就在这个弹药库里，李鸿章流着眼泪，斩杀了这个他承诺"永不相负"的黄瑞兰。但是，李鸿章给予了黄瑞兰以最后的优待，安排下属将他的尸体运回老家合肥，予以立碑、厚葬。

到此时为止，旅顺海军基地的修建工程，已经成了烂摊子。

有罪过的人撤的撤，杀的杀，而旅顺军港建设不能停。为了挽回损失，保住面子，李鸿章要任用有能力、有操守的人来收拾眼下的乱局。他痛改往日陋习，不再瞄准淮系圈子选人用人，在圈外起用了两个有才华，有担当，能干会干的人，一是任用袁保龄为旅顺海军基地工程局总办，一是任用贵族军人世家出身的德国海防专家汉纳根，让他作为袁保龄的助手，全面负责建造炮台。

袁保龄原籍河南项城，出身官宦之家，是咸丰、同治年间的钦差大臣和漕运总督袁甲三的第三子，也是袁世凯的叔父。袁保龄在同治元年，即公元 1862 年考中举人。光绪三年，即公元 1877年因编纂《穆宗毅皇帝实录》有功，赏戴花翎，并升四品。翌年因赈灾有功，擢升道员，加三品衔。袁保龄曾随其父镇压过捻军，可谓文武双全。李鸿章认为他"谙习戎机，博通经济，才具勤敏"，向朝廷奏请将其调任天津，委办北洋海防营务。在此期间，袁保龄就曾经考察了北洋各海口，其中包括大沽、烟台、登州、威海卫、大连湾和旅顺等地，之后给李鸿章递交了一份考察报告，分析认为，上述诸口都有缺点，唯有旅顺最优：

> 为北洋第一险隘，可战可守。前有老铁山，与南北城隍庙最近，然亦有四十余里海面，若水师得力，此两山炮台、水雷足以助势，敌舟无敢轻过。
>
> 通筹形势无以易旅顺者，跨金州半岛突出大洋，水深不冻，山列屏障。口门五十余丈，口内两澳，四山围拱，形胜天然，诚海军之澳区也。于此浚浅滩，展口门，创建船坞，分筑炮台，广造库厂，设防于大连湾，屯坚垒于南关岭，与威海卫各岛遥为声援，远驭朝鲜，近蔽辽沈，实足握东亚海权，匪第北洋要塞也。

这份调查报告，言简意赅，颇有文采。尤其是对旅顺在北洋海防上的优势和重要性，提出了深刻而独到的见解。正是凭借这份报告，李鸿章对袁保龄刮目相看，并在关键时刻委以重任。

接替黄瑞兰到任旅顺的袁保龄，非常清醒地知道自己肩上的

担子之重，更明白旅顺海军基地建设所面临的艰难处境。对于他来说，不懂海防水土工程，不是李鸿章的嫡系，这两条重要的先天不足，都会随时葬送自己的前程，更可能会搭上性命。但是，袁保龄确实没有辜负李鸿章的期望和重托，在上任之初，面对巨大的阻力和困难，他以霹雳手段，推行了三个举措。

第一，向李鸿章要人，他强烈要求指派刘含芳和周馥两位要员来到旅顺，一同主持工程，并且势在必得。袁保龄为什么指名道姓地非要这两个人不可呢？因为这两个人都是李鸿章的亲信，深谙官场规则的袁保龄，要为自己寻找支撑和同盟，否则，纵有天大的本事，恐怕也将一事无成。这个请求得到了李鸿章的支持，很快就把刘含芳和周馥派到了旅顺，充当袁保龄的副手。不仅如此，在此后的工程建设过程中，李鸿章也对袁保龄多有维护，对一些反对、上告的情况，屡屡装聋作哑，不予理睬。第二，袁保龄顶住压力，锐意改组了原有的工程局，把前任黄瑞兰滥用的四百多名贪鄙无能的官员全部裁撤，调整了一批明显过高的薪水，起用了很多熟谙技术和管理的人才。第三，袁保龄能够妥善处理与外国专家的关系。聘请外国专家，原本是为了采用西方先进的技术建港修坞，但他的两个前任在这方面都没做好，更谈不上尊重专家的意见，用好他们的资源。因此，摆在袁保龄面前的重大难题就是，如何处理好与他们的关系，充分发挥好他们的作用。他提出了"充分尊重、大胆使用、合理薪酬、共担责任"的十六字方针，并彻头彻尾地贯彻落实，与外国专家友好共事，充分协作的难题迎刃而解。

袁保龄在大刀阔斧地做好这些具有基础性、根本性的工作后，以大手笔、大气魄依次展开了旅顺海军基地建设的三大工程。

舍命建军港

常言道，谋事在人，成事在天。其实有时候，成事也在人。世界上就是存在这样一些人，能够按照上天的意志，顺应社会潮流，遵守自然规律，真诚、踏实地去做好一件事。袁保龄就是这样能做事、能成事的人。

袁保龄身材不高，更不魁伟，但他既有傲然的硬气，也有内心的谋划，具有攻坚克难的决心与方法。到任旅顺以后，他调集所有资源，把繁杂的事务按轻重缓急，精心规划为建船坞、扩建港、做配套等三期工程。

首先是全力攻克大船坞工程。旅顺海军基地的核心设施，就是为北洋海军建造一个可供战舰维修、保养、停泊的大船坞。从某种意义上说，没有大船坞，就很难真正形成北洋海军的战斗力。因此，在排兵布阵上，袁保龄把修建船坞列在建港最为重要的一期工程当中。

光绪五年，即公元1879年，李鸿章从德国购进了当时世界上最先进的"定远"和"镇远"两艘一级铁甲舰，并把它们放在了旅顺。但旅顺有港无坞，两艘铁甲舰迟迟不能入坞维护。处于同一时期，福州、上海、广州、大沽虽然建有四座船坞，但规模都不大，并

且是泥土夯筑，不够坚实，也难为"定远"和"镇远"所用。因此，在旅顺建一座规模较大的现代化船坞已成为当务之急。袁保龄深知大坞对旅顺军港、对北洋海军、对李鸿章个人前途与命运的重大意义，他曾对刘含芳表达了"旅顺大坞是为北洋海军而建，为的是应对未来战争之用，于公于私我们都要建出个奇迹"的意见。可以看出，袁保龄虽然只是一个候补的三品道员，但却有着非凡的格局和情怀，是堪当守疆重任的大才。他要用自己的责任和全部智慧，尽早把建造旅顺大坞由梦想变为现实。

在当时的条件下，建造世界先进的大船坞，中国既缺少技术和人才，又缺乏资金和材料，还稀缺相应的管理经验。袁保龄决定，大量聘请洋人。于是，英国、法国、德国的承包商纷纷拥进旅顺城，都想得到这个利润丰厚的大订单。这样，自然就把西方工程建设先进的招标方法引了进来，中方可以挑挑拣拣，货比三家。最后，德国人中标，承揽了建筑大船坞工程，所有的不足，都由德国人打包负责解决。

工程问题解决了，选址又成了一大要务。在袁保龄的整体规划中，要先造船坞后建港。而在实际操作过程中，这一顺序被颠倒了过来，是先建港，后造坞。原因是，袁保龄一直为选择理想的坞址举棋不定。虽然李鸿章做出了在旅顺修建一座规模大、功能全、质量好的船坞的决定，但是具体的建设地址，他并没有给出明确意见，只能由工程总办自己定夺，这令袁保龄的压力陡增。而对于建造船坞来说，选址无疑是最重要的一环，可以说，选择一处理想的坞址等于项目成功了一半。为了把这座前所未有的坞址选好，袁保龄慎之又慎，足足用了两年半的时间，跋山涉水亲自考察，先后四易其址。

他先期曾经看好旅顺北部，旧水师营曾经使用过的两个小型船坞所在地，可是经过勘探，发现该地地质复杂，工程量和工期将远远高于预算量，可谓劳民伤财，事倍功半。第二次、第三次选址也都因各种各样的难题而放弃了。但苍天不负有心人，第四次，袁保龄把目光停留在水师营官厅东南的山洼里，这里的山势、水域都非常理想。他在和几名外国专家反复研究商讨后做出了决定，只要做一个抛物线试验，排除安全隐患即可修建。他们马上组织，由海上多个角度不同距离发射数发炮弹，让这些炮弹飞越黄金山山顶后，再越过山洼。结果非常理想，没有一发炮弹落在预选的坞址上，说明这里不会受到海上攻击的威胁，安全得到了保障。

袁保龄关于船坞选址的请示，很快得到了李鸿章的批示，建造工程旋即启动。

为了加快船坞的建设速度，把损失的时间抢回来，袁保龄和刘含芳、周馥一起，身先士卒，冲在施工第一线。袁保龄为人正直厚道，又善于与人打交道，深得周围人的敬重。当他请求驻军提督宋庆的帮助时，宋庆毫不犹豫地答应了，先后调来四千多名清军协助建港。聂士成就是在这个阶段被调来旅顺，参加军港建设的。经过八年的苦心努力，旅顺港大坞于光绪十六年，即公元1890年11月全部完工。这意味着，北洋海军任何型号、规格的战舰，如遇坏损，即可进坞维修，保证了战舰随时出航，从而大大提高了北洋海军的战斗保障。工程验收之后，李鸿章喜不自胜，立即向朝廷上报了一道篇幅很长的报喜奏折，里面有这样一段话：

嗣后北洋海军战船遇有损坏，均可就近入坞修理，无庸借助日本、香港诸石坞，洵为缓急可恃，并无须靡费巨资。从此量力筹划，逐渐扩充，将见北洋海军规模，足以雄视一切。渤海门户深固不摇，其裨益於海防大局。

字里行间看得出，李鸿章的得意溢于言表，特别是他使用了"深固不摇"四个字，来评价大坞对旅顺海军基地乃至国家海上防务的地位和作用，可见其对大坞的厚爱和重视程度。

李鸿章满以为，主政的慈禧太后也会像自己一样兴奋，谁知却"热脸贴上了冷屁股"，慈禧看了奏折之后表情淡漠，没有半点喜悦赞美之意，只在奏折上批了"知道了"三个字。这让李鸿章异常不安，导致他很长时间食不甘味，寝不安眠，苦心揣摩着老佛爷的胸膛里会装有怎样的杀机。

船坞修建的同时，还要突破改扩建港口的难关。从地理环境上看，旅顺虽为不淤不冻的天然良港，但从时代上看，晚清政府已成强弩之末，国库空虚，财政拮据，无力更无心拿出资金对陈旧的港口进行全面维护、维修，致使旅顺港的功能大大减弱。袁保龄主持建港后，按照先难后易、先急后缓的原则，先是拓宽港口、疏浚港湾航道，让所有进出港的舰船畅通无阻。由于常年失修，旅顺港内及其港口淤积了大量泥沙，必须把这些泥沙全部清除掉。当时，没有大型挖掘设备，全靠人力挖掘。为了加快疏浚速度，袁保龄在旅顺、大连地区和山东半岛的临沂、烟台等地雇用了一万两千多名民工，靠人海战术推进工程。在那些日子里，白天港口人山人海，二三百只装载着从海底挖出泥沙的运输船只穿梭往来，其场面和气势都非常壮观。到了夜晚，港口灯火闪烁，点着松明渔火的运输船，把海面装点得煞是斑斓。

挖掘疏浚完港口，还要在港口外围筑起一道拦潮大坝，将东港与入海口分开，防止外海浪涌形成对港口的冲击。这是军港建设的重大工程，早在黄瑞兰的主持下已近完工。但是黄瑞兰为了截留、贪污工程款，在组织施工时一直偷工减料，以次充好，虚报工程质量，致使大坝底部的海泥没有挖干净。并且坝深收坡过小，造成坝体渗漏向下坍塌，随时都有崩溃的危险。袁保龄面对这样一个巨大的隐患，没有怨天尤人，而是想方设法予以补救。先是增高加厚堤坝，同时又加修了备用大坝作为应急之用。光绪九年，即公元 1883 年 10 月，因为连日暴雨，潮水大涨，狂风巨浪之下，大坝南段突然塌陷五尺，坝体几乎与海面持平。更为严重的是，大坝中段也出现了大的横裂。在危急时刻，袁保龄不顾病体，顶风冒雨地率领宋庆所部的三营毅军和五百民工冲到一线，他们采用传统河工办法奋力抢险，加固坝体。到了 11 月中旬，天气更加恶劣，狂风不分昼夜地呼啸，震天撼地，拔木破屋。袁保龄依然故我，镇定自若地指挥抢修，赶在时间之前，成功将坝体修复完成，所有塌陷部位全部封闭合拢。至此，袁保龄仍然放心不下，又在大坝上坚守了二十多个日日夜夜，仔细观察，严防死守。在成功解决大坝塌陷的问题之后，袁保龄又采用石块垒叠的方法，进一步巩固坝体，终于使拦潮大坝稳固地挺立在浪涛之中。

拦潮大坝工程如期完工，而在风浪中搏斗了五十二天的袁保龄却病倒了，最后请来给慈禧看过病的名医汪守正诊治，才得以渐渐恢复。即使在这样的情况下，袁保龄在给朝廷的奏折中，未

提到前任黄瑞兰一个字的坏处，以力避世俗诿卸之习，可见人品之高尚，胸怀之坦荡。

加固完拦潮大坝，紧接着就要对东港、西港和船坞岸壁进行修建。这是个讲面子的形象工程，军港的质量和气势，都能从这里直接体现出来。这时，在建筑材料的选用上，袁保龄和聘请来的德国专家善威意见不一致。善威主张用烧制的泥砖作为船坞和岸壁用材，袁保龄则认为，旅顺军港是百年大计，不是应景工程，烧制泥砖的质量再好，也没有花岗岩的质地坚硬、耐用。为此，二人互不相让，争执了四个多月。由于袁保龄的意见得到了其他西方专家的一致支持，李鸿章也在电报中表示，选用何种材料由袁保龄酌定，因此，军港船坞和岸壁，最终是按照袁保龄的意见选材的。如今的旅顺港船坞，因为材质的精良，历经一百三十多年的风蚀海浸，仍然性能良好，坚固如初。

旅顺建港工程的另一件大事，就是做好庞杂的配套工程，这是袁保龄呕心沥血建港规划的最后一个环节。俗话说，才郎配红颜，好马配好鞍。还说，编筐窝篓，全在收口。大船坞、拦潮大坝、疏浚港湾、岸体修建等几个主体工程完工以后，还要做好大小两个配套。就整个旅顺海军基地工程的大配套来说，要先后建筑电报局、船械局、军械局大楼，还有鱼雷营、水师养病院等等，紧接着要上马自来水、引河入海、入海口拦截、海上灯塔、碎石码头、弹药库等项工程。还要修建旅顺海军公所以及相应的办公大楼。小配套工程主要是围绕着为大船坞服务展开的，包括铁甲舰工厂设备、各种厂房和营房、港内铁道、起重码头、电力设施等等。当这些工程一项一项完工，旅顺海军基地宣布大功告成，竣工落幕。

在旅顺海军基地建设即将竣工落幕之际，袁保龄的人生却要提前谢幕了。八九年来，袁保龄披肝沥胆，鞠躬尽瘁，积劳成疾，他的身体被彻底拖垮了。光绪十五年，即公元 1889 年，年仅四十八岁的袁保龄病逝于旅顺，他没能看到建港工程的最后成果。李鸿章对袁保龄的功绩感怀不已，也为他的英年早逝倍感惋惜。他上奏朝廷，为袁保龄请功：

> 已故后补道袁保龄，办理海防，以死勤事，恳请优恤。

清廷很快批复准奏：

> 袁保龄著照军营立功积劳病故例，从优议恤。

比照军营积劳故例，格外加以优抚，授袁保龄资政大夫，晋封光禄大夫，赠内阁学士，列入国史列传。

这位北洋海军旅顺基地建港功臣，虽然没能等到港口竣工的那一天，但他的名字和功绩，则永远地写在了旅顺的史册上。

洋人造炮台

按照李鸿章的战略构想，旅顺海军基地由港口和炮台群两大部分构成。港口建设的重担压在总指挥袁保龄身上，而围绕着港口以及旅顺城的防守炮台，则由汉纳根负责。敢用外国人建造用于抵御外敌侵略所用的炮台，可见李鸿章的过人胆识。

近代中国自洋务运动开始，在沿海、沿江修筑了不少成规模的炮台群，其中又分为岸防炮台和陆防炮台两种，以环海的广州、厦门，沿江的南京、江阴，守湾的威海卫、大沽口等地所修筑的炮台群最为有名。而修筑这些炮台，大都有洋人的参与，有些炮台还是西方专家亲自设计建造的。

汉纳根是德国人，毕业于一所陆军士官学校，专攻炮台和防御工事研究。公元1879年，在其岳父，天津海关总税务司主管，英国人德璀琳的推荐下来到中国，充当李鸿章的军事顾问。他生逢盛时，受李鸿章之命，全权负责旅顺、大连湾、金州城海岸沿线炮台的建筑。同时，还要指导参与大沽口、威海卫等处炮台建筑。为了不辜负李鸿章的信任和重托，汉纳根把旅顺、大连湾、金州城以及复州城、花园口的山山水水跑了个遍，以军事家的眼光，科学家的头脑，艺术家的风格，对旅顺及周边地区炮台修筑做了精心的设计规划。在他的设计下，以旅顺港口为中心，在环抱港口的山峦建筑炮台，构成旅顺东部、西部的后路防线。围绕港口的海岸建筑炮台，形成东、西海岸炮台群。这样，旅顺后路东西部炮台群防线，与海岸东西部炮台防线遥相呼应，共同守护着旅顺城和旅顺港的安全。

李鸿章和袁保龄对这个规划都非常满意，只是暗示汉纳根，修造炮台绝非儿戏，关系国家安危，当竭尽心力。汉纳根心领神会，立下誓言，要让自己主导修造的炮台与旅顺要塞齐名，要在世界扬名。

旅顺军港岸线的岸防炮台建设，自光绪八年，即公元 1882 年始。东岸炮台群包括黄金山炮台、模珠礁炮台、崂律咀炮台等；西岸炮台群包括老虎尾炮台、威远炮台、蛮子营炮台、馒头山炮台、城头山炮台等。黄金山位于旅顺港口岸东部，地理位置极为重要，堪称旅顺的脊梁。因此，黄金山炮台也就成为旅顺所有岸防炮台的核心，其他所有海岸炮台，都是围绕着黄金山炮台布置建造的。李鸿章曾评价说，旅顺口黄金山、老虎尾炮台最得地势。

黄金山炮台是完全仿造德国的新式岸防炮台，建在山顶，由本炮台和副炮台两个部分组成，可居高临下地对旅顺城及其港口实行全覆盖防护。登上黄金山，站在炮台旁就能发现，黄金山炮台的一个最大特点就是，除了能与老虎尾炮台共同封锁港口外，旅顺市街、松山、马山炮台，都在其火力控制范围之内。为了修筑好这座举足轻重的炮台，汉纳根不惜财力，用掉白银二十万两。炮台建好后，又多次加固维修和扩建，是旅顺海军基地用时最长，耗银最多的炮台。

正当岸防炮台工程有板有眼地向前推进之时，光绪十年，即公元 1884 年 8 月爆发了第二次中法战争。李鸿章担心法军跨海长驱北上袭击北京，急令袁保龄加快建港筑堡速度，以防不测。汉纳根也雷厉风行，东西岸防炮台刚建完，来不及休整，就马不停蹄地组织人马开始了陆防炮台的建设。

旅顺的陆防炮台分布在北部山岭，由鸡冠山、田家屯、团山等二十一座炮台组成，这其中还有一些小型土炮台。那时候没有起重设备，也没有汽车、拖拉机等近现代运载工具，在山顶上修筑炮台，用的水泥、钢筋、石头、砖头等材料，全靠肩扛手提。为了加快建设速度，在袁保龄和宋庆的支持下，从山东、河北、天津、营口等地招募劳工九千多人，其中有石匠、铁匠、木匠、砖瓦匠与劳工。汉纳根将他们组织起来，细致分工，严格训练，亲自讲授如何操作先进工具，如何挖掘隧道等项技术。九千多名劳工加上宋庆的一千多名清军，风餐露宿，日夜不停地将一块块巨石，一袋袋水泥，一捆捆钢筋，从港口搬运到几里，十几里地之外的山顶工地。特别是往山上搬运体大量重的西洋大炮时，总是会形成震天动地的气势。要把一门大炮弄到山顶，通常要先修好简易的上山道路，靠着数百名经过训练的劳工和清军，利用绳索和滚木的传统方法，挥舞小旗，喊着号子，一步一步，把笨重的大炮拖到山顶。

为了充分发挥岸防、陆防炮台的作用，交织成为一张严密有效的防御火力网，全方位地抵御和封锁敌人的进攻，汉纳根根据不同地理位置，选择不同的炮台规模，实行不同的火力配置，使几十座炮台的形态和功能各具特色。比如，田鸡炮台位于黄金山西岗，它的战术目的和主要功能是配合黄金山炮台打击进港之敌。黄金山东护台位于山岭的东北，配备的多是小口径火炮，主要是弥补黄金山炮台无法俯视而造成的防御死角。崂律咀炮台位于旅顺东岸滨海的山峰之上，前峰临海，石壁峭立，在这里构筑炮台是为了防御敌军舰船由此登岸，袭我后路。馒头山炮台在旅顺西岸城头山的东北部，仿老虎尾炮台建造而成，高出水平面四十余丈。这个炮台的主要功能是，可在西北方向炮击双岛、羊头洼两地，切断敌人进攻旅顺西港的道路，南可以协助黄金山炮台防守，攻击离黄金山炮台较远距离的敌船。西岸土炮台，位于鸡冠山北，老虎尾南，其炮火可协助黄金山炮台抵制山脚来敌。老虎尾炮台，地处港口西岸，右接鸡冠山，左瞰黄金山，正面恰可封锁旅顺港口门，这个炮台的重要作用是，与黄金山炮台相依附，对旅顺港口门形成夹击之势。

　　汉纳根在旅顺修筑的所有炮台，全都仿效和借鉴了当时西方最先进、最流行的海防炮台修筑技术，比早期西方人在江阴、厦门修筑的海防炮台技术有明显的进步。可以说，在相当长的阶段内，旅顺炮台的质量与功能是无可比拟的。

　　汉纳根主导修建的旅顺海防炮台群，其一是改变了炮台的布局结构。他完全摒弃了沿海炮台星罗棋布的老旧方式，而是采取了在海岸、海口和山岭等重点地域重点设防的布局。炮台的结构由过去的明炮台向暗炮台转变，以增强其隐蔽性和攻击能力，使岸防炮兵和火炮能够得到有效保护。这种炮台的最大好处是，火炮可以水平升降，周转自如，四面环击，既能最大限度地保护炮兵，又能对炮台自身形成有力保障。

其二是使用了优质的建筑材料。旅顺炮台的建筑用料全部为钢筋混凝土，不再是传统的砖石结构，从而大大提高了炮台的硬度和防守功能。这是汉纳根在旅顺炮台建筑上的又一大突破。

其三是多元化的火炮配置。包括旅顺在内，清朝前期所建造的海防炮台，大多采用统一规格与口径的火炮。到了清末，不同地域、不同环境的海防炮台，开始采用不同射程、不同口径的火炮。汉纳根根据旅顺的地域特点，在不同位置、不同角度、不同作用的炮台，选用不同射程和口径的火炮。具体地看，射界宽阔、地势较高的炮台，使用德国克虏伯和英国阿姆斯特朗兵工厂生产的大口径火炮。这种火炮射程远，杀伤力大，对敌方海上铁甲舰能形成有效打击。射界相对狭窄、地势较为低平的炮台，则采用射程较近，但能对士兵群造成巨大杀伤的火炮。这样，火炮远近协同，高低配合，能够阻止敌方登陆部队在其强大舰载火力支持下的强行登陆。

其四，汉纳根重视炮台对城市的防护。在建造炮台的过程中，他非常强调对旅顺城市的保护，充分考虑了城市、港口与岸线之间的联系。在海防要塞群体炮位的设置中，坚持自身防护与各炮位之间防护的相互依托与支持，同时兼顾岸基炮台与水面部队、陆地步兵之间的相互支援，从而构成强大、立体、严密的防御体系，形成点、面、体交叉火力网，保证在未来战争中，充分发挥自己整体的防御优势。

汉纳根在旅顺以及金州、大连湾等地设计建造的炮台还有一个明显特征。临海的一面有高台，围绕着炮台设有官厅、兵舍、弹药库、马车道等，一应俱全。而炮台的后身却是个敞开的半圆形，无遮无挡。有一次，跟随汉纳根督工的中国官员问他，你设计建造的炮台式样新颖，构造精巧，掩体坚固，可为什么炮台的后身是敞开的？敌人进攻上来不是很危险吗？他认为，炮台后身还是建成封闭式的更好。已经比较了解中国传统文化，熟悉中国语言的汉纳根幽默地说，炮台后身都是中国人自家的后院，后院是安全的，任何入侵的敌人都将在这里却步，他们没有绕到后面的机会——语调尽管轻松，但骨子里却透露出权威的自信与霸气。

旅顺军港的陆防岸防炮台自光绪七年，即公元 1881 年破土动工，到六年后的 1887 年胜利完工。这期间，汉纳根带领他的团队，亲自督造了四十六座炮台，其中包括一些规模不等，样式不同的小型土炮台。炮台群建成以后，人们站在旅顺港岸边向围抱着海港的群山望去，东起崂律嘴，北至东鸡冠山、西达望台山、松树山、二龙山、椅子山等山峰上的炮台，如同从天上洒落下来一般，此起彼伏，连绵不断，形成了连锁式的防御体系，可谓雄关漫道，威武庄严。这时候，当人们再次提到"军事要塞""战略要地"的时候，是实至名归的，完全可以充满底气与豪情。

在此期间，汉纳根还设计督造了金州、大连湾、复州城等处炮台，天津大沽口炮台群、威海卫炮台群，也大部分是由他一手设计督造。

旅顺海军基地作为一个整体，是由港体、岸体和附属设施构成的。港体主要包括船坞、泊港、港口通道、拦潮大坝、航标灯等。岸体是指炮台、掩体、弹药库、训练场、连通道路等。附属设施则是办公楼、医院、各类军械器具加工厂、供水、供电、厂房设施等。把这三者合成一体，才是完整的，富有战斗力的海军基地。

旅顺海军基地炮台完工的消息传到北京，光绪帝自然欣喜不已。在李鸿章的撮合下，他派出了自己的父亲醇亲王奕譞前来旅顺巡视。此等规格待遇，使得李鸿章倍感荣耀，也让旅顺人颜面大增。光绪十三年，即公元1887年5月，当醇亲王踏上旅顺的土地，看到海岸群山列阵的炮台，看到雄伟壮丽的旅顺军港，他异常兴奋，对李鸿章赞不绝口。醇亲王巡视完毕回京不久，光绪就下诏降旨，授予建筑炮台有功的汉纳根三品顶戴加宝星奖章。

公元1925年，汉纳根在天津病逝。按照他的意愿，由中国朋友把他的遗体运回德国。在中国打拼了近半个世纪的汉纳根叶落归根，回归故里。但是，他的功德，他的名字，将永远被旅顺人传颂下去。

党争之争

旅顺海军基地建设历时十五年。这不是风调雨顺的十五年，而是风暴雨骤，充满艰辛的十五年。作为工程总指挥的李鸿章先后九次到旅顺助威督战，为袁保龄和汉纳根撑腰鼓劲。同时，他还要咬紧牙关，委曲求全，同朝内阻挠、拆台的反对派做斗争，扫除前进路上的拦路虎。可以说，在修建旅顺海军基地十几年的光阴里，李鸿章和他的团队经历了千辛万苦，遭遇了千难万险，可他们依然矢志不移，千方百计、千锤百炼地迈过了一道道坎。

这是一个耗费巨资的庞大工程。港口和炮台工程进行不到一半，经费就亮起了红灯，各方面伸手要钱的告急报告纷纷落在李鸿章手里，让他一筹莫展。其时，还有两个能压垮他、打败他，又绕不开、迈不过的劲敌——慈禧和翁同龢。

慈禧虽然只是一介女子，但却是一枚钢钉。她大权在握，独断朝纲，令李鸿章不得不忌惮。但是，正当李鸿章雄心勃勃、壮怀激烈地规划建造旅顺海军基地时，慈禧却要为自己的六十大寿修建颐和园。建造军港和修建颐和园都需要大把的银子，而国库早已亏空得不成样子，怎能支撑这样巨额的开支呢？可是，慈禧的眼中哪有社稷安危？在二选一的取舍当中，她做了国家民族的

罪人。历史上流传的说法也是如此，慈禧太后挪用海军经费修建颐和园，严重影响了海防建设，这是导致中日甲午战争失败的重要因素。对此，康有为在《康南海自编年谱》中有如下的评述：

> 时西后以游乐为事，自光绪九年经营海军，筹款三千万，所购铁甲十余舰，至是尽提其款筑颐和园，穷极奢丽，而吏役辗转扣克，到工者十得其二成而已。于是，光绪十三年后不复购铁甲舰。败于日本，实由于是。

康有为说，因为铁甲舰买少了，导致了中日甲午战争的失败，显然有些夸大其词，但慈禧挪用海军经费则是不争的事实。而面对海防基地和皇家园林修建均需耗费巨资的情况，李鸿章既不能给老佛爷添堵，也无力为海军建设争取利益。为政治前途计，他自是敢怒而不敢言。

至于光绪皇帝，李鸿章也确实没必要把他放在眼里。在一般情况下，皇帝拥有至高无上的权威和权力，难免一言九鼎。但生活在慈禧的影子里，光绪名义上贵为皇帝，却只能摆出个架子，是一个称孤道寡、外强中干的傀儡皇帝。

而对于翁同龢来说，李鸿章也有太多的无奈。他们二人之间的积怨太久太深，在军港问题上伸手向朝廷要钱，翁同龢将是最强劲的反对派。而说到李翁之争，还得从翁同龢的哥哥翁同书说起。

翁同书是翁家的长子，官至安徽巡抚。在任两年多的时间里，他先失定远，再失寿州，惹得两江总督曾国藩勃然大怒，果断弹劾，并罢了他的官。据说，那份杀机四伏的《参翁同书》的奏折出自李鸿章之手。当朝廷判翁同书死刑的消息传至翁家，年过七十，卧病在床的翁父翁心存急火攻心，病情加重，不久便溘然长逝。父亲已死，翁同书被暂缓执行死刑，得以为父送行、服孝，后来则改判为流放新疆，等于是用翁老爷子的死换回了儿子的生。但不幸还是降临了。同治四年，即公元1865年，年仅五十五岁的翁同书死于甘肃的军营。杀兄害父之仇不共戴天，在翁同龢的内心，仇恨的种子深深地扎下了根。但是当时他并不敢憎恨曾国藩，于是迁怒于李鸿章。当李鸿章羽翼丰满，进入朝廷与翁同龢同朝为官时，翁不禁要对李处处排挤，事事刁难。在翁同龢面前，李鸿章从来不能顺利地施展拳脚，这就形成了历史上翁同龢背公向私、以私废公的说法。

其实，李鸿章与翁同龢的争斗，私怨只是一个小插曲，本质上还是出于政见与派系之争。在朝中，翁同龢是帝党，他和光绪皇帝是站在一起的，属于清流党，因此，翁也被称为清流党领袖。而李鸿章则与慈禧靠得很近，是后党的骨干，属于浊流派的领头人。不论是清流与浊流之争，还是帝党与后党之争，李鸿章与翁同龢必定形同水火，势不两立。在建设北洋海军经费的问题上，李鸿章心急如焚，而翁同龢却屡屡掣肘。在他的阻挠下，预订的铁甲舰买不了，开办的军工企业不能正常运转。北洋海军刚建立起来，李鸿章奏请在胶州添造炮台，获得了光绪批准，没想到又遭到了翁同龢的干涉，并以户部名义向光绪上奏说，国库无银，添筑炮台需暂缓。荒谬的是，两份截然相反的奏折，光绪都准奏了。这样，购买外洋枪炮、舰船、机器的事情就硬生生地被搅黄了，而且"两年内不准再议"，使李鸿章的计划彻底落空。

　　翁同龢不仅蛮横地对待李鸿章，还常常居高临下地教训他，军务固然是公事，但也要考虑国家财力，能省则省。他还振振有词地说，理财之要者无非开源节流。我对理财原本外行，没有能力开源，只能节流，勤俭持政。当然，翁同龢对李鸿章的刁难、排挤和打压，很少硬碰硬，都是软钉子，并且常常让李鸿章咽不下去，吐不出来。

　　有时候，连光绪帝都有点看不下去了。他时不时地给翁同龢提个醒，对李中堂不要太刻薄，需网开一面。翁同龢则毫不客气地回应说，李中堂缺少苍生之心，北洋海军建成之日，就是李中堂壮大之时。届时，连同旅顺海军基地，都要归于李中堂囊中。倘若中日间发生战争，旅顺一定毁在他手里。光绪将信将疑，却也无言以对。

　　但无论从哪个角度看，李鸿章都不是一个任人欺负、摆布的人，只是有时要韬光养晦而已。他不但有着超群的智慧和胆识，而且在朝中拥有相当大的势力。他没有按捺不住地向朝廷伸手要钱，而是精心导演了一次军事大检阅，这一次，他又搬出了皇帝的父亲——醇亲王奕譞。爱新觉罗·奕譞，是道光皇帝第七子，咸丰的异母弟。咸丰死后，奕譞与奕䜣配合慈禧发动辛酉政变，从而成了慈禧的铁杆心腹，不断得到重用。光绪十年，恭亲王奕䜣所带领的军机处被慈禧全班斥退，奕譞开始以商办之名接掌政权，成为军机处的实际控制人，朝内大事小情一概由他总揽。把这样一个重量级人物搬出来，实际上打的还是慈禧的旗号。此举的轻重利害，翁同龢哪能看不出来？他可以打压李鸿章，但对奕譞却没有这个胆量。所以，即便明知李鸿章是醉翁之意不在酒，挑战自己和清流党人，翁同龢也是敢怒而不敢言。

为了博得奕譞的欢心，李鸿章和他的同僚们把这场军事检阅安排得大气磅礴而又井然有序。先是登舰观看海上训练表演，在明媚春光的映照下，从德国、英国等国家购买的"定远""镇远"号铁甲舰，"济远""超勇""扬威"号巡洋舰，以战斗队形，在旅顺近海乘风破浪，各舰船表演布阵与射击。按照预先的准备，各战舰熟练操演，雁行鱼贯；舰上帆缆灯旗，花样频出，士兵表演枪炮施放之法，号令整齐，阵式变幻。直把奕譞看得眼花缭乱，不由得叹为观止。陆上项目也令他眼界大开，正在修建的旅顺港、大船坞等，令他赞不绝口。最让他心潮澎湃的是打靶表演。海岸十几座炮台上的火炮，有节奏地打击海面上设定的目标，在隆隆的炮声之中，只见海上目标被逐个击中，十几米高的水柱如巨龙升空，场面蔚为大观。平生第一次观看如此阵仗的海军操演，奕譞心悦诚服。他连夜给慈禧写了奏折：

> 臣等将前项八船调集旅顺洋面会操，并令随行威海、烟台一带，布阵整齐，旗语灯号，如响斯应，各将弁讲求操习，持久不懈，可期渐成劲旅。

不仅对新建北洋海军的演练给予了高度评价，而且对未来的发展寄予厚望。

李鸿章回到天津后，对奕譞海军巡视成果作了大肆渲染，强调这是一次非常成功的巡检，称北洋舰队"衽席风涛，熟精技艺。陆路各军勤苦工操，历久不懈。新筑台垒，凿山填海，兴作万难"。

权力的力量果然是无穷的，醇亲王奕譞回京不久，旅顺港的工程款项就有了着落，所有工程都可按原计划继续推进。只是一直到这时，奕譞还被蒙在鼓里，他在旅顺看到的高水平海军操练，不少是弄虚作假的把戏。新组建的海军很少组织演练，实弹炮击更是少见，官兵素质和军事技能都还不够，用岸炮打击海上目标的科目从来都没有演练过。但是，为什么奕譞看到的都是百发百中呢？因为李鸿章让部下做了手脚，在每个海上目标位置都埋上了相当数量的炸药，这边炮声一响，那边按时间差起爆。这可真是神了，海军岸炮手指哪儿打哪儿，海上目标打哪儿指哪儿，把一场双簧演得像真的一样，竟让奕譞这样见多识广的大人物信以为真，甚至为此深感振奋。

但不管怎么说，创办海军，兴建旅顺海军基地，是李鸿章呕心沥血的杰作。在他的艰辛努力下，在朝中命官奕譞的大力支持下，光绪十七年，即公元 1891 年初，旅顺海军基地所有工程项目全部竣工。李鸿章派北洋海军提督丁汝昌、直隶按察使周馥等人前往验收。验收报告得到李鸿章的认可后，他向朝廷递呈了报喜奏折。自此可以认定，李鸿章所创建的北洋海军基地大功告成。从公元 1877 年到 1891 年，李鸿章前后用了十四年时间，花费数千万两白银，建成堪称远东一流的旅顺海军基地。竣工当年的秋天，李鸿章满怀喜悦与豪情地来到旅顺，对新建海军基地进行检阅。踏上旅顺的土地，眼前的景象让他异常兴奋，恍如一梦——一座大气磅礴的军事重镇拔地而起，十几年前灰蒙蒙的小渔港已经完全变了模样。

此时，如果我们能够穿越历史的迷雾，以这位晚清名臣的胸怀和眼光再看一眼旅顺海军基地，甚至能够为她的重要价值发出惊叹——她与刘公岛、大沽口三足鼎立于渤海之上，相当于为大清国的京城上了三把大锁，并共同在中国北方，筑起了一道铜墙铁壁般的海上长城。

军港崛起

旅顺，带着她的使命与宿命，闪耀在大清王朝的北方海疆。晚清年间，经过两次鸦片战争的洗礼，她对国家和民族存在的军事意义又得以空前放大，军事要塞、战略要地的形象再一次跃升。即使在清王朝日落西山的暮色余晖里，依然如同一颗闪光的明珠。

旅顺的变迁可谓翻天覆地。清政府要在旅顺建立北洋海军基地，如同一股春风吹遍了大地，从此，旅顺迎来了前所未有的现代化曙光，使这座古老的城池成为崭新文明的起点。对于深受海洋文化影响的旅顺而言，成为国家海上防务的铜墙铁壁，既是命运的垂怜，也是时代的必然选择。

在野蛮而漫长的游牧和农耕时代，世界是封闭的，人类与人类之间相互隔绝于陆地之上，而海洋，只是这个世界的陪衬而已，人类还未发现对海洋文化和资源发掘的重要性。在十五、十六世纪之交，人类文明突飞猛进，得以进入大航海时代，一些西方国家开始走出陆地去探索海洋，寻找新的大陆。在这个过程中，最早出现的殖民主义者，漂洋过海到处寻宝，促进了全球地理大发现，从而把不同的陆地文明联结了起来，形成了世界和世界体系。在这个背景下，人类社会进入资本主义发展史上的大国兴替阶段，从重商主义时期的西班牙、葡萄牙、荷兰，到自由资本主义时期的英国、法国，再到当代资本主义的集大成者美国……在某种意义上可以说，是海洋成就了他们的一系列壮举，也造成了新的世界格局。

到了十九世纪，海权时代得以确立，"海"，形成了区分蛮荒与文明的重要分野。旅顺海军基地的建立，也正是海权时代的产物，是海洋文化孕育的结果。成为海权时代的宠儿，意味着奔向大海的胸怀，也意味着旅顺开始由农耕文明向海洋文明转型。

内陆文化最主要的特征是稳定的农耕生产，因而有了约定俗成的农耕文明规则。而海洋文明则不同，因为没有边界封锁，呈现出多元化的放射状态。在远离束缚的海上运输、海上贸易、海上探索中，国与国、人与人之间的交流变得空前频繁，世界也因此而不再孤独。后来，人们把世界称为地球村，而海洋则是当之无愧的，最广阔的媒介。

毫无疑问，海军基地的建立，瞬间使旅顺的胸襟开阔起来，视野也变得高远，它标明了旅顺开始走向大洋，透露出浓厚的海洋文明气息。二者相互依存，相互促进，共同发展。海军基地从此为旅顺树立起独特的海洋文化丰碑，使旅顺成为整个东北地区最具时代气息的城市，为旅顺迎来了新的文明的光芒。

小渔村旧貌换新颜，改变了往昔的模样。据历史学家和考古学家认证，旅顺有着五千多年的历史长度，时光生生不息地流逝，旅顺的阅历和资格也在一轮轮地增长，并不时爆发出绚丽的闪光，比如曾经的牧羊城、水师营等等。但是，毕竟是在农耕文明的束缚之下，毕竟时不时地要遭受战乱的折磨，旅顺的灵性和气度始终处于被压抑的状态，难以淋漓尽致地展现出来，所以一直处在小渔村的规模，难以突破发展的瓶颈。但是，自从北洋海军基地在此落户，十几年间，旅顺的剧变可谓翻天覆地，远远超出了过去五千年的积累。她不可阻挡地以万象更新、欣欣向荣的气象，迎来了新的世纪。

原本，旅顺市区只有城东—城西一条街，而且是一条窄而短的土路。下雨天，满街泥泞，太阳一出就尘土飞扬。街道两旁，零星分布着一些摊铺，由于没有工业，商业也难以兴旺，所以显得冷清萧条。海军基地建设不仅带来了新的业态，并且直接在旅顺城的中心地带同时修建了横贯全城的东新街、西新街和中心街三条大道。新修的路面不仅宽敞，而且都是由石子和水泥铺成的，整洁洋气。这三条大街和原有的街道一并构成了近代旅顺新市区的雏形。

还有大量的基建工程，不仅要从国外引进各种机器设备，还要聘请外国专家来帮助指导，这使旅顺的街头喧闹了起来。以往，旅顺城内大多是土房、草房，很少有砖石建筑。街上走的清一色是梳着辫子的中国人，即使是水师营的士兵也概莫能外。而现在，旅顺城的色彩则充盈了起来。除了外国人的衣着、打扮与中国人有着显著不同之外，他们居住的欧式洋房也一排排地在海岸线上修建起来，白色、黄色的墙体，配上绿色、灰色的屋顶，在蔚蓝色海水的映衬下，让人眼花缭乱。那些大鼻子、蓝眼睛的洋人，身着笔挺的黑蓝色西装，脖子上系着各色各样的领带，脚上踏着锃亮的黑皮鞋，哇啦哇啦地说着洋话，穿行在旅顺的大街小巷、工地码头。这些改变，为旅顺人的生活增添了前所未有的风景。

现代文明的绚丽灿烂，照亮了旅顺的天空。不难想象，处于战略要地的军事要塞，往往意味着地处偏远，与世隔绝。在此之前，旅顺人不知道外面的天有多大，世界有多奇妙。海军基地建设的大幕拉开以后，旅顺人一下子打开了眼界，见到了世面。西方近代军事装备和工业产品，琳琅满目的西洋玩意儿，让人目不暇接。与北京陆路相距三千多里，从旅顺往京城报送电文，时间长、速度慢、效率低，非常耽误事，严重影响了基地的建设速度。基地建设总指挥袁保龄请示李鸿章，要求把电报局由山海关移至旅顺和金州。李鸿章马上拍板定夺，于光绪十六年，即公元1890年5月，在旅顺设立了电报局。这是全东北第一家电报局。随后，电报局大楼拔地而起，旅顺居民又平生第一次见到了"楼"这种东西，难免为之眼前一亮。

紧接着，电灯来了，从此照亮了旅顺之夜。在此之前，旅顺人祖祖辈辈点松明，用煤油灯，连蜡烛都是稀罕物，点得起的都是富户，是要被人羡慕的。如今，海军基地的许多基础工程建设都与电有关，为了保证工程的顺利进行，电被引进了旅顺。从此，旅顺不再是一片黑暗停滞的土地，而是被光明照亮的天堂。

电为旅顺带来了一系列连锁变化。首先是电灯取代了煤油灯，夜晚，千家万户灯火通明，几里地外都能看得到。特别是几条大街上竖起的一排排路灯，刺开重重的夜幕，使旅顺城看上去像是镶嵌在辽东半岛最南端的一颗明珠，成为一座不夜城。以往的旅顺是寂静的，日复一日、年复一年的海浪声，伴着旅顺人单调枯燥的生活轮回。而自从有了电，到处都能听到机器隆隆作响，那是旅顺全新的节奏与旋律。

　　最令旅顺人兴奋不已的是，他们接触到了电话，甚至有时候也能用上一两次。清脆的电话铃一响，拿起话筒，就能听到十里、百里、千里之外的声音，这让他们惊喜与陶醉。旅顺人几乎是在一夜之间，就告别了鸿雁传书、快马送信的古老时代。

　　还有水。扩建海港工程需要自来水，工程指挥部在李鸿章的批示下，开工建设了引龙泉水进港工程，并同时在黄金山北麓兴建了储水池和水房。自来水不仅流进了建筑工地，也流进了旅顺城的许多人家。他们做梦也想不到，昨天河里、湾里挑水，从自己打的深井里担水，今天足不出户，却用上了从十几里外引来的山泉水，并且是经过过滤的。

　　在今天看来，电报、电灯、电话、自来水，都是我们生活中理所当然的配置，但是对于并不算太古老的清朝末年而言，可是件了不起的事情。旅顺人虽然在贫穷、战火中走来，但是也沾了要塞的光，搭上了向现代化发展的快车。

　　并且，建设海军基地是一项庞大的系统工程，许多原材料需要从国外进口，或者从外地运过来。这从客观上推动、促进了贸易和运输业的发展，提升了旅顺的经济活力。那些到旅顺做贸易的外国人看好了旅顺太阳沟的风水，一窝蜂地过来投资建住宅、办公司，短短几年时间，小小太阳沟便成为繁华而富有浓厚时代气息的商业区，英、法、美、俄等国的商人纷纷入驻，又把全世界的商人都召唤过来。俄罗斯人到处宣传，地球上有一条太阳沟，沟里存着金银，能生珠宝。

　　当时旅顺所具有的文明程度，不消说在大连地区，就是在整个东北都是首屈一指的，它成为远东文明的窗口。近在咫尺的大连、金州、大连湾以及复州城的人们，只能赞叹、羡慕，他们为到过旅顺，领略过新的时代文明而感到极大满足。旅顺更是以前所未有的开放姿态，把在这片土地上培育、成长起来的物质文明、精神文明成果，源源不断地向周边及遥远的北方辐射。可以说，整个东北地区都在仰慕旅顺的繁华，人们梦寐以求，希望自己生活的地方，有一天也能够建成旅顺的模样。

而且，旅顺人杰地灵。生长在这片土地上的人们，为有此得天独厚的地理环境而自豪。在他们的意识里，一派气象造一方土，一方水土养一方人；一方人脉造一方势，一方气势创一方业。龙是中华民族的图腾，在龙颜的庇佑下，旅顺注定会生生不息；虎是兽中之王，由铁山虎镇守的家园，必定要所有担当。而旅顺军港，就是那个能够镇妖除恶，护佑地方和国家长久平安的铮铮铁肩。

所以，旅顺海军基地的建成，国人为之振奋，举世为之震惊。世界上那些嗅觉灵敏，"心怀天下"的政治家、军事家为之瞠目，惊讶于远东竟然出现了如此奇迹。他们的嗅觉之所以如此灵敏，能够快速捕获到这样的信息，主要是由于来自英、法、德等国驻在旅顺的顾问、专家、承包商和工程技术人员。在他们的传播下，旅顺崛起的消息不胫而走，很快就传遍了全世界。所以，自二十世纪初年，旅顺港开始被誉为世界第一军港，而日本横须贺军港、英国朴次茅斯军港、美国珍珠港、俄罗斯圣彼得堡港等四大军港还要依次位列其后。

◎ 汉代旅顺牧羊城城址（摄于 2018 年）

◎ 唐代旅顺黄金山下的鸿胪井刻石与碑亭

◎　明代金门望海埚烽火台

◎　清代旅顺水师营大门

◎　1890 年的旅顺城城门

◎　清末的旅顺市街

◎ 旅顺水雷制造所

◎ 中日甲午战争前的旅顺大坞

◎ 1900年正在建设中的旅顺火车站

◎ 旅顺黄金山炮台

◎ 旅顺大案子山炮台

◎ 停泊在旅顺军港的"定远""镇远"铁甲舰

◎ 日俄战争前的旅顺军港

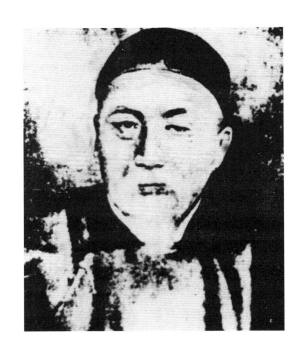

◎　直隶总督兼北洋大臣李鸿章

◎　清末旅顺守将刘含芳

◎ 汉纳根

第三章

甲午暴风雨

东邻磨刀

当清政府的官员们还沉浸在旅顺已成为东方第一军港的喜悦当中，并幻想着一劳永逸地抵御来自海上的军事入侵之时，日本人已在密谋策划，如何占领旅顺，并以此作为桥头堡，进一步侵占东北，吞噬中国了。

日本的明治维新从公元1868年开始，至公元1889年结束。二十多年的迅速崛起，不仅让日本摆脱了沦为殖民地的危机，还建成了强大的资本主义国家，步入了世界列强的行列。强大起来的日本帝国，忘记了自己被迫打开国门的屈辱，开始打起中国的主意来。他们要朝腐败软弱的大清帝国开刀。日本天皇和他的同僚们在隔岸观火中发现，作为列强，英国打过中国，赢了；法国打过中国，又赢了；俄国无数次侵略欺负过中国，还是赢了……现在，他们认为，该轮到自己来挑战中国了。并且，在他们的算盘里，一定要把中国打疼、打倒，使其无条件地对日本俯首称臣。

因此，日本天皇不惜以国运相抵，启动了以侵占旅顺为目的的十年备战计划。

日本为了打赢夺取旅顺的战争，全国上下，从宏观战略到战术层面，做出了全方位的准备，形成严密周详、环环相扣的战争计划。让我们再回到甲午战争年代，看看日本准备战争的精明、精细与精巧，到了何种程度。

首先，是选择正确的战争方向。那时，日本有一批如同伊藤博文那样富有远见、头脑清醒、意志坚定的战略家。他们意识到，即使日本的经济有了长足发展，军事力量也相对雄厚，但要赢得战争胜利却并没有绝对优势，更没有必胜的把握。中国历史悠久，长期积淀、聚集起来的民族精神不可小视。中国地广人众，资源丰富，能够耐得起长久战争的消磨，而日本则不行。中国地域广阔，具有广大的战略纵深，不可能一口吃掉。中国政治体制稳固，虽然封建专制使得政权腐朽，官场腐败，但是百足之虫，死而不僵，轻易无法撼动……这些因素决定了日本的对华战争具有很大风险，必须选择好正确的战争方向，攻其一点，扩大成果，让局部战争优势转化为全局战略优势。在这样的战略之下，日本的政治、军事、理论家们，一齐把目光投向了旅顺。

光绪十三年，即公元1887年2月，时任日本陆军部第二局局长的小川又次大佐写出著名的《清国征讨方略》一书，这是他先后两次奉命到中国考察后形成的关于对华战争的建议和办法，提出的时间节奏为，自1887年开始，用五年时间进行扩军备战，到1892年，即光绪十八年，可伺机发动对华战争，打击的目标为"六要冲"，即旅顺半岛、山东登州、浙江舟山群岛、澎湖群岛、台湾全岛和扬子江沿岸。其中特别突出旅顺的重要价值。小川又次在书中指出：

旅顺半岛乃渤海之门户，便于控制清国北部，并与对马

相对，便于控制朝鲜；更有大连湾、旅顺口二良港，最便于
舰船停泊。

俄罗斯之东进政策乃乘时机并合满洲，以大连湾为舰队
根据地，蹂躏东洋之方略。万一俄国先占旅顺半岛，东洋形
势可想而知。

登州半岛有芝罘、威海卫二良港，同大连湾、旅顺口相对，
乃扼渤海必需之地，且是平时南北通商必由之地，贸易利益
不少。就清国而言，失旅顺、登州二半岛，则不能于渤海以
巨舰护卫京畿，而只能以小军舰于大沽口内做河口防御……
今后，清国海军再不足虑。

……于我国，现今乃最有利时机，必先占领之。

不得不说，小川又次是一个很厉害的角色。他以独到的战略
眼光，把旅顺的重要价值以及对京津的重要性看得清楚，说得透彻。
在这本书中，他所提出的对华战争思想，与日本参谋本部的构思
基本吻合，因此得到了高度重视。最终，日本参谋本部把进攻中
国的方向确定为，击溃中国北洋海军，攻占旅顺军港，以此为继，
进攻北京之第一根据地。

第二步，日本在国内进行了广泛的战争舆论引导。战争狂人
们开始了不遗余力地舆论宣传，日本朝野，要对中国发动战争的
声音不绝于耳，用以引导民意，凝聚人心。其中，丰臣秀吉、副
岛种臣、福泽谕吉等人冲锋在前，是兜售战争理论的狂热干将。

在日本大阪公园里有一座提剑武士的雕像，他就是侵华思想
的鼻祖，倡导平定中国理念的丰臣秀吉。丰臣秀吉出身贫困低微，

年轻时当过奴仆。也许是命运的加持，也许是磨难的锤炼，他最终成长为统一日本的强大的政治家。血管里流淌着战争血液的丰臣秀吉，从公元 1592 年（明万历二十年，日本文禄元年）开始，先后两次率兵大规模入侵朝鲜。他常常得意忘形地大肆鼓吹神国思想，宣称宇宙由诸神主宰，而统治天国的天照大神、统治大海的月读神、统治人世的速须年男神则是诸神中最有权威的。传说中的日本开国之君神武天皇，是天照大神的后裔，是由神变成人，并接受上天的旨意来拯救和统治日本的。自那以后，日本的历代天皇都是他的子孙，都有着天照大帝的血统，拥有至高无上的权威。而日本是为天神所保佑的，代代相传的日本人都是天的子孙，是世界上最优秀的民族，要理所当然地领导和统治世界。丰臣秀吉和他的幕僚们，还赤裸裸地宣称，日本是天地间最初成立之国，为世界各国之根本，日本号令世界各国实乃天理。而日本开辟异邦，必先从吞并中国开始。于是，他们明目张胆地扬言主张，要占领北京，必先占领旅顺。

三百年后，更能引起人们关注，撼动人们心灵，并更具有煽动性，更能蛊惑人心的是，日本时任首相山县有朋提出的"利益论"。在他看来，明治维新以来，天皇政府制定和推行的所谓"大陆政策"，实质上是在保护和扩展日本的利益，凡是日本索要、谋求的地方，都与日本的切身利益密切相关。凡涉及日本利益，都要不择手段地通过外交和战争途径获取。就当时的亚洲形势来看，日本把琉球群岛和台湾划为自己的利益线，多次出兵占领。朝鲜也是他们的利益线，日本国内一有风吹草动，首先会向朝鲜下手。在日本周围，能进入他们利益线的当然还有中国大陆，侵占中国成了日本保卫利益线的必要手段。日本人追求这个"利益线"的胃口越来越大，并且还会随着国际形势的变化而不断改变和不断扩大。可以说，日本需要什么，就用利益线把什么囊括进来。山县有朋不遗余力地鼓吹，作为战略要地的旅顺，对清政府是重要的，对于要占领中国的日本政府也是重要的，必须毫不退缩地把旅顺划归到日本的利益线中来。

通过明治维新强盛起来的日本，更是空前地膨胀，不仅将"占领中国"推行为寻常百姓所热衷的话题，而且上升为系统的理论和主张，衍化为社会的主流意识，成为国家的基本国策，"占领中国"主义几乎成了日本国家和民族的战斗口号和行动指南，成了发动侵华战争的精神支柱与动力。

第三步，日本国内在全力聚集战争力量，做好军事准备。日本在明治维新的过程中，把军事变革作为一项重要内容纳入维新体系。与此同时，中国也在进行军事变革，但二者最大的不同在于，中国把主要精力用在购买船、炮等武器上，以期迅速把自己武装起来，形成强大的防御力量，而日本则把重点放在树立现代军事思想上。他们将送到西方学习深造的军事骨干培养成一批具有现代意识的军事思想家，能够对战争进行科学的顶层设计。到十九世纪初，日本已经建立了一支拥有六万名常备兵和二十五万名预备兵的陆军队伍，并拥有排水量达六万吨级的海军舰只。那时候，日本为了最大限度地为战争提供保障，在全国范围内倡导节约，天皇政府卧薪尝胆，普通百姓节衣缩食，把节省下来的钱用于战争储备。

第四步，是撒下获取战争信息的天罗地网。从历史上看，日

本人一直注重信息的获取，因此被东南亚人称为"情报狂"，由此生成了强大的情报、信息文化。在一定程度上，情报成为日本的立世之基，成了他们生存和拓展的第一要务。为了打赢对中国的战争，日本参谋本部成立了由精干人员组成的谍报部门潜入中国，窃取经济、政治、军事、文化、社会等各方面情报，可谓见缝插针，无孔不入。

日本建立在中国的情报机构中，有一个叫宗方小太郎的情报高手，具有很强的政治敏锐性，对清政府的腐败本质看得非常透彻。为了鼓动日本政府尽早发动侵华战争，他专门撰写了《中国大势之倾向》一文。因为精通汉语、经学和史学，他对清政府情况的分析很真实、很深刻：

> 清国历来贿赂之风盛行，地方官员肆意刮削民众膏血，逞其私欲。政府之财政虽不堪富裕，但人民之财富与地下之财源，不问何国恐无能与之比肩者。铜、铁、金、银等矿物到处均有，若至他年该国运气之大开，扩大修筑铁路、电线、道路，以便交通运输，开采各种矿产，丰富财源，保护贸易，刷新腐败之官制、学制，大力振兴海陆军之日，成为世界最大强国，雄视东西洋，风靡四邻，当非难之业。而清国之现实以正向此一方向前进。如陆海军及制造业逐年兴盛，物质上进步较之前数年决不能同一视之。

这篇文章的根本意图，是敦促、告诫日本政府，要尽快对中国发动战争，否则，等到中国真正强盛起来，日本就很难再有机会了。

甲午战争爆发后，时任美国驻华大使田贝给美国总统写了一份密报，尖锐地指出，中国以完全无准备状态卷入战争，乃史无前例。其主要原因是统治者的无知及与人民脱节。他说，清政府内，几乎无官不贪，无事不贿；上下相诈、大小相欺。清国军队中贪污，吃空额，营私，盗换公物，克扣军饷为常事。而李鸿章之名誉均为虚传，其左右不过都是寄生虫。李鸿章之所以有名，不过是因为他能善待外国人，注意物质的进步而已。其政治见解，则更寻常无足取。最后他强调，彼允许朝鲜与外人结约通商，而又称为属邦，即是证明。

田贝的这封信，对晚清政府和军队的腐败，对李鸿章等高官无能的揭露，可谓入木三分。

日本人是精明的，但那份精明中常常夹杂着无耻，他们一面打着友善的旗号，一面行使卑鄙之伎俩。为了更多获取对战争有用的情报，日本参谋本部的谍报机构，以派遣留学生和武官的名义，大量向中国派遣间谍。公元1891年（光绪二十七年，明治二十四年），铁血政治家大久保利通一次向中国派遣了九名留学生。出发之前，他向这九个学生做了慷慨激昂的训话：你们前往中国学习，肩负着天皇赋予的神圣使命，将来要担当大任。

为了增强信息情报活动的强度，日本建立了武官制度，山县有朋还专门以首相名义颁发了《驻外武官工作守则》，有计划地派遣现役军官到中国，并对他们下达了"甲""乙""丙"三个号别的训令，其内容包括了中国政治、经济、文化、人文、地理等方方面面的内容，详尽周到得无以复加。这些间谍直接接触战争的前沿，

大部分逗留、潜伏在旅顺、大连湾、金州、威海卫、大沽口一带，以经商、占卜、照相、卖药等为掩护，勾结汉奸，收买败类，有的甚至打入李鸿章所辖的军机要害部门，千方百计地搜罗中国各方面情报。有两个间谍冒充山东渔民潜入旅顺，一个化名王小辫，一个化名田老二。后者还在小平岛骗娶了一个当地妇女为妻，组成家庭过起了日子。这两个间谍长期潜伏，死死盯着各处军事目标，不仅绘制了大量有关旅顺、大连湾、金州等地军事防务的地理地形图，还花费了大量时间跟踪旅顺港内的舰船。后期，当"定远"和"镇远"两艘铁甲舰来到旅顺后，他们更是锁定于这两个目标，进行专门跟踪。

当年，因旅顺没有船坞，福州、广州、上海、大沽口等地的船坞规模太小，"定远"和"镇远"两艘铁甲舰购来后，迟迟不能进坞维修。光绪十二年，即公元1886年8月，李鸿章令丁汝昌把"定远""镇远""济远""威远"四舰一并开到日本长崎维修，这在当时并不是唯一的选择，因为中国的香港也有合适的基础设施。但是李鸿章考虑再三，选择了日本的长崎，其埋藏的深意是，要借维修铁甲舰之机，炫耀大清国海军的威风，输出自己的影响力，让日本人对中国保持敬畏之心。当四艘"远"字号舰船开进日本长崎港，果然引起了震动，码头上挤满了围观的人群，日本军政界的一些要员也前来参观。

潜伏在旅顺的两个间谍也跟踪来到了长崎。有一天，他俩以记者身份混入人群，上了"定远"号舰，以谍报人员的眼光和视角，仔细观察了甲板上威风凛凛的大炮。后来，他们一个踩着另一个的肩膀，用戴着白手套的手触摸炮口，蹭得两手黑污。两人对着脏手套相视一笑，这一笑，从他们写给日本参谋本部的报告中就能够看出深意：虽然清国铁甲舰的规模和火力都比日本国稍有强势，但也只能算是豺狼而已。为什么？铁甲舰上的炮口都是黑污的，这说明了两点，其一，清国军队缺少训练，缺乏严明的纪律；其二，清军的火炮没有进行过实弹射击，因此固灰甚多。由此可知，清国的铁甲舰虽大，只是虚有其表，不具战力的实质。因此他们认定，攻打清国的时机已到，可以下决心开战。

李鸿章本想把多艘铁甲军舰开进日本以示国威，对日本人产生震慑作用，却没想到弄巧成拙，不但没镇住日本人，反倒让他们看出了破绽，露出了软肋。

不管怎么说，为了打赢对大清国的战争，日本十年备战，以逸待劳。用流氓一样的强盗逻辑，和鹰隼一样的战略眼光，一刻不停地，在寻找开战时机。

战争的谎言

当日本国内正紧锣密鼓地为攻打旅顺，占领东三省和灭亡中国做着准备的时候，大清国这厢却是一片岁月静好，甚至沉浸在蕞尔小国对我大清帝国俯首效忠的幻想当中，从皇帝、大臣到四万万民众，对东邻传来的霍霍磨刀声毫无反应，没有做出任何战争准备。

问题的根本在于，东亚狭小，容不下两个国家的同时崛起，尤其容不下中国这样大块头国家的崛起，这就决定了中日之间必有一战。

对此，日本人洞若观火。基于早已着手进行的战争准备，他们无视旅顺军港是否固若金汤，更不在意她的世界级地位，而是死心塌地地想用战争手段占领她。当他们认为时机已经成熟的时候，于公元 1894 年 7 月，以旅顺为目标发动了战争。这一年系光绪二十年，干支纪年为甲午，史称甲午战争。

对于这场战争，日本政府和清政府持有的态度完全不同。日本为打赢这场战争，以国运相抵，苦心准备了十年，占领旅顺和辽南势在必得。他们在广岛成立了由明治天皇亲自指挥的战时大本营，会集了伊藤博文、川上操六等一批政界、军界精英，共同制定战略方针，实施战略决策，组织战争指挥，形成国家、军队和民众对战争的统一意志。

而大清王朝则是另外一番光景。虽然光绪帝是国家的"法人代表"，却不代表真正的国家意志。他既用不了人，也决不了策，更做不了事，担不起责。实际上掌握朝政大权的慈禧太后，对战争则是消极恐惧的。她看到了太平天国战争对大清政权的威胁，也看到了西方列强的干预和镇压对维护自己统治的益处，于是拼命保持着这样的落后性，顽固地抵制着革命的潮流。她依仗封建势力和专治体制的巨大惯性，极力维护着政权的稳固。同时，对外实行了最大限度的妥协，尽可能不与其争锋，不去得罪西方列强，必要时还可借助列强势力，扑灭国内的革命火焰。这就决定了慈禧对西方列强的侵略，特别是对即将发生的中日战争不想打、不愿打、不敢打的态度，因而采取了乞和投降的政策。而这个基本国策如同历史的灰尘，山一般地压在旅顺的头顶，从此，旅顺为国家和民族背负了无尽的苦难和屈辱。

只会玩弄权术而不懂军事，不了解战争的慈禧，把迫在眉睫的战事一股脑地推到了李鸿章身上。这样一来，如何应对涉及国家和民族生死存亡的甲午战争，就由李鸿章一人独断专行了。在国家层面上，光绪帝身后是垂帘听政的慈禧太后，权力是独断的。在政府领导集团当中，李鸿章、左宗棠、翁同龢等晚清名臣貌合神离，形不成合力，这也导致了朝中一干文臣武将们形同散沙。战争一来，他们把头缩进脖子里，看光景、说空话、下绊子、使阴招，任由李鸿章一人困兽犹斗。难怪五十年后，梁启超评价说，像伊藤博文这样拥有雄才大略的人，在日本成百上千。而在中国，

李鸿章在其同时代人中，无人能出其右。有人评论说，中日甲午战争不是两个国家之间的战争，而是李鸿章一个人在对付整个日本的战争。一个人与一个国家相抗衡，哪有什么胜算！

尤其是，李鸿章个人对朝鲜战场的误判，也为自己"马失前蹄"和甲午战争的全面失利埋下了伏笔。并且在历史上，人们也并未看重朝鲜战场，没有把它和甲午战争做出深刻的逻辑梳理。其实，朝鲜战场是一场重要的序幕，对于中国和日本来说，都是至关重要的。在这个战场上，日本胜利，就可建立起支撑战争的稳固可靠的后方基地，顺理成章地把日本和其首要目标旅顺连接起来。中国胜利，则可以把战火浇灭在朝鲜的土地上，阻止日本人侵犯中国，从而使旅顺免遭战争伤害。因此可以说，朝鲜战局决定着旅顺的命运和甲午战争的走向。

所以，日本人侵占旅顺的铁蹄是率先踏入朝鲜的，这是一个处心积虑的战略安排。为了争取战争的主动性，并显示战争的正义性，日本人早已为清政府挖好了陷阱。

战争的开端是由朝鲜问题引发。公元 1894 年 5 月（光绪二十年），朝鲜爆发了东学党领导的农民起义，起义军提出"逐灭夷倭，尽灭权贵"的口号，英勇地展开反对本国统治阶级和日本侵略者的斗争。革命烈火迅速在朝鲜境内燃烧起来。因为朝鲜一直是大清帝国的宗属国，于是，朝鲜统治者请求清政府派兵镇压。大清国驻朝鲜的使臣袁世凯痛快地答应了下来，"朝鲜有危，吾党不悉心护之乎，若有难亡之端，吾当担当矣"。当时，李鸿章有所顾虑，中国向朝鲜派兵，恐日本以此为借口，也出兵朝鲜，那样，局面就复杂了。袁世凯自作聪明地解释，即使日本以护卫使馆名义出兵，也不过就是派遣百八十个士兵而已，不致引起难以了结的纠葛。他还强调道，朝鲜有难，清国不能不帮。李鸿章沉思良久以后，给予了默许。

但是，不出李鸿章所料，中国出兵，让日本人抓住了把柄。日本政府早就在关注朝鲜局势的发展，之所以引而不发，就是在耐心等待机会，寻找挑起战端的借口。而清政府出兵朝鲜，立即为日本人出兵朝鲜制造了为正义而战的借口。

那么，缘起于朝鲜农民起义的中日战争，为什么说是日本人设置的陷阱呢？在光绪十一年，即公元 1885 年 4 月，李鸿章和伊藤博文在天津订立了一个事关朝鲜的《天津条约》。其背景是 1884 年 12 月 4 日，朝鲜开化党人金玉均按照日本驻朝公使竹添进一郎密订的计划，引导日军攻入王宫，挟持国王，组织一个由开化党人担任要职的亲日政权，史称"甲申事变"。事变后，清兵应朝鲜之请，击败了日军和开化党，救回了被挟持的朝鲜国王。由于当时日本的军事力量不是清军的敌手，日本内阁决定不与清军一争高下，暂时维持和局，先搞备战，再图大举。于是，1885 年 2 月，日本派伊藤博文为全权大使，陆军中将西乡从道为副使出使中国，趁机要挟清政府谈判。清政府代表李鸿章采取苟安妥协的方针，于 4 月 18 日在天津与伊藤博文签订了会议专条，又称《天津条约》，主要内容是，中日同时从朝鲜撤兵，将来朝鲜若有变乱等重大事件，中日两国或一国要派兵，应先相互行文知照。这样一来，日本就获得了随时可以向朝鲜派兵的特权。

当朝鲜发生东学党起义战乱，央求清政府派兵镇压之时，阴险狡猾的日本政府玩弄了两面派手法，竭力劝诱清政府，并再三

保证，清国尽管放心出兵，日本必无他意。他们一边信誓旦旦地催促清政府出兵朝鲜，一边在国内秘密下达战争动员令，准备大量出兵朝鲜，阴谋把清政府拖入预先设定的战争陷阱。自信的清政府对日本的保证深信不疑，加之袁世凯从中推波助澜，遂于公元1894年6月5日，派直隶总督叶志超率陆军一千五百人赶往朝鲜，驻守牙山（今首尔附近）。就在这一天，日本政府根据《战时大本营条例》，成立指挥甲午战争的战时大本营，作为天皇亲自主持下的战时最高统帅机构，其成员全部是陆海军高级将领。也就是在这一天，战时大本营下达命令，以护送驻朝鲜公使大鸟圭介返任和保护侨民为借口，陆续出兵朝鲜一万多人，占据了从仁川到汉城一带的战略要地，蓄意对中国发动侵略战争。

此时，朝鲜的天空战云密布，战争一触即发。

公元1894年6月23日，日本战时大本营发布命令，驻朝陆军向牙山中国派遣军发动进攻，并出动海军在牙山口外海域拦截中国舰船，伺机发动袭击。

在如此决定大清国命运的紧要关头，慈禧没有给出一个字的关切，全神贯注地为自己六十岁大寿做着准备。李鸿章按照慈禧的旨意，在各列强国中忙碌周旋，眼看调停无望，仍然不认真备战，甚至训令已有所动作，准备迎战的叶志超要静守勿动，理由是，我泱泱大国不先开战，谅日本断不敢贸然动作。他认为，按照"万国公例"，谁先开战，谁就理亏了。他把避免中日之战的希望寄托在日本人的放弃和所谓的"万国公例"之上，坚定不移地相信，写在纸上的条约定会发生作用。

清政府也确实向日本发出过警告，可是，日本人不但未予理睬，并且不宣而战。

公元 1894 年 7 月 25 日，日本联合舰队司令伊东祐享率领舰队在牙山口外的丰岛海面，对中国从朝鲜返航的"济远""广乙"号发动突然袭击。甲午战争中的第一场海战——丰岛海战，由此拉开序幕。那天清晨，两艘舰船已离开牙山，准备取道丰岛西北海面驶回旅顺。日本的"吉野""浪速"等三艘舰艇突然从远处冲过来，对其实行拦截围攻。这时候，清政府雇用的运送中国士兵的英国"高升"号商船正好由天津驶来，日本"吉野"在追击"济远"，"浪速"则逼迫"高升"号投降。"高升"号舰上的一千一百一十六名官兵，在明知不敌的情况下，宁死不屈，坚决抵抗。当"济远"被日舰追击时，管带方伯谦便挂起了白旗。但舰上的爱国官兵不从，奋起抵抗，连发数炮打跑了"吉野"。这时，正是救援"高升"的最好时机，但方伯谦见死不救，临阵逃脱，致使"高升"号被日舰团团围住，敌众我寡，难有还手之机。

战争是残酷而悲壮的，不论成功还是失败，所付出的代价总是鲜血和生命。但战争有其规则，再野蛮的厮杀，也仍要留下道德与文明的空间。当敌方已经丧失战斗力，或者不能构成威胁时，就要停止战争行为，不能随意剥夺人的生命，由此生成了战争中特有的俘虏或称之为战俘的情况。而日本人则完全违背这一战争规则，当"高升"号已经失去了抵抗力，也不能再对日舰产生威胁时，日军并不停手，而是变本加厉地用更加猛烈的炮火攻击。密集的炮弹像雨点一般落在"高升"的身上，转眼之间便沉入海中。许多清军官兵掉落海中，在海面漂流。这时，伊东祐享命令日军放下小艇，分组编队，向海面上的中国官兵扫射。日舰上的士兵

端着步枪和机枪，像打靶子一样瞄准在海面上游动的人，有时甚至是几支枪同时瞄准一个人。漂浮海面上的八百七十一名中国官兵全部壮烈殉国。这已经不再是军人间的对垒，而是赤裸裸的屠杀。

而就在 1894 年 7 月 25 日当天，当"高升"号商船连同近千名官兵悲惨罹难之时，北京的紫禁城内却是张灯结彩，鼓乐喧天，到处洋溢着欢乐、喜庆与祥和的气氛。朝廷正在为光绪这个傀儡皇帝举办二十四岁的生日庆典，这无论如何都是一场荒谬绝伦的悲剧。

保兵弃城

日本联合舰队在牙山口外丰岛海面对中国舰船发动攻击，标志着日本对中国侵略战争的正式打响。清政府被逼于公元 1894 年 8 月 1 日对日宣战。

甲午战争分布于三个战场，朝鲜作为第一战场也演绎了三部曲，并最终以清军的失败而告终。

当战场总指挥叶志超由平壤一路狂奔逃到鸭绿江口北岸的中国领土上时，副将聂士成忍无可忍地指着他怒吼：你身为主帅，不该来时来了，该走时不走，该打时又不敢出击，致使我们处处被动挨打，丢尽了大清国的脸面，也把旅顺推向战争边缘，这个罪过你担得起吗？叶志超羞愧满面，面容狼狈。

这一次朝鲜战争的规模虽然小，但它的影响却非常之大，直接关系到了旅顺的前途命运和甲午战争的走向。它所带来的血泪教训也是极其深刻的。

首先，是出兵时机比出兵多少更重要。这是聂士成等人反复提出的意见，但李鸿章听而不闻，置之不理。在晚清军阀割据的军事管理体制下，在封建道德观念的束缚下，下级官员对于上级和朝廷提出意见、建议，甚至是某种意义上的反抗都不罕见，但

是大多数都不会引起重视，达不到效果。

从安徽合肥走出来的爱国将领聂士成与王孝祺、章高元并称为"淮军后起三名将"。光绪十三年，即公元 1887 年，在庆军（清淮军将领吴长庆所部）中任职的聂士成受命率部来到旅顺，参与海军基地建设，直到工程结束。光绪十七年，即公元 1891 年 4 月，他参加了李鸿章在旅顺举行的海军军港竣工大检阅活动。因其数年建港操防业绩突出，同年 9 月得上谕，加头品顶戴。不久，由旅顺调回直隶海防。由于深得李鸿章的赏识和器重，被亲定为叶志超的副帅。长期参与旅顺军港建设的聂士成，深知旅顺对于大清国海上防务的重要性，也明白日本染指朝鲜，意在旅顺的利害关系。当他得知自己作为叶志超副将，率兵赴朝帮助镇压东学党起义时，心生顾虑，担心不讲信义的日本政府会借故挑起对中国的战争。他对叶志超说，日本对旅顺的野心已是路人皆知，此时进兵朝鲜会不会被其利用？可否再观望观望？同样是从安徽合肥走出来的叶志超不阴不阳地说，出兵朝鲜虽然不是我们所愿，但这是朝廷和中堂大人的命令，你我岂有怠慢之理？何况，到朝鲜去，并不是要和日本人作战。聂士成发现叶志超听不进劝告，又换了一个角度说，如果非出兵不可，最好不要直抵朝鲜牙山，而是陈兵于鸭绿江口，或者是花园口、长山列岛一带，以便留有回旋余地。叶志超仍旧不以为然，并略带讽刺地回答他说，你我都是为中堂负责，为国家效力，怎么能前怕狼后怕虎的！至此，聂士成不得不闭上了嘴。

其实，叶志超对于率兵赴朝也是很不情愿的，只是他不愿意向聂士成袒露心机罢了。担心应对不了朝鲜战场的复杂局面，他也曾经求助周馥，委婉向李鸿章说情，要求另派高明。但两天之后，李鸿章把叶志超叫了过去，面无表情地训诫他，叫你带兵到朝鲜去，未必就一定打仗。即使有战争，那也是对付朝鲜人，有什么可怕的！我给你定的方针是，宜战则战，不宜战则退。有了李鸿章的这番话，叶志超才答应出征。

叶志超到了朝鲜后，李鸿章很快就在电报里发布了战争指令：

可守则守，不可守则退。

这九个字，就是李鸿章所制定的关于朝鲜战争的原则和策略。李鸿章之所以要制定这样一个战争指南，正是出于他不愿意面对更大规模战争的心理。但他的不愿打和慈禧的不愿打又不是一回事，各有各的不愿。

在李鸿章的设计中，中日战争一起，往朝鲜派遣的部队，都是北洋海军和淮军的人，这是他的政治资本，轻易动不得。从个性角度看，李鸿章是个天然的现代型人才，是很讲时髦的，他的抱负，他的眼光，他的追求，他的作为，在他的那个时代都是超前的。不幸的是，李鸿章这个具有现代气息的政治家，却不得不受制于腐朽没落的旧体制、老套子当中。他既痛恨这套体制和枷锁，又不得不适应它、利用它。深居高位的李鸿章，把晚清的朝局看得清清楚楚。慈禧一手遮天，大权独揽，对内高压，对外投降。在这样的政治体制和架构之下，整个国家连同朝廷都被绑架了。更为严重的是，慈禧和光绪早已无力驾驭全局，统治集团不能和衷共济，反而积聚了无数的利害冲突，形成了一个没有统一

意志却随时可能会爆炸的领导集团，国家被彻底地分裂了。被绑架和分裂的晚清政府，孕育出最大的毒瘤是，军阀割据的局面形成，中央无法控制地方，在军事上几乎成了空壳，全凭雄踞各方的军阀势力掌控。所以，慈禧太后的最大资本是，翻云覆雨地运用手中权力，玩弄阴谋家的伎俩，均衡各地方军阀集团势力，使之顺我者昌，逆我者亡。在这样险恶的政治环境里，李鸿章不得，也不敢不依附慈禧投降卖国的政治路线。同时，他也不能倾家荡产地使出全力，他所要达到的，不过是面子上说得过去，实际上却要护己之根本的目的。由此可见，慈禧与李鸿章这对君臣，都将权术谋略玩到了炉火纯青的地步。

朝鲜战场给出的第二个教训是，撤离才会有战争的主动权。叶志超和聂士成率一千五百多官兵开赴朝鲜牙山不久，戏剧性的变化发生了，清军出兵转眼之间就成了儿戏。原来，东学党起义军和朝鲜政府签订了《全州和约》，冤家对头又成了好兄弟。于是，朝鲜政府在公元1894年6月13日致函袁世凯，请求中国撤军，而且越快越好，消除日本发动战争的借口。

这时候，清政府根据朝鲜局势的变化，顺势下台撤军是最好时机。当时，前线指挥官聂士成提出了避实就虚之计，积极进行战略退却，以期使中国军队改变不利处境，并且能够在政治和外交上争取主动。实行积极有效的战略退却，其更大的战略意义在于，可以粉碎日本发动侵略战争的计划，甚至改变甲午战争的节奏和趋势。聂士成这个主意虽好，却做不了主，需要向上级请示。待一级一级请示到李鸿章那里，他已经下达了"暂静守勿动"的指令，这道指令让清军立刻陷入尴尬被动的境地。聂士成看到情况越来越糟，为大清国和旅顺的命运计，为几千名官兵的性命着想，他冲破阻力，又提出了"撤队内渡"建议，就是主动把军队撤到中国的内海、内陆，坚守御敌。这又是一个稍纵即逝的绝好机会，然而叶志超和李鸿章依然不予理睬，还在幻想着西方列强的调停，妄图扭转时局。高层决策的一错再错，终于把中国军队拖入了不得不战的死局。清朝英籍海关总税务司赫德对此早有洞见，他嘲弄李鸿章说，日本并没有什么正义可言，除非借口为别人抱打不平而自己捡便宜也可算作正义。正义完全是在中国方面。我不信单靠正义可以成事，正像我相信单靠拿一根筷子不能吃饭那样。我们必须要有第二根筷子——实力。但是中国人却以为自己有充分的正义，并且希望能够以它来制服日本的铁拳，这想法未免太天真了。

号称大清国中流砥柱的李鸿章，竟看不清日本执意发动战争的狰狞面目，坚定不移地相信，谁都会来维护中国的正义，也坚定不移地相信，中国所签订的那些条约是有约束力的。

第三个血泪教训是，应舍命拒敌于国门之外——这本是聂士成在朝鲜战场上用来鼓舞士气时，说得最多的一句话。1894 年 6 月 25 日，日本联合舰队在牙山口外海域向中国舰船发起攻击的同时，调动陆军向牙山的中国军队迂回进攻。当时，日军在朝部队仅有一个混成旅，不过三千来人。并且，后续部队尚未到达，叶志超完全可以趁日军兵力薄弱之机快速出兵，全歼或击退敌人。可他一听说日军进攻牙山的消息，马上脸色蜡黄，坐立不安，既不组织部队出击，也不对守城进行布置，眼睁睁地坐失先机，陷入被动。

副将聂士成非常着急，他向叶志超发脾气说，战又不战，备又不备，这是为何？战争一旦失利，将祸及旅顺呀！叶志超竟淡淡地，他反问道：为何？为李中堂！旅顺与我何干？作为大清国的名将重臣，叶志超不仅对李鸿章的心思一清二楚，即便是朝廷里面宫斗的戏码也了如指掌。虽然他是朝廷命官，但只不过是个名分罢了，他实际上是"李家军"的命官。之所以能在仕途上频频高升至今，还不是李鸿章一手提携的结果？与朝廷无甚关系。他要感恩的是李鸿章，要负责的自然也是李鸿章，他要唯李鸿章之命是从。既然要保的是"李家军"，而不是大清国，就更不是区区旅顺城了。有"李家军"在，就有叶志超的高官厚禄，而若是大清的江山丢了，那是慈禧的事，与叶志超不相干。

但是，危难之时，方见英雄本色。否则，必定有卑劣的灵魂浮现。为国指挥战争的统帅和身临战场的执行官，持有这样一副肝胆，发展下去，不论是朝鲜战场，还是旅顺的命运，都是可想而知的。

面对贪生怕死的主帅，聂士成纵有一身本领也是枉然，他必须忍住滔天怒火，与叶志超周旋，并不厌其烦地做他的思想工作。他说，我们已经失去了占领汉城的最佳时机，同时，海上增援部队受阻，迟迟无法到达，故牙山已成孤城，战不可战，守不能守。现在，我们唯一的选择就是主动放弃，尽快占领牙山东南方向的公州。那里背山面江，天生胜形，只要抢占到这个制高点，战可胜之，不战，可据此等待援军到来。倘若不胜，可以绕道撤离，日军也奈何不了我们，只能跟着我们兜圈子。聂士成一番苦口婆心的劝说，终于使叶志超勉强同意了这样的作战方案，但是他在下达作战命令时却玩了个调虎离山之计。他不让聂士成与自己同行，而是让他在牙山附近的成欢继续打阻击，自己据公州以为后援。待聂士成领命奔赴成欢之后，叶志超并没有去公州据守设防，而是绕过公州出汉阳东，往平壤逃去。1894 年 7 月 26 日，日军混成旅向成欢发起进攻，聂士成设伏，杀伤日军一千多人。叶志超只给了聂士成七百多人的队伍，由于众寡悬殊，经过激战，聂部弹尽粮绝，只能退往公州，以期与叶志超会合。但是，当他们退抵公州，发现城里没有一个清兵，才知道了叶志超的卑劣。而此时的聂士成已精疲力竭，不敢恋战，只得绕道迂回尾追叶志超的队伍，向平壤方向退去。

战争之手，在无形当中撕破了所有的伪装。叶志超到达平壤后，连续向李鸿章发出了三封电报，谎称自己率军在成欢屡战屡胜，消灭日军两千多人，而部下的死伤还不足二百。李鸿章闻讯大乐——我军大捷，要马上向朝廷为叶志超请功。清廷果然大手笔，拨款两万两嘉奖劳军。此时，由水陆、陆路来援的四千名清军与叶志超的部队会合，共一万一千多人齐聚平壤。在李鸿章的力荐下，清廷任命叶志超为清军统领，主政朝鲜作战之事。可想而知，在领教了叶志超之厚颜无耻，把败逃说成胜利的转移之后，又眼睁睁地看着他瞒天过海，无中生有地谎报军情。这样的主帅却能获得平壤清军统帅的头衔，众将领皆不服、不平。

小人得志，必然猖狂。叶志超饰败为胜获奖晋升，自然得意，整日饮酒寻欢，对严峻的战争形势和敌情不做分析研究，仍然走的是消极防御的老路，终于等来了日军对平壤发动的总攻。1894 年 8 月 16 日，日军采取大包围战术，一万三千多人分四路进攻平壤。第一路沿大道攻城东，第二路攻城西南，第三路从大同江上

游方向攻城北，第四路从元山登陆西进，切断平壤西北通往安州（位于朝鲜平安南道西北部）的大道。

城东毅军扼守大同江口东岸，拼死抵抗。激战八个多小时，给日军以大量伤杀，重挫其锐气后，急待援军渡口支援。然而，叶志超不但不调兵增援，反而收兵回城，把大同江口的战友抛弃了。日军乘隙渡过大同江，占据山阜，摆开战势，以排炮猛轰城北玄武门，城外营垒相继失陷。守卫在玄武门的清军将领左宝贵亲自登城指挥。当他看到城外的所有制高点都被日军控制时，向叶志超求援，期待能集中优势兵力，出城击敌，夺回失地。可叶志超拒发援兵，主张弃城逃走。聂士成和左宝贵坚决不从，提出要各自领兵为战。性格刚烈的左宝贵怒斥叶志超，军人宁可战死沙场，不可临阵脱逃，而你一逃再逃，今日要想逃跑，得先过了我这一关。吓得叶志超面如土灰。左宝贵一边指挥作战，一边派人监视叶志超，叮嘱道，只要他敢逃跑，先杀后报。此时，日军调集更多兵力攻打玄武门，寡不敌众的左宝贵誓死抵抗，不幸中弹身亡。可怜一代名将，临死前还在提醒部下，看住叶志超。

日军虽然占据了玄武门，但并不敢贸然进城。这时，大同江上的日军正在毅、盛两军的抗击之下节节败退。卫汝贵率领淮军在城西南也阻止了日军的进攻，平壤战役的胜势仍在清军一边。可是，叶志超不但不能根据战斗形势做出乘胜反击的决定，反而打出白旗，乞求罢兵止战。日军看到乞和要求，停火准备受降，叶志超再一次做出了昏庸无耻的决定，趁日军停火之机，下令各军弃城潜逃。和清军一起守卫平壤城的有许多朝鲜部队，对已经取得主动权而又撤退的清军气恨至极，拦在他们出城的路口追击射杀，导致了清军官兵又一轮伤亡。

叶志超犹如惊弓之鸟，率领溃作一团的清军离开平壤，向北逃去。当他们来到安州地界时，被聂士成拦住了，并告诉他，不能再跑了，再往北跑就到鸭绿江口了。他接着说，眼下战斗虽遭失利，但并不是最后结局。安州地势险要，是进行防御阻击的好地方。在这里固守，一定能击败日军，转败为胜，再收复平壤，是天赐良机，再不可失。如果在这里打了败仗，责任由我承担。一声不吭的叶志超似乎是听进了聂士成的建议，但当部队途经安州时，他突然变卦，慌不择路地策马通过，狂奔五百余里，渡过鸭绿江，退回北岸的中国境内。聂士成跟着部队叫苦不迭。

清廷闻知此事，立即诏谕革叶志超职。李鸿章奏请留营效力，不允。光绪二十一年，即公元 1895 年 2 月，叶志超被押解回北京，经刑部审判，定斩监候。光绪二十六年，即公元 1900 年，经李鸿章从中周旋，叶志超得到赦免，回归安徽合肥故里，次年病故。

历史如果有知，一定会发出喟叹。昏庸的朝廷和混乱的奖惩，屡屡让忠臣良将难得善终，却总是让无耻之徒得以开脱。并且，这样的悲歌竟然被一再奏响。

但是，不论如何，历史的脚步不曾停留。就在清军处于一泻千里、混乱不堪的状态时，日军却在有条不紊地按计划发起对鸭绿江防线的攻击。公元 1894 年 10 月 3 日，素有日本"陆军之父"之称的陆军大将山县有朋指挥日军第一军三万多人，由平壤向鸭绿江疾驶而来。10 月 14 日夜，他们趁着江面大雾笼罩，神不知，鬼不觉地快速架起三座浮桥，然后立即对鸭绿江上的清军防线发起了攻击，中日两军随即展开激战。两个小时后，虎山（今丹东

境内）失守，清军将领宋庆率部退往凤凰城（今辽宁凤城）。10月26日拂晓，日军集中优势兵力猛攻九连城（距今丹东市市中心东北十二公里处）。淮军提督刘盛休所率守军听到炮声，一枪未打便弃城而逃，致使日本军队兵不血刃地占领了九连城，随即又攻克安东（今丹东）。日军相继占领凤凰城、大孤山、长甸、宽甸、岫岩、析木城（今海城东南方向）、海城等辽东重镇后，狂妄叫嚣要攻打山海关，血洗北京城。

甲午战争的朝鲜战场，本来有着很大胜算的清军，被李鸿章"保兵弃城"的错误军事路线葬送了。虽然有聂士成、左宝贵、卫汝贵这些爱国将领的深明大义和浴血奋战，不懈地与叶志超的投降逃跑主义做斗争，苦苦支撑着战争大局，却一再被投降逃跑路线所孤立，所压制，最终陷入孤掌难鸣之地。他们用生命和鲜血创造的一个又一个局部胜利，不足以挽救整个战争的败局，致使御敌于国门之外，不让侵略者踏足旅顺的壮志难酬。

朝鲜战场的败局，为日本人大踏步推进占领旅顺的战争开辟了广阔的空间，为日军建立起稳固的后方基地提供了可能。但是，令人不解的是，日本人为什么不越过黄海，直接攻占旅顺，而是要舍近求远地先占领朝鲜呢？这岂不是画蛇添足，多此一举？

其实，这正是日本军事战略的高明之处。日本和旅顺，由于有着广阔的海洋相连，从日本本土直接攻打旅顺，似乎是个捷径，但实际上却隐藏着巨大的风险，而这个风险恰恰来自朝鲜半岛。

朝鲜半岛位于中国辽东半岛和日本列岛之间，如同横亘在旅顺和日本之间的一个楔子，躲不过、绕不开。朝鲜又是中国的宗属国，这种地缘政治关系决定了朝鲜可以随时切断日本在海上攻击旅顺的路线，甚至使其陷入灭顶之灾。而中国则可以利用朝鲜这个"跳板"，对日军的入侵进行有效拦截。把朝鲜作为进攻旅顺的前沿阵地和稳固后方，这是日本人着眼全局的战略安排。

在朝鲜战场取得胜利的日本军队，越过鸭绿江之后，又连克数城，占领了由鸭绿江口到辽东半岛的广大地域，完全实现了发动侵朝战争的根本目的，开通了由朝鲜半岛往旅顺遣送地面部队的陆路通道，获得了抢夺旅顺制海权的有利战机，进而形成了日本军队陆海协同夹击旅顺的战略格局。至此，日本了却了进攻旅顺的后顾之忧。

这时的旅顺，尽管依然有着辽阔的海洋阻隔，可由于失去了朝鲜半岛的屏障，与日本军国主义铁蹄的距离已大大缩短，黑色的战云，已呈倾城之势。

大东沟海战

按照一般的战争常识和战争规律，以侵占旅顺为目的的日军在朝鲜战场取得胜利之后，一定会在最短的时间之内，于抵近旅顺的黄海发动海上战争，夺取制海权。并配合陆路进攻，对旅顺形成海陆合围之势。一旦这种战争格局形成，旅顺必然危在旦夕。

作为一名军事家，北洋海军提督丁汝昌对日军的威胁和企图，对战争时机的把握和具体的战争选择，可以说是胸中有数，对即将到来的海战及其后果，更是看得清楚。黄海海战对于中国来说，是获取战争胜利的生命线，战胜日本联合舰队，控制黄海和渤海海峡制海权，方可牢牢把握战争的主动权。他知道，日本之所以在取得了朝鲜半岛和鸭绿江攻防战的胜利之后，不敢贸然进攻旅顺，正是因为清军可以依托制海权，在沿路任何一个节点阻击、截断日军的进攻路线，使他们进退维谷，被动挨打，从而迫使日军止战，进而退出旅顺，并退出中国。

但是，夺取黄海制海权也事关日本人布下的战争全局，他们也想利用黄海上的制海权，打破相互支撑的掎角之势，使旅顺、威海卫与大沽口之间从战略上处于各自孤立无援的境地。制海权可以满足日军海陆间彼此照应，相互掩护，侧面交替进攻推进的目的，最终为陆路攻击旅顺扫清障碍。

可以说，丁汝昌对中日之间即将爆发的黄海大战早已有了思想准备，只是让他万般纠结、焦虑不安的不是海战能不能打，以及什么时候打的问题，而是，这场战争，到底应该怎么打。当时，中日两国的海军实力，应当说是旗鼓相当。但是，北洋海军拥有两艘世界顶级水平的铁甲军舰，这是日军所不具备的先进武器。因此，从总体实力上看，北洋海军还要略胜一筹，因而多了几分胜算。此外，北洋海军还拥有一批训练有素，能征善战，意在忠贞报国的英勇将领。所以，天时、地利、人和，都在北洋海军一方。

但是，北洋海军的最高指挥官李鸿章为此制定的作战原则是"保舰制敌"，这就让丁汝昌犯了难——以"保舰""保实力"为主导的战争，不宜采取攻势，所以很难有效制敌。而不能有效消灭敌人，何谈保全舰船？

"保舰制敌"四个字看似简单，却包藏着李鸿章的良苦用心。他是在告诉丁汝昌，战争无所谓胜负，保住北洋海军的最大资产才是最重要的事情。丁汝昌对此当然心知肚明。在李鸿章的政治天平上，朝廷的颜面还在其后，全力保住北洋海军的实力才是第一位的，而旅顺的安危更是排在最后。宁可国失旅顺，不可我失北洋海军——这才是李鸿章不可触碰的底线。在李鸿章的深层意识当中，国家是叶赫那拉氏的，成败与我无关。弹丸之地的旅顺虽然是自己精心打造的海军基地，但是对大清国来说，也无足轻重。更何况，日本人就是占领了旅顺，还能把它搬走不成？所以，李鸿章一再暗示丁汝昌，要力保北洋海军的安好。北洋海军不受损失，虽败无罪，反之，胜利了，不但无功，而且有罪。

李鸿章也预感到，中日海战的山雨欲来，所以，数次给丁汝昌发电报，反复强调作战原则，"务要保船制敌""不得出大洋浪战"，是一个彻头彻尾的消极避战方针。接到这样的作战命令，丁汝昌不寒而栗，"务要保船制敌，不得出大洋浪战"，短短十三个字，字字如千钧，压在他的心头，也如同往他的头上戴了一顶紧箍咒。万难之中，堂堂北洋海军提督惶惶不可终日，最终也是不敢越雷池半步。

但是，战争的脚步如约而至，日本战舰的马达声，舰阵前行拍出的海浪声，突然间如雷贯耳。黑压压的炮口，已经齐刷刷地对准了北洋海军和旅顺的方向。

公元 1894 年 9 月 16 日，也就是清军平壤战役失败后的第二天，北洋海军提督丁汝昌率十六艘舰船，护送援军到大东沟，接济鸭绿江战场。9 月 17 日上午，海面的雾气刚刚散去，他们正在返航旅顺。突然间，海上一队悬挂着美国国旗的舰队从西南方向驶来。当他们行驶至距北洋海军舰队稍近些时，忽然扯下美国国旗，全部换上了日本军旗，并对北洋海军采取了进攻态势。原来，这就是由日军名将伊东祐享率领的日本联合舰队。

虽然经过明治维新以后，日本迅速崛起，但他们的海军起点却比较低，其装备与中国的北洋海军大体相当。为了实施殖民扩张，满足侵略战争需要，日本政府不断加大对海军的投入，并从改革军事管理体制入手，对海军所属舰队进行了多次重大调整，最后将常备舰队与西海舰队合并，组成了战斗力更强的"联合舰队"。日本人知道中国北洋海军的装备水平很高，特别是拥有当时世界上最先进的铁甲军舰，便有的放矢地专门打造了能应对和克制铁甲舰的"松岛"舰,以及能与铁甲舰相抗衡的火力猛、航速快的"吉野"号巡洋舰。

日本联合舰队按照战时大本营的指令,在经过平壤战役获取了黄海东域和朝鲜海峡的制海权后,要在这里发动一场大规模的海战,歼灭中国北洋海军,完全控制黄海、渤海海峡,为攻占旅顺奠定基础。

当时,距大清国和日本政府同时宣战启动战争的8月1日已过去一个半月。当丁汝昌看清眼前已排成战斗队形的十二艘日本战舰时,他马上意识到,继丰岛海战之后的第二场海上战争,就要在大东沟展开。丁汝昌立即下令"定远""镇远"两艘铁甲舰居中,其他舰船作人字形雁阵迎敌,自己则站在旗舰"定远"号的舰桥上指挥。可是,唯李鸿章之命是从的海军提督,耳畔响彻着李鸿章大人的耳提面命,时刻惦记着保护舰船不致受创,不敢对日本联合舰队采取攻势,只是小心翼翼地做了试探性的攻击。这一点,从炮声上也能够判断。不论是陆军还是海军,作战都追求效率原则,就是要在相应有效的距离开枪开炮,尤其是舰船作战,距离太近火炮会失去威力,而太远则打不着目标,均达不到打击敌舰的目的。选择恰当距离,形成有效射程,这是舰船作战的一个基本规则,而丁汝昌指挥的北洋海军违背了这一规则。身为旗舰"定远"的管带,海军总兵的刘步蟾,为了保存实力,在距敌舰还不到最佳攻击射程时便草草开炮。旗舰炮声一响,就等于发出了战斗号令,其他各舰也纷纷开炮,可它们的射程还不如"定远",如何能够击中目标呢?所以,虽然黄海大东沟海域上空炮声隆隆,海面激起一排排带着硝烟的水柱,但炮弹却都落在了离日舰很远的地

方。海战打得热热闹闹，而日本联合舰队却平平安安。

中国有一句俗话说，没打着狐狸惹一身臊。北洋海军不痛不痒地一阵炮轰，打出了天大的破绽和漏洞，日本联合舰队司令伊东祐享从其摆出的阵势和炮声中判断，丁汝昌不敢与日军对决，并由此看出，他采取了不利于北洋海军作战的策略。对于战略决策在战争中的极端重要性，著名军事战略家、海权理论的创始人马汉说过，如果战略错了，那么将军在战场上的才能，士兵的勇敢，辉煌的胜利，都将失去它的作用。这话就像是为中国北洋海军量身定做一般，战略有误，满盘皆输。甲午战争结束后，日本军事专家川崎三郎在他的《日清战史》中，对中国海战有过这样一段评价：

> 海军攻略之要，在于占有制海权，而占有制海权，则在于能否有效采取攻势运动。清国舰队在作战伊始就未采取攻势运动，而采取绝对守势运动，此乃清国之失败。

可谓一针见血，一语中的。

当伊东祐享把黄海大东沟战场的攻守态势看明白了，马上采取攻势，率领舰队向北洋海军猛扑过来，并把首要攻击目标锁定于旗舰"定远"号身上。一瞬间，敌舰炮弹呼啸，一齐向"定远"舰飞来。舰体周围，炮弹爆炸激起的水柱连成一片，命中舰体时，更发出震耳欲聋的爆炸声，舰体表面顿成火海。一发炮弹打中舰桥，正在上面指挥作战的丁汝昌摔了下来，衣服被引燃。他忍着剧痛，一边扑灭身上的火，一边找到掩体继续指挥，借以稳定军心，鼓舞士气。日舰攻打北洋海军旗舰的同时,快速冲向舰队的人形雁阵,很快将"致远""经远""济远"三舰与舰队割裂开来,造成整个舰队首尾不能相接,左右不得相顾之势,这使北洋海军霎时落向下风,劣势渐渐不可逆转。

由于丁汝昌伤势很重,不能继续指挥战斗,刘步蟾开始代为指挥。在舰队阵形被敌舰冲乱,三艘战舰又被隔离开来,无法形成战斗力的危急时刻,那些贪生怕死,临阵怯战者现出了卑劣的原形。"济远"舰管带方伯谦,"广甲"舰管带吴敬荣看出北洋海军难敌日本联合舰队的攻击,竟打起白旗,离开战场逃跑了。还有比这更无耻的败类。"来远"舰管带邱宝仁在大战开始时猛打猛冲了一阵子,当战局发生逆转,特别是当他发现已有两艘战舰逃离战场,还有两艘被日舰击沉时,马上向旗舰谎报"来远"受到重创,不能再战、需退出战斗的请求。没等到旗舰的答复,他就下令掉转船头,带着"来远"舰从大东沟战场撤回了旅顺,然后又悄悄溜回了刘公岛。第二天,当这艘战舰例行出海巡检时,不见了管带邱宝仁。士兵和随从把战舰的里里外外找了个遍,也不见他的身影。原来,这个酒囊饭袋的统领人物从昨夜下了战舰,就一头扎进了妓院,而且彻夜未归。

大东沟那边,一场与家国命运攸关的大战正在激烈进行,而战舰的管带却逃离战场,躲进了柳陌花丛温柔之乡,这个对比,实在是令人瞠目结舌。

而在黄海大东沟战场上,原本已经处于下风的北洋海军,因参战舰船数量急剧减少,战斗力已大大削弱。这时,日本联合舰队又疯狂地发起了一轮又一轮攻击,企图将北洋海军一举全歼。

　　但日本人打错了如意算盘，全歼北洋海军只能是一厢情愿。在中华民族悠久的历史上，有许许多多传奇，其中从来不会缺乏真正的英雄人物。每当国家民族面临危难之时，都会有他们勇敢无畏的身影，在水深火热之中，背负起保家卫国的使命。

最勇敢的一群人

美国人基辛格对中国传统文化非常了解和热爱，他在其著作《论中国》一书中写过，中国人总是被他们之中最勇敢的人保护得很好。中日黄海大东沟海战中，北洋海军的战况已经非常糟糕，确有被日本联合舰队摧垮的危险。而就在此刻，他们中最勇敢无畏，最有担当精神的一群人挺身而出，如同疾风中的劲草，烈火中的真金，洪流中的砥柱，挽北洋海军于危难之中。

"经远"舰官兵，誓与战舰共存亡。大东沟海战开战不久，"经远"号战舰就被日舰从舰队中分割出来。为了形成以多胜少的战术优势，四艘日舰将"经远"舰团团围住，致使"经远"舰四方无助，只能孤军奋战。然而，"经远"舰管带林永升镇定自若，沉着迎敌，同时与四艘日舰交战。他下令撤掉船体四周舷梯，防止有人临阵脱逃，并高挂龙旗，以示与舰共存亡的决心。

林永升是福建侯官人，光绪十三年，即公元1887年，作为中国海军第一批留学生，赴英国皇家海军学校深造，在英国海军装甲战列舰"马那多"号上实习。回国后调入北洋海军，升任守备、都司，曾任"镇中"舰管带，后调任"经远"舰管带。北洋海军成立之后，他又升任左翼左营副将，最后官至总兵，兼"经远"舰管带。已

孤悬于舰队之外独自作战的"经远"舰，突然间遭受多艘日舰围攻，而且日舰采取的是近攻战术。他们用小口径短程速射炮攻击"经远"舰甲板，密集的炮火给"经远"舰上的官兵以极大杀伤，打得他们抬不起头来。而"经远"舰上的大口径远程炮则完全派不上用场，局面极其被动。林永升见难以脱身，赶紧与旗舰联系，请求炮火支援，以摆脱日舰的火力压制，减少官兵伤亡，保持战斗力。

当丁汝昌得知这一情况后，一腔怒火涌上心头。他拖着受伤的胳膊，忍着浑身多处被烧伤带来的剧痛，再一次登上舰桥，遥望着与日舰死死咬在一起的"经远"舰的身影，仰天长叹，中堂啊中堂，你这是害我水师官兵的命啊！不错，正是清廷的腐朽没落和总指挥李鸿章大人的贪婪自私，让北洋海军在大东沟海战中自掘坟墓。事已至此，又如何破局呢？

自丰岛海战以来，海军提督丁汝昌就成天提心吊胆，心头如同压了千斤重的大石头。因为他获知，日军舰艇上不仅有大口径火炮，还安装有小口径短程速射火炮。这种火炮在短距离内，对甲板上的士兵极具杀伤力。他也曾想到，在北洋海军的战舰上也装备这种武器，为避免在可能发生的近距离海战中处于劣势，他向李鸿章打报告，索要六十万两白银，用于购置此类装备。李鸿章一口回绝，采购舰炮的计划都不能施行，哪有闲钱装备这些东西？他说，有火炮用就不错了，其他的，等等再看吧。丁汝昌只好等着，却不知，李鸿章哪里是没有钱，他只是把买装备的钱装进了自己私设的小金库，将朝廷拨给的用于购置军舰和火炮的二百六十多万两银子，分别存进了汇丰、德华、怡和等银行里。白花花的银两，连本带利，都成了他中饱私囊的个人资财。这是在聚财还是在理财？是犯了贪污罪还是挪用公款？历史翻篇了，还有谁能说得清楚呢？

但世界上没有后悔药可以吃。黄海大东沟海战，让丁汝昌的担心应验了。当对决进入到白热化阶段，两军舰船的距离靠近，彼此之间分割包围地纠缠在一起，大口径远程火炮成了摆设，日军战舰上的短程速射炮的威力显示了出来。他们不再攻击船体，而是专门打击甲板上的士兵。密集的炮火不仅造成了北洋海军官兵的巨大伤亡，也严重摧毁了他们的斗志。清军没有任何武器可以抵挡这样的攻击，继续待在甲板上无疑是在送死，几乎所有人都被压制在船舱之内。实力的天平就这样严重地倾斜了。

林永升站在舰桥上，胸中热血奔涌。中弹后的甲板上到处都是火焰，官兵被压制在舱内，也不能分身出来救火。而激战中的其他舰船又不能前来增援，仗该怎么往下打？正在这时，一艘受伤的日舰欲掉转船头后撤，林永升快速从舰桥上冲下来，踏着甲板上的火焰，大声对舱内喊，官兵们，受伤的敌舰就要逃跑，我们要紧紧咬住它，干掉它！听到林永升的战斗命令，官兵们重新拥上甲板，奔向炮位。这时的"经远"舰加大马力，以最快航速劈波斩浪地向敌舰追击过去。但没跑出去多远，就遭到了多艘日舰的包抄，并向"经远"舰发射了多枚鱼雷。一再受到重创，"经远"舰很快就停了下来，渐渐开始下沉。林永升知道，"经远"舰很难再支撑下去了。他遥望旗舰，整理好身上的戎装，怒目喷火，注视着全体官兵，一字一句地说，我大清国将士，誓与"经远"舰共存亡，这是我们最后的战斗！然后下达命令，把舰上全部炮弹射向敌舰。

随着舰体快速下沉，"经远"舰炮声隆隆，发出怒吼，直到舰体完全被海水淹没。林永升和"经远"舰上的二百七十四名官兵壮烈殉国。

清廷褒扬林永升在海战中"争先猛进，死事最烈"，照提督例从优抚恤，并追赠太子少保。对"经远"舰殉难官兵，予以表奖优抚。

这位英雄也赢得了"经远"舰作战和殉难海域附近的庄河市黑岛镇人民的衷心爱戴。当"经远"舰遭数艘日舰围攻，难以突围时，下属曾向林永升建议，可向黑岛方向转移躲避，林永升当即予以拒绝。他义正词严地说，无论如何，也不能让战火波及黑岛村民，我们要与日舰血战到底。甲午战争之后，黑岛人民在西阳宫庙前建了一座新庙，专门祭念林永升的壮举。1994 年春天，黑岛镇人民政府在黑岛最高处修筑了一座高大壮观的林永升塑像，并立石碑。碑上刻着"争先猛进，死事最烈"八个大字，这是清政府给予林永升的最后评价。

在山东的威海卫，同样立有邓世昌的高大塑像。人们在瞻仰纪念他们的时候，难免存在疑问：有这么多顶天立地的英雄人物，北洋海军为什么不能战胜日本联合舰队？

这个疑问何其沉重！

哪个国家、民族都有自己的英雄人物，都有英雄主义精神对整个社会的感染。尤其在中华民族优秀的传统文化里，充满了如此悲壮的奉献与牺牲精神，并且一直在一代又一代人之间传承。但是，尽管战争呼唤像邓世昌、林永升这样奋不顾身、不屈不挠的英雄，但那场战争的结局却远不是英雄和英雄主义可以挽回的。两个国家间发生大规模战争，靠着英雄人物不能改变错误的军事路线和它所带来的恶果，不能挽救已经腐朽没落的国家，更无力改写一支海军的最终宿命。

公元1894年9月15日下午三点左右，中日大东沟海战进入最惨烈的阶段，日本联合舰队再次把攻击目标锁定于旗舰"定远"。企图很明显，就是要让北洋海军群龙无首。这时，"致远"舰管带邓世昌见势下令，不与眼前的敌舰周旋，加大马力赶到"定远"舰前面。

道光二十九年，即公元1849年，邓世昌出生于广东番禺。自幼随父在上海经营茶叶生意，使他有了跟欧洲人学习英语的机会。因为懂得语言和算学，十七岁那年，邓世昌考中船政学堂，学习航海驾驶，并从此投身海军。同治十三年，即公元1874年，邓世昌以优异成绩从船政学堂毕业，被分配在福建水师，先后任大副、管带等职。这一年，日本进犯中国台湾，邓世昌奉命驾船防守澎湖、基隆等要隘，因出色完成防守任务，被奖以五品军功。逐渐地，通过驾船巡航和担任几艘军舰的管带，邓世昌成为出类拔萃、远近闻名的海军人才。光绪五年，即公元1879年，李鸿章兴建北洋海军，特将他调了过来。同年11月，清政府从英国订购的"镇东""镇西""镇南""镇北"四艘"镇"字号大型铁甲舰抵达天津大沽口，李鸿章十分重视，亲至大沽口接舰，并直接任命具有丰富驾驶与管理经验的邓世昌为"镇南"舰管带。光绪七年，即公元1881年，邓世昌受委派，赴欧洲接带从英德两国订购的"致远"等四舰加入，使北洋海军实力剧增，邓世昌也从此转为"致远"舰管带，驻扎于旅顺和大连湾，从此频频来往于旅顺、大连湾和威海卫、烟台、大沽口之间，操演、训练，为守卫北方海疆，守卫军事重镇旅顺，

与这片热土结下了不解之缘。

公元 1894 年 9 月 16 日凌晨一点，由于平壤战役吃紧，李鸿章急调驻守大连湾的刘盛休所部四千多官兵赴朝对日作战，命海军提督丁汝昌率北洋海军主力护航。9 月 17 日中午，完成护送陆军任务回返旅顺途中，在黄海大东沟同日本联合舰队遭遇——这是甲午战争中的第二场海上战争，也是世界上第一场装甲战舰的决战。

当邓世昌发觉日舰要打掉北洋海军的指挥舰时，当机立断，横冲到"定远"舰前面保驾护航。在他看来，"定远"是北洋海军的灵魂，要想取得大东沟海战的胜利，不能没有旗舰的指挥。为保护旗舰，其他舰只做出再大牺牲也在所不惜。有一点邓世昌非常清楚，"致远"舰侧弦没有装甲掩护，最易遭受敌舰攻击，因此，为"定远"护航，实际上就等于付出"致远"舰以及舰上全体官兵的生命，这是多么巨大的奉献与牺牲！果不出邓世昌所料，"致远"舰刚刚超越"定远"舰，四艘日舰就迅速包围过来，火炮齐发，"致远"舰遭受重创。但"致远"舰的壮举，为"定远"舰争取了时间，得以扑灭甲板上的大火，迅速脱离险境。

在生死存亡关头，邓世昌异常冷静，一个新的战术在他脑海里形成：日舰专门瞄准我方旗舰攻击，我们何不以牙还牙？擒贼先擒王，我也要先打掉你的旗舰！他举起望远镜，日军旗舰"吉野"号被纳入视野。当目标锁定后，他气冲牛斗，发出号令：用我们的热血，打沉"吉野"！"致远"舰上的爱国士兵王国成、李仕茂，发尾炮连续击中目标。当"定远"舰发现了"致远"舰意图之后，马上指挥其他舰船，共同炮击"吉野"号。就在这个紧急

关头，攻打"吉野"号的几艘舰炮集体哑火，眼睁睁地看着炮弹
纷纷落在"吉野"舰及其周围海面，就是不炸。"致远"舰也连发
数炮不响。邓世昌大步蹿到王国成、李仕茂面前，大声叫喊，你
们为什么不发炮？为什么不发炮？王国成和李仕茂满头大汗地解
释，不是不发炮，而是炮弹都不响。情急之中，他们把没打出去
的炮弹拆开，在场的所有人都惊呆了——炮弹壳里装的不是火药，
而是灰渣、沙土和碎石。王国成朝着大陆方向咆哮，伤天害理呀！
作孽呀！老天爷，你劈死这些王八蛋吧！还有更加令人忍无可忍
的事，有些炮弹的型号与炮膛对不上，不是装不进去，就是发射
不出来。无论如何也难以想象，一支装满了哑弹的武装，是如何
与强大的日本联合舰队苦战五个小时的？这场战争又是怎么打下
来的呢？

眼看着日军旗舰"吉野"号死里逃生，邓世昌再也按捺不住了。
他环视了战场的情形之后，紧握双拳，下定了最后决心，毅然对
大副陈金揆说，倭舰队疯狂袭我，全仗"吉野"号。这艘战舰是
对北洋海军的最大威胁，我们可用冲撞战术，与"吉野"号同归
于尽，为我北洋海军赢得胜利杀开一条血路。于是，黄海海面上
出现了最为壮烈而震撼人心的一幕，邓世昌手握指挥刀，健步登
上舰桥，慷慨激昂地对全舰官兵说，我辈从军卫国，早置生死于
度外。今日之事，有死而已，但决不能让敌人的阴谋得逞！全舰
官兵在这种舍身为国精神的感召之下，上下一心，同仇敌忾，把
机器开到最大马力，全速向"吉野"冲去。为对付这艘不要命的
军舰，"吉野"急忙与其他三舰组成更强大的火力网，频频以集群
弹向已受伤的"致远"舰进行轰击。"致远"舰在密集火力的轰击下，

中弹越来越多，最终舷侧发生剧烈爆炸，船体迅速下沉，全舰官兵落水。

和大副陈金揆、二副周居阶一起落水的邓世昌，眼看着"吉野"号带领舰队仍在撒野，他用力游到周居阶身边，拼力挥舞着拳头——没把"吉野"号打沉，没把日本联合舰队打垮，我心不甘！我恨我自己！这时，一艘鱼雷舰朝邓世昌驶来，并将救生圈向他抛去，催促他，赶紧套上救生圈，到舰上逃生。他挣扎着狂喊，马上离开我去救别人，没打败日本人，我无颜苟活于世！说罢，他推开救生圈，把头埋进海水，拒绝了生还的希望。

邓世昌有一只爱犬名叫罗维，它也和"致远"舰官兵一起落入大海。在浪涛之中，罗维找到了自己的主人。它拼命游到邓世昌身边，一口咬住他的胳膊，用力往鱼雷舰那边撕扯，邓世昌就势把罗维揽在怀里，不停地抚摸它的头和脸，然后猛力将它推开，让它去求生。罗维不忍离去，再次拼命游了回来，咬住他的辫子，不让主人下沉。在体力耗尽的情况下，邓世昌只能在海水中挣扎，勉强不让自己快速沉下去。但他抱定了为国捐躯的决心，所以，当用尽平生力气也推不开罗维时，就把它紧紧抱在怀里，与全舰二百四十多名勇士一起，沉入了滚滚的波涛之中。

邓世昌壮烈殉国后，朝廷震惊，万民悲颂，全国各界人士纷纷为邓世昌撰写挽诗、题挽联、送挽幛，不断以各种方式表达自己的悼念之情。

光绪皇帝感念邓世昌的壮举，谥其"壮节"，御赐祭文、碑文各一篇，亲自撰写挽联，"此日漫挥天下泪，有公足壮海军威"，赐送邓世昌母亲题有"教子有方"四字的纯金金匾，重达三斤，并赏赐邓家白银十万两。之后，光绪又下令，追封邓世昌为"从一品"官，宗祠正门按一品官员规格，以清代中晚期南方大祠堂的形式和规格修建，建六级台阶，其正门门额上书写"邓氏宗祠"字样，两侧挂"云台功首""甲午留名"的楹联。

同时，中国人民也无比地崇拜他、敬仰他，因为他是以国家和民族为上的忠义楷模。人们崇拜邓世昌的不是他的丰功伟绩，而是对国家的忠诚。一个或一群英雄人物的出现，总是以那个时代为背景的，是在同一个谱系中类比才立判高下。在林永升和"经远"舰的官兵以身殉国的情况下，邓世昌和他的"致远"舰官兵并没有退缩，而是在战友鲜血染红的海面上，继续顽强抵抗，这就是凡人英雄的力量，是一颗颗忠心赤胆映照下的爱国情、报国义。他们是黑暗中、崎岖处、危难时接引这个民族度过一切苦难的纤夫，他们的碧血丹心、英勇无畏，构成了中华民族精神的雄浑乐章。

民族英雄邓世昌，用为国捐躯的壮举，演绎了家国情怀的内涵：于国，忠贞不贰，光照千秋；于家，耀祖光宗，泽被后世。在邓世昌身后，一百多年，哀荣不衰。

甲午战争结束后，他曾经生活、战斗过的地方——大鹿岛（今辽宁省东港市辖区，地处黄海，位于鸭绿江入海口）人民为他修建了雕像，基座上刻写着"爱国名将邓世昌"七个大字。

邓世昌从广东走出来，也是家乡人民的英雄儿女。自其殉职之后，广州的乡贤父老为他修祠堂，建雕像，以资世代纪念。1994年9月，广州市人民政府在天河公园内修筑邓世昌雕像，并将邓世昌墓迁葬于东郊公园，新立墓碑，重刻祭文，并立有迁建邓世昌墓碑记。紧接着，又在广州市海珠区宝岗大道龙珠直街龙

蜒里二号，即邓世昌出生地，建立"邓世昌纪念馆"，通过六百多张图片和影印件，以及雕塑、模型、文字说明等，反映邓世昌的青少年时代，甲午海战及其影响，被国家列为爱国主义教育基地。

在威海中日甲午战争博物馆环翠楼内，供奉着邓世昌、丁汝昌等爱国将领的木主（木质的神位）和肖像。清朝覆亡之后，公元 1934 年 5 月，著名爱国将领冯玉祥将军前往凭吊时，写下一副挽联，"劲节励冰霜，对万顷碧涛，凭此丹心垂世教；登临余感慨，望中原戎马，擎将热泪拜乡贤"。1986 年 9 月 16 日，威海市人民政府在环翠楼前举行了民族英雄邓世昌铜像揭幕仪式。这座铜像重三点五吨，底座由大理石砌成，形似"致远"舰首。邓世昌以身着披风，双手按一柄带鞘宝剑，昂首云天的形象，永远地定格在万世千秋的记忆当中。

黄海大东沟海战中，北洋海军虽然因战略失当而陷入被动，战场上还出现了怯懦避战、临阵逃跑者，但整个战争态势并没有一边倒地向日方倾斜，依旧是势均力敌。北洋海军将士用一腔爱国热情和大无畏的战斗精神，粉碎了日本联合舰队想一举歼灭北洋海军的邪恶企图。

海战进行了一个下午，当太阳要接近地平线时，双方阵形均已凌乱，但胜负仍未分出。在精疲力竭的情况下，炮声逐渐稀疏了下去，海面上，战舰在夕阳下摇摆。这场大规模海战是到此为止，还是继续打下去，考验着中国北洋海军提督丁汝昌和日本联合舰队司令官伊东祐享的决断力。对此，川崎三郎在他的《日清战史》中有这样一段记述，"伊东司令心绪很乱。虽然联合舰队在势头上压制着北洋海军，但得势不得胜，并没有实现战时大本营制定的全歼北洋海军的目标。况且，联合舰队多艘战舰受伤，有的遭重创，战斗力大减。特别是他对清国将士勇猛无畏之战斗精神感到震惊，对两艘铁甲舰有些惧怕，信心开始动摇，决定采取避其锋芒战术"。从这段话可以看出，伊东祐亨虽然野心勃勃，却不敢逞强再打下去了。

中国北洋海军提督丁汝昌的心绪也很复杂。进还是退，他犹豫不定。虽然自己执行了李鸿章"保船制敌"的消极作战方针，但最终是北洋海军将士的英勇顽强，和两艘铁甲舰的殊死抵抗，才勉强支撑起了当下的战绩。而如此胶着的战局显然只能是暂时的，如果乘势突击，也许能把日本联合舰队打压下去。可是，倘若日军有援兵助战，战势很快就会发生逆转，北洋海军很有可能会陷于灭顶之灾，自己也必将死无葬身之地。想到这儿，丁汝昌打消了求胜再战的念头，他乞求北洋海军不再损兵折将，能够平安归去，这样与李中堂才好交代。而且他想，只要这支海军还在，他日定可重整旗鼓，与日军再战。

1894 年 9 月 17 日黄昏，夕阳映照着无际的海面。丁汝昌下令北洋海军以防守队形撤离战场，并由"镇远"舰压轴断后。日本联合舰队按兵不动，中日黄海大东沟海战结束。

晚间十点钟，舰队回到了旅顺海军基地。激战了大半日，又身负重伤的丁汝昌，征尘未洗，马上在海军公所组织召开了紧急军事会议，下达两道命令，第一道命令是，尽快修复已受伤的舰船，随时准备迎敌再战。参加会议的将领们心领神会——今天的海战结束了，但甲午战争并没有结束，新的海战就在不远处等待着他们。并且，黄海大东沟海战的焦点在于旅顺，北洋海军唯有打赢，

止战于黄海，才能浇灭战争火焰，粉碎日本人的侵略梦想。但如今，战云依然在旅顺上空盘旋，日本人一定会卷土重来。因此，丁汝昌下达的第二道命令是，务必加强旅顺的海陆防御，不给日军以任何可乘之机。虽然旅顺防御有海防陆防之分，其防御主体是北洋海军，但是，加强陆防同样也是丁汝昌分内之事。

开完紧急会议，已是下半夜两点。丁汝昌拖着疲惫而充满伤痛的身体走到室外，双膝跪地，朝西天拜了三拜，默默地祈祷，山神海神，请显灵发威吧，保佑我北洋海军，保佑旅顺城和这里的黎民百姓。

李鸿章得知北洋海军在黄海大东沟和日本人打了个平手，损失了四艘战舰和五百多名官兵的消息后，心如刀绞。他做了两件事，一件是把在海战中两次打白旗逃跑的方伯谦押赴旅顺，在乱石中将其问斩。另一件是，连续给丁汝昌发来了两封内容一样的电报：静守勿动，不得出港作战。这十个字，又一次如同紧箍咒，紧紧地箍在了丁汝昌的头上，北洋海军因此而被锁困于旅顺港内，动弹不得。这不仅意味着丁汝昌对北洋海军的战争指挥权被剥夺了，同时也等于将从黄海到渤海海峡的制海权拱手让给了日本人。从此，旅顺失去了海上防护的屏障。

扼守最后屏障

黄海大东沟海战后，李鸿章把撤回旅顺军港的北洋海军死死地按住，一舰一船，一兵一卒都不准动，"远东第一海军"的称号成了空挂的虚名，从此消失在人们的视野当中。

丁汝昌最担心的，日军在获取黄海制海权后，对旅顺的海陆夹击之势到底形成了，从而使甲午战争进入第三个阶段，金州城就是第三个战场。

历来为辽东半岛南部府、州、县所在地和政治、经济、军事、文化中心的金州城，地处辽东半岛南端，雄踞大黑山西麓，横亘于金州地峡之北，西濒金州湾，东临大连湾，是连接东北腹地与大连、旅顺的咽喉要地，自古以来就是兵家必争之重镇，被称为"辽东雄镇"。金州城东西宽七百多米，南北长九百多米，在辽金时代为一座土城，明朝重新修城扩建。扩建后的金州城，四周城墙由大青砖砌成，城墙高六米，宽五米，顶宽四米，女墙高两米。城墙有角台四处，分设"春和""宁海""承恩""永安"四门，各门上均有城楼。门外筑有瓮城，城外有护城河，整个城池雄伟壮观。

金州城的重要性，晚清官僚姚锡光在《东方兵事纪略》中描述道，"其地自金州斜伸入海，形如卷心荷叶卧波，金州角则荷蒂也。

自金州向西南，愈趋愈狭，至南关岭而极，中宽不过六里，有若荷颈，为旅顺后路要隘"。从唐朝至明清，金州城战事不断。到了近代，为防御日益加重的外患，清政府在旅顺、金州城、大连湾乃至复州城加强布防，特别是以金州城作为旅顺海军基地的后路，其重要的军事意义更加凸显。金州城与旅顺唇齿相依，是旅顺的最后屏障。保住金州城，则旅顺无忧，失去金州城，则旅顺不保。

日军虽然暂时获得了黄海制海权，但辽东半岛特殊的地理位置和防御体系决定了，他们要想抵达旅顺，必须由陆路突破金州城。日本战时大本营提出的作战方针是，欲扼直隶省，先扼金州半岛；欲占旅顺口，必先取金州城。他们当然知道，金州城是通往旅顺的第一要害，攻下金州城，则可破大连湾，打下大连湾，则旅顺无援，而夺取旅顺，即可越海直攻京津。所以，日本集结陆军精兵，要不惜一切代价攻取金州。

日军要夺取，清军要守卫，双方都抱着必胜的决心。日军胜，旅顺就无险可守；清军胜，日军将被压制在大黑山脚下，任由清军包抄和蚕食，甚至无路可退。丰岛和黄海大东沟的两次海战，日军所付出的所有努力，都将前功尽弃，化为乌有。而对于清军来说，守住金州城，就彻底堵死了日军攻占旅顺的唯一通道，为甲午战争画上句号。可以说，一座金州城，牵系着中国和日本两个国家与军队的命运。

鉴于此，清廷对此早有布置。在金州城及其周围，有兵力三千多人，城内有步兵一个营，马队两哨，累计有一千多人。十三门大炮安放在城墙东、北、西三个方向。金州城南十三里地左右，是被称为辽东半岛最易守难攻的大连湾，那里筑有十二座炮台，配备了德国制造的克虏伯大炮。听起来很是厉害，但实际上并不足以防御日本人的疯狂进攻。

在日本人的盘算中，金州城关系旅顺安危，清军必然在此布置重兵，因此，攻打金州城一定会是一场恶战。而实际上，李鸿章除了把北洋海军画地为牢地锁定在旅顺港内，对金州城、大连湾的军事防务也未做出任何调整，更妄说加强。对此，他的方针是"力保盛京之根本"。这一策略因袭了原有的防御部署，分散了兵力，使辽东半岛的兵力出现严重不足。而且，统领的配备更是让人看不懂。

李鸿章在金州城和大连湾地面驻防部队安排了三个统领：连顺、赵怀业和徐邦道。连顺是金州城守将，满族旗人，早年跟随其兄连德镇压过捻军，光绪十五年，即公元1889年，凭功升任金州副都统，统领所部练军驻防金州城。大连湾守将赵怀业是安徽合肥人，李鸿章的老乡，官至总兵。此人是大连湾原守将刘盛休的小舅子，在姐夫的照应下，是个文不通、武不为的昏庸之辈。朝鲜战争失利，导致鸭绿江战事吃紧，李鸿章把刘盛休统领的淮军调了过去，刘盛休趁机通融李鸿章，把大连湾如此要地，交给了赵怀业。还有一个守将徐邦道，四川涪陵人，光绪二十一年，即公元1895年，因镇压太平军有功而晋升参将，又提升为提督，后授正定总兵衔。他原本是李鸿章调派到旅顺做守防的，可是大连湾口门宽大，又与金州城相连，李鸿章知道赵怀业靠不住，就把徐邦道从旅顺调了过来，协助赵怀业共同把守大连湾，军中戏称他是个"帮忙守将"。暴风雨来临之前往往是很平静的。日本人攻占金州城的恶战到来之前，一切也很平静。黄海大东沟海战的

硝烟散去后，清廷从政府到地方，具体到金州城、大连湾，没有任何与备战有关的动作，军力配置丝毫没有变化，一切都保持着老样子。

既然是老样子，总要有一个领衔牵头的人，用以协调统领战争全局。但是，金州城、大连湾两地没有统一的指挥官，几个守将统领，各吹各的号，各打各的仗。只有守将徐邦道感到焦急不安，他每时每刻都在等待朝廷和李鸿章的指令，他想知道，金州城、大连湾守卫战的作战原则是什么，这场守卫战与旅顺防御怎样衔接，由谁来指挥调度这三路兵马，以及增援金、湾的援兵何时到达？这一系列事关战事全局的问题，徐邦道既看不明白，也找不到答案。

在忧心忡忡之中，他所能做的，也就是把自己推不掉的责任先梳理清楚。平日里可以糊涂事糊涂办的事情，在非常时期，就变得空前重要起来。他以受李鸿章之托协助守城为名，挺身而出，争取指挥金州城和大连湾战争的指挥权。铁肩方能担道义，徐邦道硬着头皮召集连顺和赵怀业，以共同商议拒敌守城之策。连顺表示积极拥护，赵怀业只有不阴不阳地附和。就这样，徐邦道名不正、言不顺地以金州城、大连湾守卫战总指挥的名义做出了应战部署：组成二十人探哨队，三个人为一组，对从旅顺一直到花园口沿海地带的敌情做全面了解，做到知己知彼。连顺率原有的一千二百人，再从周边调集五百人，据守金州城。赵怀业率一千八百人据守大连湾。当战斗打响，金州城和大连湾要协调动作，相互支援。徐邦道自己率八百人作为机动部队，根据战场形式变化，随时火速增援。同时，他们还决定，考虑到金州城和大连湾防御兵力不足,由徐邦道出面到旅顺争取调集三千人马。做完了上述军事部署,徐邦道星夜赶往旅顺,搬援兵去了。

旅顺这里有淮军、毅军、练军、捻军等五路守军,也是有将无帅,没有统领五路守军的指挥官。徐邦道只能一个一个上门寻访,苦口婆心地说明利害,请他们出兵相助。可五路都统几乎都义正词严地表达了同样的意思:中堂大人有交代,我军只有守旅顺之义务,而无助金、湾之责任,不能擅离职守,不可妄自动兵。话说到这里,无论徐邦道怎样切切哀求,都没能搬来一兵一卒,只能灰溜溜地赶回金州城。再与连顺和赵怀业商议,只能靠现有兵力迎战日本军队了。

四天之后,几路探哨回来报告说,日军两万多人已从庄河花园口登陆,现正赶往皮子窝集结。

原来,日本联合舰队在黄海大东沟偷袭中国北洋海军的同时,就紧锣密鼓地从日本本土往朝鲜运送新组建的陆军第二军,司令官是大山岩。1894 年 10 月 23 日夜里,皎白的月光洒在平静的海面上。静谧的夜色之中,一支庞大的舰队悄悄由朝鲜大同江口驶出,向辽东的花园口方向快速前进。大山岩率领他的部队,分乘二十八艘运输船,在联合舰队的掩护下,要在花园口登陆。

花园口地处辽东半岛东缘,是面临黄海的一个普通港口,南与长山群岛隔海相望。花园口与金州相距八十公里,离旅顺一百三十公里,其水深涨潮时不过三四米,海滩为泥沙底面,浅而平坦,宜于登陆。当年,唐朝的东征大军就是在此登陆,到明朝时成为驻军防倭、抗倭的一个重要据点。

大山岩对登陆花园口十分谨慎,策划周密。为防万一,他让

联合舰队先于运兵船在 1894 年 10 月 24 日凌晨到达，命联合舰队第一游击队两艘舰艇驶向旅顺水域，监视中国北洋海军动向。命第二游击队的舰船全部停泊在花园口周围海面，以防北洋海军偷袭。命第三游击队协助陆军登陆。同时又派出海军陆战队一个小队，由花园口北侧登陆，对十平方公里区域内清军的防务情况进行侦察。在对花园口周边的村庄一一进行排查登记造册后，实行严密封锁，增岗加哨，对来往人员严格控制盘查。令大山岩以及整个日军没有想到的是，中日战争已经进行了一个多月，作为重要登陆点的花园口竟然没有一个岗哨，没有清军一兵一卒在此守卫。大山岩对部下说，真是天赐良机，看来我们将顺利、安全地在花园口登陆，不会有任何后顾之忧。这样，日军第二军开始大规模分梯队登陆，在长达半个月的时间里，利用潮起潮落的空当，从容不迫、有条不紊地将两万多兵马运送上岸，占领了花园口，并在十几里长的海岸上安营扎寨，养精蓄锐。

然后，日军又轻松地越过了皮子窝、普兰店、亮甲店等关口，向他们认为最难啃的硬骨头——金州城进发。这一路也是势如破竹，毫发未损，直抵金州城下。

徐邦道当然知道，以金州城不足两千人的兵力，是难以抗击近两万日军的。他与连顺和赵怀业商议，让连顺在加固城防的同时，给李鸿章发急电，请求援兵。同时向盛京将军裕禄和旅顺诸统领发电求援，请他们急速增援金州城。这些发出去的请求，不是被婉言谢绝，就是泥牛入海，再无消息。对赵怀业一直不放心的徐邦道再三叮嘱他，务必着眼大局，随时观察金州城的战况，并积极予以协助，合力抗敌。赵怀业答应得很爽快，说得特别好听。为了打赢这场守卫战，徐邦道做出了最艰难的选择，他自己带领不足八百人的拱卫军，到日军进入金州城必经的石门子打阻击，以减轻金州城和大连湾的防守压力，并为争取援兵的到来留一点时间。

石门子离金州城十里地左右，不太宽的土路两旁，均为起伏不平的丘陵，非常适宜打阻击战。徐邦道赶到后，率部星夜赶修工事，架设封锁道路的火力网，准备截断日军进犯的脚步。1894年11月5日上午，日军第二军第一师团第一旅团长乃木希典指挥两个大队近三千兵力，向徐邦道阵地发起攻击，徐邦道凭借工事进行还击。激战中，日军第二大队副官大野尚义被击毙，日军整体被压制在山野之间。下午四点来钟，乃木希典重整旗鼓，再次向徐邦道阵地发起进攻，又被击退。缺兵少将、势单力薄的徐邦道虽然打退了乃木希典的数次进攻，但过程却异常艰险。他想向守卫金州城的连顺借点兵，可考虑到，偌大个金州城只有不足两千人的守兵，自顾尚且不暇，哪有兵马可借？只好向守卫大连湾的赵怀业求助。当他派人向赵怀业说明情况，请求支援时，赵怀业一改当日满口应承的态度，露出了两面三刀的嘴脸。他不但恶语相向，还抬出李鸿章来压人：李中堂叫我守湾，没让我守城，一兵一卒都不能借给你。徐邦道连续派了三拨人向赵怀业求援，赵怀业无动于衷。

其实，当时的徐邦道并没有朝廷的正式任命，不担负守卫金州城和大连湾的责任。他完全可以只扫门前雪，按自己的统领范围量力而行，不必主动挑起守卫金、湾的重任，更不必去打这场敌我力量悬殊的阻击战。可他偏偏能从全局出发，心系国家和旅

顺安危，义无反顾地开赴了战场。这个个子不高，却从来不示弱于人的铁汉，在陷入叫天天不应，叫地地不灵的困境当中时，放弃了个人的得失与尊严，从石门子一口气跑到大连湾，流着泪跪在赵怀业面前，晓之以利，动之以情，向他说明守住石门子的重要作用，以及石门子失守可能出现的后果。在徐邦道的苦苦哀求下，赵怀业勉强拨出了两哨兵勇，仅仅二百来人，跟着他前往增援。对于大规模的阻击战来说，添加两哨兵勇只能是杯水车薪，但毕竟是助了徐邦道一臂之力。

　　1894 年 11 月 6 日凌晨，日军以突袭的方式，占领了距拱卫军阵地约一千米的一处高地，用大炮猛轰其两侧山顶工事，并派步兵向山顶冲锋。徐邦道部的伤亡很大，但仍牢牢地控制着阵地。乃木希典为了尽快突破阻击，派出日军第一师团本队，由金州北路迂回从后面抄袭，致使拱卫军腹背受敌。面对敌众我寡，又无援兵的残局，精疲力竭的徐邦道在露宿的山头，顶着寒风，借着月光，给赵怀业写了封信，求他再派两哨驰援，争取最后一点希望。他同时也给连顺写了信，告诉他，敌我力量悬殊，阻击战只能赢得有限的时间。他请连顺务必组织好力量，固守城池。做完这两件事，徐邦道在万般无奈中撤离了石门子阵地，带着六百来人向金州城开进，希望与连顺联手保卫金州城，延迟日军对旅顺的进攻。

　　突破石门子之后，日军很快就完成了部队的集结，对金州城形成了包围之势。1894 年 11 月 7 日，金州城守卫战打响了。上午八点来钟，日军安装在金州城周围的虎头山、西崔家屯、三里庄一带高地的四十多门大炮，炮口全部对准金州城。号令过后，众炮齐发，呼啸的炮弹纷纷落在城内，爆炸穿云裂石，硝烟遮天蔽日。

174

几个城门连续被炸开，外围的防御堡垒也被摧毁。炮声一停，乃木希典便率军从三里台打开缺口，向金州城内发起攻击。

金州城守将连顺原本一直站在城墙上指挥。当日军轰开城门，一拨接一拨地拥入城内时，他一边率军与日军打巷战，一边向南城门退却，然后又向城西撤离。城西是去往旅顺的方向，他准备在这条路上伏击日军。这就苦了徐邦道。他原以为自己率部退守到金州城，可与连顺联手作战，兴许可以挽回败局。但当他来到城下时，却不得不面对金州城城内守军已被击溃，正慌不择路地向外逃奔的现实。徐邦道只能掉头去追赶连顺，将两路兵马会合起来，向旅顺方向撤退。

至此，辽东雄镇一日之间落入敌手，乃木希典以胜利者的姿态，趾高气扬地走进了金州城。

直到金州城陷落，清廷和李鸿章都未曾做出指示。而金州外围各地的清军，基本都以没接到李中堂命令为由，拒绝增援。离金州城只有十几里地的大连湾守将赵怀业，在金州城即将失守之时才带着援兵来到城外。当他远远看到炮火连天、城门倒塌的惨状，被吓得人仰马翻，立即下达了撤退命令，未发一枪一炮，头也不回地退了回去。

为加强辽南防守，清廷早早就命山西大同镇总兵程之伟率四千步骑兵，由陆路开赴金州。但程之伟听说进攻金州城的日军有两万多人，吓得畏缩不前，磨磨蹭蹭地来到普兰店就再也不肯往前走了。火烧眉毛的连顺多次催促，但程之伟置若罔闻，迟迟不肯动身，还煞有介事地找理由说，我是按朝廷要求正常接防，并不是参加金州城守卫战的。原本就驻扎在复州城的协领佟茂荫，

对连顺的反复催逼持按兵不动的态度。他们就是这样，观火于咫尺之外，坐视金州城落入敌手。

徐邦道和连顺在金州城西会面后，连顺建议，金州虽陷，但我们仍可请求驻防旅顺的部队来援，或可趁日军立足未稳，集中兵力打他个措手不及，把金州城重新夺回来。徐邦道连连摆手，他对旅顺守将，或是对各关隘的清军统领已不抱希望，所以认为，当务之急不是夺回金州城，也不是撤往旅顺，而是配合赵怀业，把日军拖死在大连湾。徐邦道和连顺一致判断，日军一定会乘势攻击大连湾，当前正是前后夹击日军的大好时机。因此，他们决定在大连湾设伏待敌。

大连湾是辽南最大海湾，地处金州城南六公里的黄海北部海域，地理位置十分险要。有两个半岛伸向海湾中央，被称为和尚岛和老龙岛。在这两个半岛的各个山头要隘，一共筑有十二座坚固的炮台。炮台内配备各种火炮三十多门，特别是克虏伯炮，能自动向炮台前后回转射击，有巨大的杀伤力。并且，各山峰的炮台间有盘山路，可以实现互相策应。当时，守卫大连湾的赵怀业有淮军六个营，加上徐邦道的拱卫军和连顺的练军，共有两千九百多名官兵。由于装备精良，弹药充足，军储丰厚，且居高临下、防守严密，可谓易守难攻，日军攻占此地，并非易事。但徐邦道和连顺为了把握起见，仍然向北洋海军军需总管盛怀宣发电，请求务必就近派部队增援。盛宣怀没有权力调兵，就向李鸿章请示报告。这回，李鸿章有了回音，他在盛宣怀的报告上批示，徐邦道对金州城和大连湾并无守城之责，只需做好旅顺的防务，勿多事。接着又说，今晚卫秩秋五营赴旅，此外实无人可调。你们要分守各营，兵力散而不整，恐难挡大敌。不要忘了，旅重于湾，南关岭有险可守，倘若湾不能保，须带炮队暂避南关岭，以保旅顺为要。他让盛宣怀向驻守旅顺将领传达他的指令，必须多设地雷，坚守勿轻与战，倭寇来路，速安置地雷、碰雷、炸药。在李鸿章的一系列批示中，放弃大连湾而保旅顺的主旨非常明确。由此看来，李鸿章在辽南的作战指挥上已经乱了方寸，失了章法，完全忘记了金、湾、旅之间掎角之势的利害关系，不是调集优势兵力在金州、大连湾一带主动出击抗敌，而是寄希望于用埋设地雷、碰雷等方法阻击日军，这不是天方夜谭吗？不要说清军将领，哪怕是士兵也看得分明，不守住金州城和大连湾，如何能保卫旅顺？那么，这个清军最高统帅是糊涂吗？并不是，他只是唯慈禧马首是瞻，鉴貌辨色求生存罢了。在这样的心态下，和日本人正面作战，大概是过于"因小失大"了。

李鸿章的"倘湾不能保，须带炮队暂避南关岭，以保旅顺为要"的指示，正中守将赵怀业的下怀。这个贪生怕死的败类，在日军尚未到达金州之前，就打发人到烟台出售他贪腐所得的军粮，已为逃跑做好了准备。当金州城保卫战正酣，情况万分危急之际，他以李鸿章各守营盘、兵力拮据为借口，不发援兵，贻误了战机。正愁战火烧到家门口该如何是好的时候，主帅竟然应允，"湾不保则可退"，又为赵怀业随时准备撤退的畏战情绪找到了借口。当徐邦道和连顺为保金州城苦战之时，赵怀业更是在大连湾码头组织兵勇，往船上搬运贵重物件，为逃跑做足了准备。1894 年 11 月 7 日晚，当赵怀业得知金州城陷落，日军第二天就要攻打大连湾的消息时，连夜率一千三百多名官兵，赶着五十多匹驮着财物的军马，

一口气逃往旅顺，把大连湾抛弃了。

对于攻打大连湾，日军上下都很胆怯。他们预感到，大连湾不比金州城，日军的进攻部队将遭到强烈阻击。接下来的每一步，都可能是一场血战，一次恶仗，并且，日军还未必取胜，因此，许多日本官兵都有战死的准备。日军随军记者龟井兹明在日记中写道，此役清军据坚固的炮台，我军必须直逼敌营而杀之。各军官兵虽谈湾色变，但亦决心战死，有的把行李托付给战友作为遗物，有的把香烟分得一支不剩，也不带午饭和干粮，悲壮凛然，无一想生还。也有性情懦弱者，脸上留下泪水的痕迹。可见，日军官兵非常了解大连湾的优势，都做了用生命换取胜利的准备。可是，当他们真的向大连湾发起攻击时，却看到了另外一番根本想不到的景象。大连湾已空荡如野，不见一兵一卒。日军没有受到任何阻击，比登陆花园口还要轻松愉快，兵不血刃地就把本该固若金汤的大连湾占领了。当日军官兵登上大连湾的炮台时，无不为炮台的坚固和装备精良而感叹。他们在和尚岛炮台看到了李鸿章亲书的"永固海疆"四个大字，每座炮台两侧都雕有"海疆锁钥""辽东屏藩"的字样。当他们走近炮台，看到许多大炮的炮膛里已经装填了炮弹，只是炮弹的尾拖还没有动，根本没有想要发射的意思。炮台区内，挖了许多交通沟，处处设有暂存库、耳库、零件库、弹药库，各弹药库内整齐排列着普通榴弹和钢铁榴弹。炮台的兵房和官员房间里，都摆放着关公像，用以乞求军神保佑。

本来，日本联合舰队赶往大连湾要从海上助战，可他们没能及时得知大连湾已被日军占领的消息。1894 年 11 月 9 日早晨，他们按照预定计划，将舰船开到大连湾附近，并试探性地朝着各炮台方向发射了一些炮弹。但是，大连湾方面毫无反应。他们正在纳闷，军舰上的信号兵发现，大连湾炮台的旗杆上悬挂着日本的太阳旗，炮台上布满了黑衣服的日军士兵，这才知道，大连湾已被陆军攻陷。日舰上的官兵难以置信，只能面面相觑，如坠梦中。

大连湾作为旅顺、金州城防御体系的重要支点，北有金州城，西北有复州城，南有大连，西有旅顺环拥。在当时的中国边疆地区，再没有一处的军事防守强度能与之比肩，即使清军在花园口、皮子窝、普兰店、石门子这些地方都已战败，也应该在大连湾赢得一场绝对的胜利。而实际上却拱手让人，甚至不能用一败涂地来形容。可叹日军在战前还曾心惊胆战，谁承想，偌大个大连湾，十多座炮台，三十多门大炮，两万多发炮弹，三百多万发子弹，近三千名官兵，总共才打出两发炮弹。可以说，两军根本就没有交火，连同城池和武器装备，就全部成了日军的战利品，成为他们继续进攻中国的利器。

金州城和大连湾接连失陷，清政府内部又开始了新一轮的嘲笑谩骂，相互指责、攻伐。之后，大家总结了经验教训，但得出的结论竟然是"器不如人"，意思是输在了武器装备落后上。近代以来，学界对晚清政府军事上的一败再败也都是这样解释的，几乎成了一块打不碎的挡箭牌。但事实的真相是，甲午战争是近代史上中国军队与外国军队武器装备差距最小的一次战争，也是中国军队输得最惨的一次战争。

洋务运动的最大成果之一是，由于使用先进武器取得了不断的胜利，激励了清政府，决定大量购买外国的先进武器，也开始

大量建厂仿制。到 1894 年甲午战争爆发前，清军已基本完成了陆军的现代化改装，这里面也包括李鸿章的淮军，其水平已不亚于欧洲列强。特别是在结束内战以后，大清帝国开始休养生息，不仅经济上取得了极大发展，军事建设也所向披靡，一度出现中兴迹象。拥有大量先进武器的洋务派大臣曾国藩、李鸿章等人，为了得到政府更多的资金支持，在给朝廷上报的奏折里，都曾极其夸大过敌方武器的优势，闭口不谈自己的武器装备水平。他们在每一次胜利后，都肆意瞒报了战场的实际损失，把自己描绘成以弱胜强、以劣胜优、以寡胜多的典范，妄图令慈禧相信，全中国，乃至全世界，都知道清军武器装备有多落后。但是，金州城和大连湾的接连失陷，不是器不如人，而是人不如人。他们并不是败在武器装备上，而是败在腐朽没落的制度之上，是依附于这套制度上的人的因素，使大清难以抵挡侵略者的步伐。

徐邦道和连顺已经做好了从后侧攻打大连湾的准备，只待那边一声炮响，就会立马冲杀过去。可是，大连湾方向一片死寂，毫无两军对垒的迹象。徐邦道心生疑虑，派出两组探哨打探消息。不到两个时辰，探哨来报说，大连湾已经落入敌手，赵怀业逃跑到旅顺方向去了。徐邦道仰天长叹。失去了城池，还可以战斗，但这回，连方向也失去了。这个以不足一千兵马顽强阻击了上万名日寇的血性汉子，现在甚至陷入不知在何处安营扎寨的穷途末路之中。

当然，徐邦道和连顺仍然存在两个选择，一是北走熊岳、海城，投奔宋庆部。二是退守旅顺，协同守军御敌。二人毫不犹豫地选择了退守旅顺。从这样的选择可以看出，二人始终不以偷生为目的，下定了决心要参与旅顺保卫战。

另一厢，大山岩率领的日军第二军，在攻下金州城，占据大连湾之后，连续整休了六七天，准备对旅顺发动最后的攻击。

第四章

甲午暴风雨（续）

黑色序幕

日本人发动甲午战争的目的，主要是想侵占旅顺。当他们攻下金州城和大连湾后，便挥师南下，包围了旅顺城。保卫旅顺与攻占旅顺的战争，对于中日双方来说，都是箭在弦上，不得不发。并且，旅顺保卫战是甲午战争的终点，对于中日双方来说，都是最后的收官之战。

旅顺与金州城、大连湾的地缘关系决定了失去金州城和大连湾，则旅顺不保。金州城、大连湾与旅顺相距只有一百多里地，处于一个狭长地带之上。其中，旅顺居于最南，如果切断它与金州城和大连湾的联系，就成了三面环海的孤岛，进退不得。日军要想从陆路攻占旅顺，金州城和大连湾是绕不过去的屏障。而一旦突破这个关卡，旅顺城立刻危在旦夕，甚至只能坐以待毙。

当然，这些只是战略上的分析，但真理往往还有另一面。虽然连陷两城，旅顺已完全暴露了出来，但打一场保卫战，仍有相当大的胜算。作为北洋海军基地，经过十几年的营造，旅顺已拥有牢固的陆路防线和海岸防线，拥有海陆防炮台四十多座，各种口径的火炮达一百三十多门，在当时的条件下，可以阻击日军任何强度的进攻。旅顺原有五路守军，徐邦道、连顺和赵怀业退

守旅顺后，这里便汇聚了八路守军，总兵力达到五十多营，共一万七千多人。与一万八千人的日军相比，战力旗鼓相当。北洋海军虽在黄海大东沟海战中遭受重创，但经过五个多月的休养生息，已经恢复元气，不仅能稳稳地控制黄渤海和渤海海峡的制海权，而且一旦海陆联手，日军也凶多吉少。因此，只要旅顺能稳住阵脚，有效坚守，驻守复州城、熊岳、营口、海城等地的清军可以迅速增援，切断日军退路，并伺机围攻。同时，威海卫、大沽口方向的清军，还可从海上增援，致使日军腹背受敌——这些都是打赢旅顺保卫战的重要因素。

因此，对于清军来说，不论前几场战役输得多么惨重，只要在旅顺打赢了，就能赢得战争的最后胜利。而对于日军来说，不论一路攻城略地的战果多么辉煌，只要在攻打旅顺的过程中败下阵来，那就是满盘皆输。日本不仅是竹篮打水，而且要背负上发动侵略战争的全部罪责。因此，在旅顺保卫战打响之前，清军和日军都在做着最充分的准备。可以说，旅顺保卫战胜负的界碑，不在于保卫战自身，而在于战前的准备工作。

日本军队调整了战争要达到的高度，以期把胜券牢牢掌握在自己手中。

大山岩按战时大本营下达的命令，除以战争的常规进行军事部署，步步为营，层层递进，火力集中地对旅顺城实行密不透风的包围之外，又做了两件壮军威、振士气的事情。他让日本联合舰队担当战争的重要角色，对旅顺军港实行了最严密的封锁。日本联合舰队在完成对进攻金州城、大连湾的策应后，将二十多艘战舰兵分三路，一路开进小平岛水域，随时协助陆军攻城。一路躲在长山列岛水域，作为预备增援部队待命。一路在黄海、渤海海峡水域游弋，监视北洋海军动静和可能来自威海卫、大沽口方向的援军的动向。这样，联合舰队成了攻占旅顺城的一把利器。

大山岩做的第二件事很是令人震撼。他成立了由一千五百人组成的敢死队。第一师团长山地元治没有为前面的胜利冲昏头脑，他始终认为，日军以极小代价夺取了金、湾两城，有相当大的侥幸成分。但攻打旅顺则完全不同，这里是北洋海军基地，也是日本发动这场战争的最终目的，清政府必定以重兵死守，战争将异常残酷激烈。但是，他虽然有打赢旅顺攻坚战的雄心，但不敢有丝毫大意，所以才会成立敢死队。当副官把一张五百人的敢死队名单递给他时，他摆摆手道，太少、太少。副官马上把队员增加了一倍，他还是连连摇头，说，远远不够用，再增加些。直到敢死队成员多达一千五百人时，他才满意。山地元治对敢死队的战前动员很简单：你们是日本军人和国家荣誉与希望的全部，要用你们的身躯、精神和生命，为军队的胜利进攻并夺取旅顺，杀开一条血路！这些话，既体现了日本军队的精神状态，也代表了这个国家的意志。

与之相比，在旅顺保卫战之前，清军的表现却极尽荒唐，从朝廷到旅顺守军，演出了一幕幕让人心碎的闹剧。

金州城、大连湾失陷后，驻守旅顺的八路统领均已深刻地意识到，真正的大战就要展开了。这将是一场极其惨烈的保卫战。此刻，他们无时无刻不在翘首以待，盼望朝廷能够发出相应的战争指令，让他们能够接受国家统一意志的指挥，从而有条不紊地应对入侵之敌。可是，就在山雨欲来、大军压境的当口，清廷上

上上下下、里里外外，都围绕着慈禧太后的六十岁大寿而汲汲忙忙。慈禧的寿诞是大清国的头等要事，其他的，哪怕是战争，也不过是小小芝麻粒儿而已。至于李鸿章呢？他就是慈禧太后的影子。作为战争的总指挥，太后才是他最关心的事情，而大清国与日本国之间的战争，并不在慈禧和她的幕僚们的考虑范围。旅顺，只能好自为之了。

就这样，直到战争打响，旅顺守军也未收到朝廷传来的只言片语，守将们的心凉透了。

驻防旅顺的五路大军守将包括张光前、黄士林、姜桂题、程允和、卫汝成五人。金州城和大连湾保卫战时，因为拒绝增援，所以其部队一直完好无损。金、湾失陷以后，徐邦道、连顺和赵怀业所部也退守到旅顺，八个统领，八路大军，可谓兵多将广。驻防旅顺的军队应由李鸿章直接指挥，但他并不在旅顺，常驻旅顺的北洋海军提督丁汝昌就成了这里的最高长官。可是，李鸿章偏偏不授予丁汝昌统辖指挥这八路大军的权力，反而让驻旅顺北洋海军营务处总办龚照玙有了指手画脚的机会。由于上面没有正式任命，这个龚照玙就被人们戏称为"隐帅"。

经过洋务运动以来十几年的经营，旅顺可谓壁垒森严。可是，最高长官李鸿章远在天津，既不上前线指挥作战，又不明确前线最高指挥官人选，八路守卫大军各自独立、各怀心思，自然不能众志成城，形成战斗集体。在模棱两可之间，他的心腹龚照玙半推半就地成了旅顺各路守军的总管，可谓名不正，言不顺。并且，龚照玙不但在军事上一窍不通，为人也贪腐卑劣。而八路统领又分属不同派系，各遵自己上峰的指令，无人可以调动指挥。这样，旅顺的指挥班底群龙无首，八路守军一盘散沙。

稀里糊涂地维持乱局，在平日里或许可以混过去。但是，大战一触即发，继续乱下去，于国于己，都异常凶险。旅顺守将张光前在诸将领中稍有威望，他硬着头皮张罗召开了一个算是战前动员的会议，希望大家推荐一位主帅。几位统领经过商议，一致推举姜桂题为旅顺作战总指挥，理由是他的年龄大、资历深，能压得住阵脚。但事实是，姜桂题既无文韬，又乏武略。对于怎样打好旅顺保卫战，他无法提出完整可行的作战方案，只是强调，各路守军虽然各为其主，但打起仗来，得一切听从调度，同心协力，着眼大局，共守旅顺。然后，又粗放地按照既定的驻防区域划定了各自的防区。这种草台班子式的战前组织模式，不论在中国还是在世界军事和战争史上，都是闻所未闻的奇谈怪事。

更有甚者，李鸿章釜底抽薪地调走了海军，砍倒了保卫旅顺的擎天柱。1894 年 11 月 14 日，日军兵分五路，先后从大连湾杀向旅顺。徐邦道是最先得到消息的人。在千钧一发之际，他的表现尤其焦躁不安。

当晚饭毕，徐邦道匆匆赶到海军公所，拜访了北洋海军提督丁汝昌。他直奔主题，表达了对现状的不安，因此恳请提督大人挑梁指挥，并表达了全力协助之意。一番肺腑之言，并未让丁汝昌下定决心。他先是愣了下神儿，之后便摇头摆手地拒绝了。他说，自己是败军之将，处境难堪，不便出头。大东沟海战之后，丁汝昌的处境确实有些难堪。虽然受伤的战舰早已修好，折损的官兵也得到了补充，北洋海军的战力已然恢复，但他向李鸿章提出的出海与日军作战的请求，仍然被狠狠地回绝了。"不得出战"四个字说得斩钉截铁，导致在日军攻打金、湾二城时，日本联合舰队能够耀武扬威地驶抵近海掩护策应，而丁汝昌麾下的北洋海军，却空有一身武艺，只能望洋兴叹。但徐邦道不放弃，在用近乎绝望的语气一再乞求之后，丁汝昌沉思良久，无奈而悲凉地说，徐大人报国之心可鉴，可是你可曾想过，太后和皇上均不为国家负责，中堂大人也不为国家着想，我们这些奴才，凭什么要为叶赫那拉氏看家护院，出生入死呢？我们这是在为谁守城，为谁而战？看到徐邦道并不能领会自己的暗示，便把话挑明了：保卫旅顺，虽是我辈之责，但遗憾的是，我不能与徐大人共济时艰了。我已接到中堂大人之命，今晚就要率北洋海军悄悄撤离到刘公岛去。听闻此言，徐邦道惊愕万分，半天都没有说出话来。待他缓过劲儿来，一下子站了起来，大声对丁汝昌说，在如此危难之际，北洋海军竟要离开，这不等于是抛弃了旅顺吗？看着徐邦道怒目喷火的样子，丁汝昌眼含泪水，用颤抖的手指轻轻敲击着桌面，像是说给徐邦道听，也似乎是在喃喃自语：旅顺！当年，中堂大人独宠你，如今他却要抛弃你，这是为何？然后，他站起身，冷冷地说道，徐大人，我何尝不想与你风雨同舟，保卫旅顺？可中堂大人已发来密电，我不敢违抗呀！徐邦道见此，只能起身，匆匆离开。

就在日军向旅顺发起攻击的前五天，即1894年11月15日凌晨两点，北洋海军提督丁汝昌率舰队三十一艘舰船，在夜色中离开旅顺港，驶向了威海卫的刘公岛，在那里躲了起来。只是丁汝昌心里一直惴惴不安，总觉得自己有责任留在旅顺，为旅顺保卫战尽一份责任。不声不响地抛弃旅顺，做了逃兵，不论如何，都对不起依然守卫在那里的官兵，对不起那些对自己寄予厚望的百姓。这种罪恶感紧紧缠绕在他的心头，久久不能释怀。所以，当日军对旅顺发动了攻击之后，丁汝昌乘船来到天津，向李鸿章请求出兵，他依然想要率领北洋海军前去救援，想与日本联合舰队决一死战。但李鸿章严厉呵斥道，你只管在威海卫好好看着这些船，旅顺之事与你无关！并且，李鸿章下达了死命令，不可远出巡海制敌，不必与彼寻战，只要保全舰队完好。他一再警告丁汝昌，北洋海军所有舰船不得离开威海卫一步，如果违令出战，不论输赢，一律严惩。到此，李鸿章的深意已经昭然若揭，北洋舰队就是他的政治资本，否则，他再也没有什么能够与强大的政敌博弈了。对此，丁汝昌其实是非常了解的。对于李鸿章来说，别说是一个旅顺，就是十个旅顺都可以拱手与人，而北洋海军是他万万不能失去的"老本"。

　　虽然丁汝昌被动执行了李鸿章不战自保的逃跑政策，但所产生的极其严重的后果，却要由他个人承担。所有人都会把旅顺城失陷，北洋海军毁灭的责任记在他的头上，说不清，推不掉。此时此刻，丁汝昌想不了这么深，这么远，更不知道一个"替罪羊"将面临怎样残酷的命运。

一天保卫战

在战争这个复杂的系统里，攻与守、进与退、胜与败等等，是最基本的要素。无论是谁，只要进入战争或战场的系统之中，都要面临着对要素的选择，不同的选择意味着不同的命运和结局。可是，涉及国家主权，人民安危的旅顺保卫战，完全亵渎了战争要素，守卫的清军只有守，只有退，只有逃，最终只能选择失败。

旅顺保卫战，以清军的一败涂地而告终。并且持续时间极短，只有一天。长久以来，人们对此有许多的疑惑不解，也难免有谴责和埋怨，这种情绪，自然要株连到旅顺，好像是旅顺人自己把家园拱手让人的。的确，同样是保卫战，为什么在日俄战争时期，双方能够为争夺旅顺打上一年呢？打一天和打一年，又有什么原因和道理？这的确是一个非常沉重和不堪回首的历史话题。

李鸿章给丁汝昌的一纸密令，等于向旅顺守城部队传达了弃城逃跑的讯号，而对于世世代代生活在这里的旅顺人而言，就是天塌地陷。

当守卫旅顺的八路统领看到军港成了空港，北洋海军已消失得无影无踪之时，不满与愤怒可想而知，誓死保卫旅顺的斗志也在瞬间瓦解了。心灰意冷的八路统领开始各自盘算好了撤离计划。

1894 年 11 月 15 日至 21 日，在五天时间里，守卫旅顺的八位统领先后逃离，旅顺的坚固防线彻底崩溃。

最先离开的是连顺。败走金州城的连顺，本已惶惶如丧家之犬。退到旅顺之后，作为一名副都统，又是残兵败将，在旅顺的地盘上，也只能排在最后，自然会受到轻视。他自己也清楚，在这个重要而复杂的环境里，自己没有出头的资格和底气，也不可能有什么作为，只求不生是非。而如今，北洋海军已泛海逃遁，自己人微言轻，留在这里参与守城，不但城守不住，恐怕还会沦为替罪羊，还是三十六计——走为上吧。于是，连顺只和徐邦道打了个招呼，在 11 月 15 日晚，趁着月色，带着自己的一队人马，以执行临时协防任务的借口离开旅顺，往复州城方向退去。而此时，软弱无能的总指挥姜桂题毫无察觉。

紧接着，"隐帅"龚照玙也开始了他的脱逃计划。他仗着李鸿章这个后台，没有统军打仗的操守和能力，偷鸡摸狗却很在行。日军占领金州城和大连湾，龚照玙明知战火即将烧到旅顺，却既不向上报告现状，也不向下通报敌情，更没有组织防守，迎敌作战的动作。1894 年 11 月 16 日，当日军兵临城下，龚照玙竟然在旅顺新街集仙茶园的剧院里，欣赏他从天津请来的戏班演出的京剧《空城计》。舞台上，诸葛亮一板一眼地悲吟，龚照玙在包厢里兴致盎然，如痴如醉，不时用手拍打着节拍，听到兴处，还要轻声和唱几声。只是，包厢里就他一人，背影不免孤独清冷。待到夜深人静，龚照玙突然来了精神，他换好包厢里早已准备好的便装，一口气跑到小平岛，登上租来的小渔船，开始了他的逃亡之旅。风高浪急，渔船颠簸了四天才到达烟台。他深知，临阵脱逃罪不

容诛，因此迟迟不敢下船。几天之后，在实在走投无路的情况下，龚照玙硬着头皮，乘船驶向了大沽口。

旅顺失陷后，愤怒的光绪一脚踢飞了地上的木凳，连连拍着桌子，要对弃守旅顺的守将一一清算，并指名道姓要严惩龚照玙。他下旨提出，革道员龚照玙，并拟斩监候，不日处决。只是，让他无能为力的是，在慈禧和李鸿章的庇护下，龚照玙的死罪被勾销，一切不了了之。

在龚照玙逃离旅顺之后，练军统领卫汝成也人间蒸发了。卫汝成的防守区域在白玉山。此人平时寡言少语，不事张扬。在参加张光前召集的推帅会上，他也始终低头不语，心事重重的样子，让人揣摸不透。丁汝昌率舰队离开旅顺后，有人曾看到他独自一人在港口岸边久久徘徊。可不知从什么时候起，卫汝成消失了，到处也找不到他的身影。临时总指挥姜桂题也茫然不知。原来，11月18日下半夜两点来钟，卫汝成已带着他不到二百人的队伍逃向了海城方向。

包括丁汝昌在内，驻防旅顺诸统领的逃离，都是在夜里进行的。不难理解，身为统领，临阵逃脱是鼠辈勾当，当然不敢暴露在光天化日之下。

在三个守将的"示范"下，清军统领的逃跑模式正式开启。丑闻如同瘟疫一般在部队中传播开去，城内和山头炮台上的官兵先后骚动了起来，开始明目张胆地抢劫军营仓库，并祸及城内的商铺，他们在为长途奔逃做好最后的准备。其时，旅顺街市店铺林立，已初具繁荣景象，突然遭受清军官兵洗劫，百姓也惶惶不知所终。为了自己生命财产的安全，大家纷纷关闭门户，尽力躲藏。

守卫军港的官兵也不敢久留，或抢或租，乘坐附近的小渔船，从海路四散而去。

日本军队还没有打进来，旅顺城内已是哀鸿遍野，乱象丛生。但是，真正的民族英雄恰恰是在乱世之中诞生的。在一再地失败和失望当中，守将徐邦道没有撤离。他围绕着黄金山查看地形，独自筹划阻击方案。1894 年 11 月 16 日晚，徐邦道带着六个部属再次登上黄金山顶，猎猎西风像刀一样割在他们的脸上。很长时间以来，在失败中求发展，在夹缝中求生存，让他的悲愤无处安放。今天，大兵压境之际，原本应该联手并肩战斗的战友们一个个四散而去，突如其来的救国图存的重担，竟然压在了他一个人身上。望着空荡荡的军港，压抑已久的情感在这一刻突然爆发，他面对苍天，号啕大哭。几个属下也不胜唏嘘，并不劝阻，任由他在天地之间，宣泄那难以言说的情绪。眼泪流罢，这个不想当逃兵的耿介武生必须要面对兵临城下的危局，让拱卫军仅有的七八百人继续留在城内抗敌，无异于坐以待毙——只有一条活路可走，就是再打一次阻击战。

徐邦道对旅顺的地理环境非常熟悉。他交代，日军从金、湾方向进攻旅顺，土城子是必经之地。在这里打阻击，即使不能把日军完全消灭，也可以把他们死死拖住，为旅顺的防守赢得时间。只是此时，他非常清楚，以自己残部的实力和斗志，打赢这场阻击战没有多大把握，但是，为国捐躯，虽死犹荣。部下们似劝似问，以我们不足千人的队伍，死磕近两万人的日军，是不是以卵击石？徐邦道异常坚定，他说，以卵击石，粉身碎骨，我们也要和日本人拼一拼。在金州石门子，我们有过打赢的经历，这回，我们要

在土城子再次打败日本人。

土城子离旅顺城大约五六公里，是狭长的谷形山地，其中山路弯弯曲曲，在高低起伏的山梁中间连绵不断。这种地形地貌，非常有利于打伏击战。

1894 年 11 月 17 日中午，徐邦道率拱卫军进入了土城子埋伏阵地。下午两点来钟，在土城南与日军搜索骑兵队接上了火。徐邦道率部下奋勇出击，很快就打退了来犯之敌，首战告捷。只是因为在石门子阻击战中丢失了行帐辎重，退守旅顺后一直无法得到补充，官兵们中午、晚上都没能吃上饭，不得不在太阳落山后，撤回旅顺城内果腹。

捻军将领姜桂题看到徐邦道阻击成功，就拉着毅军将领程允和也加入了阻击战的队伍。1894 年 11 月 18 日，徐邦道和姜桂题、程允和一道，率三千五百多人马，再往土城子迎战。徐邦道的部队摆好作战队形不久，又与日军先头部队秋山好古部交上了火。秋山好古见清军有备而来，并且势头不小，想组织撤退，但已经来不及了，徐邦道和姜桂题、程允和的部队已将其团团围住，并切割成数段，使之首尾不能相顾。清军步兵和马队在大炮的火力配合下，不断向日军发起冲击。秋山好古抵挡不住，只好向双台沟方向溃退。

形势对清军一方来讲，本是极大利好。可惜在姜桂题和程允和部加盟之后，力量虽是壮大了，但三驾马车组成的阵容，无法形成有效统一的指挥，致使战线越拉越长，兵力越来越分散，攻击力也越来越小，胜利成果很快被瓦解，三路兵马只能重新撤回旅顺城内。

　　土城子阻击战的短暂成功，虽然给日军以沉重打击，却没有伤其筋骨，没有对全局产生作用，日本人得以继续向旅顺城推进。

　　但是，徐邦道指挥的土城子阻击战，是甲午战争以来，清军获得的为数不多的重大胜利，打破了日军不可战胜的神话。近百年来，徐邦道及其拱卫军将士的英雄事迹，不仅一直铭记在旅顺和辽南人民心里，还被载入了史册。史学界认为，徐邦道是甲午战争中，旅顺、大连地区所有清军将领中的翘楚。他表现得最勇敢、最坚决、最无私，是顽强抵抗日军入侵的代表人物。初中《中国历史》教科书介绍说，"大连守将不战而逃，旅顺只有总兵徐邦道率兵英勇抵抗（日军）"。高中《中国历史》教科书有更详细的表述，"日军在花园口（辽宁）登陆后，用十多天搬运军用物资，竟未遇到清军任何抵抗。日军进攻金州时，守将徐邦道率部抵抗，由于孤军无援，金州失陷"。旅顺陷落后，昏庸的清政府不分青红皂白地把徐邦道和那些逃跑的守将捆在一起进行处罚，他被革职罢官。1895 年 6 月，五十九岁的徐邦道病逝于军营。直到这时清廷才下诏，恢复徐邦道原职，厚以抚恤，并在军中褒奖，英雄的冤屈方得昭雪。

　　到 1894 年 11 月 19 日，大山岩率领的日军第二军，在联合舰队的配合下，最终完成了对旅顺的合围。1894 年 11 月 20 日清晨，天才蒙蒙亮，日军向旅顺城发动了总攻。不到两个小时，梭子山、案子山、松树山、二龙山等炮台相继失守，清军在旅顺后路的西线防线全线崩溃。中午时分，东鸡冠山、大坡山、小坡山、蟠桃山等炮台也相继失陷。至此，清军旅顺东路防线也全线崩溃。就是说，护卫旅顺城市和港口的外围防御体系已不复存在，整个旅顺已完全暴露在日军面前。

在日本人的总攻开始之前，守卫炮台的清军看到一个令人倍感心碎的景象——由于黄海海战失败而失去了制海权，助长了日本联合舰队的猖狂。他们将十一艘战舰、十艘鱼雷舰，从大连湾开往旅顺沿海，停泊在海岸炮台的射程之外，横排着长长的一字编队，布阵于茫茫的海面之上，为进攻旅顺的陆军部队张目壮威。当旅顺后路炮台全部失守之后，日军舰队立即派出水雷艇抵近海岸，用速射炮猛烈攻击从陆路退往海岸的清军官兵，截击企图突围的清军船只。而此时，北洋海军舰船正躲在威海卫宁静的港湾内，未敢前来参战。至此，旅顺保卫战第一阶段的战斗，以清军陆路防线彻底崩溃而告结束。

旅顺保卫战第二阶段，从1894年11月20日中午开始。日军除少数留守旅顺后路各炮台外，其他部队则集中火力攻打海岸炮台，并全力向市区推进。旅顺外围防御体系崩溃的消息，成了压垮城市守将残留的一丝希冀的最后一根稻草，早已惊慌失措的将士们纷纷逃离炮台，几乎没有抵抗，旅顺东海岸的炮台就全部失陷了。大祸临头，驻守白玉山北侧元宝房的赵怀业吓得浑身哆嗦。他强打精神，亮出了早已为窜逃打好的腹稿，振振有词地对部下说，倾巢之下，安有完卵？旅顺后路防线一破，东西海岸炮台难守，旅顺城必将不保。现在，打不赢，守不住，我们留下无益，只有离开。他的煽动得到了身边人的响应。大家迅速乔装打扮，准备出逃的行状为其他防卫官兵发现，大家义愤填膺，痛骂统领无耻，并连连向日军发动炮击。可是，个别人的挺身而出，无益于早已涣散的军心，在阵脚方寸已乱的情况下，无法形成有效的战斗力。没过多久，白玉山炮台遭日军炮火的狂轰滥炸，炮台内的官兵抬不起头来，不得已，只能向海岸炮台退去。白玉山很快沦陷。

在所有逃跑的统领当中，唯有总兵黄士林跑得不顺当，被兵勇们堵在了炮台内。他当时正率领一千六百多名官兵守卫在黄金山上，见旅顺后路失守，日军开始向东海岸发炮，吓得几乎瘫坐在地。1894 年 11 月 20 日中午时分，黄士林抖着手从箱子里翻出早已准备好的便服换上，准备离开炮台。炮台里的兵勇们见状，一下把他围了起来，厉声责问，你身为总兵，为什么不在这个时候带领我们守住炮台，反而化装成老百姓逃跑呢？你跑了，我们都走了，旅顺城怎么办，城内的老百姓怎么办？黄士林恼羞成怒地吼叫，你们懂个屁，整个旅顺城就剩我们还在这里傻守着，其他总兵早就跑了。你们知道此时此刻京城里在干什么？满朝文武正在为老佛爷庆祝寿辰呢！你们知道北洋大臣李鸿章在干什么？他正在天津隔岸观火，打他怎样保护自己势力的算盘呢！你们谁能告诉我，咱们吃苦流血是在为谁守城，为谁而战？兄弟们快跟我走，打赢打输，旅顺都不是咱们的，是她慈禧老佛爷的。黄士林边说边扒拉人群，命令他们，放下武器快跟着走，不然就来不及了。兵勇们似乎茅塞顿开，是啊，我们在这里拼死挣扎，到底是为谁而战呢？他们不但不再阻拦，而且有许多人跟着黄士林一起，在崂律嘴海岸炮台下乘船逃走了。

也许是因为风高浪急，也许是上苍的惩罚，黄士林所乘船只在途中突然倾覆，将一干人等抛入水中。垂死挣扎之际，黄士林被路过的轮船救了上来，捡回了一条命。逃跑途中，黄士林还编造了一份战况，谎称自己正在奋力杀敌守城，并托人发报告知了上级。李鸿章见到电文，愤怒至极，立即请旨，将黄士林即刻革职，

永不续用，以示严惩。隔了不长时间，朝廷又下旨，对黄士林加重处罚，以临阵脱逃定斩监候。原本，黄士林这回必死无疑，但是，这个战场上的酒囊饭袋，在官场上偏偏能混得风生水起。他用三百万两白银贿赂了内阁大臣荣禄，不但保住了人头，还活得潇洒滋润，到最后，竟然混了个官复原职。

清政府官员和军队将领的腐败坠落，已经无情地绑架了王朝的命运。黄士林逃跑前的"慷慨陈词"，实在是太刺激、太沉重、太震撼了，这不仅仅是总兵黄士林的内心独白，也是清王朝大多数官员的心声。当防守旅顺的八个统领看清了慈禧、光绪、李鸿章等手握重权而尸位素餐的丑恶嘴脸，当然会怀疑自己为旅顺而战的价值。这意味着，这些保疆守土的战士们失去了荣辱、信仰和斗志，甚至连最基本的善恶、是非也分不清了。不要说旅顺的生死存亡，即使是偌大的中国，还不是一家一姓的事，与小小总兵何干？当"主子"都无视家国荣辱，一介草根布衣又能奈何？所以，在旅顺保卫战中，绝大多数人表现出不负责、不流血的苟活态度。

旅顺后路和东海岸炮台一天之内相继失守。但日军没有连夜对旅顺西海岸炮台发动进攻，因此是夜无战事。在这个恐怖的夜晚，西海岸炮台总兵张光前和徐邦道、姜桂题、程允和四人凑在一起，商议着旅顺城最后的防守方案。商议的结果是，曾经庞大而坚固的旅顺防线，现在只剩下了西海岸炮台，注定是独木难支。并且，旅顺全城的倾覆也不过就在眼前。他们不得不相信一个事实，就是天明以后，日军的枪炮马上就会打过来。在穷途末路当中，任何努力都将是徒劳的。因此，姜桂题决定，把现有的五六千清兵集合起来，大家一起撤离旅顺北上，与前来反攻旅顺城的宋庆诸军会合。在一片哀鸣当中，他说，只要军队还在，人马还在，我们就还会有立足之地。另外几位统领也意识到，这一决定是保存实力的最优方案，于是，四路清军并作一处，连夜撤离，向南关岭方向逃去。

至此，守卫旅顺的八个统领，全部在旅顺城陷落前逃离。

1894 年 11 月 20 日傍晚，在一片如血的夕阳下，旅顺城全部陷落。

而此时，北京城的皇宫里，大清国的高官们正荟萃一堂，慈禧在他们的簇拥下，沉浸在大清国运昌盛，老佛爷福寿绵长的寿诞祝福当中。

1894 年 11 月 21 日，太阳刚露出地面，休息了一夜之后，日军果然对旅顺西海岸炮台发起了进攻。这时，守卫的清军早已连夜逃走，只剩下一座座空炮台，在山谷中长久静默。上午九点来钟，日军轻而易举地占领了西海岸各炮台。至此，旅顺陆上、海上防御体系被日军彻底摧毁，李鸿章苦心经营了十五年的旅顺海军基地，一日之间灰飞烟灭。

这就是仅仅维持了一天就宣告结束的战争。在此之后，手无寸铁的旅顺人民倒在了侵略者的铁蹄之下，那么多的妇女、儿童和老人，率先成了人们最想保护，却无力护佑的牺牲品。

那么，这场历史的悲剧能够避免吗？一个国家，它的帝王将相和黎民百姓，有机会躲过这样沉重的灾祸吗？如果说，全天下都是慈禧一家的，她不把旅顺这个弹丸之地放在心里，或者可以想象。但是，李鸿章呢？他为什么要唯慈禧一人是从？他十几年

苦心孤诣地经营旅顺，经营北洋海军的根据地，怎能够忍心轻言放弃呢？

事实上，在晚清年间，封建专制制度腐朽堕落的一个重要标志，就是私家与国家、个人与民族关系的彻底割裂，是最高统治者及其统治集团家国情怀的完全丧失。可以说，在旅顺保卫战打响之前，大清国的国家意志就已经瓦解了。其中，慈禧炮制的投降卖国政策已绑架了整个国家和民族，而作为旅顺军港的"总设计师"和"总建设者"，在李鸿章的心里，旅顺和旅顺海军基地则是完全不同的两回事。前者是大清国叶赫那拉氏的地盘，与自己毫不相干。而旅顺海军基地则是李鸿章的私产，是其安身立命的根本。他要的唯北洋海军的势力而已，并不是一城一池。所以，是腐朽的政治制度、荒唐的国家政策、没落的军事体制的共同作用，导致了旅顺这颗璀璨明珠的陨落。

屠城阴谋

旅顺保卫战，让日本人看透了清政府形似铁巨人，实则纸老虎的懦弱本质。为了彻底征服这个庞大的民族，他们毫不犹豫地对旅顺人民举起了屠刀。

日军攻陷旅顺城后，战争的狂暴暂时停歇了下来，旅顺城内，除了到处挂着太阳旗，街头上清军换成了日本兵之外，似乎又恢复了往日的宁静。老百姓完全没有想到，曾经的守军和李鸿章也都不曾想到，一场惨绝人寰的大屠杀正悄悄降临。为了长久地统治，日本人要用疯狂的屠杀来摧毁旅顺人的意志。

1894 年 11 月 21 日，也就是日军占领旅顺的第二天，夜幕刚刚降临，震惊世界的旅顺大屠杀开始了。侵略者举起了屠刀，腥风血雨瞬间笼罩了整个城市。

家住元宝街的鲍绍武做海产品生意，吃了晚饭便前往城东的朋友家取生意款。日本人已经占领了旅顺城，路上他十分小心。当走到离朋友家百十米远的地方，突然传来女人撕心裂肺的救命声，接着便是一连串的号叫。鲍绍武停下脚步，躲在树后观察，只见穿着黑衣的日本人，如同幽灵般三五成群地蹿入街巷，老百姓的屋门被砸开，里面传出的惨叫声一浪高过一浪。

鲍绍武被眼前的一幕惊呆了。他亮起嗓子狂喊，快跑呀，日本人杀人啦！他沿着弯弯曲曲的街巷，疯了似的向西狂奔，一边跑一边喊，期望听到的老百姓能赶快逃命。接着，到处都能听到哭爹喊娘的号啕和狗的狂吠，大人、孩子在隆冬的黑夜夺门求生。

屠城是由城东向西开始的，采取密不透风的拉网式推进，挨家逐户地搜捕，不分男女老幼，见人就杀，凡是没来得及逃离家门的大都被杀害了。

近万名日军参与的杀戮持续了一夜，月色下的旅顺城尸横遍野，血流成河。还有些人一息尚存，他们拖着受伤的身体，衣衫褴褛，形容枯槁，还试图在残肢断臂之间寻找自己的亲人。街头的纸灯笼发出微光，照在那些扭曲狰狞的死人身上。家家户户门前都有尸体堆叠在一起，他们大多是在开门时被砍杀或刺杀的。上沟的一家店铺里，在死一般的黑暗中，账房先生还保持着记账时的模样，只是两只手全部被砍掉，脑袋也被枪托砸碎，看不清模样。对面炕上，四五个孩子和他们的妈妈死在一块，大的十三四岁，小的不过几个月，还在母亲怀里吃奶就惨遭杀害。鲍绍武要去的朋友陈晋家更是惨不忍睹，全家七口人，就他自己逃了出来，爹娘、妻子、两个妹妹和两个年幼的孩子，都倒在血泊之中。妻子戴手镯的手被砍掉，母亲戴耳环的两只耳朵都不见了，两个孩子的头颅滚落在一起。还有两个妹妹，她们的衣服被剥得精光，赤条条的身体血肉模糊。

当天夜里得以逃生的人们，仓促间什么都没带。大冬天里，在外面挨不过去，不得不在第二天白天偷偷返回家中。他们盘算着，日本人该放手了吧？

没想到，日本人是想把旅顺人斩尽杀绝。他们并未放下屠刀，只是稍事休息，并张网以待，要第二次血洗旅顺城。

1894 年 11 月 22 日早晨，旅顺城陷入了可怕的平静，家家门户洞开，尸体依然堆叠在那里，只是，试图寻找亲人的人们不见了。当太阳升高，有了些许暖意的时候，逃难的人们陆陆续续地往家里跑。就在城里人越聚越多的时候，着黑衣的日本兵像魔鬼一样，从敞开着的门窗里面钻了出来，很快就布满了大街小巷。这一次，他们手里端着上了刺刀的枪，霎时间，旅顺城里枪声大作，日本人的第二次大屠杀在光天化日之下开始了。阳光下的屠杀似乎更加凶残，被发现的人都遭到了枪杀。

在莲花湖，日本兵把这座湖团团围住，把一批又一批的难民赶入湖中，从四面八方向他们扫射。挣扎着想逃出来的，就用刺刀赶回水中射死。湖水被鲜血染红了，又被漂浮着的死尸掩盖住。一个抱着孩子的女人拼命地挣扎着，在日本兵面前举起了自己的婴儿，哀求他们放过孩子。当她蹚水来到岸边时，一把刺刀将她捅穿。她倒下去了，又一把刺刀刺过来，婴儿也被刺穿，并且被高高地挑了起来。那个女人拼命爬起来，想要夺回自己的孩子，可她也快要死了，挣扎了几步，就重重地跌回到湖水中。近岸的尸体都被砍成了几截，还有新的受害者正一批又一批地被赶入湖水中，直到湖里再也无法容纳更多的尸体才罢休。

在临近港口一条小街的拐弯处，十来个日本兵捉住了许多逃难的人，把他们的辫子打成一个结，再挨个虐杀。有的是砍下一只手，有的是割下一只耳朵，有的是剁下一只脚——他们把屠杀变成了娱乐。

　　就这样，那些在头一天晚上侥幸躲过一劫的人们，都在第二天白天遇了难。旅顺城的悲惨恐怖无以复加，尸山血海遍布每一条街巷和每一处水面。在元宝街，一条东西长约五十米的小街上，竟有三百一十多具尸体，他们都是被绑起来从背后射杀的。

　　为了不使一人落网，日军行凶了一整天后，晚上又从城西向城东再次拉网式捕杀。在山上、海岸边逃难的人们，想方设法逃往城外。可是，嗜血的狼尾随而至，屠杀的范围扩大到了郊区。

　　1894 年 11 月 23 日，一万多日军分成五路，疯狂地由旅顺城内扑向市郊，并且采取了昼夜轮班、反复扫荡的方式，从城里杀到郊区，再从郊区杀回城里。两个回合下来，郊外的村屯也变得寸草不生。路面上、水井边、草垛旁、田野里、山窝上，随处可见血肉模糊的尸块。雪地里，大人孩子的尸体层层叠叠。在水师营村，一个男人跪下来乞求日军放过，结果被用刺刀刺倒在地，头颅被砍了下来。一个男孩在屋顶被击中，跌落下来，四五个日本兵围了上来，在他身上捅了十几刀，又把头打得粉碎，直至无法辨认为止。

　　大屠杀连续进行了四天三夜，旅顺城堪称万户萧疏鬼唱歌，仅有大约八百人逃了出来，包括少数未能逃走的清兵，共三万多人惨死于日军的屠刀之下。还有三十六个旅顺人，头上、臂上裹有"此人不可杀"的日文白布条，被迫组成了一支人类历史上绝无仅有的抬尸队。这些人忍受着失去全部亲人的痛苦，和随时会被杀掉的恐惧，精神麻木，神情恍惚，如行尸走肉一般，机械地处理着同胞们惨不忍睹的尸首。

　　但是，在这地狱般的人间，他们并没有绝望。11 月 23 日夜里十二点左右，鲍绍武和陈晋利用大部分日军扑向郊外，城内日本兵防卫空虚的空当，跑到白云山下的一个小土地庙里，为旅顺人祈祷。他们从怀里掏出叠好的一男一女两个小纸人，划根火柴点燃，然后跪在地上，朝西天拜了又拜。鲍绍武压低声音说，小日本已经被烧死了，苍天快开开眼，撒下天罗地网，惩罚这个国家和这些野兽恶魔吧！

甲午战争吸引了全世界政治家、军事家的目光，同时也成为世界媒体关注的焦点。日本政府和战时大本营批准外国记者可以随军采访。于是，在旅顺大屠杀现场，除了双手沾满鲜血的刽子手，还有来自英国、美国、法国、泰国等国家的一批战地记者，其中当然也有日本的随军记者。他们为了及时准确地捕捉到有价值的新闻，爬冰卧血、风餐露宿，甚至冒着生命危险，比较真实而全面地记述了大屠杀的全过程。

美国《世界报》记者克里曼愤慨地说，日本披着文明的外衣，实际上是长着野蛮筋骨的怪兽，即使在兽类里面，也是少见的别种。这个出生于加拿大的笔杆子，擅长名人专访，能以客观的态度适度描写访谈对象而闻名于报界。对于旅顺大屠杀，他是这样描述的：

街道被尸体阻塞了，在旅顺港能够找到的居民几乎全被屠杀了，日军屠杀手无寸铁、没有抵抗能力居民的行动一天天地延续着，直到街道被残缺不全的尸体阻塞为止。到目前为止，当我正在写这篇报道时还能听到枪声……

日本在旅顺的大屠杀，也没能逃过英国海员詹姆斯·艾伦的

眼睛。他对日军的暴行也充满了憎恨与悲愤：

> 日军疯狂杀戮，奸污洗劫，犯下了无法形容的暴行，这
> 就是这次战争的真相！在远处，即在被征服者的精致的亭子
> 里，获胜的日本将军正在军官们的拥簇下，带着凯旋的喜悦
> 坐定下来了，得到他本国的赞赏和天皇的恩宠。而这里，在
> 这些凄凉的住宅中，成堆的残尸是日军光辉战绩的黑暗面和
> 阴影。而这仅仅是四天大屠杀的头一天！他们在这里采取的
> 行动，特别是那些高级指挥官对于他们眼皮底下发生的对无
> 辜百姓犯下穷凶极恶的暴行毫不加以制止，是完全应当永远
> 臭名远扬的。

在旅顺屠杀现场的日本军队中，还有一些随时报道战争情况
的日本战地记者。在战争阴谋中，他们无疑是和日本政府、军队
站在一起的帮凶，当然有不可推卸的战争罪责。但记者的天职并
没有使他们完全堕落，基本的人性和记者的操守，让他们的记述
和描写带有了一定的客观性。

日本《国民新闻》特派员国木田哲夫，随"千代田"号军舰
来到旅顺，耳闻目睹了日军对旅顺人民实行血腥屠杀的惨状。他
在写给弟弟的信中万般纠结地述说了自己的感慨与疑惑：战争一
词是奇怪的可怕的血腥的文字，是诅咒人类的魔鬼，如毒蛇一样
横贯千岁万国历史。这不可思议的文字对于我，只不过是一个听
惯了、说惯了的死文字而已。当见到这些死尸时，忽然它变成活
生生的、有意义的文字，我真的觉得他开始与我低声私语着一种

言语难以表达的秘密。战败后的旅顺，家中没有一点财物，市街上看不见一个中国人，满目荒凉，全市惨淡，非日本名古屋的震灾、田山的洪水所能比拟。莎士比亚所说的目不忍睹、口不忍言、心不忍思，不就是指的这种情景吗？

一场不义的战争，一场毫无人性的大屠杀，必定会在那些参与者和亲历者心中留下抹不去的痕迹。他们当中的一些人有写日记的习惯，战争结束归国后，他们自己或是有关的研究者整理了这些随笔手记，使战争和屠杀的真实情形得以留存，这其中就有疯狂的士兵小野次郎的笔记。

小野次郎是在甲午战争中刚刚穿上军装的中学生。由学生装换成军装，他的面孔和心灵在一夜之间扭曲变形，战争让他由一个文弱的学生变成了杀人狂魔。他犯下的最大罪恶是在大屠杀的最后一天。1894 年 11 月 23 日，小野所在的部队离开旅顺城，去附近的村庄搜捕。已经杀人杀到了癫狂的小野，发现了一个即将临盆而无法逃离的孕妇。他像一只遇到猎物的饿狼，残忍地用刺刀挑开孕妇的肚子，把胎儿拽了出来。他一脚把胎儿的脑袋踢裂，并举刀将孕妇刺死。然后，他突然掉转枪口上的刺刀，向自己身边的同伴狂砍猛刺——在疯狂的杀戮当中，他已经彻底疯掉了。后来，小野回到了日本，被送到广岛的一座精神病医院，在那里度过了五年时光。

1894 年 11 月 29 日，旅顺大屠杀后的第五天，美国纽约发行量最大的《世界报》刊登了一则来自中国的报道：日本军队不分男女老幼全部枪杀，三天时间，屠杀与掠夺达到了极点。《世界报》连续数天刊登的长篇纪实报告——《日本军大屠杀》和《旅顺大

屠杀》，犹如石破天惊，在欧洲、南亚、澳洲，在整个文明世界激起了轩然大波，如同疾风暴雨扑向了日本。

可是，大山岩对世界各国的抨击不理不睬，继续我行我素。1894年11月24日，日军在旅顺港举行了祝捷大会，他信口雌黄地说，日本之所以要在占领旅顺之后杀死那么多人，是因为拒不投降的清兵脱下军装，混在了老百姓当中。

这时，各国记者纷纷站出来揭穿这个谎言。美国《世界报》记者克里曼虽然与日本人交好，他的长篇报道中，有不少美化日军，污蔑中国人的言论，但对日军的暴行，他依然义愤填膺，并做出了无情的揭露。他说，日本军队占领旅顺几乎没有遇到清军的抵抗，你们不是在激烈的争夺中，而是在清军拱手相让的平和状态下进城的，没有那种以牙还牙、以血还血的惨烈背景。那么日军为什么还要屠城呢？更让人不能理解而愤慨的是，清军应该是青壮男人，你们可以追杀这样的人，这是战争的需要，可你们为什么连老人、妇女、儿童都不放过，全部杀死，他们会是清军官兵吗？接着，克里曼从提包里拿出一个小笔记本，向大山岩说，这个笔记本可以说明一切。原来，克里曼获取了日军间谍向野坚一的随军日记，他在随大山岩攻占旅顺城后，于1894年11月19日在日记中写道，我军由营城子向旅顺城进攻时，上司下达了见敌人不留一人的命令。山地将军指示，在旅顺城抓住非战斗人员也要杀掉，一人不留，不要俘虏。当克里曼把向野坚一的随军日记展现在大山岩面前时，他张口结舌，不情愿地低下了头。克里曼在他的长篇报道中这样写：

看到原来发着平静光芒的亚洲灯在东方的黑暗中熄灭是痛苦的，同样，看到旅顺口浸泡在冰冷血水中难以叙说的灾难是由日本军队造成的也是痛苦的。日本军队在满洲人的墙上张贴布告，要中国人放下武器，相信入侵者。日本已在世界面前丢尽了脸。它违反了日内瓦公约，玷污亵渎了红十字会，丧失人性和民族怜悯心。胜利和新的支配欲使他们疯狂了。

占领旅顺是日本的以国运相抵的国家战略，不是一般性的侵略行为。日军在旅顺实行恐怖的屠城，是按照战时大本营的计划，完成国家酝酿已久的阴谋。挥舞屠刀杀死手无寸铁的旅顺百姓的刽子手，是罪恶的凶手，直接参与和指挥的大山岩和山地元治，是罪不可恕的元凶，而真正的首恶是坐镇广岛大本营的明治和伊藤博文。表面上看，日军是对旅顺这个小城人口的屠杀，实质上这是日本国对大清国的挑战，是日本军国主义对中华民族犯下的滔天罪行。换句话说，日军对旅顺屠城已经超出了战争的范畴，是对一个民族赤裸裸的屠杀。日本人到旅顺来不是匆匆过客，而是要永久占领，进而要对全体中国人加以统治。因此，必须要让这个民族将汉心换成大和心，像绵羊那样俯首帖耳。要达到这样的目的，最有效的办法，就是让旅顺人在屠刀面前改变意志和信仰。

全世界都为之震惊和不平，对这场反人类的大屠杀，批评声、谴责声、谩骂声不绝于耳，大清国的表现，却是另外一番景象。

手握朝政大权的慈禧并没有为旅顺惨遭屠城而痛心疾首，而是在挖空心思地盘算，与日本乞和罢战的时机是否成熟。

直臣筑墓

旅顺屠城的消息传到北京，朝野震惊，要求严惩李鸿章、丁汝昌和一干守将的奏折，像潮水一样涌到慈禧和光绪手中，喊打喊杀，呼吁连坐灭族的呼声震耳欲聋，一致对内、严惩祸首的劲头十足，却鲜有人对罪恶滔天的日军喊打喊杀。

日本方面也在等待清政府的激烈反应，清政府却集体失声。主战派的光绪想发声，但没有权力；有权力的慈禧能发声，却不想发，她日思夜想的，全是如何向日本人求和，如何尽快息事宁人，以免再燃战火。仰慈禧鼻息的文武大臣们，也只敢对内愤怒，对外谦恭。其原因何在？

其实，就在旅顺陷落的前两天，慈禧曾经把李鸿章叫到跟前，问他，旅顺那里的仗打得怎样？还能再打下去吗？李鸿章一下就听出了弦外之音，有些迟疑地答道，这个仗，一路打下来很是被动，再打下去会更被动，还是与日本议和停战为好。这句话正中慈禧的下怀，主仆二人一拍即合，决定了向日本人投降议和的基调。这决定了朝廷对旅顺的态度，决定了清政府对日本军人屠城暴行的无动于衷。

最令人悲愤的是，大屠杀发生在李鸿章分管的地盘上，但是在半个月之后，他才向朝廷上报了旅顺失陷的奏折。这个奏折的信息并不来源于旅顺，因为驻守旅顺的清军将领已全部逃跑，李鸿章亲手打造的世界第一电报大楼成了敌人的工具，在四天五夜里，旅顺几万人惨死时的哭喊，并不完全为中堂大人所知晓。消息最终是从驻守烟台的刘含芳那里得到的，难怪他向朝廷奏报的电文中多处出现"据称""据说"的字样。那么，刘含芳的消息从何而来呢？是从旅顺逃出来的清兵那里听说的。刘含芳没有核实信息的真实程度就转述给了李鸿章，而李鸿章竟也不加甄别，又原封不动地转述给了朝廷。这个国家的海滨重镇、战略要地为侵略者践踏，黎民百姓为敌寇所涂炭，道听途说却成了政权的消息来源。难怪美国记者克里曼尖刻地指出，大清国这盏发着平静光芒的亚洲灯，已经在东方的黑暗中熄灭了，旅顺城真的成为屠夫们主宰的丘陵。

但是，不是所有人都对此无动于衷。在以光绪为代表的主战派中，御史安维峻的态度尤为强硬。他不但义正词严地抨击了慈禧太后、李鸿章等主和派的卖国投降罪行，还言辞激烈地上奏请诛李鸿章，对此，慈禧太后极其震惊，下谕要求刑部严加惩处。而一直处于傀儡地位的光绪皇帝好像也在一夜之间长大了，面对国家的奇耻大辱，还有主战派诸臣的支持，他的腰杆子硬了起来。他暗自拿定了主意，必须要忤逆老佛爷的意思，决不能查办安维峻。不但如此，他还要以皇帝的名义杀几个慈禧的亲信以儆效尤。于是，他不管慈禧的祖护，坚决以"调度乖方"为名，摘除了李鸿章的顶戴，罢了他的官，革职留任。下令处斩黄士林，并将龚照玙、姜桂题、卫汝成、张光前等人革职严办。

被罢了官的李鸿章躲在天津的官邸里闭目养神。他看起来两

耳不闻窗外事，并且三缄其口，其实是在算计着，朝廷什么时候会把摘下去的顶戴给自己重新戴上？

他非常清楚，大清国气数已尽。但在大厦将倾之前，还会发生许许多多的变故。他暗自揣摩，平定事变，安抚人心，非我莫属，没有人可以对我取而代之。

甲午战争刚结束，就发生了"三国干涉还辽"事件，在俄、德、法三国的干预下，日本同清政府在京签订了《中日辽南条约》，中国以三千万两白银赎回辽东半岛，日本军队从旅顺、金州和大连湾撤出，清政府委派候补直隶知州顾元勋到旅顺办理接收事宜。

顾元勋在非常时期受命来到旅顺。他先是按国际惯例办理所有接收事宜。名义上是接收，实际上空有其名，日本人在撤出旅顺、金州城之前，奉行的是杀光、抢光政策，并且把带不走的东西全部毁掉了。他们留给清政府接收大员顾元勋的，只是一片狼藉而已。

面对着状如古墓死城的旅顺，顾元勋做的第一件事，就是为死难的旅顺同胞修建公墓。对于日军的残暴屠城，顾元勋一直悲愤莫名。他曾与同僚私下痛斥，大清国怎能如此任人宰割！怎奈他人微言轻，一口恶气只能按捺在心。终于有机会踏上旅顺的土地，顾元勋注定要有所作为。所以，他首先命令下属把日本人立在白玉山东麓的所有"清军将士阵亡之所"的木桩拔掉，并在原地掘出一块大墓场，将所有罹难者的骨灰装入四口大棺材内埋葬。墓地四周由青砖砌成，上面覆盖着淡青色花岗岩石条。他在墓前立了一块两米多高的石碑，碑上刻着"万忠墓"三个大字。这一举措，让清政府和日本人都倍感震惊。

在近代一百多年的时间里，中国人先后在旅顺立过四块石碑。

第一块碑就是在甲午战争两周年祭日，即1896年11月，由顾元勋亲自组织修建的写有"万忠墓"字样的石碑。"万忠墓"的名字是顾元勋亲自起的，字也是他亲自题写的。他还撰写了碑文：

> 光绪甲午十月日本败盟旅顺不守官兵商民男妇被难者一万八百余名口忠骸火化骨灰丛葬于此。光绪二十二年十月谷旦。

为了慰藉苦难的亡灵，顾元勋又在"万忠墓"前修建了一座中式享殿，用这种方式向旅顺大屠杀的死难者表达哀思。他不仅要让人们记住每一个没有名字的名字，没有面孔的面孔，还要让人们铭记着家仇国恨。

1904年，日本不甘心旅顺为俄国霸占，卷土重来，举兵与俄国作战，重新夺回了旅顺城。当他们看到由中国人修建的"万忠墓"已取代了当年插在那里的木牌时，心下悻悻，把"万忠墓"碑推倒，砌入一座大墙之内，并企图在上面修建一个果园，将"万忠墓"彻底毁掉。1906年清明时节，日本人还曾以防山火为名，阻止和驱赶前来祭奠的人们。

十年生死两茫茫，不思量，自难忘。这一次，旅顺人民爆发了。曾经的屠城之痛，锥心刺骨，这罄竹难书的仇恨，是舀不干的水，扑不灭的火，必将化作滔天的巨浪，熊熊的烈焰，将日本侵略者碾平轧碎。在那场惨绝人寰的大屠杀中得以偷生的三十六名抬尸队员中，鲍绍武、陈晋和王宏照三人站了出来。陈晋高举着铁锨大喊，乡亲们，不要怕这些毒蛇豺狼，咱们团结一心，跟他们干！

霎时间，参与祭奠的人们聚拢起来，打死倭寇，替亲人报仇的怒吼声此起彼伏，响彻山岗。他们把日军掩埋起来的墓碑扒出来，擦干净，重新立好。负责监视他们的日本兵没想到，旅顺人民不屈不挠的民族精神已经崛起，他们害怕一旦触犯众怒，会招惹事端，引火烧身，也就未敢轻举妄动，只能在远处悻悻旁观。

1994 年秋天，甲午战争百年祭。旅顺口区人民政府为祭奠一百多年前殉难的同胞，对"万忠墓"进行了有史以来最大规模的重修，并改名为"万忠墓"博物馆。在博物馆临街入口处的外墙上，刻有醒目的金字：

一座骇人听闻的城，一座尸积如山的城，
一座鲜血凝固的城，一座殊死抗争的城。

历史不会无缘无故地生成，也不会莫名其妙地消失。现在，"万忠墓"博物馆已列入国家爱国主义教育基地。用鲜血染成的"万忠墓"三个大字，时时在刺激着人类的神经。日本在旅顺所犯下的泯灭人性的滔天罪行，中国人民不会忘记。为了人类和平的长远与永恒，不让邪恶大行其道，世界历史也终将铭记着这一人类历史上最黑暗、最反人类的无耻暴行。

应当承认，明治维新之后，日本在经济发展等方面取得了明显的成就，但是，在旧武士阶层领导下的社会变革，成了资本主义发展过程中的变种。为了一己之利，他们表现出了强烈的扩张色彩，不惜用武力公然挑战世界，妄图挑衅人类道德和战争规则，对整个世界都造成了重大伤害。日本人的战争行为极其残忍，他们在侵略旅顺时搞的所谓"百人斩"，即在两个日本人之间举行的屠杀"挑战赛"，而他们所面对的，就是被捆绑起来强迫跪在地上的平民百姓。当他们高高举起战刀，凶神恶煞般地扑向无辜的民众的时候，所要竞争的，竟然是谁能在一定时间里杀死的人更多。这场竞赛的结果是，一个日本兵迅速砍掉一百零六个中国人的头颅，而另一个则砍掉了一百零五个。这是人类战争史上从未有过的极端卑劣的行为。

杀人如麻的日本军人，彻底撕破了日本国所谓的文明外衣，露出了赤裸裸的蛇蝎本性。对付豺狼恶魔的唯一办法就是消灭它，摧毁它，不能给它一丝一毫的喘息机会。

同时，人类有共同的义务，不能让文明再遭涂炭。日本军国主义在旅顺的所作所为，开启了世界近代史上殖民掠夺的恶劣先河。可以说，类似的悲剧大多发生在东方，而东方的悲剧又大都出在中国。当小而卑微的大和民族崛起之后，第一个把一衣带水、古老衰弱的中国重重推倒在血泊当中，使旅顺遭受了巨大的苦难。但苦难压不垮这方热土上英勇的人民，让他们炼就了坚强不屈的钢铁意志，并从此演绎了一幕幕气吞山河的历史图画！

北洋水师毁灭

照理说，日本政府蓄意发动甲午战争的目的就是占领旅顺，现在，旅顺已经到手，可以和清政府谈判了，可日本政府却并不急于和谈，而是一而再，再而三地拖延、拒绝，其中有更深远的一石三鸟之企图。

第一步，他们旨在彻底摧毁清政府的北洋海军。经过黄海大战，虽然北洋海军遭受了重创，但并没有彻底毁灭。就像一个得了重病的人，经过治疗，养精蓄锐，完全可以慢慢恢复元气，重新强大起来。对此，日本人非常清楚。黄海大东沟海战后，北洋海军为避开日本锋芒，在旅顺失陷前就全部撤往山东的威海卫，在旅顺城和海军基地遭到灭顶之灾的时刻也没有出战，其目的就是要保存北洋海军实力。日本人意识到，让北洋海军稳固地驻守于威海卫，无异于养虎为患。他们担心，北洋海军迟早会卷土重来，从日本人手中夺回制海权，这是日本海军乃至日本政府万万不愿意见到的灾难。所以，他们必定要下决心打垮北洋海军。

第二步，他们要将守卫京津门户的两个"钉子"——旅顺和威海卫一起拔掉。如今，旅顺这颗钉子已然拔除，但与之相对应的威海卫防守体系却依然完好无损。虽然素有"铁打的旅顺口，纸糊的威海卫”之说，但毕竟威海卫是北洋海军的大本营，依靠现有的防御实力，仍然能够有效阻止日本穿越渤海海峡，抵近京津。只有进一步打掉威海卫，才能为日军继续侵入京津，挺进中原创造更有利的条件。所以在日本战时大本营的战争计划当中，尽快打掉威海卫，同样事关甲午战争全局。如果成功，可实现"歼灭一水师，拔掉两要塞"的战略企图。

第三步，日本人想要永久占领旅顺。他们考虑得最多的问题，是如何实现战争利益的最大化，其中就包括割让旅顺在内的辽东半岛，永远霸占旅顺的计划。基于这样的目标，日本人玩弄阴谋伎俩，希望将发动甲午战争正当化、正义化。唯有如此，谈判的砝码才会大大地向他们倾斜。所以，毫无疑问，为了得到更多的利益，已经精疲力竭的他们还是要硬撑着战争的态势。而与之相对应的是，清政府急于和谈，主要是惧怕战争扩大化以后的损失扩大化。这种急迫的心态，也为日本人所察觉。他们对清政府有一个基本判断，即战争虽然把慈禧打痛了，但远未达到她承受不了的程度，必须使用更加强硬的手段，把清政府打得跪地求饶，从而失去和谈的筹码。

在这样的关口，和谈的主动权是完全掌握在日本人手中的。他们不但要在战场上打败你，更要在谈判桌上击垮你，这是一套完整而严密的战争加外交的方案。

所以，甲午战争还在继续。公元 1895 年 1 月 20 日，大山岩率领的两万多日军，在二十五艘军舰和十六艘鱼雷艇的护卫下，从旅顺港启程，穿越渤海海峡，开赴山东半岛，并于威海卫的荣成县龙须岛登陆。

当时，驻守在山东半岛的清军共有近六十营两万五千多人，加上临近山东半岛的青岛、山海关等地有清军一万多人，合在一起将近四万，其军力有明显的优势。并且，威海卫南北两岸和刘公岛建造了大量的新式炮台，有各种火炮一百多门。经过维修养护，北洋海军仍有大小舰艇三十多艘，是一个拥有相当战斗力的舰队。如果这样的海陆军事力量能够联起手来，同心协力，积极抗敌，日军很有可能在威海卫折戟沉舰，甲午战争的结局将会被改写。

可是，历史没有假设。随着甲午战争的延续，李鸿章的行为愈发令人费解了。大概是为了保存自己的政治势力，他不但不敢积极迎敌，反而一味地欺骗朝廷，谎称北洋海军只有五六只舰船可以出海，不能参与大战。他暗中指示丁汝昌，如果发生军事冲突，只可依托陆上炮台，在港口范围内进行还击，等待援军，不得出大洋浪战，以免舰队再受损失。他一再警告丁汝昌，北洋海军所有舰船不得离开威海卫一步，如违令出战，赢也无功，必定严惩。丁汝昌当然不敢有半点违拗，他把三十多艘舰船死死拴在港内不得动弹。

日军攻打山东半岛的威海卫与攻打辽东半岛的旅顺，遇到的境况，使用的战术，采取的策略，几乎一模一样，可以说是一个版本的两次战役。大山岩率领的两万多名日军从荣成县向威海卫开进的过程中，仍然没有遇到任何阻碍，这使他们的战争准备很是从容。

威海卫位于山东半岛北岸东端，海港南北两岸如双臂突入海中，形成半圆。刘公岛横置前方，和黄岛紧紧相连，形成了海上的天然屏障，其地理位置极为险要。此外，威海卫的防御阵势分南北帮两个炮台群，与旅顺后路防御分为东西炮台群非常相似。只要保证南北帮炮台群不被日军攻破，则威海卫无虞。

1895 年 1 月 25 日，日军兵分两路向西进犯，黑木为祯中将率日军第六师团为北路军，主攻威海卫北帮炮台。佐久间左马太中将率第二师团为南路军，主攻威海卫南帮炮台。佐久间左马太率日军渡过白马河后，率先向摩天岭发动进攻。摩天岭是南帮炮台的重要据点，也是通往威海城的必经之地，但清军在这里只驻守了一个营的兵力。日军在猛烈炮火掩护下爬上山去，发现炮台上的清军官兵已全部殉难。当南帮炮台的清军与日军激战时，烟台以东的三十多营清军并未出兵相助。原因是，当李鸿章以清政府的名义令山东巡抚李秉衡调烟台孙金彪的嵩武军前往威海卫救援时，李秉衡竟断然拒绝了。他毫不客气地说，烟台守将只孙金彪一人，把他调走，烟台失去了指挥防御，将处于危险当中，这个责任你负得了吗？此情此景，令李鸿章束手无策。在封建军阀派系矛盾越来越严重的局势下，淮军只听命于李鸿章，其他任何人也指挥不动。同样，淮军以外的其他军队也不听李鸿章指挥，即便打出清政府的旗号也无济于事。威海卫守军只有在无助的等待中接近死亡。

由于李秉衡的见死不救，致使南帮炮台很快失守。日军拥入威海城后，马上对北帮炮台发起了进攻。北帮炮台分布在距威海城东北向六里地左右的丘陵上，仅有一路可通，地势险要，易守难攻。位置虽险，但其军事统领戴宗骞却是一个贪婪阴险、五毒俱全的人。他统领的六个营的绥军，没有多大战斗力，难挡日军

的铁蹄践踏。当他们听说南帮炮台失守的消息时，戴宗骞立即想到了金蝉脱壳之计。他想把威海卫防卫委托给丁汝昌，但受到了丁汝昌的训斥，因此没有当即成行。谁能料到，1895 年 2 月 1 日夜，戴宗骞手下六个营的绥军竟先于统领，全部开了小差，只剩下戴宗骞和十九名随从的北帮炮台一下子成了摆设。当日军逼近北帮大营时，无一清兵上前迎战，日军再一次兵不血刃，轻而易举地占领了北帮炮台。五十多里行营、一百五十多万发炮弹，还有水雷、电光灯、枪弹、粮饷等一大批军用物资，全部落入敌手。这一幕，何尝不是两个月前赵怀业弃守大连湾的重演。

威海卫屏障的南北帮炮台尽失后，刘公岛被逼入了绝境。刘公岛西距威海城东海岸八里，距北帮炮台四里，距南帮炮台九里。本岛周围海岸除朝南一面地势平坦之外，其余大多为悬崖峭壁，礁石星罗棋布。因其形扼要冲，成为天然的军事要塞。北洋海军的三十余艘舰船全部停泊在这个港湾。

夺取了南北帮炮台之后，日本联合舰队分为五队向刘公岛、日岛和黄岛发起进攻。对中日两国来说，刘公岛攻防战将是甲午战争胜负的分水岭，日军胜利，可为他们发动的战争画上圆满的句号。如若失败，刘公岛将成为日军的葬身之地。反之，清军在刘公岛保卫战中取得胜利，可雪旅顺战败之耻，失败，则意味着在甲午战争中完败。由此，刘公岛保卫战将注定是一场毁灭性的大海战。

面对气势汹汹、战阵庞大的日本联合舰队，丁汝昌毫不动摇地继续执行了驻港避战的方针，坚守待援。当然，他们也坚定地和刘公岛、日岛、黄岛守军共同顽强抵抗，致使日本海军从海上的正面进攻迟迟不能得手，不得不改用鱼雷艇夜间偷袭。然而，丁汝昌从旅顺撤回刘公岛以后，为防日舰偷袭，已将刘公岛南北两口全部用铁链木排堵塞，并遍设水雷，只在北口留一个窄窄的小门，方便自己的舰船出入。对于来犯之敌来说，如果没有熟悉水域航道的人引航，是很难驶进港内的。

然而，明枪易躲，暗箭难防。就在攻守刘公岛战役即将打响之际，1895 年 2 月 4 日，一艘英国舰船向刘公岛驶来。据说，这是英国海军司令裴利曼特要见中国海军提督丁汝昌。按照外交惯例，这算是对等接待。没有提防的北洋海军很快派"镇北"号舰引航英舰进入港内。但是，裴利曼特只是与丁汝昌礼节性地见了一面便匆匆离开。但正是这次会晤，使英国舰船摸清了刘公岛港内水道的情况，为日军成功偷袭埋下了伏笔。

2 月 5 日夜，刘公岛水域涨潮。已经了解了情况的日军，派两队鱼雷艇，趁水势贴着鹿角嘴山脚挤进了港内，又沿着海岸北行，直奔刘公岛而去。狡猾的日军在每艘鱼雷艇后面都拖着一个小舢板，一旦被北洋海军发现，小舢板上的灯立即点亮，用以吸引清军的炮火，保护鱼雷艇的安全。

而在接下来发生的午夜海战中，北洋舰队的旗舰"定远"号被日军鱼雷击中，丁汝昌一边调度"定远"舰赶在沉没之前驶至刘公岛南岸搁浅，一边组织力量回击偷袭进港的日舰。他命鱼雷艇管带王平率大小十三艘鱼雷艇出口袭击敌舰，谁知王平根本无心恋战。他害怕受到日舰围攻，索性与其他鱼雷艇管带蔡廷干、穆晋书等人密谋逃跑。

刘公岛港内几经交战，日军判断北洋海军的作战力量已锐减，

决定陆上炮台配合海军形成正面攻势，对刘公岛和日岛发动更大规模的攻击。从 1895 年 2 月 7 日到 2 月 12 日，清军与日军空前激烈的炮战一直持续进行着。在如此紧要的时刻，置刘公岛于死地的事情，一件接一件地发生了。

先是在海战中，日军用鱼雷袭击北洋海军的舰队，一下炸沉了"来远""威远""宝筏"三艘舰艇，致使清军锐气大挫。接着是鱼雷艇管带王平逃往烟台，向山东巡抚李秉衡谎报，刘公岛已落入敌手，没有救援的必要，致使本来开往刘公岛的清军折返回了莱州，刘公岛被彻底抛弃。接下来，日岛上的炮台被日军炮火摧毁，守岛官兵一股脑儿地退到刘公岛，再次让刘公岛陷入孤立无援之境。之后，北洋海军主力舰"定远"舰竟然在港内搁浅，丁汝昌见形势危急，怕"定远"舰为日军俘获，命令"广丙"舰用鱼雷把"定远"舰炸沉。"定远"舰管带刘步蟾接到沉舰的命令后，呆坐在甲板之上，迟迟无法下手。他流着眼泪轻抚遍体鳞伤的战舰，心如刀绞。可是，上命不得违抗，最终，他只能咬牙下达了炸舰的命令。随后，剧烈的爆炸声响彻夜空，庞大的"定远"号铁甲舰在冬季寒冷的夜海中缓缓沉没，结束了它短暂而悲怆的一生。

噩运一个接一个地从天而降，缠绕着、围剿着刘公岛，也重重砸在北洋海军官兵的头上。他们在凛冽的寒风中苦苦煎熬，从未如此深切地感受到，这座岛、这支舰队、这个国家，如西山落日，已经失去了光明和希望。此时此刻，北洋海军从最高长官丁汝昌到舰上的兵勇，精神和意志都已完全瓦解，再没有了与敌人血战到底的斗志和气概。哪条路能得到彻底解脱？在绝望当中，这些曾经的中流砥柱，纷纷选择了自杀。

首先是戴宗骞畏罪自杀。在李鸿章看来，戴宗骞"持身廉正，任事忠实"，但日军打下了南帮炮台的消息却令这位大员彻底慌了手脚。他想把北帮炮台的防务交给丁汝昌代管遭拒，自己也没能跑掉，可他统辖的六个营的官兵却在一夜之间跑个精光。这不仅是一件让人颜面大失的丑闻，并且犯的是关系到威海城安危的死罪。戴宗骞深知末日将临，即使背靠着李鸿章，自己也是罪责难逃。所以，当他被丁汝昌从威海城接到刘公岛以后，无论如何，心下惴惴，终于在某一个夜晚，悄悄吞食了大量鸦片，自我了断了。

戴宗骞的自杀显然是罪有应得，但是却在北洋海军中开了一个恶劣的先河。

另一个以死谢天下的人，是誓与"镇远"舰共存亡的林泰曾。李鸿章花高价从德国订购的"定远""镇远"两艘铁甲舰，漂洋过海，历时三个月，于公元 1884 年 7 月 3 日驶进了天津大沽港，林泰曾从此成为"镇远"舰的管带，并与"定远"一道成为北洋舰队的顶梁柱。中日黄海大战，北洋舰队之所以能在优势尽失，战局急转直下的关头仍然屹立不倒，主要是由"定远"和"镇远"的优异表现决定的。所以，林泰曾对北洋海军的贡献也可见一斑。1894 年 11 月 16 日凌晨，"镇远"舰随北洋水师从旅顺撤到刘公岛。丁汝昌在下达进港指令的同时，要求各舰务必注意为防日军偷袭而布设在港外的水雷，因此各舰在进出港时都分外小心，但尽管林泰曾万般留意，"镇远"舰还是触礁了。

有人说，战争武器是有灵性的，威武之师会得到武器的配合，败军之旅，武器也会来添麻烦，所以，人和武器的气场要适配。从这一点上看，"镇远"舰的触礁搁浅，是一个极为不利的兆

头。当时，因为旅顺军港已为日寇占领，军舰无处维修，因此，"镇远"舰不仅将从此退出战场，并且在顷刻间就成了北洋海军的累赘。这无疑让骁勇善战，治兵有方的林泰曾生不如死。

当年，林泰曾曾随丁汝昌到英国接收"超勇"和"扬威"两艘战舰，因此被授予参将之衔。北洋水师成军后，他又被任命为左翼总兵兼"镇远"管带。平日里，他爱舰如命，黄海大战之前，他让部下卸除甲板上的舢板，表达了誓与战舰共存亡的决心。但是，一次致命的疏忽，或者说一次匪夷所思的事故，令心爱的战舰不得不退出战斗序列，甚至不得不自沉于大海，林泰曾无论如何也接受不了。他一夜白头，并把自己反锁在舱内，拒绝和任何人见面。暗淡的灯光，沉闷的空气，林泰曾预感到，"镇远"舰的触礁，传递了曾经辉煌的海军行将覆灭的不祥信号。此情此景，让人悲从中来。林泰曾从怀里掏出手枪，对准自己的脑袋，扣动了扳机。

刘步蟾也饮恨而亡。当威海卫南北帮炮台全部失守，刘公岛就陷入了日军海陆两股力量的夹击之中。即便如此，如果增援部队能迅速赶来，在港内海军的配合下，仍可使日军首尾不能相顾，形成反包围之势，刘公岛之危可解。可布防在刘公岛周边的清军都见死不救，一再将北洋海军的将领们推向绝望之境。丁汝昌的副手、北洋海军记名提督刘步蟾在接到炸沉因伤搁浅的"定远"舰的指令后捶胸顿足。在执行这一"任务"之前，刘步蟾水米未进，只是痴痴地望着"定远"舰如困兽般的身影。是夜，他也选择了吞食鸦片而死。

在刘步蟾自杀两天后，即1895年2月12日早晨，北洋海军提督丁汝昌，用同样的方法，自绝于提督衙门的东厢房内。他的死，

意味着创建七年的北洋海军的正式灭亡，因而在朝廷内外引起了
轩然大波。

　　自杀的决心久久难下。回顾曾经的辉煌，面对残酷的未来，
丁汝昌经历了前所未有的痛苦煎熬。在战事吃紧之时，朝廷逼他
认罪。丰岛海战和黄海大东沟海战，北洋海军都是担纲主角。作
为提督，必须为其胜负负责。在一次又一次的败退面前，朝廷早
已大为光火，命令李鸿章严办。但李鸿章知道，丁汝昌不过是执
行了自己的指令，替自己受过，他不能不把这件事压下来，并向
朝廷解释说，北洋海军提督非丁汝昌莫属，无人能替代，所以，
只能让他"戴罪立功"。然而，对于丁汝昌来说，先失制海权，后
弃旅顺港，现在又失了刘公岛，这是一个军人的奇耻大辱，却已
是他苦苦挣扎的最大结果。他还能怎么样呢？只是如鲠在喉，有
苦难言罢了。

　　最让他接受不了的是，李鸿章竟逼他逃跑。遇到李鸿章，是
丁汝昌一生的幸运。如果不是李鸿章，尽管为人厚道，但是以丁
汝昌的实际能力，他不可能走上海军提督这样重要的岗位。放眼
朝野，有多少人在觊觎北洋海军这块"肥肉"，是李鸿章力排众议，
把担子交给了自己的安徽老乡。对于丁汝昌来说，这是天大的恩
德。可是，这样的人生真的是自己的人生吗？这样的事业，真的
是自己的追求吗？他是作为李鸿章的棋子，是为了中堂大人的人
生和事业而存在的。从当上北洋海军提督那一天起，丁汝昌只能
任其摆布，除了言听计从，他不可能有半句怨言，更不能有自己
的想法。黄海大战、刘公岛保卫战，海军提督在第一线指挥战斗，
原本可以将在外，君命有所不受，按照战场的实际情况制定作战

方针。可丁汝昌不敢。面对"避战保船""虚以迎敌"的"军令"，他不敢越雷池半步，只能处处被动挨打，最终是满盘皆输。公元1895年2月11日，刘公岛危在旦夕，丁汝昌多么盼望李鸿章能派来一支增援的队伍，可偏偏在这重要关头，李鸿章加急电报指示他，速派人衾夜打探，并带铁甲舰逃往吴淞口。这一次，心如死灰的丁汝昌未复一字，按兵不动。在人性的最深处，良知和责任，让丁汝昌已暗暗下定了誓与北洋海军共存亡的决心。

　　这时，日本人也在逼他投降。虽然联合舰队封锁了威海卫的东西港口，但北洋海军的所有舰船却龟缩在刘公岛，这让日军左右为难。速战，刘公岛防守坚固，水道复杂，难以奏效。久攻，天时地利都对日军不利，恐遭围攻。硬攻不行，日军打起了劝降的如意算盘。他们暗中联络在北洋海军中做事的洋人，密谋策划让北洋海军向日军投降。他们劝降的第一个目标就是海军提督丁汝昌，只要他一投降，整个北洋海军就等于解除了武装，刘公岛必将不攻自破。因此，就在丁汝昌内忧外患，身心俱疲之时，他的身边又不断有人跪请投降。其中包括早已做了日本间谍的英籍水师提督裴利曼特、"定远"舰副管带英国人泰莱、陆军教官德国人瑞乃尔等外国人，更包括了很多清军，如威海营务处候补道牛昶昞、山东候补道严道洪、刘公岛护军统领张文宣等人。他们轮番登场，力劝丁汝昌放下武器，下令投降。为此，丁汝昌在军官会议中，以前所未有的坚定态度，表达了身处绝境，但北洋海军宁可战死，绝不投降的决心——"吾予不弃报国大义，今唯一死以尽忠臣"。

　　然而，终于有一天，丁汝昌被"镇远"号管带林泰曾、"定远"

号管带刘步蟾的自杀压垮了。长期活在政治的夹缝和李鸿章的影子里，窝囊了一辈子的海军提督，再也不愿背负投敌卖国的罪恶，他要用自杀殉国来证明自己的清白和忠诚。公元 1895 年 2 月 12 日晚，五十九岁的丁汝昌把该移交的东西整理好，换上一身崭新的官服，关好房门，吞食鸦片自尽。在人生的最后一刻，负重忍辱、不计得失的丁汝昌，只能背负着国家、民族大义，尽节以终。

但是，总得有人为战争的一败涂地、海军的全军覆没而遭到清算！光绪皇帝不依不饶，将后党与帝党之间长期积压的怨恨迁怒于他，对丁汝昌大加挞伐，最终下令，在其棺木表面涂上黑色，并加了三道铁链，责令十年之内不得下葬。

甲午战争阵亡的英雄将士中，唯有丁汝昌，不但没得到赏赐追封，反而不能入土为安，任他的灵魂四处游荡。

丁汝昌自杀后，力主投降的牛昶昞、马格禄、泰莱、浩威、瑞乃尔等人，盗用丁汝昌名义，由北洋海军顾问、美国人浩威起草了向日军投降书。公元 1895 年 2 月 12 日上午，北洋舰队"镇北"号舰悬挂着白旗，驶向日本联合舰队阴山口锚地，由"广丙"舰管带程璧光作为军使，登上日本军舰"松岛"号，向日本联合舰队司令伊东祐亨递交了投降书。2 月 14 日，牛昶昞以威海卫海陆军代表身份，在日军"松岛"舰上同伊东祐亨签订了《刘公岛条约》，对投降事宜做了具体规定。自此，日本联合舰队司令官祐亨成了刘公岛新的主人。

公元 1895 年 2 月 17 日，日本联合舰队从威海卫北口入港受降，北洋海军五千多名官兵被俘，十艘巡洋舰、炮舰带着一身的伤痛，成了日军的战利品，并当即挂上了太阳旗。在后来的日俄战争中，

日本联合舰队列出了一长串参战战舰名单，被重新维修粉饰过的北洋舰队的"镇北""济远"和"平远"三舰，就在这个名单当中。

刘公岛之败，意味着北洋海军的倾覆，同时也宣告了洋务运动的破产。

而历史就像万花筒，清政府的荒谬、积弊，中国社会的深刻矛盾，都在甲午战争中暴露无遗。

直到一百多年以后的今天，战争的伤口并没有愈合，它依然横亘在历史和现实之间。对于战争失败的原因，至今还在追问之中，甲午战争的诸多谜题，依然有待于探究和解答。

和谈之 "和"

北洋水师覆灭了，但甲午战争还没有结束，日本人要紧接着发动一场谈判桌上的战争，把旅顺从中国版图上割下来，划归日本所有。同时，他们还想得到台湾以及巨额的战争赔款，来填满它那邪恶的胃口。

因此，属于军人之间的厮杀结束了，但政治家之间的较量才正式登场。他们从幕后的操纵者摇身一变，成为谈判桌前的急先锋。这是一场没有硝烟的战争，但是却更加残酷和激烈。

在日方组织的战阵里，伊藤博文是主角，他被称为"明治宪法之父"，是日本近代著名的政治家和具有现代意识的政治强人。中方战场由李鸿章挂帅，伊藤博文称其为大清帝国"唯一有能力与世界抗衡的人"。非常有意思的是，一场史无前例的围绕战争的谈判，李鸿章居然是敌我双方公认的人选，不仅清廷力主他为代表，连日本人也拍手称快。

原来，早在日军攻打旅顺之时，急于求和的慈禧就曾委派过德国人德璀琳，戴着大清国一品顶戴东渡日本，代表清政府与日本政府谈判。伊藤博文以他不是清国官员，没有资格与日本政府谈判为名，毫不客气地给德璀琳撵了回来。紧接着，慈禧又拉大

旗做虎皮，聘请美国外交部律师科士达为谈判顾问远赴日本。伊藤博文把科士达以及随行的清廷要员张荫桓、邵友濂等人羞辱一番后，下达了逐客令，在指定的时间、地点，将他们驱逐回国。这些人临走时，伊藤博文曾经用不可一世的语气提出，要想和谈，清政府必须委派有决定权的李鸿章来，唯有他才有充当全权代表的资格，别人一概不接受。日本人竟然提名道姓地"帮助"中方指派谈判代表！

而对于慈禧来说，战火算是暂时熄灭了，要想与日本政府进行和谈，派谁去最好呢？满朝文武大臣，思来想去，也唯有李鸿章能与日本人平起平坐地坐在谈判桌前。

为慎重起见，慈禧在养心殿召集军机大臣研究与日本和谈事宜。她先声夺人地表明了态度，同意日本人给出的方案。为名正言顺，要先免于对李鸿章革职的处分，赏还他的黄马褂和三眼花翎。慈禧表示，一切可复，令他立即来京请训，做好赴日准备——慈禧变相地把光绪帝给李鸿章的处分决定推翻了。李鸿章的同党奕䜣回复说，太后圣明，只是皇上不是这个想法。奕䜣话没说完，就被慈禧断然打断了：我既然召见了你们，做出这个安排，就能当得了这个家，做得了这个主！皇上那边由我来说，不关你们的事。在强硬地做出了这样的安排之后，慈禧便称病躲了起来。她让奕䜣传话给李鸿章，要一切遵照皇上的旨意办，把责任一股脑地推到了光绪那里。这个老辣而富有政治手段的慈禧早已预料到，日本在谈判桌上的表现会像在战场上一样，明面上是"议和"，割地、赔款，一样都不会少。她也不想因此背上卖国投降的罪名，要让光绪这个傀儡代替自己遗臭万年。

李鸿章当然看得清这个形势。他老谋深算地向光绪摊牌要价：要我代表清廷赴日谈判可以，但日本人要的是割地、赔款，我必须有拍板决定的权力。兹事体大，光绪不敢自作主张，他只能如实禀告慈禧，让她做最后定夺。一向独断专行的慈禧一反常态，彻底放权了。她让太监传话，李鸿章赴日和谈的一切事宜，都按皇上的旨意办。于是，公元1895年3月3日，光绪帝发布上谕，批准李鸿章赴日和谈的方案：

> 一切权衡利害之轻重，情势之缓急，统筹全局，即与定议条约，以纾宵旰之忧，而慰中外之望。

李鸿章获得了这样的"尚方宝剑"，动身前往日本。

公元1895年3月14日清晨，天津码头戒备森严，李鸿章带领儿子李经方、美国外交部律师科士达等一干人马，登上花高价雇用的德国"公义"和"礼裕"号商船，于3月19日晚，历经五天海上颠簸，抵达日本本州西南港口马关。

马关也称下关，是一座小镇，位于日本本州最西端，隔关门海峡与北九州相望，是对马海峡与濑户内海间的交通要冲。马关三面环海，澄波倒影，四山环绕，绿树葱葱，其境内矗立一座佛塔，笼罩在淡淡的雾气之中，伴随着悠扬的钟声，显得格外典雅庄重。中日举行谈判的地点是马关春帆楼，是一栋别致的二层小楼，坐落在马关红石山下安德天皇祠旁，依山傍水，环境清幽。楼内装饰豪华，正厅到二楼的楼梯都铺着华丽的嫣红色地毯，显示出一种尊贵不凡的气度。

　　就在这栋小楼里，两个影响了历史进程的世界级人物——李鸿章与伊藤博文，即将展开较量。

　　作为甲午战争中的死敌，始作俑者伊藤博文获得了全面的胜利，而李鸿章却输了个干干净净。战场上已分胜负，谈判桌上谁能更胜一筹？春帆楼里，一个战争赢家，一个败军之将，要面对面展开一场更加残酷的争斗。

　　李鸿章与伊藤博文交手的第一个回合，是明确两国和谈的条件。李鸿章亮出的底牌是先停战，后谈判。直到李鸿章赴日和谈时，日军除了占据旅顺和威海卫之外，辽东战场一直没有停火，步步为营地向山海关方向逼近，已摆出了直捣北京的架势。同时，他们也做好了攻打台湾和澎湖列岛的准备，制造了大兵压境之势。在李鸿章看来，要想和谈，必须先熄灭战火，这是争取和谈前景的基础和前提。而伊藤博文的态度则恰恰相反，他要先和谈，后停战，把是否停战作为和谈的条件与筹码，包藏着日本政府的祸心。他们要始终把战争的利剑悬在李鸿章和清政府的头顶。

　　先停战，后谈判，还是先谈判，后停战，从文字表述上看，只是顺序的颠倒，实质上则是针锋相对的利益博弈。日本政府深知清政府不敢打、不愿打，急于停战的迫切心情，提出了极为苛刻的要挟条件：日本军队应占守大沽、天津、山海关，并拥有该处之城池堡垒。驻上述各处之清国军队，须将一切军器、军需交予日本国军队暂管；天津、山海关之间铁路当由日本军务管理；停战期限内，日本国军队三军所需军用，应由清国支补。

　　李鸿章听完翻译的转述，大惊失色，连呼过苛，过苛！他近乎哀求地对伊藤博文说，你们所指的天津、大沽、山海关之地，是北京之咽喉，直隶之锁匙，若和谈不成而日本居先占领，我清国反主为客，这个条件未免太过蛮横苛刻，不能接受。伊藤博文以胜利者的姿态，拒绝接受李鸿章的辩解，在停战条件上毫不让步，竟以最后通牒姿态提出，本全权代表所提出的停战条件，必须在三日之内做出明确答复。为了进一步打压李鸿章，伊藤博文导演了一出文谈武攻的双簧。公元 1895 年 3 月 21 日，日军组成三个远征大队、一个炮兵中队共五千人的混合支队，在多艘战舰护卫下，从佐世保军港出发，进犯中国的澎湖列岛，仅仅三天时间，便成功攻陷了澎湖列岛。这一手段果然奏效，李鸿章听到这个消息时，脸色发青，半晌语结。不难想象，战场上的败将，有什么底气在谈判桌上直起腰杆呢？日本国终于以苛刻条件迫使清政府撤回了停战协议，实现了边打边谈的目的。

但是，天无绝人之路。正当李鸿章在第一回合败下阵来，进退维谷之时，一个绝地反击，扭转败局的大好机会从天而降。1895 年 3 月 24 日下午，中日代表第三次会谈结束后，李鸿章从春帆楼坐轿返回驻地接引寺的途中遇刺。一个名叫小山丰太郎的日本刺客，从拥挤的人群中蹿出，冲到轿前，左手抓住轿杆，右手举起手枪，对着李鸿章的脸就是一枪。子弹击中了他的左颊骨，顿时血流如注。受到突如其来的惊吓，李鸿章当即昏倒。经过医生抢救，子弹打在了左眼下半寸左右，没有生命危险。

大清国最高谈判代表被日本暴徒刺杀的消息，很快在日本朝野间传播开去，日本政府惊骇异常，如临大敌，并且径直陷入了极端尴尬之中。一个担任全权谈判代表的外国重臣在所在国遭到暗杀，这是一件极端野蛮而丑恶的行径，违背了国际外交准则。

伊藤博文焦虑不安地说，刺杀事件比在战场上两个师团的溃败还要严重。他担心，刚刚开始的中日和谈匆匆夭折，从而葬送了日本唾手可得的巨大利益。日本外相陆奥宗光表达了他复杂不安的心情：我观察内外人心所向，如不趁此时机采取善后措施，发生不测之危机，亦难预料。那么，伊藤博文和陆奥宗光到底担忧害怕些什么呢？

　　他们首先害怕的是国际社会的推波助澜，扩大事态，进而插手干预中日和谈。和谈开始前，伊藤博文和日本政府就有过担心，倘若日方要价过高，致使清政府压力过大，恐会引起西方社会的同情与忌恨，并借机围剿日本——这是日本政府难以招架的灾难后果。再者，他们也担心，清国代表在日本遭刺杀，于情于理，都说不过去。清政府如果以此为由反戈一击，日本难免会竹篮打水一场空。作为政治家的伊藤博文预感到，清政府肯定会发出强烈抗议，并借此流血事件掀起外交风波，联合英、美、德、法、俄等国向日本发难，通过外交力量，迫使日本退却让步，影响其举国之力得来的胜利。

　　此时此刻，伊藤博文最担心的还是李鸿章的态度，一旦他强硬起来，甲午战争中的不义之师必定要输个精光。刺杀事件一出，伊藤博文不得不提心吊胆，小心翼翼地观察李鸿章的脸色。为了化被动为主动，伊藤博文连续做了四件事。首先，给身负重伤的李鸿章以最高礼遇。刺杀事件当天，伊藤博文带着外相陆奥宗光立即赶到接引寺，明治天皇也派来了自己的御用医生，皇后又派出了两名女看护。曾经在李鸿章面前傲慢无礼的伊藤博文也放低了身段，不仅忙前忙后地照顾李鸿章，还极尽谦恭地劝解，千万不要因此心生嫌隙。对外，伊藤博文专门以日本政府的名义，向英、美、德、法、俄等国进行了解释，将刺杀事件说成是"偶然突发事件"，是民间浪人的过激行为，与正在进行的中日和谈没有任何关系，并且丝毫不影响谈判的进行。此外，他做了一个杀鸡儆猴的动作，不仅指令判处小山丰太郎终身监禁，兼做苦工，还把刺杀事件所牵涉的地方官员全部革职。为向李鸿章和清政府表明日本政府的清白无辜，伊藤博文所做的最后一件事是，立即宣布了无条件停战声明，并一再强调，除台湾和澎湖地区之外，辽东及其他地区全部停战。

伊藤博文把该做的事情都做完了，就耐心地等待着李鸿章的反应。三天，五天，一个星期过去了，他和日本政府所害怕、所担心的情况一个都没有出现。现在，就看李鸿章的反应了。

李鸿章清醒过来以后所做的第一件事，不是趁机向日本政府发难，以受到刺杀为筹码来讨价还价，在日方设下的棋局之上来一次漂亮的"将军"，而是捂着受伤的脸，温和谦恭地给伊藤博文口述了一封照会，中心思想是，对于偶然发生的不幸，他不但不会耿耿于怀，而且还万分感谢阁下的精心关照。请日本政府不必为此而不安，唯求中日友邦长久和好。这封措辞委婉、态度谦和的照会着实大出伊藤博文的意料，难道这竟然是在我国政府的眼皮子底下遭到暗杀的外国使节的来信？他不能不感到匪夷所思，到底是日本人刺杀了李鸿章，还是李鸿章刺杀了日本人。短暂的愣神之后，伊藤博文喜出望外，他所认为的外交困境，就这样轻而易举地化解了。当然，他还是和陆奥宗光表达了自己的不安：我总觉得，事情没有这么简单，难道这是李鸿章欲擒故纵所设下

的圈套？

可以说，李鸿章对刺杀事件的态度和处理方法，是甲午战争最终胜负的分水岭，也是李鸿章是做民族英雄，还是充当卖国佞臣的试金石。在这样一个历史关头，李鸿章为什么选择了后者？因为他先担心，一旦谈判破裂，日本如继续对中国用兵，慈禧会加罪于他，使他失去曾经拥有的一切。再者，他也非常害怕走不出日本。在李鸿章看来，行刺不是偶然事件，而是日本政府精心设置的阴谋。如果自己不肯就范，就会招来更为严重的杀身之祸。为了自己和家国的未来，他必须偷安妥协，不惜把投降卖国的帽子戴在自己的头上。

李鸿章日本和谈的所作所为，特别是对刺杀事件的态度，令伊藤博文看透了，李鸿章不想也不敢离开日本的心思。后来，伊藤博文带着不安承认，李鸿章把可以扭转局势的机会葬送了，使得日本绝处逢生。当伊藤博文觉察到，刺杀事件可能引发的危机已经过去，在中日双方达成了二十一天停战条款后，立马凶相毕露地抛出了撒手锏。

1895年4月1日，在中日双方举行的第四次会谈上，日本外相陆奥宗光把媾和条约的方案交给了李鸿章的儿子李经方，其主要内容包括，中国向日本赔偿军费三亿两白银，把旅顺所在的辽东半岛和台湾及其所有附属岛屿割让给日本，将湖北沙市、四川重庆、江苏苏州、浙江杭州辟为通商口岸。李经方是替代有伤在身的李鸿章接受条约的，但当他看到其内容时，也不免吓得目瞪口呆。他内心忐忑地望着伊藤博文说，首相大人，三亿两白银对我大清国来说可是个天文数字呀，让我们拿什么来赔你？伊藤博文冷笑一声，没有答话。这时，陆奥宗光站起身来，口气强硬地说，清国战败，割地、赔款是天经地义的事情，中方要在三四天内给出答复。

直到此时，中日两国政府把和谈条件全部摆到了桌面上，双方算是知己知彼了。早已成竹在胸的伊藤博文为迫使李鸿章就范，软硬兼施地上演了两出好戏。

头一出戏是，对谈判中负责上传下达的李经方实行威逼利诱。在行馆里，伊藤博文一改往日斯文，用力拉开窗子，恶狠狠地说，辽东、台湾两地都要割让，少一处也不行！这次战争，日本用兵费用巨大，索赔的三亿两白银即使减少，也是有限的。日本是战胜国，中国为战败国，本来一切都要以日本为中心来确定条款。是中国政府一再请求和谈，日本方面才答应下来的，今天的和谈之局是日本谦让的结果，你们对此要多加珍惜，不能一味讨价还价。倘若因你们的过分要求致使谈判破裂，我一声令下，日本的七十艘运输船就可以搭载大军直接开往战地。届时，不要说整个辽东，就是北京的安危也难以保证。并且，一旦谈判破裂，中国的全权大臣离开这个地方，能否安然出入北京城门也难以保证。伊藤博文这一番话，听得李经方冷汗横流。为了把戏演真，1895 年 4 月 13 日，伊藤博文命令已集聚在宇品港（现广岛港）的增援部队，浩浩荡荡地离港出发了。他们有意安排李鸿章在宇品港附近交谈，就是要让他亲眼看到这一幕。李鸿章见此，果然流露出心神不定之色——古往今来，都是胜者为王败者寇，谁让我们是战败国呢！他的意志彻底动摇了。

伊藤博文导演的第二出戏码是，在李鸿章的无奈退却中，送

出一份空头人情。日本以区区小国，打败了拥有巨大版图的大清帝国，他们所提出的索赔条件又相当苛刻，几乎是史无前例的。原本，日本政府还有所顾忌，但他们害怕的不是清政府，而是担心西方各国出手干预。果不其然，1895 年 4 月 12 日，伊藤博文接到了日本驻俄公使的电报，内容为，俄国陆海军委员会讨论了阻止日军进攻北京的问题，将派出俄法联合舰队进行干预。

这是日本政府最不愿意看到的局面，伊藤博文顿时慌了手脚。这个精明的政治家明白，甲午战争是日本挑起的侵略行为，又未曾在日本领土上作战，战争赔款多达三亿两白银，又要求割让旅顺所在的辽东半岛和台湾岛，条件显然过于苛刻。如果清政府真的不能接受，中止谈判并挑起直隶之战，其后果将是灾难性的。当时，日本政府已无力扩大战争，更何谈把战争持续打下去。而且，直隶战火一起，会直接影响和损害欧美等国的在华利益，他们一定会联手干涉。俄国和法国已经发出了信号，日本政府如不做出让步，很有可能满盘皆输。不要说土地割不成，战争赔偿也会打水漂。这时，对伊藤博文所代表的日本政府来说，进一步，会失去眼前唾手可得的利益，赔了夫人又折兵；退一步，让清政府和西方各国都能接受，自然会海阔天空。于是，伊藤博文退而求其次，放弃了原有的谈判方案，拿出了事先早已准备好的第二套方案。在原来提供给李鸿章的方案中，日本政府要求割让辽东半岛（含沈阳、辽阳、鞍山）和台湾岛，赔款三亿两白银。让步后所采取的方案则是，割让辽东半岛和台湾岛，但沈阳、辽阳和鞍山不在割让之列，战争赔款二亿两白银。伊藤博文亮出这套方案之后，态度更加强硬起来，只准李鸿章在同意或者不同意之间表态，其他一切免谈，没有丝毫讨论和退让的余地。

在伊藤博文看来，和谈到此，已胜券在握，他可以绝对控制谈判的走向。李鸿章一到马关，就提出租用日本电报局同国内联系。但这样一来，与清廷的所有沟通信息，都要经过日本人之手，伊藤博文可以在第一时间掌握李鸿章与北京联系的全部信息，有的放矢地把控谈判局势。可以说，日本人早已死死掐住了中日和谈的命脉，做到了弹无虚发，刀刀见骨。另外，伊藤博文抓住了李鸿章以权谋私的把柄，以在日本银行存有大量资产相要挟。连日本人都知道，李鸿章在大办洋务的过程中发了横财，其中相当数量的钱存在了日本荣山煤矿公司名下。多年以来，他处处设防，以免为外人所知，却没有防住日本人的侦察。在和谈这样的重大事件中，以此为条件要挟李鸿章，恰恰等于掐住了他的"七寸"，这是李鸿章不顾千秋骂名签下和约的另一个根本原因。

作为大清帝国的最高统治者，慈禧是不怕割地赔款的。她早就说过，大清的江山是爱新觉罗家的，宁赠洋人，不给奴才。她所害怕的，一是失掉权力，二是败了风水。李鸿章深知慈禧的这块心病，而他此次赴日和谈是负有使命的——慈禧的心病有多大，他的使命就有多大。一是要保和局，只要中日不再起战端，慈禧的权力就不会旁落；二要保风水，割地不要紧，只要不动龙兴之地。努尔哈赤迁都沈阳之前，其都城设在辽阳。迁都北京后，沈阳仍为盛京，其郊外有努尔哈赤的福陵和皇太极的昭陵。只要不把龙兴之地割走，其他地方不足为惜。由此看来，伊藤博文有足够的把握，击溃李鸿章的防线，保留自己的底线。

中日和谈结果算是两全其美，伊藤博文和李鸿章所代表的双

方可谓都如愿以偿。公元 1895 年 4 月 17 日，这一天正好是甲午日，中日在甲午时签订了代表甲午战争全面结束的条约。十一点四十分，李鸿章和伊藤博文分别代表本国政府在和约上签字，这就是震惊中外的中日《马关条约》，日本人则称之为《春帆楼和约》。《马关条约》共十一款，主要内容是：清政府割让辽东半岛、台湾全岛及所有附属岛屿、澎湖列岛给日本；清政府赔偿日本军费白银二亿两，该款分八次在七年内还清。

一纸《马关条约》，压垮了曾经盛极一时的大清帝国，中国从此进入任由帝国主义列强瓜分宰割的半封建半殖民地社会。

历史的一粒灰尘

《马关条约》中割让给日本的辽东半岛，在沙俄等三国的干涉下，清政府用三千万两银子又赎了回来。清政府再次接手过来的旅顺已经失去了往日的精彩与活力，这座被海峡和海湾包围着的小城，又恢复了原始的荒蛮与沉寂。

本来，日本是要永久地占领旅顺城的，可现实是，他们必须在规定的时间内从旅顺撤军，把这个地方重新归还给大清国。于是，精明而野蛮的日本人在屠城以后，又对旅顺开始了第二次洗劫，使满目疮痍的旅顺城更加破败不堪，让苦难中的旅顺人民沦落到了更加凄苦的境地。

但甲午战争所带来的噩运还远不止于此，它殃及了整个国家和民族。旅顺的悲惨遭遇，只是苦难深重的大清帝国的一个缩影。可以说，大清朝所制定和奉行的"闭关锁国"政策，结出了中国近代历史上危害最大、性质最烈、影响最久的恶果。甲午战后，帝国主义列强在瓜分中国的过程中，在中国人民身上捆绑了三大绳索。

把政治贷款作为控制中国的重要手段，是帝国主义列强套在中国人民身上的第一道绳索。甲午战败，清政府向日本赔款二点

三亿两白银，而当时清政府的年财政收入仅为八千万两白银，赔款相当于清政府三年的财政收入的总和。这意味着，即便是举国扎着脖子不吃不喝，也无法筹措如此巨款。一场战争把中国打了个惨败，赔了个精光，广大人民在水深火热中挣扎。

公元1895年，一个叫曹志清的官员在写给光绪的奏折中，对直隶省的差徭情况做出了比较具体的供述：

> 直隶省差徭之繁重，甲于天下。常年杂差，民力已苦不支；去岁兵差络绎，州县横征暴敛，而民愈不堪命矣！

封建统治者对人民的搜刮盘剥是在血腥的刺刀下进行的，残酷的经济剥削伴随着野蛮的政治压迫，在帝国主义列强卵翼之下的清政府，已难以支撑其统治。

这是为什么呢？因为，《马关条约》中规定，清政府要在七年之内偿付对日赔款两亿两白银。否则，不仅每年要负担高达一千四百万两白银的利息，日本还有权继续在威海卫驻军，直到赔款还清为止。清政府已经走投无路，只能举债赔款。

于是，帝国主义列强们期待已久的时刻终于来到了。他们纷纷借款给国库如洗的大清国，不但要借机获得巨大的经济利益，而且要让赔款附加上政治奴役性质，使清政府受到无法解脱的制约。

在甲午战争前的三十多年间，清政府向外借过二十五次外债，加在一起是四千一百万两白银，并已在战前全部还清。甲午战后，列强对清政府放的债，数目之大前所未有，而且具有明显的政治奴役性质，为此而在俄、德、法、美、英各国间引起过激烈争夺。在《马关条约》订立后的四年间，在西方列强的逼迫下，清政府先后三次大规模向列强借款。

第一次借款是公元 1895 年 7 月，向俄法集团借款一亿两白银。本来清政府准备通过英国人赫德向英国汇丰银行筹措第一批赔款，但俄、德、法三国又联合干涉反对，他们以"三国干涉还辽"应有酬劳为由，向清政府提出揽借要求。清政府屈服于三国压力，决定向俄德法合借。但沙俄本身财力不足，便与法国合作，争得了第一次借款权。公元 1895 年 7 月，《俄法洋款合同》，也称为《四厘借款合同》在圣彼得堡签订，数额是一万万两白银，这是帝国主义列强对中国进行政治性贷款的开端。俄法集团通过这笔贷款得以插手中国的海关管理，迫使中国海关在 1896 年不得不增加了俄法人员名额。自此，对中国海关的控制权不再是英国一家独大，并由此发生了俄法与英国的严重矛盾。

第二次借款是在公元 1896 年 3 月，清政府向英德集团所借"英德洋款"九千七百万两白银。俄法集团在第一次大借款中取得了胜利，被排除在外的德国心怀不满，反过来与英国合作。1896 年初，清政府开始筹措第二期对日赔款。英德两国驻华公使一起向清政府提出，这次如果不向英德借款，将不惜诉诸武力。德国因上一次借款被俄法抛弃，一直怀恨在心，更是扔下狠话，为了借款不惜流血。经过一番激烈争夺，英德集团压倒俄法集团，夺取了第二次借款权。1896 年 3 月，《英德洋款合同》签字，借款总额为九千七百万两白银，由英国汇丰银行和德国华德银行分别贷给，年息五厘，以海关收入为担保，分三十六年还清。通过这次贷款，

英国获得了控制中国海关三十六年之久的行政管理权。

第三次借款是公元1898年3月，清政府再次向英德集团续借了"英德洋款"。当清政府从1897年开始筹措第三期对日赔款时，英德集团先声夺人地跑到清政府总理衙门大吵大闹，像无赖一样逼迫清政府揽借，结果英德集团再一次压倒俄法集团取得了第三次借款权。1898年3月，《续借英德洋款合同》签字，债额为一亿一千二百万两白银，仍然由汇丰、华德两家银行贷给，年息四厘五，分四十五年还清，以苏州、淞沪、九江、浙东等处货厘，及宜昌鄂岸盐厘为担保。通过这次借款，英国又获得了控制上述各地海关四十五年的保证，同时还取得了一些地区的厘金抵押权。

甲午战后，清政府通过向帝国主义列强的三次政治大借款，进一步加深了对帝国主义财政的依赖，为其长期操纵中国海关，控制中国金融提供了便利。从另一个角度看，每一笔借款都增加了贷款国家在中国的政治地位。帝国主义列强争夺向中国贷款权，同他们侵略中国领土，在中国划分势力范围是紧密结合在一起的。公元1895年的俄法贷款为沙俄势力南下满洲，法国势力深入两广、云南诸省开辟了道路。公元1898年以英国为首的英德续借款时，英国迫使总理衙门以照会形式声明，长江沿岸地区，中国不可让与或租给他国。清政府为付给日本战争赔款而三次举债，不是资本主义国家通常的经济贷款，而是垄断组织的资本输出。它不仅追求经济利益，更主要的是追求政治特权，是要把借款作为勒索和长期霸占中国主权的一个手段。

抢夺铁路投资权，是帝国主义列强套在中国人民身上的第二道绳索。在中国进行争夺铁路修筑权的斗争，是其向中国输出资本的一种重要方式，也是巩固扩大其在华势力范围的重要手段。甲午战后的几年间，帝国主义列强在中国夺取了长达一万九千公里的铁路投资权和修筑权，不仅获得了长期的高额利润，并且控制了铁路沿线的大片土地和资源，有的甚至还享有铁路沿线的行政权和警察权，使铁路沿线的中国领土主权名存实亡。

帝国主义列强为夺取中国铁路的投资权，相互间的斗争异常激烈。公元 1898 年秋至 1899 年夏，对芦汉、津镇、粤汉、京奉等四条铁路的投资争夺达到了高潮。公元 1897 年 7 月和 1898 年 6 月，俄法集团利用比利时的银行出面，而比利时大耍流氓无赖手段，一再推翻协议和草签的合同，改变和增加借款的条件，以图攫取更多的权力。当俄法集团如愿以偿地取得芦汉铁路的投资修筑和经营权后，沙俄的势力从此可以由东北地区南下直隶，并沿铁路深入河南、湖北两省，在英国的势力范围——长江流域打开一个缺口，并将其触角深入其中。对此，英国人提出了强烈抗议。为了粉碎俄法集团踏足长江流域的计划，英国大力争揽山海关与牛庄铁路的借款权和控制权，防止沙俄把东北境内的铁路和芦汉铁路连接起来，不让俄国势力南下。并乘机利用关内外铁路对东北打开缺口。与此同时，英国又狮子大开口，于公元 1898 年 8 月向清政府提出修筑天津至镇江，山西至河南，长江沿岸，九龙至广州，浦口至信阳，苏州至杭州、宁波等五条铁路的要求，逼迫清政府答应。清政府在其恐吓下表示，除津镇路需另行商议外，完全接受英国的要求。

清政府之所以不敢答应英国修筑津镇铁路的要求，主要是由于津镇铁路直贯直隶、山东、安徽、江苏四省，美国和德国早已开始争揽。当英国提出修筑这条铁路的要求时，德国竟向清政府

明确表示，德国享有在山东修筑铁路的独占权，别的国家不得涉足。如果津镇铁路不由德国修筑就得绕道别处，而不得穿过山东境内。英国看到清政府屈服于德国的压力之下，便决定与德国政府直接交涉，以两国共同分割英国在非洲的殖民地为条件，换取德国在津镇铁路上的让步。德国觊觎非洲已久，苦于没有机会插手，当然愿意与英国妥协。这样，英德双方决定天津到山东南境的铁路由德国修筑，镇江到山东南境的铁路由英国修筑，全线竣工后，由双方共同管理经营。同时双方还议定，英国的投资范围是长江以南各省和自山西经河南至长江流域的铁路。德国的投资范围是山东省境内和自黄河沿岸至南京和镇江的铁路。这项协议表面上是划分铁路投资范围，实质上是公开承认各自在中国的势力范围。英德协议签订后，两国联合向清政府提出承筑津镇铁路的要求，并在公元1899年5月18日逼迫清政府签订了《津镇铁路借款草合同》。这份合同透出的信息是，帝国主义列强已经完全控制了清政府，掌握了在中国领土上修建铁路的权力，可以自行确定各自在中国的势力范围——他们已经成了合法政府的太上皇，而清政府却成了有名无实的傀儡。

在争夺中国铁路的投资权中，美国又落后了。特别是在争夺津镇铁路投资修筑权的过程中，受到英德两国的排挤和打压。但美国并不甘心，于公元1898年4月一举夺取了粤汉铁路的借款权和承筑权，把侵略势力深入到了华中和华南。但不久后爆发了美国与西班牙的战争，德国倡议联合欧洲各国，共同干涉美西战争。英国早就垂涎于粤汉铁路，便趁火打劫，以反对德国所发起的联合干涉为条件，于公元1898年2月正式与美国签订协定，允许英国资本加入美国所取得的粤汉铁路投资权利，英国所取得的广九铁路的利权也容许美国加入，从而瓜分了粤汉和广九两条铁路的投资权利。问题在于，美国也是一个贪得无厌的国家，在公元1898年3月29日与清政府签订了借款草合同后，又出尔反尔地推翻原定协议，提出了许多增加条件，要求把湘粤两省的煤矿开采权也拿走。软弱无能的清政府虽然认为美国的要求太过分，但终于还是接受了。这意味着，帝国主义列强对中国的掠夺到了无孔不入的程度，从铁路的投资修筑权向煤矿的开采和垄断延伸。

投资矿山以输出资本，是帝国主义列强套在中国人民身上的第三道绳索。在争夺铁路投资权和运营权的同时，向矿山投资是他们掠夺中国矿产资源和向中国输出资本的另一个重要手段。公元1896年，美国首先和中国合办门头沟煤矿，外资从此进入中国矿业，打开了输出资本的新领域和新渠道。这个口子一开，各列强国蜂拥而上，纷纷与清政府签订矿务合同，攫取了许多矿山的投资权和开采权。到了公元1898年，美国先后夺取了山西平定孟县煤矿的开采权和四川麻哈金矿的开采权。英国更加贪婪，他们紧随其后，先后夺取了开采四川全省，山西孟县、平定、泽州、潞安，河南怀庆附近，黄河以北广大地区的矿产权利，以及开采热河朝阳煤矿的权利。俄国除了取得中东铁路及其支路沿线的矿产开采权外，还攫取了新疆全省金矿的开采权。法国先后取得了四川金矿的开采权以及灌县、犍为、威远、綦江、合州、巴县煤矿的开采权。德国的手伸得晚一些，但也取得了山东胶济铁路两旁和沂水、沂州、诸城、潍县、烟台等地矿产的开采权。从公元1895年到公元1900年，帝国主义列强通过各种方式对中国进行资

本输出，逐步控制和垄断了中国的金融和经济命脉，吮噬中国人民的血汗，同时也严重阻碍了中国民族工业的发展。

旅顺因甲午战争所带来的痛苦和屈辱，也没有被历史所淹没。经过岁月的积淀、浸润与发酵，反而酝酿成为滔滔巨浪，并且以雷霆万钧之力，摧枯拉朽地猛烈冲击着腐朽黑暗的旧世界。

国家和民族在没落中重获新生的前提条件是，要从沉睡和麻木中清醒过来。而唤醒一个沉睡中的民族，要有两个必备要素，一是这个民族要有继续传承下去的顽强的生命力和文化基因。毋庸置疑，中华民族具有这样的文化基因，只是近代以来，由于封建专制制度的迅速没落和强大的外敌入侵，严重抑制了这种基因的活性，使之处于休眠状态。二是要有足够强烈的爆炸性事件的刺激与催化。

公元 1840 年以来，近半个世纪里，在沉沦的中国大地上连续发生了四次重大事件：中英鸦片战争、中法战争、中英法第二次鸦片战争和中日甲午战争。这些让全世界为之震惊的重大事件，都在不同程度上促成了中华民族的觉醒。其中，中日甲午战争更具标志性和传播性，它在更大范围内和更深层次上唤起了前所未有的民族群体意识的觉醒。群体意识的觉醒，意味着觉醒的民众性与彻底性。因甲午战败而形成的反帝反封建浪潮，不仅使民族觉醒达到了从未有过的广度与深度，而且因这一根本性、标志性事件的持续发酵，产生了意想不到的连锁反应，导致了一连串影响深远的重大事件的发生，把民族觉醒与思想解放不断推向了新的高潮，可谓排山倒海，一浪高过一浪。那么，甲午战争的所在地——旅顺，就成了战后中华民族伟大觉醒的起始，在整个近代中国的觉醒中，旅顺起到了承上启下的作用。因为，旅顺所经历的一切，已经包含了促进事物向不同方向发展的内在因素，它们孕育着旅顺及其相关事物的发展变化和未来命运。

而救亡图存，则成为中华民族群体意识觉醒的一面旗帜。

公元 1895 年 4 月，康有为在北京参加会试期间，传来了日本逼签《马关条约》的消息。他马上联络各省举人一千三百人，上书光绪，要求废约拒和，发出改良政治，挽救民族危机的强烈呼吁，这便是有名的"公车上书"。

十九世纪九十年代以后，随着民族危机的空前严重和民族资产阶级的初步发展，在一些知识分子中逐步形成了改良主义思潮。他们痛感封建专制制度的腐败，也看到了李鸿章官僚集团所倡导的洋务运动的弊端，因而主张学习西方资本主义，并利用进化论等思想武器，猛烈抨击恪守祖训的封建顽固派，也严厉批判只主张学习西方资本主义技艺，而反对学习西方政治制度的洋务派，大力宣传只有变地主阶级之法，维资产阶级之新，走西方资本主义国家的道路，才能使中国富强起来，以挽救迫在眉睫的瓜分危机。在康有为等人的宣传鼓动下，各种改良主义思想迅速得到传播，吸引了大量的爱国知识分子。越来越多的人看清了顽固派和洋务派的反动面目，举起了变法维新的旗帜，向封建专制制度展开了进攻，并发展成为有理论、有纲领的爱国救亡政治运动。

与此同时，从旅顺涌起的民族觉醒的巨浪，与 1911 年发生的辛亥革命和 1919 年发展起来的"五四"爱国运动大潮融合在了一起。正是在这些运动的基础上，中国共产党诞生了，从此，中国历史开始了伟大的转折。

◎　清末驻旅顺清军会操表演现场

◎ 丰岛海上，日舰击沉"高升"号

◎ 甲午黄海大东沟海战的硝烟

◎ 北洋舰队旗舰"定远"号

◎ 北洋舰队铁甲舰"镇远"号

◎ 日军进攻金州攀援城墙

◎ 日军在旅顺实行血腥大屠杀

◎ 《旅顺大屠杀》中译本封面

◎ 1896年修建了万忠墓享殿

◎　北洋海港提督丁汝昌

◎ 北洋海军"致远"舰管带、民族英雄邓世昌

◎ 旅顺守将，拱卫军首领徐邦道

◎　入朝作战的左宝贵（左）、徐邦道（右）、马玉崑（中）

◎　中日签订《马关条约》

第五章

老牌帝国的胃口

沙俄东扩

世事的复杂与微妙，往往令人难以预料。旅顺，竟然成为俄国人制订的"黄俄罗斯计划"的重要角色，并且志在必得。那么，中国的海港小城是怎样与两万多里地以外的圣彼得堡对上话的呢？

十六世纪以前，俄国与中国处在亚欧大陆的两端，遥不可及。但勇武好战的俄罗斯人只用了三百多年的时间，就越过万水千山，把魔爪伸向了中国。

中俄雅克萨之战后不久，便开始了中俄东段边界问题的交涉。康熙二十八年，即公元1689年8月22日，索额图以中国大圣皇帝钦差大臣的身份，在尼布楚与俄国全权代表戈洛文进行的领土谈判，一开始就剑拔弩张，互不相让。戈洛文秉承彼得大帝的旨意，气势汹汹地向索额图亮出了底牌，必须以黑龙江划分中俄边界，不可讨价还价。索额图则针锋相对，以强硬态度历数俄国野蛮入侵中国领土的犯罪行径，正告戈洛文，黑龙江两岸属于中国领土无可争辩，俄国无权据有。火药味很重的谈判正在进行时，索额图却发现，康熙的态度发生了动摇，有意对沙俄做出退让。原来，康熙急于平复噶尔丹对喀尔喀的进攻，希望尽早与沙俄划定国界，

好腾出手来对付噶尔丹。于是指令索额图，可在领土上做出重大让步，以息事宁人。如此，公元 1689 年 9 月 7 日，中俄经过十六天的谈判，签订了《尼布楚条约》，俄国人称其为《涅尔琴斯克条约》。其核心内容为，中俄东部，以格尔必齐河、额尔古纳河、外兴安岭至海为两国国界。这就意味着，原属于中国的贝加尔湖以东至尼布楚一带的广大领土被一并割让给了俄国。《尼布楚条约》是清政府与沙俄间签订的第一个边界条约，也是中国与西方国家签订的第一份国际条约。可以说，《尼布楚条约》的签订是中华民族屈辱记忆的开始，也是俄国肆意践踏中国主权，蚕食中国领土的开端。

公元 1854 年 1 月，即咸丰四年，沙皇尼古拉一世批准了东西伯利亚总督穆拉维约夫提出的"武装航行黑龙江"计划。这个侵略计划下达后，沙俄扩张分子叫嚣，俄国等待了一百五十余年的决定性时刻终于来到了。从那时开始至第二次鸦片战争爆发前，在短短两年的时间里，沙俄侵占了黑龙江下游的绝大部分地区。恩格斯在 1857 年揭露沙俄罪行时指出：

> 正当英法两国的海陆军向香港调集的时候，西伯利亚边防的哥萨克部队却缓慢地、然而继续不断地把自己的驻屯地由达呼尔山移向黑龙江岸，而俄国军队陆战队则在满洲的良好的港湾周围设立堡垒。

咸丰八年，即公元 1858 年春天，沙俄利用第二次鸦片战争的机会，在中国北方境外集结了两万多兵员，并做出武装入侵的架势，以武力要挟和外交讹诈等恶劣手段，逼迫清政府签订了不平等的中俄《瑷珲条约》，把黑龙江北岸六十多万平方公里的领土割让给俄国。对此，马克思评价说：

> 由于进行了第二次鸦片战争，帮助俄国获得了鞑靼海峡和贝加尔湖之间最富庶的地域。

实际上，沙皇俄国除了均沾英法所得的一切明显利益外，还强行占领了黑龙江沿岸地区，从中国夺取了一块大小等于法德两国国土面积的领土和一条同多瑙河一样长的河流。俄国人就是这样，在鲸吞了中国一百五十多万平方公里领土后，来到了白山黑水之滨。

十九世纪、二十世纪之交，在帝国主义列强掀起瓜分中国的狂潮中，沙皇俄国制订的"黄俄罗斯计划"出炉，旨在继续侵略霸占中国，旅顺就在该计划当中。俄罗斯人扬扬自得地判断，只要占据了旅顺这个战略要地，就等于拥有半个太平洋。的确，对于俄国来说，只要占据旅顺，往北，可以幅员辽阔、资源丰富的东北为战略支撑，实现与俄国本土的无缝对接；向南，可以旅顺的天然良港为依托，自由进出太平洋，成为海上霸主。对于俄国来说，旅顺这种地缘优势无论在政治上、军事上、经济上都有着无可比拟的价值和意义。

近代地域理论认为，有没有出海口和领海，是判断一个国家是否进入近代社会的一个重要标志。很显然，这是俄国的一个短板。虽然俄国东部和北部有着很长的海岸线，但因为一年当中有九个月的封冻期，都不能满足通航通商的要求。一心想称霸欧洲，主

宰世界的沙俄，曾制定过一个"西突南进"的战略，根本目的是在欧洲的西部或南部寻找一个能够顺利通往世界的不冻港。到了彼得一世时代，俄国陆域扩张达到了相当的规模，但没有出海口的先天缺陷却无法弥补。因此，寻找出海口成为沙俄继续扩张的核心动力。

沙俄最先将目光瞄向了地中海的巴尔干半岛，妄图在那里获得一个南出大洋的不冻港，于是爆发了克里米亚战争。

沙俄是一个典型的半封建军事国家。俄罗斯人被寒冷的冰原磨炼出了无所畏惧、野蛮好斗的性格，为当时的欧洲人所忌惮。因为一旦和俄国陷入纷争，其结果一定是不可开交，欲罢不能。因此，英法两国一直都对沙俄保持着厌恶和高度警惕的态度，并坚决反对沙俄扩张南下。因此，他们根本不愿意与其为邻，更不可能让俄国人获得巴尔干半岛的港口。在对待克里米亚的战争问题上，以英法为首的欧洲人很快达成了共识，必须要把俄国赶走，引导它向东发展。这是整个欧洲人的共同意愿，符合他们的根本利益。

公元 1854 年底，英国和法国对俄国宣战，并与周围国家结成了战争联盟。1856 年 3 月 30 日，鄂图曼帝国、萨丁尼亚、英国、法国、奥地利、普鲁士、俄罗斯等国共同签署了《巴黎和约》，俄国无条件放弃所有占领地区，鄂图曼帝国的领土得以保证，黑海内不得驻军。这样，以死亡五十二万人为代价的克里米亚战争宣告结束，俄国人南下之路被堵死，想在欧洲取得一个不冻港的希望彻底破灭。

打开欧洲地图，能够发现这样一个特点，整个欧洲大陆的北部是一望无际的高原和平原，一系列的丘陵、高原和山脉将北部和南部分割开来。坚忍不拔的俄罗斯人忍受着严寒的煎熬，顽强占据着欧洲北部。他们世世代代赖以生存的土地上，既没有高山大川可凭，也没有雄关要隘可守。为了摆脱贫瘠恶劣的生存环境，实现持续不断的发展，俄罗斯人一直在做着不懈地努力。公元1581年，即明万历九年，俄罗斯哥萨克首领叶尔马克率领着五百多名囚徒穿过乌拉尔山，正式向亚洲发起冲击，开始了最初的征服和扩张。这一次，俄罗斯的国家领土从四十三万平方公里扩大到了二百八十万平方公里，北抵白海，南至奥卡河，西抵第聂伯河，东到乌拉尔山脉，成为欧洲土地面积最大的国家。从公元十三世纪末到十九世纪末的六百多年间，沙皇俄国以惊人的速度扩张，由地处欧亚平原一隅的小国，发展成为横跨欧亚大陆的巨无霸，国土面积由原来的二百八十万平方公里，一跃再跃地达到二千二百二十万平方公里，成了名副其实的世界老大，而象征着沙皇统治的双头鹰旗帜，从此高高地飘扬在了北半球的上空。

当俄罗斯人的"西突南进"战略被欧洲人粉碎之后，他们南下的步伐受阻，但很快调整了战略方向，将亚洲，特别是东亚视为具有同等价值和意义的地方。于是，俄罗斯帝国提出了一项鲸吞中国北方领土的方案，企图把长城以北均纳入俄罗斯版图。按照沙皇尼古拉二世的设想，从新疆中俄边境的乔戈里峰直到海参崴划一条直线，此线以北的广大地域划归俄罗斯所有。在这个战略指引下，俄国军队将挥师大踏步向东方挺进。

俄国人说，俄罗斯的最后疆界在武装士兵的皮靴上。意思再明确不过，沙俄侵略的铁蹄踩在哪里，哪里就是俄罗斯的疆界。

公元 1725 年，彼得一世下令组成一支赴远东地区考察的探险队，要求此行打通直达中国、印度、美洲和日本的海路。这一要求至少透露出两个重要信息，一是沙俄的"黄俄罗斯计划"已经在地域上超出了远东的范围，把印度和美洲都囊括了进来，可见其野心之大。二是他们在极力寻求通往太平洋的出海口。进而，一个理想的不冻港——旅顺进入了这个霸权国家的视线。虽然通往旅顺的路途极其曲折漫长，可是俄国人已然急不可待。尽管他们知道，想夺取中国的旅顺，要比向南欧的掠夺更加艰难，但是，国家战略摆在面前，他们已别无选择。

俄国人选择的东进路线是，攻克新疆，越过黄土高原后占领京津，如此，渤海、渤海海峡和旅顺则唾手可得。可俄国人打错了算盘，中国的新疆已被出身湖南的晚清重臣，湘军著名将领和军机大臣左宗棠收复，他把沙俄军队死死挡在了国门之外。

对于世界来说，十九世纪中末期是个多事之秋。随着帝国主义列强在世界范围内争夺殖民地斗争的日趋激烈，中国边境的形势也日益紧张起来。沙俄在第二次鸦片战争中夺取了中国东北边疆的大片领土，随后便把侵略的魔爪伸向西北边疆。同治三年，即公元 1864 年，沙俄通过与清政府签订《中俄勘分西北界约记》，又侵占了中国西北四十四万平方公里的领土，并妄图吞并整个新疆。第二年，中亚浩罕汗国的侵略者阿古柏率军入侵新疆，在英国的支持下，建立反动政权。同治十年，即公元 1871 年，沙俄出兵占领新疆伊犁地区，新疆面临着被肢解和吞并的危险。而新疆一失，则中国西北大门洞开。左宗棠在光绪元年，即 1875 年 4 月给朝廷的奏折中写道，中国定都北京，蒙古环卫北方，与陕甘以及新疆实为一整体。新疆不固，则蒙古不安，蒙古不安，京师亦不得安宁。所以，西北虽为边陲，实际与腹地一样，必须作为一个整体"分屯列戍，斥堠遥通"，才能令外敌无隙可乘。如今，新疆之乱表面上是阿古柏、白彦虎篡逆，背后则是沙俄在捣鬼，即使暂时节制兵事，也不能打消沙俄的野心。莫不如趁列强尚未大举介入，集中兵力将叛乱平定，如此方可绝后患。左宗棠所说的守新疆为保蒙古，保蒙古以卫京师的战略思想，道出了朝廷的心声。1875 年 5 月，清廷采纳了左宗棠"重视塞防，收复失地"的建议，委派左宗棠为钦差大臣，督办新疆事务。

左宗棠是林则徐的仰慕者，而林则徐则是清朝中期著名的政治家，曾因"虎门销烟"事件蜚声中外，也因此而被贬斥至新疆任职，对新疆问题有着较深入的研究和认识。

道光三十年，即公元 1850 年，朝廷一纸任命，调林则徐离疆到浙任职。他在赴浙途中经长沙时，曾邀左宗棠到湘江的船上作彻夜长谈。当讨论谁是中国目前最大的外患之敌时，左宗棠不假思索地说，海外是日本，内陆是沙俄，林则徐点头称是。说到西域的防御事务，林则徐语重心长地说，治理和守护好西域，与国家干系重大。而西域屯政不修，地利未尽，以致沃饶之区不能富强。一席深谈之后，他还表达了在新疆事业未竟的遗憾，以及预言左宗棠未来会成为解决新疆问题的不二人选。这不能不说对左宗棠形成了长期的鞭策和激励。

接到朝廷的任命后，为了防御和守护好新疆，左宗棠根据敌我情况和新疆地区的地理条件，制定了"缓进急战，先北后南"的战略方针，并用了两年时间筹集军饷，采运军粮，整顿军队，

改善装备，完成了收复新疆的作战准备。光绪二年，即公元 1876年 4 月，左宗棠率八万精锐部队西进新疆。4 月 7 日，左宗棠把在兰州市的大本营前移到肃州。他为自己准备了一口黑漆大棺，并发下宏誓，宁死也要收复新疆。他让兵勇们抬着这口棺材走在队伍之前，让官兵和百姓深感震撼。

在这样一种决心与信心的指引下，左宗棠的军队以破竹之势，于光绪三年，即公元 1877 年底打败阿古柏，光绪七年，即公元1881 年攻克伊犁，光绪十年，即公元 1884 年奏请朝廷设立新疆省，取"故土新归"之意。左宗棠收复新疆之战，彻底粉碎了英、俄勾结阿古柏侵占新疆的企图，终于完成了平定陕甘，收复新疆的大业，把新疆这片广袤的土地从分裂国家的叛军和外国侵略者手中夺了回来，重新置于中国的版图当中。这是左宗棠一生最大的功绩。更为重要的是，新疆的收复，彻底打破了沙俄占领新疆，取道内蒙，威逼京津，占领旅顺的幻想。

左宗棠是在晚清政治腐败，国危民穷的恶劣环境下去的西北，原本他只有平乱之命，并无建设之责。可是，左宗棠能挟军事胜利之威，扫荡着多年积累下来的污泥浊水。他不仅能收失地、驱俄寇，而且能振颓政、救民生，这在晚清的落日残照中，在西北荒寒孤寂的大漠上，就像是一缕东来的春风，悄度玉门。一百多年来，左宗棠"抬棺出征"的不朽佳话依然传唱不衰，左公的精神和情怀也将被历史不断地记载和演绎下去。

铁轨下的祸心

历史告诉人们，不论处于什么样的发展阶段，面临什么样的现状，少数拥有卓越的战略眼光和头脑的人，会带领这个国家和民族开创出一片新的天地。日本和俄国也不乏这样的名士。在岛国日本，站在富士山上远眺的人，眼睛始终朝着日本列岛的西边，与日本一衣带水的中国大陆。为了夺取这片广袤丰庶的土地，他们准备了上千年，也就是说，他们的对华战略已经实施了上千年，大陆情结贯穿了日本历史的始终。甲午战争中，他们抓住了最有利的时机，并在与中国的较量中一举成功。而在东北亚的严寒冻土中挣扎生存的俄罗斯人，既野性尚武，又精明过人。这个古老内陆国家富有战略眼光的精英们，早早就有了海洋意识。其中，最具代表性的人物是彼得大帝。在他的被称为"黄俄罗斯计划"的远东战略里，一个理想的不冻港是他梦想的最高点。而后来，历代沙皇都沿着这个方向，夜以继日地不断找寻，并最终把目标锁定于旅顺。

从圣彼得堡到克里米亚的路让英国人挡住了，从新疆通往中国内地的路被左宗棠堵死了，俄国人只能另辟新径。从十九世纪中期开始，俄国在西伯利亚修建一条铁路的研究性工作已经展开。

公元 1886 年，即光绪十二年，亚历山大三世发出命令，要以最短的路程，修建一条横贯西伯利亚的大铁路。在他看来，俄国不但要在东方拥有一个不冻港，让俄罗斯的太平洋舰队能够在各个大洋自由航行，更需要一条大铁路，能够把莫斯科与中国北部的海参崴连接起来。

作为世界上最大的一片荒野，西伯利亚占去了三分之一的亚洲大陆，拥有一望无际的森林和草原，也有肥沃的土地和丰富的矿产。同时，这里还有复杂的地理条件和恶劣的气候。在西伯利亚建一条铁路，将成为一个时代的标志，会吸引全世界的目光。作为"亚欧第一大陆桥"，西伯利亚铁路竣工以后，将俄罗斯中心和太平洋海岸连接了起来，俄罗斯首都莫斯科旋即与欧洲、亚洲连成一线。因此，其非凡的意义和价值，立即吸引了俄罗斯国内各个地区大量的投资，使这条铁路的修建很快有了充足的资金保障。西伯利亚大铁路是东西两端同时开工的，为此，俄国不仅专门成立了西伯利亚铁路特别委员会，而且由皇太子尼古拉（后来的尼古拉二世）亲自担任主席——俄国征服远东的决心昭然若揭。

公元 1891 年 3 月，即光绪十七年，西伯利亚铁路最西端的车里雅宾斯克段率先破土动工。同年五月，东端的符拉迪沃斯托克段也开始向北动工修建。俄罗斯人克服了贝加尔湖一带河流宽阔，沿岸山坡陡峭，地下有永久性冻土层等诸多困难，历经十三个春秋，到公元 1904 年，即光绪三十年全线建成竣工。这条世界上最长的大铁路全长九千二百八十八公里，跨越八个时区，十六条欧亚河流，途经十四个省，三个地区，两个国家，一个俄罗斯联邦自治区。它穿越了分割欧亚大陆的乌拉尔山脉之后，在西伯利亚的针叶林和大草原上继续延伸。而就在乌拉尔山的脚下，西伯利亚铁路一千七百七十八公里处，一块纪念碑竖立在此，它代表了欧洲和亚洲的分界点。

这条举世无双的大铁路，引来了众多国家的解释、猜测和评论，可谓仁者见仁，智者见智。那些独到的真知灼见使人大开眼界，同时也展示了世界舞台上那些重量级的政治家、军事家、外交家的魅力与风采。

俄罗斯帝国侵略中国的方式和其他列强大同小异，唯一不同的就是，俄罗斯获得了修筑东北大铁路的特殊权力。俄国人对西伯利亚大铁路的定义，透露出赤裸裸的侵略扩张的野心。在中俄《尼布楚条约》以后，俄国已强占了中国黑龙江以北，乌苏里江以东约一百多万平方公里的领土，可是，沙俄的野心没有在这里停止。从十九世纪七十年代起，沙俄的侵略政策中就提出了要在远东地区取得不冻港问题，并锁定了中国黄渤海交界处的旅顺作为目标。

在此之前，沙俄曾无数次地把朝鲜、日本和中国所有的深水不冻港做了比较。相比而言，朝鲜和日本的港口都没有可依托的战略纵深，其利用价值将大打折扣。唯有旅顺港最为理想，它不仅直接连接太平洋，而且有东北广大腹地作为依托，有着巨大的战略空间。当中日甲午战争正在进行时，俄国外交大臣罗拔诺夫上奏沙皇说，我们要在太平洋上获得一个不冻港。为便于西伯利亚铁路建设，还必须兼并满州的若干部分。

公元 1895 年，即光绪二十一年，西伯利亚铁路的路基已经修到了赤塔，沙俄政府在联合德法，迫使日本退还辽东半岛的同时，开始向清政府提出使这条铁路经过中国满洲地区直达海参崴

的要求。俄国财政大臣维特在 1896 年 4 月给沙皇写的一份报告中说：

> 从政治和战略方面来看，这条铁路将有这种意义，它使俄国能在任何时间内，在最短的路线上，把自己的军事力量运到海参崴及集中于满州、黄海海岸和离中国首都较近距离处。相当数量的俄国军队在上述据点的出现，一种可能性是大大增加俄国不仅在中国以及远东的威信和影响，并将促进属于中国的旅顺和俄国连接在一起。

俄国人把修筑西伯利亚大铁路的动因和目的说得一清二楚，如此"坦诚"，毫无愧色。

在帝国主义列强集团中，一直与沙俄交恶的英国人是用另一种视角来看待这条大铁路的。英国的一些报纸评论说，西伯利亚大铁路的修建从两端同时开工，这充分说明了俄国人时不我待的急迫心情，同时也意味着他们征服远东的决心和魄力。并且，这条铁路延伸到哪里，就会使那一方土地从此不得安宁。对于可能发生的事情和产生的后果，英国人也看得清楚，俄国企图在亚洲取得一个不冻港作为铁路的终端，意味着这条铁路所经之地，都将被收入俄国的囊中。但他们没有完全点透的真相是，西伯利亚大铁路最终所要抵达的不是海参崴，而是旅顺。而后来所发生的一系列事件，证明了英国人的判断正确。

就事件的整体性而言，不论分析得多么透彻，判断得多么准确，对于英国人来说都事不关己，但对日本人而言则不然，他们密切关注着事态的发展。也就是说，当日本人站在富士山之巅，遥望西边的中国大陆的时候，突然发现，从更远的西边，穿越乌拉尔山向远东走来的俄罗斯人，好像也是奔着中国大陆而来的，并且已经从中国大陆割去了相当多的土地——这显然会影响到日本人的千年战略。特别是在公元 1891 年的初春时节，亚历山大三世对外宣布修建西伯利亚大铁路的消息时，日本人已感受到了威胁与冲击，他们预感到，俄国人的最终目标，很可能与自己不谋而合。尽管日本人并不一定懂得"醉翁之意不在酒"这句话，但新上任的首相山县有朋仍十分警惕地预言，西伯利亚大铁路竣工之日，辽东将发生剧烈震动。可以说，西伯利亚大铁路自开工之日起，就受到了日本人的高度关注，他们也在高度警惕中不断地研究它的进展。对于很有可能破碎的美梦，日本自由党政治家大右正已忧心忡忡地说：西伯利亚大铁路完工之日，俄国可以不动一兵，不派一舰，即把朝鲜划入该国版图之中，还有中国东北南部的旅顺。日本国家之命运，将随着这条大铁路的延长而缩短。他认为，这甚至会导致日本的毁灭。

当然，日本人的认知也是逐渐深化的。他们开始时认为，修建横跨欧亚直达海参崴的大铁路，其目的是针对美国的。因为近代以来，美国人总是占俄国人的便宜。阿拉斯加地区是美国面积最大的一个州，占美国国土面积的近五分之一，而这个地方最早恰恰是俄国的领土。早在公元 1784 年，即乾隆四十九年，俄国人就在阿拉斯加的三圣湾建立了居民点，并于公元 1799 年，即嘉庆四年，将其划入俄国版图。然而在克里米亚战争爆发后，俄国人担心阿拉斯加被英国夺走，于是在公元 1867 年，即同治六年 4 月用七百二十万美元的低价，卖给了靠购买他国领土起家的美国。

俄罗斯人吃了天大的亏，美国人占了地大的便宜，为此，俄国人始终耿耿于怀。所以，日本人一度想当然地认为，俄罗斯此举旨在与美国一较高下。直到日本人听说李鸿章和张荫桓被沙俄诱迫先后签订了《中俄密约》和《旅大租地条约》才明白，沙俄修建西伯利亚大铁路的真正目的。

日本和俄国新老两个列强，一个凌驾于富士山之巅由东向西，一个穿越乌拉尔山腹地由西向东，不约而同地指向了中国东北和旅顺边塞。二虎相遇，必有一战。精于算计的日本人先声夺人，为躲过未来的麻烦，在西伯利亚大铁路刚开始修建不久的1894年，就悍然发动了甲午战争，终于把旅顺这块"肥肉"牢牢地咬到了自己的嘴巴里。

但是，紧随其后，俄、德、法三国的"干涉还辽"，清政府出钱，从日本人手中赎回了辽东半岛，这使日本一度失去了对旅顺的控制权。这为公元1904年，西伯利亚大铁路竣工前夕发动的日俄战争埋下了伏笔。

历史在一步一个脚印地叱咤前行，因此，对趋势的觉察，始终是政治家、军事家们的头号任务。然而，在全世界都看懂了沙俄的狼子野心之时，中国这个当事人自己却麻木不仁，毫无反应，一副任人摆布的窝囊相。难道，大清国那么多文臣武将，真的没有一个人能看透这盘棋吗？事实恰恰如此，所有人都对此三缄其口。

而老牌帝国俄罗斯对旅顺的垂涎不会停止。他们处心积虑，耗费了五十多年的时间，一步步完成了对旅顺的占领。

咸丰八年，即公元1958年，一纸《瑷珲条约》，黑龙江北岸六十多万平方公里的土地拱手让与俄国。咸丰十年，《北京条约》

让俄国人把触角伸到了海参崴，并将其更名为符拉迪沃斯托克，意为"统治东方"，从此可以觊觎中国，窥视日本，雄踞天下。光绪二十二年，即公元 1896 年，《中俄密约》允许俄国人把铁路修进了中国东北，并建立起了四通八达的铁路网，从此，侵略的魔爪可以伸向他们瞄准的任何方向。光绪二十四年，《旅大租地条约》使俄国人沿着铁路线，毫无阻碍地摸到了旅顺，并将三色旗挂在了旅顺的大街小巷，使他们成了这里的主宰。

而被称为大清国的中流砥柱，历史上著名的政治家和外交家李鸿章，却甘愿成为一个腐败无能政府的代理人。在如此凶险的时代关口之上，他怀揣一己之利，与慈禧里应外合，弃国家民族大义于不顾，助纣为虐，为虎作伥，帮助彼得大帝实现了他的美梦，帮助俄国人一步一步地走进中国的东北，走进了辽东半岛，走进他们朝思暮想的旅顺。

几乎跨越地球周长四分之一里程，被称为世界第十二大奇迹的西伯利亚大铁路，历经十三年的修建，到公元 1906 年全线竣工。这条起始于莫斯科，终到海参崴的大铁路，其中东支线穿越了中国东北的广袤大地。中东铁路支线起始于哈尔滨，途经长春，其终点即旅顺。从某种意义上可以说，旅顺也是西伯利亚大铁路的远东终点。区别仅在于，自中俄《北京条约》之后，原来的海参崴已属俄罗斯领土，而旅顺则是以"租借地"的名义孤悬于黄渤海之滨而已。

铁路修到了旅顺，旅顺火车站就应运而生。旅顺人无法接受俄罗斯人在自家的地盘上横行霸道，于是组织起来，把他们修好的铁路偷偷扒掉，将铁轨埋在地下。为了阻止俄国人在旅顺修筑火车站，

他们时不时地在太阳沟工地周围大范围放火，想借此赶走这些鼻梁高耸、身材魁梧、行止粗野的俄国人。俄国人虽不厌其烦，但显然不会因此作罢。对此，尽管旅顺人并不能理解，但是，他们也绝不可能想到，这条铁路所带来的灾难，也正一步一步地向他们逼近。

作为西伯利亚大铁路的产物，旅顺火车站自然是由俄国人设计建造的。但是，俄国人只是带头打下了基础，后续工程由日本人接手了。在旅顺，有不少工程都是日俄联手，前赴后继地完成的。虽然自甲午战争以后，俄国人在旅顺驻留了七年，但他们知道，日本政府并没有真正放弃旅顺，特别是公元1904年，日俄战争爆发时，西伯利亚大铁路还没有完工，战争和修路在同时进行着。俄国人敏锐地窥视到了远东的战云，更加迫切地希望西伯利亚大铁路能够尽早建好通车，为将要到来的战火加油助威。急就的工程，使最初的旅顺火车站均为简易实用的站房，还没有形成真正意义上的火车站。日俄战争结束以后，重返旅顺的日本人以为可以永远主宰这片土地和人民了。他们也能看到中东支线，尤其是南满支线（长春到大连段）的价值，于是在其沿线修建了若干个大大小小的火车站。这些火车站，就包括旅顺火车站在内。

由于旅顺特殊的地理位置，火车站的修建格外引人注目。车站沿袭了日本人喜爱的欧式风格，四周视线开阔，其平面总体呈一字形，顶部是刷成绿色的蘑菇状塔楼，入口处立有华丽的门斗，精致典雅。

旅顺火车站坐落在龙河东岸，一百多年来，它别具一格，不露声色，阅尽了战争风云和世事变迁。公元1904年春，日俄战争打响。在旅顺生活了七年的俄国侨民纷纷拥向火车站，匆匆登上绿铁皮火车，准备向北返回他们的故乡。整整一年之后，俄国战败，向日军投降，伤兵和战俘又一次塞满火车站，拥挤不堪的站台上，遣送俄国军人的车辆日夜不停地往返。四十年后，1945 年的秋天，苏联对日宣战并出兵东北，一队队一排排的苏联红军在旅顺火车站下车，接管了这座城市，并把旅顺人民从殖民地状态中解救了出来。旋即，如秋风扫落叶一般，战败投降的日本军人放下武器，连同拖家带口的日侨，狼狈不堪地拥进旅顺火车站，仓皇地爬上火车，换乘轮船，回到已经显得陌生的故国家园……

时光走进 1955 年。这一年的春天，旅顺火车站在明媚的春光当中，如同一朵含苞待放的小花。中午时分，中国人民志愿军第三兵团的官兵们风尘仆仆地走下火车，整个火车站立刻变成了军绿色的海洋。从这一天起，旅顺火车站迎来了自己的军队，自己的亲人，旅顺回到了母亲的怀抱，重新做了自己的主人。自此以后，苏军官兵不间断地聚集在此，乘车北上。1955 年 5 月 26 日，是最后一批苏联红军离开旅顺的日子。那一天，旅顺火车站红旗招展，锣鼓喧天，站台上站满了中国人民解放军官兵，他们排着齐刷刷的队伍，精神抖擞地向苏军驻旅顺最高长官，第三十九集团军司令什维尔佐夫上将致告别礼。

1955 年 5 月 26 日，是一个具有非凡意义而应该被永远铭记的日子。从那一天开始，旅顺这片热土之上，终于不再有外国军人的身影了。

而旅顺火车站，成为这座城市真正回归的最后见证。它为战争而修建，为战争而沧桑，为消灭战争而挺立，又因见证了这一切而不朽……

还辽迷局

正当野心勃勃的沙俄站在中国的领土之上，继续推行他们的"黄俄罗斯计划"，并紧锣密鼓地策划霸占旅顺阴谋的时候，日本人发动了甲午战争，捷足先登地占领了旅顺。俄国人为此大为光火，无论如何不能接受这个赤裸裸的挑战。对于旅顺，他们志在必得，而且是永久性地获得。

从日本人手里夺回旅顺，玩弄阴谋，或者通过外交手段，甚至包括发动对日战争，都是俄国人可能的选择。他们权衡再三，最终选择了"巧取"的方案。也就是说，他们要设计一个圈套，并且要把圈套演变成连环套，把中国、德国、法国一起装入套中，让他们心甘情愿地为自己效劳。于是，俄国人策划了一个彻头彻尾的阴谋，联合列强军事势力，实施"三国干政还辽"诡计。

中日甲午战争的爆发，吸引了全世界的目光，特别是在战争进入尾声之时，沙俄与西方诸国都瞪大了眼睛，时刻关注着战争与和谈的结局。结果，日本大获全胜，清政府吞下了战争的损失以及所有割地赔款的苦果。其他条款，对沙俄政府来说事不关己，但是，割让辽东半岛，让日本人占领旅顺，严重损害了俄国人的远东"利益"，破坏了俄国独霸东北的战略构想。沙俄财政大臣维特口出狂言，绝不可让日本渗透到中国的心脏而在辽东半岛攫得立足点，为俄国的最大利益着想，必须要求维持中国的现状。公元 1895 年 4 月 17 日，中日签订《马关条约》当天，沙皇政府正式向德国和法国政府提议，三国联合规劝日本，退还辽东半岛，日本人如果拒绝，就要对其采取海上军事行动。

4 月 23 日，即《马关条约》签订的第六天，俄、德、法三国驻日公使奉本国政府训令，分别照会日本政府，要求尽快退出旅顺。在发出照会的同时，三国海军军舰同时出现在日本海海面，制造了大兵压境之势。俄、德、法三个国家的联合武装干涉，使日本政府十分惊慌。甲午战争虽然取得了胜利，但是日本国内使用了举国之力，已是强弩之末，精疲力竭。现在，还未获得休养生息，如果陷入同时与三个西方强国较量的局面，显然是自掘坟墓之举。日本政府无奈，迅速向英国和美国求援，以期求取他们的帮助。可是，英国和美国同样不愿日本在中国的势力过分膨胀，不愿看到强大的日本蚕食他们的在华利益，因此也一边倒地劝告日本，接受俄、德、法三国的要求。日本咂出了个中滋味——考虑到英国政府的态度，美国甚至还宣布了中立，这实际上意味着对俄、德、法三国的偏袒和支持，从而形成了对自己的打压。因此，表面上看只是三个国家的干涉，实际上是西方五个强国的共同行动。在万般无奈之中，日本人做出了让步，同意从旅顺撤军，退出辽东半岛。

但是，日本并没有马上服从，而是采取了部分让步的政策，以期投石问路。他们在给俄国政府的备忘录中指出，日本政府对于辽东半岛之永久占有权，除金州外完全放弃。但日本与中国商

议后，当以相当款项作为放弃领土的报酬。日本为什么会放弃旅顺，转而将算盘打向了金州地区？因为他们非常清楚，俄国联合德国、法国干涉还辽，其根本目的是要"亲自"占领旅顺，因此，断不会允许日本讨价还价。所以，退一步，如果可以长久占领金州，仍不失为一种补偿。岂不知，这样的招数一出，俄国人更加警觉了。卧榻之侧，岂容他人酣睡？日本人不但要吐出旅顺，也要离开金州，必须彻底放弃整个辽东半岛。德法两国完全理解俄国的想法，如果让日本人如愿，则他们仍旧可以以金州为依托，将势力范围延伸到整个中国东北地区以及朝鲜半岛，并从海陆两个方面威胁俄国领土。所以，德法两国自然也不能同意日本政府部分让步的请求。并且，为敦促其尽快从旅顺和金州地区撤军，俄、德、法三国在军事上继续向日本施压，不仅三国军舰频繁地出入日本海、黄海、东海海域，俄国停泊在日本港口的所有舰船也严阵以待，摆出了随时准备起锚，投入战斗的架势。

面对外交上失策、军事上无力的情形，日本政府召开了紧急会议，决定接受三国规劝，放弃对辽东半岛的永久占领。公元1895年11月8日，中日两国政府代表在北京签订了《辽南条约》，代表清政府签订条约的还是李鸿章，他一以贯之地秉持着息事宁人的态度，不与日本代表讨价还价。《辽南条约》共有六款，主要内容是，日本将辽东半岛归还中国，中国酬报库平银三千万两，于1895年11月12日交与日本政府。日本在中国政府付完三千万两后的三个月内实施撤兵。

1895年12月30日，日本军队开始从旅顺撤军。面对西方列强的威逼，日本首相伊藤博文恼羞成怒，并向明治天皇表明了他不会忍受唾面自干的屈辱。明治则安慰他说，不要急于夺取这个半岛，在这次战争中了解了那里的地理人情，不用很久，或是从朝鲜，或是从其他什么地方，再度进行战争的机会是会光临的，到那时候再夺取旅顺也很好嘛——明治的这种情结感染了军队中的士兵。当日本军队被迫从旅顺撤出时，大街小巷的墙上随处都能看到这样的标语：十年后再见，我们一定要回来的。

长久以来，西方社会有一种貌似公允，实则荒唐的说法，认为"三国干涉还辽"是几个大国在主持公道，是为了维护中国主权的公义之举。而现实则是，日本把辽东半岛归还给中国，并从旅顺撤军以后，旅顺城里换下了日本的太阳旗，但并没有升起大清国的龙旗。旅顺人并没有真正回归为大清臣民，沙俄却成了旅顺城的新主人。

那么，在沙俄一手导演的独霸旅顺的大戏中，俄国、德国和法国分别扮演了什么样的角色呢？

俄国作为干涉还辽大戏的总策划、总导演，当然是要长久独霸中国的旅顺以及东北地区。他们急于向日本发难，不惜以战争相威胁，介入中日两国纷争，当然不是为了抱打不平。沙俄政府通过公元 1858 年 5 月的《瑷珲条约》和 1860 年 11 月的《北京续增条约》这两个不平等条约，强占了黑龙江以北，乌苏里江以东一百万平方公里的领土以后，其野心不但未得到满足，反而进一步膨胀了。还有更加庞大遥远的计划，就是要一直把魔爪伸向太平洋，而旅顺是此举不二的跳板。因此，当日本通过甲午战争占据了旅顺，并把整个辽东半岛都攫为己有时，沙皇政府岂能坐视不理？尼古拉二世曾毫不掩饰地夸下海口说，日本是个海洋国

家，如果占领辽东半岛，日俄两国就等于实现了陆地接壤。我们绝不允许日本以中国辽东半岛，乃至整个东北地区作为根据地，威胁俄国的安全。中国的旅顺和大连两个不冻港，必须归俄国所有。

而早在《马关条约》签订之前，日本政府对清政府提出的割地、赔款要求业已流传出来，俄国外交大臣罗拔诺夫紧急上报了尼古拉二世，提出：

> 和约中最吸引人注意的，无疑是日本完全占领旅顺口所在的半岛……由我国利益来看，此种占领是最不惬意的事实。

尼古拉二世对此非常重视，马上召开特别会议讨论对策，并最终决定，必须坚决主张日本放弃占领满洲南部。如果日本拒绝我们的劝告，就毫不客气地对日本政府宣布，俄国将保留行动的自由。而且，我们将依照俄国的利益来行动。在这次特别会议上，一贯主张对外扩张的维特恶狠狠地表示，要用武力逼迫日本屈服，同时又十分露骨地把扩张侵略的矛头指向了清政府。他说，我们最好现在就采取行动，以阻止日本进占满洲，暂时不修正我们阿穆尔（即黑龙江）的疆界及不占领任何土地。如果出乎意料，日本对俄国外交上的坚持置之不理，则令我国舰队不必占领任何据点，而开始对日本海军采取敌对行动，并攻击日本港口。这样，我们就能成为中国的救星，中国会尊重我们的功劳，因而会用和平的方式修改我们的国界。维特一再提出修改黑龙江疆界，是因为兼并满洲的政策，早在中日甲午战争之前就已经确定了。日本占领了辽东半岛，完全打乱了沙俄蓄谋侵占中国东北和朝鲜，企图在远东建立一个"黄俄罗斯帝国"的计划，这是绝对不能容许的。

那么，德国呢？德国在"三国干涉还辽"事件中，扮演了一个挑拨离间，向中国邀功取宠的角色。

德国虽然是后起的帝国主义国家，但是伴随着经济和军事实力的快速增长，开始不能容忍实力与殖民地倒挂的状况，强烈要求改变占有土地不均的格局，想要争取更多的殖民地。在欧洲，德国长期与俄国为敌，但在远东，德国却十分热衷于联合俄、法，共同干预日本，其根本目的在于，希望加深俄国与日本之间的矛盾，把俄国的注意力引向东方。此举可谓"祸水东引"，能够减轻德国在东部边境上的压力。对此，德皇威廉二世明确表态说，俄国的真正使命是在东方，引导它向东发展，是符合我们的利益的。在参与了"三国干涉还辽"事件之后，德国就赤裸裸地向清政府索得了在天津和汉口两个租借地的"报酬"，并进一步想从中国割让一个港口作为他们的军事基地。

法国则甘愿充当俄国的小兄弟，以期通过"跑龙套"获取利益。

法国是沙俄在欧洲的盟国，在联合对日干涉问题上，基本以俄国的主张为转移，但同时暴露出有所顾忌，不便过于积极的矛盾心态。一方面，法国政府与俄国政府前不久刚刚订立了俄法同盟，为了巩固这个新签订不久的同盟，势必要和俄国在远东的行动上保持一致，以证明同盟的真诚可靠。另一方面，由于德国割取了阿尔萨斯－洛林将近二十五周年，法国政府又不敢公开在远东与德国合作。但是，既然参与了"三国干涉还辽"，法国也想趁机向清政府邀功，实现其勒索在华权益，并包揽贷款，牟取暴利的目的。

在"三国干涉还辽"事件当中，狡猾的法国人执着于同英国结盟，以便使三国行动演变为欧洲各大国之间的联合行动，从而减少本国人民的不满情绪。但这一计划遭到了英国的拒绝。英国人为什么不愿意掺和进来呢？从利益方面看，在远东地区，英国与沙俄之间一直矛盾重重。在两次鸦片战争期间，英国军舰曾先后三次开进旅顺，并做好了充分的入侵准备，但却始终没能动手，所顾忌的正是沙俄政府，忍痛没有动旅顺这块"奶酪"。所以，他们远离"三国干涉还辽"事件，也包含了支持和利用日本牵制俄国在远东的发展势力，保持英国与俄国在华利益平衡的考虑。

在对日干涉的过程中，既没有英国人参与，也不见美国人的身影，这的确很出乎意料。在当时，西方列强的扩张侵略行动，从来都不会缺少美国的身影，为什么这一次，美国却销声匿迹了呢？实际上，美国正在坐山观虎斗，以期从中渔利。在此之前，日本的所有对外扩张活动，几乎都得到了英国和美国的支持。同治十三年，即公元 1874 年，日本侵略台湾的行动，就有美国人作为后盾。其后，在美国人的远东战略布局当中，日本一直是一枚不可或缺的棋子，美国一直都想利用日本充当他们侵入朝鲜和中国的打手。而日本为寻求他的美国靠山，也愿意充当这个急先锋。所以，在中日战争中，美国始终坚定不移地站在日本方面。但是，美国又不希望日本在中国发展出很大的势力来。这时，俄、德、法三国出面干涉日本还辽，其实正中美国人的下怀，他们乐于和英国盟友上演双簧戏码，打起了隔岸观火，并从中渔利的如意算盘。

以光绪二十一年，即公元 1895 年 12 月 30 日，日军开始从旅顺、金州、大连湾撤军为标志，历时九个月十八天的"三国干涉还辽"事件落下了帷幕。表面上看，大清的国土在外国人的干预下得到了保全，但是，中日甲午战争的结局以及战争赔偿的恶果，让西方列强也趁机对这个气息奄奄、不堪一击的庞然大物一哄而上，由此引发了前所未有的帝国主义列强瓜分中国的狂潮，并在其后的岁月当中，加速了中国的殖民化，为中国制造了更大的灾难性后果。

沙俄一手策划导演的"三国干涉还辽"事件，大大改变了帝国主义列强在远东的力量对比，促使争夺这个地区的矛盾更加尖锐，对中国和远东局势产生了深远的影响。

使用阴谋手段逼迫日本把旅顺让了出来，自己怎样才能名正言顺地进驻呢？为了遮人耳目，俄国人绞尽脑汁，又玩弄了第二个阴谋。尼古拉二世决定与德皇威廉二世联手，上演一场狸猫换太子的大戏。

为什么要与德国联手呢？事实上，在中国建立一个永久性的军港，也是德国人长期以来的愿望。他们曾多次寻找机会向清政府提出合作要求，但都遭到了拒绝，这不得不令德国人耿耿于怀。于是，他们处心积虑地寻找突破口，制造向中国政府施压的条件。光绪二十三年，即公元1897年，利用两个德国传教士在山东巨野被杀事件，德皇威廉二世命令他的远东舰队开往胶州湾，占领胶州湾附近所有村镇，并采取了恶劣的报复措施。在德国军舰占领胶州湾的第二天，威廉二世主持召开了内阁会议，决定必须最大限度地提高赔款要求，迫使中国在无法履约的情况下，同意其长期占领胶州湾的方案。同时，决定派遣海军大将亨利亲王，率领第二支舰队开赴中国。

在这样的危急关头，清廷命令驻守胶州湾军队"镇静严守"，

任其恫吓，不为所动，绝不可先行开炮，"以免衅自我开"。看起来，大清国是要誓死把奴才当到底了，侵略军的炮舰已经开到了国门港口，朝廷竟然还在担心落下寻衅滋事的把柄，难怪列强不远万里，不惜巨资纷纷"造访"，因为他们相信，比起收益，这些投入简直就不值得一提。光绪二十四年，即公元 1898 年 3 月，清政府果然与德国签订了《中德胶州湾租借条约》，规定把中国的胶州湾和湾内所有岛屿全部租给德国，租期九十九年。威廉二世发布命令，中国胶州湾领土归德意志帝国所有。

螳螂捕蝉，黄雀在后。德国在山东制造的这一事件，为俄国租借旅顺提供了借口。同样有干涉还辽之功，既然德国能租借胶州湾，沙俄岂能等闲视之？俄国外交大臣穆拉维耶夫向尼古拉二世上奏，由于山东已成为事件，我们也不能失去时机，应立即派舰队占领中国旅顺和大连湾。历史的经验告诉我们，东方民族最容易屈服于武力，而对于建议和忠告，则不愿意接受。于是，尼古拉二世命令俄国舰队开赴旅顺，并对外宣扬，这是应大清帝国政府的要求，前来保护其领土不受侵犯之举。沙俄一边把军舰开进旅顺，一边向清政府发出了外交通告，提出，俄国不反对德国占领胶州湾。言外之意，是希望德国对自己占领旅顺不要置喙，形成俄、德两国之间的互相理解。

事实上，俄国和德国在旅顺的问题上确实达成了默契，但事情并非如此简单，其幕后还存在着富有戏剧性的一幕。

一心想占领中国胶州湾的德国，早已于公元 1896 年 12 月即已正式向清政府提出了租借要求。但在此之前，俄国舰队已经先行攫取了在胶州湾"过冬"的权利。为了取得俄国的谅解，威廉二世曾于 1897 年 8 月亲自到访俄国，就德国准备派军舰进驻胶州湾问题征求尼古拉二世的意见。沙皇政府正在为夺取旅顺和大连湾寻求借口和支持，于是，尼古拉二世回答说，现在我国正在胶北地带寻觅海港，在没有得到新港之前，俄国真的愿意保留它在该海港的地位。

担心威廉二世没听明白，他又强调说，就俄国人的利益来说，最重要的港口不在胶州半岛，而是在辽东半岛的最南端。威廉二世似乎恍然大悟，但仍然免不了一番确认：辽东半岛最南端，是旅顺吧？这回，尼古拉二世不需要隐晦地表达了，他更加露骨地说，得到旅顺港，是俄国最真实的利益！听闻此言，威廉二世满面春风，既然双方的目标不一样，没有竞争，就只剩下合作了。他慷慨允诺，德国的意图在胶州湾，而俄国只钟情于旅顺，我们完全可以相互理解，彼此关照，在经营各自领地的同时实现合作共赢。通过这样一次私相授受的秘密交易，俄德两国达成了一致，俄国人梦寐以求的，在辽东半岛拥有一个理想不冻港的愿望终于实现。在他们的眼里，这是一次历史性的辉煌成果。而更加戏剧性的一幕随即也出现了，当沙俄舰队开进旅顺港，威廉二世竟给沙皇尼古拉二世发去贺电：从道义上说，俄国已经成为北京的主宰，旅顺已成为囊中之物。

在这样的背景下，法国人岂能不患得患失？同样参与了"三国干涉还辽"，俄、德两国各有不菲的斩获，法国呢？难道眼睁睁地看着别人分享"胜利果实"，自己只留下一些"口惠"而已吗？他们也要得到同等分量的报酬。

公元 1898 年 3 月 13 日，法国如法炮制，其驻华代办吕班向

清政府提出了"租借"要求，并派遣军舰在福建海面示威。清政府一如既往，为了不惹恼这位"功臣"，于同年 11 月 16 日，与其签订了中法《广州湾租借条约》，规定在不把广西、广东和云南租借给别国的前提下，将中国的广州湾及其水面租借给法国，租期同样是九十九年。这意味着，两广和云南已成为法国不争的势力范围。

俄、德、法三国一连串的租借动作，大大刺激了资格最老的帝国主义列强英国，它也决不甘心为这场瓜分"盛宴"所遗忘。公元 1895 年，英国政府就曾经对中国云南表达了意愿，并要求清政府保证不将扬子江沿岸各省让与他国，长江流域就此沦为英国的势力范围。但是，英国政府的胃口并不容易满足，当他们看到俄、德、法三国以干涉还辽为由，在中国攫取了如此巨大的利益，与干涉还辽无缘的英国竟然也想分一杯羹。他们恬不知耻地通知清政府，渤海湾上的均势，因将旅顺让与俄国而被打破，英国必须获得日本人撤出威海卫后对海港的优先占有权，其优惠条件应与俄国人在旅顺的条件一样。如此明目张胆地提出占领威海卫的要求，自然不免要施加一些压力，令清政府晓以利害。因此，英国政府在通知中强调，英国军舰正在由香港驶往渤海湾的途中。这样的威慑当然奏效，公元 1898 年 5 月 9 日，日本军队刚刚撤出威海卫，英国人就迫不及待地在此升起了英国国旗。从此，英国成了中国威海卫的主人。

之后，意大利政府也跳了出来。他们于 1898 年 3 月向清政府要求租借浙江沿海的三门湾。由于西方各国之间的矛盾，他们联合起来，把意大利挡在了门外。在这个背景下，清政府拒绝了意大利的要求。这是在列强瓜分中国的狂潮中，清政府第一次，也是唯一一次对入侵者说"不"。

美国来迟了一步。十九世纪末，美国经济迅速发展，迫切要求对外进行资本输出。他们并非没有注意到中国这块巨大的蛋糕，只是西方各国在中国划分势力范围如火如荼之时，他们正在和西班牙争夺古巴和菲律宾，暂时无暇顾及中国。即使这样，美国并没有放弃侵占中国的野心，其驻华公使康格于公元 1898 年 3 月 1 日向国会报告说，照此以往，除了直隶一省之外，再不会有其他地方剩下来给美国了。但是，这一省加上可供整个华北出口的天津，将来必然成为东方具有永久商业价值的占领地之一。后来，美国企图租借三沙湾和舟山群岛，但因与英国利益发生直接冲突而未能得逞。美西战争结束后，美国夺取了关岛和菲律宾，在西太平洋建立了军事基地。紧接着，公元 1899 年 9 月至 11 月，美国政府经过一系列蓄谋策划，由国务卿海约翰分别向英、俄、德、法、日、意等国提出了一个关于对华"门户开放"政策的通牒，希望中国为全世界的商业保留开放市场，消除国际摩擦的危险根源，从而使得各国能够在北京采取一致的行动。

美国提出"门户开放"政策的目的，是企图通过机会均等的手段，缓和列强争夺中国的矛盾，保持中国市场对美国商品的自由开放。美国深为诸列强国基本上赞同其提议而自鸣得意，认为这是外交史上从来没有过的光辉时刻和重大胜利。它保障了美国当前的和未来的利益，使美国在国际贸易领域的地位牢不可破。

在虎伺狼环之下，帝国主义列强的作为委实令人作呕。但是，最不可思议，最令人神共愤的则是日本。在甲午战争中赢得巨额

赔款，并占领了中国的台湾岛以后，并不甘心旅顺得而复失的日本人，更不甘心被排除在这场免费大餐之外。公元1898年4月22日，日本照会清政府，要求承认其对中国福建沿海的控制范围。他们威胁说，清政府如果拒绝，日本将自行处理，中国须为后果承担一切责任。仅仅两天之后，李鸿章就代表慈禧应允了日本，福建沿海一带的领土不会租借给别的国家。

在这场瓜分盛宴当中，各列强国可以无视清政府的存在，轻松自在如探囊取物。他们最擅长说，如不应允，将自行处理，充满了傲慢，任性而又理直气壮，这不免令人不寒而栗。一个域外国家，竟有权"自行处理"一个主权国家的领土，世界上可曾有过这样的道理？但实际上的确如此，中国的领土，就这样被列强们轻而易举地"自行处理"了。

暗下猎捕诱饵

俄国在德国的怂恿、支持下，以军事保护为名，公然将军舰开进了旅顺港，占领了旅顺和大连。为了掩盖这一赤裸裸的侵略行径，俄国人使用了更加阴险毒辣的诡计，诱使清政府与他们签订了"自愿租借"协议，可谓既要当婊子，又想立牌坊；既要做强盗，又要装慈悲。而敢冒天下之大不韪，与沙俄签订出卖国家主权协议的人，依然是李鸿章。这样一来，只管胸前暖，不顾背后寒的李鸿章，就成为清廷唯一把旅顺出卖过两次的人。

可以说，是俄国人放了一条很长的线，要钓李鸿章这条大鱼，而李鸿章则被迫去咬了钩。

在甲午战争失败之后签订的中日《马关条约》，将旅顺和台湾一同出卖，引发了国内民怨四起。为了平民愤，光绪帝解除了李鸿章把持了二十五年之久的直隶总督兼北洋大臣之职，被抛出了政治权利中心，几十年的苦心经营一夜归零。从日本回来之后，李鸿章一头钻进了位于北京市东安门外冰盏胡同的贤良寺，闭门谢客，深居反省。他不可能没有恐惧和自责，也有着无法弥补的遗憾，故而茶饭不思。并且，从权力的巅峰跌落尘埃，门生故吏纷纷叛离，他成了事实上的孤家寡人。但是在昏黄的灯影之中，

李鸿章的思绪却异常清晰。其一，甲午战败后，不仅北洋海军全军覆灭，洋务运动宣告失败，自己的政治生涯和毕生事业也到此完结。他幻想了一辈子的强国魂，中兴梦，已随着一纸《马关条约》灰飞烟灭。其二，即便如此，摘去的顶戴迟早有一天是要还回来的。大清国在回光返照之中，难以解决的棘手问题层出不穷，还有谁能出面收拾残局呢？

果不其然，一切都在李鸿章的预料之中。公元 1896 年 5 月，赋闲在贤良寺里的李鸿章接到朝廷谕旨：着特命头等钦差大使李鸿章前往俄国，参加沙皇尼古拉二世的加冕典礼。虽然此时的李鸿章头顶只有一个大学士的虚衔，但是对于沙俄政府来说，仍是求之不得。不用看他头上的桂冠，此人的名头，分量足矣。原本，清政府准备派湖北布政使王之春前往彼得堡参加该典礼，但沙俄驻华公使喀西尼奉命向清政府表示，王之春人微言轻，不足以当此责，要求改派李鸿章为专使前往。

早在中日甲午战争和谈之时，日本人就曾指名道姓地要李鸿章为代表，清政府照办了，从而犯下了丧权辱国的滔天罪行。参加俄国沙皇的加冕典礼，对方竟也明确提出了要李鸿章前往的要求，清政府不敢得罪，只能满口答应下来。这一桩接着一桩的怪事，原因何在呢？所谓项庄舞剑，意在沛公。日本人要李鸿章去谈判，是以得到旅顺为目的的，而俄国人要求李鸿章参加沙皇的加冕典礼，也是为了旅顺。因此，典礼只是一个幌子，沙俄的真实意图在于，利用这个机会，诱使清政府专使来俄秘密谈判，而这个人，非李鸿章莫属！

李鸿章行前，拖着日渐颓微的身体，向慈禧辞行，君臣之间一番推心置腹。过程中，李鸿章反复强调，日本依然是清国最大的威胁，要想图存，只有与俄国结盟，用以牵制日本。慈禧一时拿捏不准李鸿章到底想要表达什么，只点头不语。

清政府头等钦差大臣李鸿章出使俄国和欧洲的消息不胫而走，西方国家纷纷抛出橄榄枝，邀请他先赴西欧、中欧。沙皇急于与李鸿章会面，特派专使马赫托姆斯基前往苏伊士运河迎接。据说，跟随李鸿章出使俄国的随行物品中，还包括一口光彩夺目的彩绘金漆大棺材。侍卫们抬着这口棺材，跟着李鸿章绕行了大半个地球，遍访了俄、德、法、英等国家，所到之处，遭到了争先恐后的围观。他很是得意，跟西洋人频频颔首微笑，挥手示意，似乎是在以棺言志，向世人表达此行不成功，便成仁的壮志。

公元1896年4月30日，尼古拉二世在彼得堡以最高规格接见了李鸿章。年轻有为的尼古拉二世对李鸿章异常热情，嘘寒问暖，重点询问了他在日本马关遇刺的伤痛是否已恢复，并特别提起自己当年在日本遇刺，李鸿章让他在日本留学的儿子前往慰问的旧事。此举立刻唤起了李鸿章对尼古拉二世的好感，他不仅深信俄国是世界上的强国，还幻想着中俄亲善的美好前景，从而坚定了联俄拒日的决心。在和李鸿章的交谈中，尼古拉二世坦率而虔诚地说，俄国地广人稀，没有侵占他国土地的必要。大清国和俄国交好，更不会生出这种念头。我们准备在远东修筑铁路，将来大清国有事，俄国也便于帮助。何况，世事难料，日、美两国防不胜防，俄国不会听之任之。尼古拉二世的一番真诚表白，令李鸿章倍感欣慰，两国间的秘密谈判得以展开。

在这次谈判中，沙俄派出的谈判代表有财政大臣维特、外交

大臣罗拔诺夫等。他们一方面强调了在"三国干涉还辽"事件中，俄国对中国所给予的巨大帮助，一方面又以三百万卢布的巨款对李鸿章进行了贿赂。李鸿章没能抵制住诱惑，于公元 1896 年 6 月 3 日，在莫斯科同维特秘密签订了《中俄御敌互相援助条约》。由于这个条约的内容长期处于保密状态而不为外人道，故又称为《中俄密约》。《中俄密约》共六款，有两个基本点，日本如果侵占俄国的远东领土或中国以及朝鲜领土，中俄两国应以全部海陆军互相援助，并互相接济军火粮食，结成相互援助的军事联盟；开战时，如遇紧要之事，中国所有口岸均准俄国兵船驶入。俄国在中国东北地区铺设铁路，并与俄国横穿西伯利亚直达海参崴的远东铁路接轨。这样一来，俄国人修建的西伯利亚大铁路，可以名正言顺地贯穿中国的东北，中国人由此跳进了俄国人早已挖好的陷阱。

表面上看，《中俄密约》是中俄两国友好互助，共同对付美日军事同盟的一种体现，但这只是沙俄掩人耳目的一种说辞，其根本目的在于，通过中东铁路的修筑，把自己的势力深入到中国东北，并为进一步侵占东北南部地区创造条件。细看这个密约，更是让人疑窦丛生。条约从头至尾，弥漫着的都是不平等的气息，俄国政府所要求的，诸如大清口岸允许俄国兵船停靠，大清同意俄国在黑龙江和吉林两省地方修造铁路连接海参崴等等，都是非常清晰而具体的。而对于中国发生战争时，俄国如何帮助清政府，则描述得笼统简单，特别是没有明确大清国兵船同样可以进入俄国口岸的条款，也没有规定大清国如遇到战事，俄国若不按规定予以帮助，将承担怎样的责任等等。简言之，俄国就是想诱骗清政府同意，把东北变成他们的势力范围。维特说得尤其露骨：从政治和战略方面看，这条铁路将有这种意义，它是俄国能在任何时间内，在最短的路上把自己的军事力量运送到海参崴，集中于满洲黄海海岸和中国首都的近距离处。这个"近距离处"是哪里呢？显然是旅顺。

这是俄国玩弄阴谋的上半场，而下半场的阴谋是，他们要把铁路一直修到旅顺，最终实现他们的"黄俄罗斯计划"。

公元 1897 年春天，华俄道胜银行董事长乌赫唐斯基到北京与李鸿章会面，他将事先商定好的先期给付的一百万卢布亲手交给了李鸿章，同时提出了一个附加条件，在中东铁路的某一点，修筑一条支线到黄海某港口。李鸿章当然明白，乌赫唐斯基口中的"黄海某港口"，不是旅顺就是大连湾，便虚与委蛇地表示了拒绝。对方哪肯轻易罢休？沙俄著名的国际间谍璞科第粉墨登场，开始与李鸿章周旋。据传，他采用了糖衣炮弹"攻击"之术，给李鸿章和张荫桓允诺了每人五十万两白银的酬谢额，顺利摆平了上述二人，从而使俄国将铁路修到旅顺的企图得以顺利实现。

公元 1898 年 3 月 27 日，李鸿章与巴甫洛夫在北京签订了《中俄旅大租地条约》，其中第八款规定，中国允由中东铁路干线某一站起至大连湾，由该干路到辽东半岛营口、鸭绿江中间沿海较便地方筑一支路。同年 5 月 7 日，他们又在彼得堡签订了《中俄续订旅大租地条约》，对这一条款有了更加清晰的解释：俄国允西毕利铁路（即西伯利亚铁路）通接辽东半岛之支路末处，在旅顺及大连湾港口，不在该半岛沿海别处。此支路经过地方，不将铁路利益给予别国。

至此，经过一系列密谋策划，曲折经营，俄国人终于如愿以偿。沙俄正式向清政府租借旅顺所在的辽东半岛，租期二十五年。在《旅大租地条约》签订后的第三天，一千多名俄军在旅顺举行了占领仪式。他们把俄国的三色国旗插上了黄金山炮台，停泊在港内的俄国军舰上，礼炮声、欢呼声震耳欲聋，久久地回响在旅顺港的港湾里。

同时被租借的还有大连、大连湾和金州。因此，在俄军举行庆祝活动的当天，沙皇尼古拉二世在政府公报上宣布，从现在起，俄国将修建一条西伯利亚最大的码头。通过这个码头的中介，大连港湾将把旧大陆的两个边陲连接起来。

就在《旅大租地条约》签订的当晚，驻守旅顺的清军提督宋庆在李鸿章的授意下，退至营口，把旅顺让了出来。清政府用三千万辆白银从日本那里赎回的旅顺，在回归中国两年零三个月之后，又离开了母亲的护佑，再次陷入被殖民的压迫与屈辱当中。

国家失去了旅顺，而李鸿章个人却大发其财。公元1898年3月21日，时任华俄道胜银行天津分行经理的璞科第，在北京向俄国财政大臣维特发去密电：今天我得到代办的同意，和李鸿章与张荫桓作机密会谈，见许他们，假使旅顺及大连湾问题在我们指定的时间办妥，并不需要我方的非常措施时，当各酬谢他们白银五十万两。隔了五天，璞科第又向维特发了一份密电：收买旅顺口地方官吏不用五十万两，只要二十五万至三十万两就足够了。《旅大租地条约》签订的第二天，璞科第又给维特发去一封密电：今天，我付给李鸿章五十万两，他甚为满意，嘱我对你深致谢意。

屈指算来，曾经的洋务运动领袖，一度雄心勃勃的李鸿章，苦心经营旅顺十五年，脚印遍布旅顺、金州和大连湾。是他一手缔造了旅顺的辉煌，也把自己和北洋海军的全部希望寄托于此，他的名字曾是旅顺人民和这座城市的骄傲。然而，由于错误的战略和指挥，不仅使这一切葬送于无形，而且也为旅顺带来了灭顶之灾。从公元1894年到1896年三年时间，旅顺像贫苦人家的女儿，被一再出卖给黄皮肤的日本人和蓝眼睛的俄国人，并遭致烧杀凌虐。从此，屈辱的旅顺和大连人民又为李鸿章贴上了"卖国贼"的标签。

大清国重臣李鸿章在光绪二十七年，即公元1901年9月7日这一天，代表清政府与十一国列强签订了中国近代史著名的不平等条约——《辛丑条约》。落款时，他把李鸿章三个字挤在一起，写成了"肃"字的模样，显得虚弱无力，悲苦辛酸。此时的李鸿章，是想用朝廷封给的"肃毅伯"的身份代替自己，为这个奇耻大辱落下注脚。条约签订完毕，李鸿章返回家中。这位风烛残年的老人，在为大清国耗尽了最后一滴心血之后，开始大口大口地吐血，呈现出油尽灯枯之态。俄国公使来了，站在他床头，逼迫他在《中俄交收条约》上签字。他走了以后，身边的亲人们见李鸿章慢慢把眼睛闭上，顿时哭作一团。有人在他耳边轻声安慰说，俄国人说了，中堂走了以后，绝不与中国为难！还有人说，大人，两宫不久就能抵京了。听闻此言，李鸿章又吃力地把眼睛大大地睁开了，嘴唇翕动着，似乎有话可说。身边的人都知道，中堂心中仍有牵挂，又补充说，未了之事，我辈可了，请公放心。听到这句话，似乎可以放心了，李鸿章的眼睛重新闭上了。一片哭叫声中，李鸿章突然又微微睁开眼睛，用极其微弱的声音交代，不论什么时

候，都要警惕日本这个弹丸岛国。要想中国没有后患，必须灭其国。说完就咽了气。公元 1901 年 11 月 7 日，久经患难，忧郁成疾的李鸿章，带着未了的心愿和无尽的遗憾，在他七十八岁这一年离开了人世。

时隔七年之后，即光绪三十四年，公元 1908 年的 11 月，统治中国大半个世纪之久的慈禧也病逝了。后世评价她说，在慈禧统治期间，主权大量丧失，中国逐渐成为帝国主义控制下的半殖民地国家。后世有人评价说，慈禧太后以宫廷政变起家，一生机心狡诈，保持了在统治集团中的最高地位。也许是为了维护大清国的统治利益，她尽力保持着社会的落后性，使中华民族蒙受了前所未有的屈辱。

李鸿章，是慈禧统治下的一枚棋子，还是她这枚"硬币"的另一面？也许，只有他们自己才能说得清楚。而旅顺，就是在这样天怒人怨的背景之下，在苦难与屈辱当中，走到了晚清末年。

李鸿章走了，慈禧也走了，但旅顺却未能从命运的旋涡里挣脱出来。

一枕黄粱梦

沙俄军队沿着"黄俄罗斯计划"的指引,翻山越岭地来到了旅顺。

光绪二十四年,即公元 1898 年 3 月 27 日,沙俄与清政府签订了《中俄会议条约》,又称《中俄旅大租地条约》,正式向清政府租借旅顺和大连,租期二十五年。租借地西到辽东半岛西岸的亚当湾(今普兰店湾北岸),东到皮子窝,界北是由亚当湾到皮子窝的连线,包括由清政府留出断不租于外国的中立地带,共三千二百平方公里。按照《中俄旅大租地条约》规定,金州城仍由清政府管理,不在租界之内。

虽然中俄之间对于旅顺有二十五年租界期的约定,但是在俄国人眼里,如同可以随时撕碎扔掉的一张废纸,没有任何约束力。他们来到旅顺,并不想当一个匆匆过客,也不仅仅限定在二十五年的租借期之内,而是要永久占领旅顺。他们用自己的罪恶行径告诉世人,旅顺已被列入俄国版图,俄国人可以在此地为所欲为。

为所欲为的第一步,就是设立了象征国家主权的关东州。自沙俄军舰侵入旅顺的那一天起,就明目张胆地宣示了政治主权。光绪二十五年,即公元 1899 年 8 月,沙皇颁布了《暂行关东州统

治规则》，抛开清政府，单方面将旅顺和大连租界地命名为"关东州"，并在旅顺设立"关东州厅"。"关东州厅"设有州长官，首任"关东州厅"长官为俄太平洋舰队司令，海军中将阿列克谢耶夫。"关东州厅"长官拥有很大的权力，行政方面的权力相当于俄边疆高加索最高民政长官，在陆军方面的权力相当于俄边疆军区司令，在海军方面的权力相当于舰队司令官。"关东州厅"长官还拥有与沙俄驻北京、东京、汉城的公使及武官直接定夺重大事务的权力。

"关东州厅"成立后，州衙门下设民政部、外交部、财务部等部门，分别下设若干具体办事机构。为便于地方行政管理，"关东州厅"下设金州、皮子窝、亮甲店、旅顺、岛屿等五个行政区，特设金州、皮子窝、旅顺三个市。1899年9月，沙俄将位于亚瑟港海军基地东北的青泥洼改名为达里尼特别市，即后来的大连市。今天大连市的大部分地区，当时都在沙俄的统治之下。

为了加强沙俄对旅顺的军事统治，"关东州厅"不仅设有州长官，还设有州陆军副司令官，围绕军事管理设立州陆军会议、州参谋部、州军法会议等机构，全面负责军事方面的重要事情。

由此可知，沙俄侵占旅顺和大连之后，是完全按照俄国的政治制度和管理体制在实行统治和管理的。

沙俄还修建了臭名昭著的旅顺大狱。割让与租借，是中国近代自公元1840年鸦片战争以来才有的两种现象，是一个国家用战争或战争威胁的方式，逼迫另一个主权国家出让或放弃主权的情况，其中不乏血腥与暴力的因素。在晚清半封建半殖民地的国土上，不少城市里都有所谓的"租界"存在，其统治权是完全属于外国人的，他们在"租界"内设置法院、警察、监狱、市政管理机构和税收机关，成为帝国主义列强对中国进行武力恫吓，实行政治、经济、军事、文化侵略的基地，相当于城市躯体之上的一颗"毒瘤"。

在全国所有的租界地中，旅顺和大连租借地的面积最大。俄国和日本曾在此前赴后继地建立起了严密的军警体系，有大批宪兵、宪补（宪兵补助员）、巡捕、刑事，还有遍地都是的联络员、特务、密探、汉奸等，监视、管理和镇压居住在租借地中的人们。其中，旅顺大狱是其中的极品，是一座货真价实的法西斯魔窟。

旅顺大狱建筑在繁华的元宝房一带，共有八十五间牢房和一座办公楼。监狱周围两米多高的围墙用灰色的墙砖砌筑而成，上面挂有铁丝网。屋顶是黑色的，给人一种阴森恐怖之感。在旅顺市中心盖一座监狱，无疑是俄国人宣示主权和统治权的举措之一，他们需要从形式到内容一再确认，谁是这座城市的主宰，谁是其治下的臣民。旅顺大狱的兴建，将旅顺人民带入了魔窟之中。

俄国人还热衷于在东北修建铁路。自公元 1898 年 8 月起，沙俄开始修建南到旅顺、大连，北到哈尔滨的东清铁路支线，即东清铁路南满支线。

中俄签订的《旅大租地条约》第七款规定，清政府准许俄国中东铁路之某一大站修筑至旅大海口的支路。在此支路沿线，中国不得将铁路利益让给他国。就是说，沙俄不仅有权将铁路修到旅顺和大连，而且还要垄断铁路沿线及其相关的所有利益。李鸿章先于《旅大租地条约》之前签订的《中俄密约》中，只是原则上规定了中东铁路事宜，他回国后，派遣中国驻俄公使许景澄去德国柏林，与沙俄财政副大臣罗曼诺夫进行谈判。这次谈判从公元 1896 年 6 月开始，一直谈了三个月之久。在这个过程中，俄国

一再向清政府施加压力，最后竟亮出了撒手锏，如果清政府不同意俄国提出的建议，将采取别种办法，而中俄同盟也将变成废纸。这也是中俄历史上第一次出现同盟的提法。

由于俄国的连连施压，清政府终于招架不住了，命令许景澄在铁路合同上签字。光绪二十二年，即公元 1896 年 9 月 8 日，清政府代表许景澄与华俄道胜银行董事长乌赫唐斯基在德国柏林签订了《中俄会办东省铁路公司合同》，共十二条，主要内容是，自合同批准之日起，铁路应在十二个月内动工。轨距按俄国标准，铁路公司所占土地免纳地税，铁路公司在沿线附近有权免税开矿。凡由该铁路公司运入或运出中国的货物，按中国税率三分之一缴纳，铁路运费由铁路公司自行规定。自通车之日起八十年后，铁路无偿归还中国。根据这个合同规定，俄国实际上霸占了中东铁路的所有修筑权和经营权。

在中国领土上修筑铁路，不仅所有权归俄国，而且合同中规定，中国方面应得的权益也由俄国控制。这种一面倒的合同，对于清政府来说，是没有任何价值的，遑论还包括根本无视清政府存在的极端事例。在《中俄会办东省铁路公司合同》签订后不久，俄国就背着中国，单方面公布了合办东省铁路公司章程：凡公司对于中东铁路修建工程，经理营业一切要务，以及编订公司营业簿报告书等文件，均归董事局。可是俄国财政部是中东铁路公司的唯一股东，所谓的股东全体大会实际上是俄国的一家大会，没有任何中国人的参与余地，因此，由这个大会选举出来的理事会，自然是由俄国一家控制的理事会。沙俄政府就是这样，翻手为云，覆手为雨，用欺骗手段，把清政府玩弄于掌股之中，把铁路以及与铁路有关的一切事务，包括经济利益和政治特权，牢牢地把控在自己的手中。

光绪二十三年，即公元 1897 年 3 月，总公司设在彼得堡的东省铁路公司正式成立，俄国开始筹划修筑中东铁路的浩大工程。到光绪二十八年，即公元 1902 年，大连至满洲里铁路全线通车。

中东铁路对于沙俄推行其远东政策，进一步实施对中国的侵略扩张，到底起到了什么样的作用呢？1902 年 8 月，俄国财政大臣维特视察了这条铁路，回国后向尼古拉二世呈交了一份长篇报告，其中列举了中东铁路通车后对俄国的五大益处。一是将欧亚两洲连成一体，便于俄国向远东各国推销工业品和从远东各国取得原料；二是便于俄国向东方移民，开发西伯利亚和海滨广大地区的自然资源；三是可打破黄种人"此疆尔界之心"，使俄国能对远东地区"朝发夕至，无所阻滞"；四是可使高加索等地"思乱之民"无论为农为工，经商盈利，得有安置；五是万一中华再有乱事，俄国调兵转饷神速无前。

可见，中东铁路不仅仅是一条运输线，而且是沙俄帝国推行其"黄俄罗斯计划"，进一步对中国和远东地区国家实行殖民统治，进而称霸亚洲和太平洋地区的重要工具。

为了有效地推行其远东政策，更便捷地进出太平洋，公元 1898 年 3 月 29 日，沙俄政府公报上发表的特别公告中称，从现在起，修建一个西伯利亚最大码头，向各国船队开放，为各国工商业创造一个新的更广阔的活动中心。紧接着，俄国政府组织工程技术人员到旅顺、大连湾、大连等地进行勘测，最后选定了大连湾西南部沿海地带为建设商港和城市的地点。1898 年 6 月 1 日，维特

向尼古拉二世报告后，立即得到了批示，称，以东省铁路董事会指令形式，指定在大连湾修建港口，切勿放过时机。1898 年 8 月11 日，尼古拉二世敕令建筑达里尼自由港，在港口附近兴建达里尼市。俄语中的达里尼意为远方，大连就是"距俄国首都圣彼得堡很远的地方"。1903 年，达里尼市第一期市政工程竣工，几十个小渔村的青泥洼，变成了拥有四万人口，四点二五平方公里的港口城市。

俄国租借旅顺、大连后，又于 1898 年 7 月 6 日逼迫清政府签订《中俄东省铁路续订合同》，其中规定，俄国可将东省铁路南满支线一直修到旅顺和大连港。沙俄以中东铁路为纽带，在中国东北修筑了密集的铁路网。铁路延伸到哪里，他们的侵略魔爪就伸到哪里，其势力范围扩张到哪里，掠夺压榨就实行到哪里。

此外，沙俄还在太阳沟开发了商业区。甲午战争之后，公元1895 年，日军陆续从旅顺撤出，旅顺可谓一夜之间变成了俄国的租界。这个以欧洲贵族自居的俄国，要在旅顺开辟出一块让自己长期居住的领地。老沙皇亚历山大二世的私生子，海军中将阿列克谢耶夫来到旅顺后，一眼看中了龙河西岸的风水宝地太阳沟，要在这里修筑一座豪华的乐园。当尼古拉二世批准了他的奏请，并拨给一千二百万卢布的建设资金后，往日荒凉寂静的小渔村，顿时变成了喧闹的大型工地。随之，俄式住宅一栋栋、一座座拔地而起，几年之内，太阳沟摇身变成了一座现代化的花园。当年，李鸿章把北洋海军大坞修建在龙河东岸的黄金山下，很快就在大坞周边形成了东新街、中新街、西新街三条新潮洋化的市街。如今，沙俄侵略者又在龙河西岸的太阳沟修建了一座纯欧式风格的新市区。只是，这里仅供俄国人居住，并不准中国人踏足，即使是由中国人经营的旅馆、酒楼，也只能服务于欧洲人，中国人是没有资格享受这里的一切的。

就这样，太阳沟成了租借地中的"租界"。旅顺被贴上了殖民地的标签，又出现了专供俄国人享乐的区域，形成了类似于"华人与狗不得入内"的氛围。从此以后，日夜值守的俄国军警，恶狠狠地盯着太阳沟周围，在他们眼里，来来往往的中国人是不懂得文明的野蛮人。慢慢地，中国人连走近太阳沟商业区都不被允许了。

阿列克谢耶夫的梦想，是把旅顺建成东方的莫斯科。他要把太阳沟规划成为一个王国，一个仅属于俄国的商业王国。他确实很有魄力，短短几年，就把小小的太阳沟打造成为一座现代化的商业中心。这个商业中心不仅吸引了来自美国、英国和法国的商业大亨，而且也吸引了全世界的商人。但是，旅顺人与这样的繁华无缘，他们只能远远地、卑微地看着，隔着浓密的绿荫、茂盛的花草，窥见这个世界上先进文明的一斑。

但是，沙俄亲手缔造的梦幻者乐园，伴随着他们想要永远霸占旅顺的美梦很快就破碎了。公元1904年，日俄战争爆发，俄国兵败，黯然撤离了旅顺。以成立"关东州厅"为标志，沙俄对旅顺的统治只维持了七年。不论是与《中俄旅大租地条约》所规定的二十五年相比，还是与他们真实的目标相比，七年显然是太短了。但是，就是在这短短的七年，旅顺已成为沙俄在中国境内建立起的另一个国家。那时候，中国的官员去旅顺、大连公差，也要办理护照才能入内，可见沙俄的威风。

　　而对于苦难深重的中华民族来说，七年又过于漫长了。这样令人倍感屈辱的岁月，如刀削斧凿一般，深深刻写在了旅顺和大连人民的心中。

第六章

第零次世界大战

远东宿怨

俄国人把日本人不惜发动战争才占领过来的旅顺，硬生生地用阴谋手段抢走了，日本人当然是意难平的，甚至有些不共戴天的味道。把旅顺从俄国人手里重新夺回来，成了日本的国家意志。

冰冻三尺非一日之寒。除此之外，日俄两国交恶，其实有着更加悠久的历史。

自从沙俄走出乌拉尔山，定下了东进的策略，其推进的脚步是非常神速的，并且很快就来到了日本人的眼前。两个尚武的民族，面对战略性的资源争夺，难以避免地结下了仇恨，并因此把远东地区搅了个天翻地覆。美国人评价说，日俄争斗，让亚洲从此分裂。

一边是西进中国大陆的千年战略，一边是及至太平洋的东扩计划，不约而同地，日俄两国的外扩战略在旅顺碰撞开来，进而使由来已久的矛盾与仇恨急剧升级。

在沙俄彼得一世征服远东的计划里，几个国家的排列顺序是，由中国开始，然后是印度、美洲和日本。日本这个不起眼的小岛国，被排在了沙俄计划的最末位。在俄国人眼里，不但朝鲜、越南和东南亚的一干小国不值得一提，就连日本也不在话下。但世事难料，排在最后的日本竟然最先和俄国人交上了手，发生了撞击。

　　被伟大的诗人普希金誉为"远东叶尔马克"的哥萨克勇士阿特拉索夫登上了堪察加半岛，第一次见到了日本人。那是几个又瘦又小，长着黑头发的日本渔民，他们在鄂霍次克海上遇到风暴，漂流到了堪察加半岛。这时，初登皇帝宝座的彼得一世才知道，堪察加南部的那一串小岛通向日本，他们找到了踏上日本领土的道路。这就意味着，直到十九世纪，日俄两个民族才开始正式接触。

　　打通了通往日本海路的俄国人，想要和日本人进行通商谈判。但处于江户时代，实行闭关锁国政策的日本人断然拒绝了这样的要求。于是，俄国与日本开启了战端。

　　公元 1807 年，即嘉庆十二年，由沙俄海军中尉赫沃斯托夫和准尉达维多夫率领战船，从鄂霍次克港出发，向"岛链"最南端的国后岛发起了进攻，并摧毁了日本人在岛上建造的两个定居点。当这些高鼻深眼、高大威猛的俄国人意外出现在北海道以北的岛屿时，日本人惊恐万状，有如大祸临头。这次小规模的冲突是两个军官擅自发动的，没有得到来自沙皇的授权，因此，得胜归来的两个军官下船后就被抓了起来。但是，"赫沃斯托夫达维多夫事件"奠定了日俄两国关系在其后二百多年内的底色。

　　周作人在《日本管窥》一书中，将日本称作"从未被征服过的国家"，他说，日本从没有被异族征服过，这不但使国民对自己清白的国土感到真的爱恋，可以说要比被征服的民族更刚劲质直一点。就日本历史发展的总体来说，这些话是可信的，但就某一历史时段发生的事件看，则不够准确。因为，不仅美国的 B-29 轰炸机曾经飞临东京上空，就在 1807 年，"赫沃斯托夫达维多夫事件"发生后没几年，日俄两国就迎来了在日本本土的第二次较量。

公元 1811 年，即嘉庆十六年，俄国探险家戈洛文从堪察加半岛出发，目标仍是被称为北方四岛中的国后岛。这时的国后岛不比以往，为了抵御沙俄的入侵，岛上修筑起了许多日式堡垒。戈洛文将大船停泊在小岛不远处的海面上，自己带着几个随从乘小船而来。日本驻军见到俄国士兵之后，匆忙跑回堡垒，接着向戈洛文一行发出了请到堡内叙谈的邀请。毫无防备的戈洛文欣然接受了邀请。等他发现海水渐渐退潮，他们乘坐的小船已经搁浅，无法向大船靠近时，已经来不及了，最终被俘。留在大船上指挥的里克尔德一边让大船向岸边靠拢，一边命令开炮震慑敌人。但营救失败，里克尔德无功而返。

在戈洛文被俘虏的两年里，里克尔德一直没有放弃拯救自己的战友。后来，他率军攻下了国后岛，但此时，戈洛文已经被转移到北海道关押。他便带领两艘战船向北海道发起攻击。在猛烈的炮火之下，日本人屈服了，不得不放回了戈洛文。为了表示真诚和友好，他们在放还戈洛文的现场举办了非常正式的交接仪式，并宣读了一份带有外交色彩的文件：我们决定放回戈洛文及其随从，他们在日本待了两年，已经熟知日本人与外国人往来的法律，望其回国后加以宣传。日本人进一步解释说，我们将"赫沃斯托夫达维多夫事件"视为纯粹的个人行为，而不是受圣彼得堡指示的国家行为，因此不予追究。从中可以看出，日本人此时对俄国人的态度还是非常友好亲善的。

国后岛上的两次战斗，虽然规模都很小，但意义却非同小可。它标志着两个尚武民族的最初碰撞，也是日俄两国的首次外交接触。在这一过程中，俄罗斯暂时占据了上风，这不仅加深了俄国

的傲慢与对日本的轻视，而且使这两个民族的交往充满了紧张与戒备。其后，围绕含国后岛在内的北方四岛的得失，两国之间的沟通交流更加充满了火药味。这种对抗状态一直持续到今天，可谓剪不断，理还乱。

被日本人称为"北方四岛"的南千岛群岛，是位于太平洋西北部的千岛群岛向南延伸出来的部分，由国后岛、色丹岛、择捉岛、齿舞岛群岛组成，总面积五千多平方公里。自公元 1760 年，即乾隆二十五年始，俄罗斯渔船比以前更加频繁地去往千岛群岛，到了公元 1770 年，即乾隆三十五年，鄂霍次克港口行政当局指示俄罗斯航海家和实业家舍巴林占领千岛群岛，并逼迫其岛民加入俄罗斯国籍。舍巴林利用这个机会，在那里建立了过冬地点和落脚处，并绘制了这些岛屿的地图。公元 1779 年，即乾隆四十四年，根据当时的俄罗斯女皇叶卡捷琳娜二世的诏令，千岛群岛上，凡是未经过圣彼得堡许可的实物税及其他一切苛捐杂税一律废除，这标志着俄罗斯已经正式将该群岛视为自己的领土。

然而，从十八世纪起，日本也对千岛群岛进行了开发。直到公元 1855 年，即咸丰五年，俄日两国签署了《日俄和亲通好条约》（又称《下田条约》），将千岛群岛瓜分了。两国约定，以伊图鲁普岛（日称择捉岛）与乌鲁普岛（日称得抚岛）之间的海峡为界，海峡以南称南千岛群岛，归日本所有，日本在南千岛群岛设置行政区划。公元 1875 年，即光绪元年，日俄在当时俄罗斯首都圣彼得堡签署了《库页岛千岛群岛交换条约》，两国确认，萨哈林岛（一般指库页岛）的主权归俄罗斯所有，日本获得整个千岛群岛的主权。自此，北千岛群岛也并入日本版图，拥有整个千岛群岛的主权。至第二次世界大战结束为止，在 1945 年的雅尔塔会议上，美英承诺苏联在战后可以取得南库页岛以及千岛群岛的全部领土，并签订了《雅尔塔协定》。在日本无条件投降以后，苏联即依据《雅尔塔协定》宣布，此地划归苏联版图，苏联对其拥有主权。苏联解体后，由俄罗斯继承苏联对该地的实际占有，这是第二次世界大战以后形成的新的国际区划格局。

对于"北方四岛"的归属，俄国和日本都极其看重，这成为日俄两国交往当中跨越不了的障碍。在"北方四岛"问题上，日本虽极力主张对其拥有主权，却从来都是被动状态。后来，美国旁敲侧击下指出，是俄罗斯野蛮占领了日本的土地，日本已经做好了武装夺岛的一切准备，俄罗斯人的野蛮行径将受到惩罚，并走向终结。这其实只是一些牢骚话，但俄罗斯人信心满满，依然把南千岛群岛看作是四艘不沉的航空母舰。斯大林曾经说过，南千岛群岛是无数苏联人用鲜血和生命换来的战利品，谁也无权把它们夺走。2010 年 11 月 1 日，时任俄罗斯总统的梅德韦杰夫登上南千岛群岛的库纳施尔岛（国后岛），此举引发日本震动。2015 年 8 月，俄罗斯政府宣布，要推进南千岛群岛的开发，在伊图鲁普岛和库纳施尔岛、施科坦岛（色丹岛）间铺设总长为九百四十公里的海底光缆，2019 年实现高速通信。总统普京在多种场合表示，尽管我们非常希望与日本朋友找到"北方四岛"问题的解决办法，但我们不做领土交易，领土问题没有谈判，只有战争。

站在全球战略的角度上可以看出，对于俄罗斯来说，南千岛群岛是一个极其重要的战略要地，是反制美国的重要支点。在亚太地区，打压日本就是在削弱美国的全球战略。因此，俄罗斯要

实现遏制美国的意图，就要在战略上压制日本。

进入二十世纪，俄国和日本双双走进了帝国主义时代，他们分别是列强集团中的老牌与新贵。在新的世界格局中，俄罗斯已将目光由欧洲、中亚转至东亚。而羽翼渐丰，开始对外扩张的日本，同样贪慕中国和朝鲜，这就在所难免地使日俄之间的碰撞迅速升级。在亚洲扩张战略中的急先锋，俄国大贵族乌赫托姆斯基公爵的煽动下，俄国王室也蠢蠢欲动，尤其是沙俄皇储尼古拉，他深深地被东进理论所吸引。为了在政治上有所作为，也为了在自己手里实现俄罗斯帝国的终极梦想，他决定亲自去东方旅行，详细考察远东的具体情况，为将来的侵略战争做好准备。

公元 1890 年 11 月，即光绪十六年，二十二岁的尼古拉率领着包括希腊王子格奥尔基在内的三十多人，开始了前往远东的长途旅行。他们先是造访了地中海国家，并于次年的 4 月 23 日完成了对中国的访问。离开中国的南京以后，尼古拉一行前往日本长崎，这是他们东方之行的最后一站。当时的日本正处于明治维新时期，国力逐步崛起，但对俄罗斯这个世界级军事强国仍心存畏惧，不敢怠慢。因此，日本政府特派了二十名高级官员，专程到长崎迎接尼古拉一行。在过程中，他们除了严密警戒之外，其外务大臣青木周藏还与俄国公使约定，万一有人加害，将按日本刑法第一百一十六条"加害皇室之罪"惩治。

这一年的 5 月 11 日，尼古拉一行从京都乘人力车来到大津城。这座城市虽然不大，却是通往京都的交通咽喉，商贾云集。在当地官员家做客之后，他们来到街市购物。希腊王子格奥尔基出于好奇，买了一根当地制造的竹拐杖。日本的街道，普遍非常狭窄，商业街店铺林立，显得街道更加拥挤了。但尼古拉和格奥尔基等人坐在人力车上，对这些完全不同于俄罗斯本土的异域风情深感着迷，迟迟没有离去。

突然，尼古拉感到右耳上方连续重重挨了两击，鲜血顿时流了下来。他惊恐地转过头去，只见一名日本警察挥舞着军刀，再次狠狠地猛刺过来。毕竟是皇储，尼古拉有着超乎常人的心理素质。他一边叫喊，一边跳下车，用手捂着流血的伤口，试图躲入人群逃命。在一个胡同的拐角处，疯狂的警察追了上来，再次挥刀向尼古拉砍去。正当这时，希腊王子格奥尔基及时赶到，他用刚买的竹拐杖把刺客打倒在地，使尼古拉逃过一劫。在处理伤口的时候，惊魂未定的尼古拉不停地默念着"感谢上帝"。所幸有希腊王子拔刀相助，尼古拉虽然挨了两击，却没有生命危险。

一个强大帝国的皇储在日本被刺，这是极其严重的外交事件，立刻在国际上引起了轰动，尼古拉本人更是满腔怒火。他回国以后，曾狠狠地发誓，要把日本这只"可恶的猕猴"的脖子扭断。

新仇旧恨的叠加，成为日后俄国发动"三国干涉还辽"事件的铺衬。通过甲午战争，日本人先下手为强地将旅顺收入囊中。他们还没有从胜利的狂欢中苏醒过来，强大的俄国就联手德、法，上演了"三国干涉还辽"的戏码，强迫日本把吞进去的"肥肉"吐了出来。

未发一枪一炮，旅顺就易主了，俄罗斯成了甲午战争中最大的赢家。

为战争添油加柴

帝国主义列强是明火执仗的强盗，他们的本性决定了既能对无辜百姓举起屠刀，也不惜摧毁人类文明成果。

退出辽东半岛，让出旅顺的日本，为了重新获得失去的一切，韬光养晦，卧薪尝胆，忍辱负重地制订了对俄国报复的"十年计划"。自公元1895年到公元1904年，日俄两国在旅顺问题上，都有着深远的谋划。

缺少理智的轻视和傲慢等于愚蠢。在如何认识和对待日本的问题上，俄国犯下的错误是致命的，并且最终导致了俄国的失败。

俄国用流氓手段获取旅顺的同时已经意识到，以日本人的性格，绝对不会善罢甘休，他们一定会卷土重来。一些人预料到，俄日之间，迟早会爆发大的军事冲突。于是，俄国展开了以绝对优势压倒日本的战争准备。

他们先是以俄法联盟为依托，最大限度地筹集资金。中日甲午战争前后，西方诸国为利益着想，阴差阳错地实行了各种组合，特别是围绕着远东局势，分别结成了以美国为首的英日同盟，以德国为支撑的俄法联盟等等。其中，资格最老的英国感受到了俄国后来居上的态势，想借助日本的势力遏制俄国南下的野心，以保持自己在中国长江流域的势力。日本摸透了英国的心思，也愿意拉大旗，作虎皮，傍上这棵大树。这样，各怀心事的英、日两国一拍即合，在伦敦订立了英日同盟，旨在共同打压、孤立俄国。站在幕后出谋划策的美国之所以支持英日同盟，是因为他们几次要把侵略势力扩张到中国东北，却硬生生地被俄国挡住而未能得逞。因短时间内难以插足，美国转头向清政府提出了"门户开放"政策的动议。西方各国均能在中国获得好处，美国显然不愿屈居人后。他要与英日站在一起，共同对付俄国。

然而，德国、法国与俄国原本就是伙伴关系。德国之所以愿意暗中支持法俄同盟，是出于自己的如意算盘。在德国人的扩张战略中，最担心的事情是俄国的介入，因此特别希望俄国人能够专注地把枪口对准远东。只要俄国和英日对立起来，自然会把驻守在德国西部边境的俄军调走，俄法同盟给德国带来的压力自然就被削弱了。

作为德国的忠实伙伴，法国得知英日已结成同盟后，马上联合俄国，在圣彼得堡发表宣言，将来，不论在中国和远东发生什么，法俄两国都将保留自由行动的权利——把矛头直接指向了英、日。

这样一个"列强图谱"，就是日俄战争爆发前，帝国主义国家之间微妙关系的写照。

俄法联盟建立以后，俄国通过各种渠道，采取多种形式，从法国吸引了大量资金，法国不仅借给俄国数十亿法郎，还允许俄国向法国销售二十六亿法郎的国家债务，促使俄国形成了雄厚的资本基础。加上战争赔款和掠夺而来的物资，在加强军事力量方面，俄国得以实现了大力发展军事工业，大规模扩充武装部队，全面

改进军事装备的"三管齐下"。

首先是超常规地扩张海军势力。到公元1900年，即光绪二十六年，俄国拥有一百一十万的常备军，还有三百五十万训练有素的预备役部队，合在一起，共拥有四百多万人的武装部队，这在当时的西方诸国当中是首屈一指的。俄国政府并不满足于此，把加强军事力量的重点放在了迅速加强海军建设上。他们已经意识到，未来，不论是战争还是争夺地区霸权，拥有一支强大的海军将是输赢局面的决定性因素。从公元1890年，即光绪十六年至公元1896年，即光绪二十二年，俄国每年都要投入三四千万卢布，建造和购置新型舰船。这种军备扩充自然会引起军费的猛增。在公元1892年至公元1902年的十年间，俄国军费增长了百分之四十八，其中海军军费增加了一倍半。海军军备的扩充，使得俄国太平洋舰队和波罗的海舰队的战斗力得以大大提升，在西方诸国当中遥遥领先。

同时，俄国人还充分利用了中东铁路，大量向辽南集结兵力。在未来的日俄战争中，与西伯利亚大铁路相连的中东铁路成为俄国快速运送军队和物资的生命线。中东铁路通车后，俄国政府立即宣布其为军用设施，大规模地将驻守在远东的陆军向辽南区域转移。同时，俄国的太平洋舰队也大部分集结到旅顺。到了公元1903年6月，即光绪二十九年，俄国陆续转移到辽东半岛的地面部队多达二十四万人，其中有炮兵、骑兵和后勤保障部队等。太平洋舰队在旅顺集结的各种舰船六十余艘。从当时日俄军力对比看，俄军明显占了上风。

但俄国并不满足，还在全力加强旅顺陆海军军事设施的建设。

李鸿章花费巨资在旅顺修建的军事设施，在日军撤出旅顺前已全部被其摧毁。俄国要坚守旅顺，必须重修防御堡垒。公元1899年，即光绪二十五年，俄国政府通过了旅顺防御工程计划的十年预算，投资九亿卢布进行陆海军军事设施建设，其中修筑海防永久性炮台二十二座，陆防永久性炮台八座，半永久性炮台二十四座，永久性堡垒八座，半永久性堡垒六座，安装各种口径大炮四十二门。1903年，中东铁路从哈尔滨到旅顺的支线全线竣工后，他们又把建设重点转移到旅顺要塞工程建设上来，征用六万名华工日夜兼程地建设港口、船坞、炮台、军用道路和相关建筑物，还专门为旅顺港建立了军用发电所，设立电报局三十五个，电话所一百二十四个，兵营数十座和一大批军用仓库。

　　这些是俄国倾全力为应付可能到来的日俄战争所做的卓有成效的准备，然而，这个看起来恢宏磅礴、气吞山河的庞大计划，其背后的丑陋不堪也令人唏嘘。因为，此时的沙俄，正处于腐朽没落的罗曼诺夫王朝的统治之下，而这个王朝则以尼古拉二世全家遭灭门而寿终正寝。近三百年的统治史，无法阻止一个王朝的垂垂落日，而与此同时，统治中国二百多年的清王朝也处于江河日下的衰败当中。

　　两个没落的王朝，实在有太多的相似之处。沙俄虽然已步入强国行列，但它是欧洲唯一没有真正的政治领袖、没有宪法、没有议会、没有合法政党、没有工会制度的专制国家。尼古拉二世不仅继承了罗曼诺夫家族的专制势力，还继承了这个家族的腐败堕落，并达到了登峰造极的程度。俄国人评价他说，他继承了祖先的征服、扩张、渴求成功和荣誉的强烈欲望，但却资质平庸，

天分不高，与其说他是大俄罗斯帝国的沙皇，毋宁说是一个近卫军官，他的形象似乎就是垂死的俄罗斯帝国的象征。这种言论绝不是空穴来风，是有对应的因果关系的。

遥想尼古拉二世继位时，在莫斯科举行的加冕典礼，其规模之大，档次之高，令人称奇。参加典礼的有八十三个营、四十七个骑兵连、二十个炮兵连，调来了六百匹马和八百个驭手，仅装饰用的红布就用掉了一百多万尺。那天夜里，在霍登广场举行了盛大的庆祝活动，五十万人拥入广场，人潮起伏，势不可当。许多人被挤倒在地，互相践踏，不能相顾。一时间，呼喊声，惨叫声连成一片，终于酿成了死亡五千人，伤残数万人的惨剧。信奉神灵的人们认为，庆典变成惨剧，这是一个不祥之兆，既是俄国人的不幸，也预示着新沙皇末日的即将到来。然而，这并未引起尼古拉二世的警觉，他仍然处于登基典礼带来的盛世迷幻当中。并且，其之后的统治也是浑浑噩噩，尤其是在对日战略上，他依然故我地把日本看成是小小的猕猴，并影响了整个俄国几十年来保持的对日本人的印象。这一点，从一份海军文件中可见一斑：必须让世界感到俄国军事力量的强大，无论是在俄国的欧洲部分还是亚洲部分，必须让东方感到俄国军魂在亚洲一样强大。

而俄国人这种自以为是的强大，最终只能流于口号。沙俄朝廷早已由内而外地发生了分裂，在对日问题上，政府内部同样不能形成统一意志。尽管俄国在紧锣密鼓地备战，但对日是战是和，分成了截然不同的两派。

以财政大臣、外交大臣等人组成的主和派认为，不可轻易对日发动战争，即使日本咄咄逼人，也必须做出某些让步与妥协，把紧张的局势缓和下来。等西伯利亚大铁路贝加尔湖段通车，特别是旅顺以及外围防御体系都建成后，可再考虑与日本作战事宜。御前大臣、内务大臣、远东总督等人组成了主战派，他们的目光始终紧盯着英国，继续忽视昔日的手下败将，低估了日本的力量和作为。这部分人认为，东边的日本国土狭小，人又低矮，不过是一群玩耍中的猕猴。而俄国疆域辽阔，军力强大，二者相比，显然是西优东劣。那么，弱小的日本要想挑战强大的俄国，显然属于螳臂当车、蚍蜉撼树。

主战派与主和派之间的对立与论战，动摇了尼古拉二世对日作战的决心。他觉得，俄国还没有准备好，希望把战争的时间向后推迟。但是，在利益面前，俄国又不能甘居人后，只能不断地玩弄外交伎俩，从中骗取巨大的实惠。而另一方面，这些内耗行为，也动摇了俄国高级军事将领的信心。当时，俄国的宫廷之内，不但机构臃肿，而且，大公们大都在军界任职。在罗曼诺夫家族的影响下，俄国奢华之风弥漫了整个宫廷，并逸出宫廷以外，深刻地影响着俄国的社会各界。尤其是军界，他们的骄奢之风在增长，战斗意志在衰退，在相当程度上消解了物质上所做的战备努力，从而埋下了祸根。

情报工作的严重不足，也是导致沙俄政府对日备战不足的原因之一。从公元 1898 年开始，驻日情报官就由万诺夫斯基把持着，而他是一个既无情报工作经验，又无外交才能的庸才。在日工作期间，他不仅没能布下有效的情报网，甚至连日语人才都网罗不到，不能围绕战争需要搜集信息，为政府决策提供依据。俄国不仅严重忽视了情报在战争中的作用，而且对于已经获得的信息置若罔

闻。随着俄日两国关系趋紧，俄国再也无法容忍万诺夫斯基继续混下去了，于公元 1903 年，派出了新的情报官萨莫伊洛夫取而代之。在两国开战前不到半年的时间，萨莫伊洛夫将一份情报送给驻旅顺太平洋舰队总督阿列克谢耶夫，只有一句话，在我常驻日本的三年里，没有见过日本海军有如此大规模的调动。阿列克谢耶夫立即敏锐地意识到，日军随时可能对俄军开战，于是迅速把这个情报以及有关战争准备的请求递呈给了尼古拉二世。在尼古拉二世的心中，日本人一直都是二等民族，他略带恼怒地在情报上批示，不要主动招惹日本人，目前的国际形势正在促使我们继续与日本人谈判，他们是不可能也不敢主动进攻的。统率国家和军队的沙皇如此荒唐，必定导致俄国将领的普遍麻痹、昏庸、松懈，并造成情况的进一步恶化。

公元 1904 年 2 月 28 日，即光绪三十年，一艘英国客轮徐徐驶进旅顺港，把日本驻旅顺的领事和日侨全部接走了。这显然是战争即将爆发的前兆，可是并未引起俄国官兵的注意，更没有引起俄军高级将领的重视。就在此之前不久的 2 月 7 日，俄国国防部长库罗帕特金曾询问外交大臣拉姆兹多夫，日本能否对俄开战，拉姆兹多夫很不以为然地说，不要用战争问题去吓唬我们的军官，战争还在遥远的将来，别慌，别慌！就这样，俄国在不慌不忙之中等来了日本海军对旅顺的偷袭。

而在日俄战争之前，日本国内的情况却与俄国人的表现恰恰相反。

甲午战争之后，因俄、德、法三国横加干涉，不但迫使日本让出了旅顺，并且大大降低了日本的国际地位和影响力，导致日本朝野对俄怀恨在心，一心想报这一箭之仇。因此，不惜一切地决一死战，是日本蓄谋已久的对俄政策，对旅顺当然也是志在必得。为此，他们不但要卧薪尝胆，而且是举国动员，并采取了三项战争对策。

其一，在战略上实行十年扩军计划。甲午战争前，日本实行了十年扩军备战。为了打赢日俄战争，日本又一次实行了扩军备战的十年计划。公元1896年4月1日，即光绪二十二年，日本明治天皇以国家名义颁布了扩大军队和准备战争的法令，其基本内容是，在现有七个师团的基础上，要在七年之内实现陆军兵力增加一倍，平时兵力达十五万人，战时扩大到六十万人。按照近代化战争要求，要最大限度地扩充炮兵和骑兵。同时组建"六六舰队"，即海军由六艘战舰和六艘巡洋舰组成具有世界先进水平的舰队。到日俄战争开战前，日本已经顺利完成了十年扩军计划，陆军拥有十三个师团的兵力，常备军达二十万人。海军有一百零六艘新造舰艇列装，加上原有舰船，共一百五十二艘，总吨位达到二十七万多吨。自公元1903年12月开始，将一点五万吨粮食调运至朝鲜仁川港。

其二，投入巨资保证战争的正常运转。甲午战争结束后，清政府向日本赔款二点三亿两白银。公元1901年，《辛丑条约》签订后，日本又从战争赔款中分得白银三千四百七十万两。他们将这些赔款中的百分之九十都用于军备扩充，分别为，陆军扩充军费五千七百万日元，海军扩充军费一点三九亿日元，临时军费七千九百万日元，发展军舰水雷艇补充基金为三千万日元，总共投入三点零五亿日元。公元1903年末，为了支持战争，日本政府

发行了一亿日元的军事公债，同时还发布了《紧急支出敕令》《战时大本营条例》《军事参谋院条例》《京釜铁路速成条例》等政策要求。在此期间，日本政府还充分利用了舆论工具，向日本民众宣传侵略扩张的合理性，要求民众节衣缩食，由每日三餐变为两餐，举国上下全力以赴，保障扩军备战计划的落实。

其三，展开前所未有的外交攻势。日本认真总结吸取了中日甲午战争中孤军作战的教训，积极开展各种外交活动，以求在日俄战争中得到更多国家在政治、经济、军事上的支持，尤其看重美国的态度。在美国人眼里，俄国始终是他们在亚洲推行"门户政策"的最大障碍，特别希望和愿意借日本之手削弱和排挤俄国在远东，尤其是在中国东北的势力。美国曾明确表态，无论在什么情况下，他们都会积极支持日本对俄开战。公元1902年2月1日，就在英日同盟条约签订的第二天，美国国务卿约翰逊就发出了照会，高调宣布完全支持日本的决定。美国陆军部还以罗斯福总统的名义向日本许诺，美、日、英三国将共同行动，如果发生战争，美国将无条件支持日本。这促使日本人更加胆大妄为起来。

公元1904年1月，俄国财政大臣，东方政策的设计者维特同日本代表团进行了一次极其强硬的对话，他趾高气扬地表态，问题不在于俄国或者任何其他国家按照目前承担的义务必须做什么，而在于每一个国家根据该国当前所拥有的实力可能做什么。现在，日本无论是在陆海军还是财源方面，都不可能同俄国竞争到底。未来的竞争，毫无疑问将对俄国有利。日本应该满足于俄国不能越过的界限，这就是海。维特的态度和其谈话内容，深深刺激了日本人的神经，唤起了他们压抑已久的情感。

公元 1904 年 2 月 4 日，明治组织召开了准备对俄开战的御前会议。日军参谋总长大山岩报告说，我们收到了一份密电，俄国参谋部的对日作战计划已经获准，这意味着，俄国随时都可能对日军实施攻击。俄远东总督企图等待在红海的波罗的海舰队开到远东，与旅顺和海参崴的太平洋舰队会合，而后以绝对优势兵力消灭日本联合舰队。在如此严峻的形势下，选择什么时机与俄国开战，对日本来说有两个重要考量，一是必须赶在俄国西伯利亚大铁路竣工之前，二是必须赶在俄国波罗的海舰队赶到远东之前。大山岩的话立即使会议室里充满紧张气氛，一直没怎么说话的明治突然用力握紧了拳头，重重地拍在桌子上，发出咚的一声响。

作战会议从下午两点一直开到傍晚。会议结束后，明治神情忧郁地来到了皇后的房间，沉默半晌，才自言自语道，终于要同俄国开战了。之后，他默默地坐了很久。

公元 1904 年 2 月 5 日，日本突然宣布与俄国断交。当天夜里，明治向陆海军颁布了战争敕令。

经历了十年漫长的等待，日本对俄国的报复就要开始了。一战十年苦，对于旅顺来说，甲午战争的硝烟才刚刚熄灭，旅顺人流血的伤口还没有抚平，作为日俄"世仇"的焦点之一，又要为这场战争付出更加惨重的代价。

沉船堵口

日军历来喜欢偷袭，在日俄战争中，自然也是不宣而战，非常具有戏剧性。

公元 1904 年 2 月 8 日夜晚，驻守旅顺的俄军统领和达官显贵们聚集在旅顺西北的将校俱乐部，庆祝俄太平洋舰队司令斯达尔克将军夫人的命名日，俄军舰艇上大多数官兵都应邀参加了舞会。在美丽夜色的衬托下，人们正在兴高采烈地放歌曼舞，远处突然传来了隆隆的炮声，窗口内，还能看见炮弹爆炸时的闪光。在一片轰鸣声中，俄军以及整个旅顺城惊慌不已，港口内外的俄军战舰在匆忙间胡乱开炮，一排排巨大的水柱在海面上腾空而起。

日俄战争，在柔情蜜意的初春时节拉开了战幕。

公元 1904 年 2 月 9 日，俄国不得已对日宣战，而日本人则是在战争打响以后的第三天，即 2 月 10 日才正式宣布对俄战争启动的，同时也对内宣布了全国战争动员令。先发制人的日本人，竟然比受到偷袭的俄国更晚宣战，其手段令人如坠云雾。

战争，特别是大规模战争，一定会牵动社会的每一根神经，渗透到社会每一个角落，是最为复杂的系统工程。但是，梳理日本的作战方针和步骤，其线条却非常简单明了。首先是海军联合舰队突然出击，歼灭或重创俄太平洋舰队，成功赶在波罗的海舰队到达旅顺之前夺取和控制从日本海到黄海、渤海海峡的制海权。然后是对俄舰队实行各个突破，分而歼之。陆军的地面作战则分为三个方向，第一军从朝鲜境内出发，到鸭绿江右岸牵制俄军；第二军在花园口登陆，建立根据地；第三军则在大连湾海域登陆，监视旅顺要塞，伺机进攻。

按照日本大本营的战争指令，日军联合舰队先行出击。舰队司令东乡平八郎率十艘主力舰很快到达了旅顺港外水面，第二梯队的八艘战舰开往大连、大连湾，舰队主力驶向长山列岛，在其水域埋伏待命。这时候，俄国太平洋舰队的十六艘军舰依旧停泊在旅顺港外锚地。公元1904年2月8日是农历腊月二十三，属下弦月。半夜了，月亮都没有升起，海面一片漆黑。夜里十一点半，东乡平八郎发出向俄舰进攻的命令，各舰立刻从近距离发射鱼雷，其中三枚命中目标，偷袭成功得手。

公元1848年出生于日本鹿儿岛的东乡平八郎，在1866年，即十八岁那一年参加了日本海军，曾先后留学于英国、德国，回国后曾担任多艘军舰的舰长。在甲午战争丰岛海战时，他担任日本联合舰队"浪速"号舰长，正是他下令击沉清政府租用的英国"高升"号商船，并使该舰的全体官兵遇难的。威海海战后，东乡平八郎晋升为海军少将，日俄战争时任联合舰队司令，与陆军的乃木希典并称为"军神"，是日本海军的偶像。日俄战争打响后，东乡平八郎第一次偷袭得手，紧接着又在夜里发动了第二次偷袭，但这一次却无功而返。当日本联合舰队主力开进旅顺海面时，俄军已有准备，整个舰队全部进港龟缩，拒不与日舰交战。而且，

港口内外戒备森严，海岸陆岸炮台严阵以待，探照灯群把港内海面照得通明。

当对峙形成，东乡平八郎停止了攻击。在反复研究旅顺和港口的地理环境后，他发现，世界上绝大多数港口的进出航道都很宽敞，有的还有好几个出口，而旅顺港不但只有一个出口，并且航道狭窄。如果在合适的位置把航道封锁，就可以形成关门打狗、瓮中捉鳖之势，从而使日军牢牢地把握住战争的主动权。于是，东乡平八郎急中生智，提出了"沉船堵口"的方案，即在旅顺港最窄的老虎尾进出口处，把若干艘装满石块的船只炸沉，将进出口堵死，把太平洋舰队困死在港内。以沉船堵港口，在近代世界海战史上是没有先例的，东乡平八郎所做的是一个创举。方案很快得到大本营的批准，要求不惜一切代价组织实施，日本人一招制敌的决心可谓登峰造极。

的确如此，沉船堵口一旦得逞，将会使俄国的庞大舰队失去运动作战的能力，直至束手就擒，这不啻于一场灭顶之灾。而对于日本来说，要冒着极大风险才能完成。俄国舰队遭到两次突袭，已有万分之戒备，若作困兽之斗，破釜沉舟，很有可能置双方于鱼死网破的境地，这个结果，不是日本人想要的。另外，用作沉船的商船没有任何防御能力，大部分会在到达港口之前即被击沉，这必将带来相当数量的人员伤亡，以致出现得不偿失的结果。所以，东乡平八郎是怀着十分谨慎而沉重的心情来组织实施这一计划的。为了提高士气，他在下达作战命令时，语气是豪迈而坚定的。他强调，为了战争的胜利，也为了把国家引向胜利，唯有这种选择，再大的牺牲都是迫不得已，而且值得。东乡平八郎说得相当中肯，沉船作战不是军舰之间或者海陆之间的对决，而是单方面的行动，对于来自任何敌方的攻击都不能还手，只有在被动挨打中接近目标。最主要的是，船上人员必须在船只沉没后才能乘小船离开，由离得比较近的驱逐舰、鱼雷艇收容，这个过程异常凶险，它意味着，执行任务的人，很难活着回来，甚至可以说是一趟死亡之旅。

但是，在1904年2月18日这一天，当东乡平八郎下令成立敢死队时，日军官兵竟极其踊跃地报名。最后，他从两千多名官兵中挑选出六十七人来承担这次任务。落选者很是沮丧，有的甚至号啕大哭，还有人给舰长写血书，表达了舍生取义、报效国家的雄心壮志。

日军组织的第一次沉船行动是1904年2月24日凌晨。2月20日早晨，日军堵口船队"天津丸""报国丸""仁川丸""武阳丸"等五组编队在驱逐舰的护卫下，从朝鲜西南海岸启航，悄无声息地于23日黄昏抵达圆岛（位于大连港口东南方，是辽东半岛沿海最南端的一个孤岛）附近。因为月光影响，为避免暴露目标，日军将船队隐蔽在老铁山的山阴里，等待月亮落山。2月24日凌晨时分，月亮消失在天际，堵口船队沿着老铁山东岸，开足马力，以最快速度向旅顺港冲击。可是，堵口行动完全事与愿违，由于日军官兵不熟悉水域地理，船队在向旅顺港开进的过程中，完全辨认不清方向，加之俄军探照灯的强光照射，日本船队如无头苍蝇般溃不成形，纷纷触礁、搁浅。而海港方向，俄军以强大的炮火死死压制着日军船队，使其指挥官不得不把余下的船集中在港口外不太远的水域，匆匆引爆，第一次沉船堵口失败。

东乡平八郎是不见黄河不死心，第一次失败并没有动摇他的决心，反而更加鼓舞了他的斗志。他不顾下属劝阻，一意孤行地要把堵口决策继续下去。1904年3月27日，东乡平八郎从国内调来了"千代丸""福井丸""弥彦丸""米山丸"等四艘三千五百吨级以上的运输船，并派联合舰队三个战队的兵力进行掩护，再次向旅顺港猛冲过去。时间仍然是凌晨时分。早已埋伏在港外的俄国战舰，见日舰以很快的速度向港口靠近，当即发出了拦截聚歼的战斗命令。瞬间，旅顺港口岸上的十几个探照灯同时打开，全方位地把港外海面上的日本舰队罩住。此时的日军船队完全处于俄军海岸、陆岸火炮的射程之中。在探照灯的辅助下，俄军的舰炮、岸炮和鱼雷万炮齐发，对准四艘日舰狂轰滥炸，堵口船队纷纷中弹，一艘接一艘地在轰鸣声中沉没。在"福井丸"上担任轮机长的栗田富太郎目睹了这一惨烈而惊险的场面，他回忆道，"福井丸"开始下沉，我们就转移到舢板上，但松野上等兵不见了。在"福井丸"的左舷首外，是"弥彦丸"，敌人对"弥彦丸"胡乱射击，机舱天窗附近像放焰火一样直冒火花，给人一种畏缩凄惨之感。正木大尉指挥的"米山丸"左冲右突，不能摆脱追杀，不久便消失在硝烟中。如此，东乡平八郎组织的第二次沉船堵口行动又失败了，四艘大吨位运输船全部葬身大海。

两次堵口都遭失败，旅顺港口外海底，已有八九艘被击沉的日本船只。面对失败，东乡平八郎既不甘心，更不死心，他像个赌徒一样咬紧牙关，在一个多月的准备之后，又发动了第三次沉船堵口行动。东乡平八郎之所以在这种非常被动的情况下还能以更大的决心和意志实施堵口，不是因为钢铁般的意志，而是为形势所迫，他已经没有了退路。就在东乡平八郎在旅顺海面与俄舰队胶着期间，日军地面部队总指挥，第三军司令乃木希典率领的日军陆军即将在辽东半岛南部实施登陆。为了保证陆军登陆的安全，一定不能让俄国舰队出动，不能有一艘俄舰出现在黄海和渤海海峡的海面上，这是日本大本营的指令。

1904 年 5 月 2 日，东乡平八郎发动了第三次沉船堵口行动。这次动用的船队比前两次的规模还要大，不仅有"新发田丸""小仓丸""长门丸""天沙丸"等十二艘堵口船，还派出五个护航战队，并在堵口船上安装了特殊的爆破装置。5 月 1 日下午时分，十二艘堵口船与五个战队、四艘驱逐舰、两个鱼雷艇队，还有水雷母舰及其他附属舰船共同编队，再次从朝鲜西南海岸启航，浩浩荡荡地于 5 月 2 日下午到达了圆岛。可是，天有不测风云，当天夜里，天气突然变化，刮起猛烈的西北风。东乡平八郎知道，在旅顺和大连地区，北风属地风，陆地风再大，旅顺港内依然平静，因此，不去改变行动计划。傍晚七点半钟，堵口船队在航行中与舰队分离，当午夜赶到旅顺港外时，西北风突然变成了狂暴的东南风，海面顿时恶浪滚滚，所有船只都不能正常航行，队形也被海浪冲击得七零八落，互相离散而不能相顾。当行动总指挥林三子雄下达中止沉船堵口行动命令时，只有两艘船接到了通知，其他船只因失去联络，仍顶风继续向旅顺港驶去。船队刚驶近俄国军舰停泊场，立即遭到俄军岸炮的猛烈袭击，无一例外，全部沉没于主航道之外。日军的第三次沉船堵口行动再一次以失败告终。

事物之间的因果关系复杂而微妙，因此，塞翁失马，也未必是一件坏事。日军连续三次沉船堵口行动均遭失败，却在旅顺港

中心航道上沉没了多艘船只。虽经俄国海军清除，并未影响大型军舰的自由进出，但在这样一种态势之下，俄国的太平洋舰队已成惊弓之鸟，全部战舰躲避于港口之内，坚守不出。这所导致的结果是，俄军虽然无舰船损失，但黄海、渤海海峡的制海权却全部落入日本舰队之手，完全可以藐视"群雄"，视偌大个俄军太平洋舰队于无物。

那么，俄军太平洋舰队司令斯达尔克中将为何甘愿被动挨打呢？原因在于，他是一个以胆怯畏战而著称的熊包司令，其眼界狭窄，连日本人发动战争的目的都不清楚，更不敢派舰出港与日军交战。说来可笑，这种只求保持舰队的完整性，始终避免在海上与日军接火交战，以求和平的状态，和当年的李鸿章何其相似？他们都是在迫不得已的情况下才勉强做一些保护性的反击动作。尤其是这个斯达尔克，他所想的不是怎样积极应战，迅速把制海权夺回来，而是忍辱负重地龟缩，等待波罗的海舰队赶来以后，一起消灭日本联合舰队。

在此思想基础之上，日俄战争的第一回合必然是扑朔迷离的。俄国海军消极应战，虽然粉碎了日本人沉船堵口的阴谋，但却失去了制海权。这令损失惨重的日本海军得以化劣势为优势，战争的天平开始明显地向日本倾斜。

这种优势与劣势的转化，表面上看可能是暂时的、局部的，但对于日俄战争全局的影响至关重要，甚至是决定性的。

俄太平洋舰队从根本上失去了旅顺附近海域的制海权，令尼古拉二世暴跳如雷，破口大骂斯达尔克是懦夫蠢材，耽误了他的大计。没过几天，斯达尔克太平洋舰队司令的职务就被解除了。

一个月后，他带着添乱的夫人，黯然离开旅顺，回到了圣彼得堡，其职位由海军中将马卡洛夫继任，旅顺俄军太平洋司令的官邸迎来了它新的主人。

马卡洛夫于1849年出生于黑龙江畔一个叫尼古拉耶夫的小城。在水手家庭的熏陶下，小小的年纪就显露出不同寻常的天赋，并进入海军少年学校学习。十六岁那年，他在波罗的海舰队任少尉，1896年升任海军中将，这一年，他仅仅四十七岁。尼古拉二世信任马卡洛夫，并对他寄予厚望，希望他能彻底扭转太平洋舰队被动挨打的颓势，能够突出重围，把日本联合舰队赶出去，重新夺回旅顺的制海权，从而为获取战争的胜利奠定基础。马卡洛夫果然不负众望，他一到达旅顺就果断提出了新的战争计划和策略。他认为，在日本已经掌握制海权的情况下，太平洋舰队的主要任务是在旅顺到花园口的海上布雷，以阻止日军在辽东半岛的任何地区登陆。同时，寻求战机，主动出击，使日舰难以靠近。为了促使战争胜利，马卡洛夫还大刀阔斧地撤换了一些不称职的舰长。

正当马卡洛夫以智慧和胆略带领俄太平洋舰队走出困境的时候，悲剧从天而降。1904年4月13日，马卡洛夫亲自率领装甲舰和巡洋舰驶出港口，在旅顺外海指挥对日舰作战。当马卡洛夫乘胜追击日军第三战队时，不知不觉中，冲出了岸炮的射程之外。在命令舰队迅速编队返航的途中，马卡洛夫一直站在旗舰"彼得罗巴甫洛夫斯克"号战列舰的甲板上。当他的旗舰在崂律嘴海面掉头时，突然一声巨响，触雷爆炸，连同旗舰，马卡洛夫和舰上六百多官兵一起消失在浓烟烈火的大海之中。

马卡洛夫在旅顺舰队司令官邸里只住了三十五天，他的生命

连同他的事业都在这里画上了句号，俄太平洋舰队的命运也从此又拐回到原点之上。

继任俄太平洋舰队第三任司令的是海军少将维特盖夫特，他曾任第一舰队参谋长，与他的前两任，斯达尔克和马卡洛夫均曾一起共过事。此人胸无大志，鼠目寸光，也缺乏担当精神。他走马上任的头一件事，就是把军舰的所有火炮都卸下来，全部安装到海岸炮台上去。显然，他不想再出海作战，更不愿承受死亡的风险，而是心甘情愿地步斯达尔克的后尘，让太平洋舰队死死地龟缩在旅顺港内。

驻旅顺最高军政长官阿列克谢耶夫总督对于维特盖夫特的行为忍无可忍，他命令停泊在旅顺港内的太平洋舰队立刻向海参崴方向突围。很快，日俄舰队的遭遇战爆发，即日俄战争中的黄海大战。维特盖夫特坐镇的"太子"号战列舰一出海，就被东乡平八郎盯上，紧追不舍，最后将其打沉，维特盖夫特当场被炸死。没有了指挥官的俄太平洋舰队群龙无首，很快就溃不成军。

天命如此，夫复何求？俄太平洋舰队半年之内换了三任司令，一个被撤职，两个战场上殒命，可日俄战争还远远没有结束。也许，这就是苍天给出的暗示吧。

血肉较量

日俄战争第一阶段的海上对决，日本联合舰队司令东乡平八郎连续挑战俄国太平洋舰队斯达尔克、马卡洛夫、维特盖夫特三任司令，最后以日本联合舰队战胜而收场。

在第二个阶段，双方转为陆上较量，其中，旅顺保卫战是最激烈的一次战斗。在旅顺保卫战中，双方参战部队和指挥官多如牛毛，但是，俄军地面作战的核心人物只有一人，即驻旅顺陆防司令康特拉琴科少将。日军地面作战的核心人物也只有一个，即第三军司令乃木希典大将。前者被誉为"旅顺防御的灵魂"，后者被称为"军神"——灵魂与军神的对阵，不得不说是棋逢对手。

自1904年5月4日开始，乃木希典率领的日本第三军从朝鲜大同江乘船出发，在联合舰队第三队的护卫下，于5月5日在大连湾的盐大澳（金州区东部黄海水域海湾）悄悄登陆。俄国驻旅顺及大连湾、金州的陆海大军按兵不动，使日军得以完整有序地连续登陆十天，然后夺取金州，攻克大连，未受到任何阻拦，顺利完成了对旅顺要塞的大包围。到了8月，乃木希典把战地指挥所设在离旅顺十几里地的地方，并向旅顺要塞的司令斯特赛尔中将递来一封劝降书。斯特赛尔十分愤怒，认为这是对自己和俄国

人的侮辱，因此对日军使者挥拳吼道，你们所能得到的只是铁拳，而决不是旅顺。但是，战争的现实并不如此。乃木希典的部队以锐不可当之势，先后占领了旅顺周围的大孤山、小孤山、三头山、前山以及高山、平山、营山等要隘，逐步接近了俄守军的主要防线。此时，日军向旅顺发起总攻的时机已经成熟。1904 年 8 月 19 日，日军向旅顺发动了第一次总攻。

甲午战争时期，对旅顺攻城的主将是第一师团长山地元治中将，当时，乃木希典是他的副手。日俄战争时期，担任第三军司令的乃木希典是攻占旅顺的主将，他对旅顺的情况了如指掌，决定在俄波罗的海舰队到达旅顺前完成攻城任务。他向大本营夸下海口说，无论俄军的防守多么坚固，一定要在八月间结束这次争夺战。

向旅顺发动总攻的日本陆军第三军，由三个步兵师、两个预备旅团、野战炮兵第二旅团和攻城特殊部队组成，共四万八千人，拥有三百八十六门火炮，具有相当强大的战斗力和攻击性。驻旅顺的俄军在康特拉琴科的指挥下，加固了阵地工事，并将港内舰队的二十一名军官和两千四百多名水兵也调到海岸炮台上，作为防御作战的预备队。1904 年 8 月 19 日下午四点，日俄军队对旅顺的攻防战在空前的炮战中拉开了序幕。日军三百多门大炮向旅顺城及陆、海岸炮台实行了猛烈轰击，俄军各守备炮台以及港内舰艇也立即还击，整个旅顺城立时山摇地动，硝烟弥漫。炮声停息后，便是步兵地面攻击。乃木希典深知攻打盘龙山堡垒和望台炮台对攻克旅顺要塞的重要性，调来四个步兵旅集结于望台山下，以绝对优势兵力实施钳形攻击。康特拉琴科也同样把防御重点设立在

铁 血 旅 顺

此，不断加大预备队增援，始终保持着战斗力不减，使日军的进攻难以奏效。

是夜，在乃木希典发动强攻的命令下，日军向望台山发动了人海冲击。刹那间，谷底、沟壑，到处都有日本兵钻出来，步枪、机关枪和火炮闪光的弹雨，在夜空中疾速穿梭。俄国士兵把周围炮台上的探照灯全部打开，高亮度的光束如同金蛇狂舞，向谷底沟壑中扫射。被探照灯照得睁不开眼睛的日本兵，在兵器的碰撞声和枪炮的爆炸声中，号叫着向上冲锋。一批倒下来，一批再冲上去，前赴后继。俄军官兵见此，惊愕不已，在他们眼中，这些日本士兵更像是疯狂的野兽，而不是一个个有血有肉的人。然而，尽管日军发动了歇斯底里般的进攻，终究没能攻下望台炮台，而阵地前却早已伏尸叠垒，恐怖森然。

旅顺要塞的攻防战残酷地进行了六天六夜，日军参战兵力四万多人，伤亡一万五千八百多人。俄军参战近三万人，伤亡六千多人。乃木希典面对着尸山血海，陷入了深深的自责与焦虑之中，他的心在流血。他先是责怪侦察部门信息不详，对俄军要塞无比强大的防御实力没有做出正确的估量。同时也悔恨于自己的轻浮自信，过高估计了自己的力量，以致盲目迈出如此险恶的一步。好在，乃木希典的悟性极高，他在认真总结了第一次总攻失败的教训之后，采用了正攻法战术，在最大限度抵近俄国堡垒工事时，像地鼠打洞一样，钻到俄军堡垒下面，填装炸药进行爆破。为了应对日军更大规模、更加猛烈的进攻，俄军也在日夜不停地抢修、加固防御工事，在一些重要山头和地段构筑城墙，挖掘堑壕，架设铁网和电网，还在前沿阵地埋设了大量地雷。

经过一个多月的作战准备，日军于 1904 年 9 月 17 日对俄军发动了第二次总攻，主攻目标是二〇三高地。9 月 21 日那天，日军在二〇三高地山下集结了三个预备队，准备趁夜幕降临实施攻击。然而，康特拉琴科早就发现了日军的企图，他从老铁山炮台调来一个速射炮排，把火炮伪装成草篷车，悄悄进入北鸦鹁嘴附近的炮兵预备阵地，以逸待劳地等待日军的到来。晚七点左右，不知敌情的日军向二〇三高地发动突袭。在距目标两公里处，还没等队形散开，俄军速射炮排突然以密集火力发射过来，五分钟内，六百多发炮弹全部命中目标，日军预备队三个营的兵力眨眼间全部阵亡。

日军发动的第二次总攻虽然占领了侯石山、水师营南方堡垒和龙眼北方堡垒，却以高达七千五百多人的伤亡代价，兵败于二〇三高地，并未对旅顺要塞构成根本性威胁。而俄军虽也伤亡一千五百多人，但二〇三高地依旧在手。

已经启动的战争，就如同一列快速前进的列车，它所产生的巨大惯性，没有什么力量能够阻止，更遑论使其迅速停止下来。乃木希典横下铁石心肠，于 1904 年 10 月 25 日黄昏，组织发动了第三次总攻。发动这次总攻的最大动力是，明治诞辰在即，他要赶在天皇诞辰之前攻克旅顺要塞，为天皇的生日献上一份厚礼。以夺占西线二〇三高地与东线东鸡冠山堡垒为目标的第三次总攻，不论对日军还是俄军，都具有代表性意义。俄军守住了这两座堡垒，就等于在整体上守住了旅顺要塞，使日军的所有努力都变成徒劳。如若被日军攻陷，就意味着打开了通向旅顺要塞的大门，使俄军的守城希望化为泡影。乃木希典不惜血本地调集四万四千多人，

四百二十门火炮，七十多挺轻重机枪，于 10 月 26 日下午向二〇
三高地发起全面攻击。可是，直到 30 日，进行了五天五夜的全线
进攻，全都被俄军击退，留下了三千八百三十具尸体，再一次铺
满了二〇三高地前沿。

第三次总攻的失利，使乃木希典背负上了沉重的压力。这时，
他得知俄波罗的海舰队在罗杰斯特温斯基司令的率领下，已经绕
过好望角，预计在 1904 年 12 月中旬前可抵达马达加斯加岛，与
来自地中海的另一支舰队会合后，会直奔旅顺海战战场。乃木希
典自忖，真的到了这一步，他将腹背受敌，退路也会被切断。因
此，日军必须赶在波罗的海舰队赶来之前拿下旅顺，否则，战争
结果不堪设想。并且，三次总攻均不得手，令日本大本营大失所望，
国内不满情绪日益高涨，发出了要乃木希典引咎辞职的强烈呼声。
更有甚者，许多在旅顺战死官兵的亲属如热锅上的蚂蚁，疯了一
样拥向乃木希典的家中，不停地向院子里抛掷砖瓦石块，大骂其
为"杀人恶魔"，是"杀害日本青年的凶手"，要求日本政府严厉惩治。
重压之下，乃木希典想一死了之。他一边考虑剖腹自尽，一边想
着亲自率领突击队冲锋陷阵。如果能战死沙场，也可以明其志。
可是，战争打到这个程度，一死了之谈何容易？现如今，生死已
由不得他自己，他必须用最后一搏挽回败局。于是，绝望之中，
乃木希典准备对旅顺发动第四次总攻。

这时，俄波罗的海舰队已进入印度洋，尽快攻克旅顺已是
箭在弦上，不得不发。深感不安的日本大本营为了确保第四次总
攻的成功，把满洲军参谋长儿玉源太郎派到旅顺督战。1904 年
11 月 26 日，乃木希典孤注一掷的第四次总攻启动。他先是调集

六万四千多官兵，对付只有两万防御兵力的俄军。同时，他要先行除掉俄军的灵魂人物康特拉琴科。自 1904 年 8 月 18 日，旅顺被日军全面包围以来，之所以久攻不下，主要因为康特拉琴科始终坐镇一线指挥。这是一位具有超强意志而足智多谋的军官，他成了旅顺俄军一面不倒的旗帜。如果换成了投降派总督斯特赛尔，恐怕早就缴械投降了。于是，乃木希典派出多名间谍，打探康特拉琴科的行踪。是日，乃木希典接到康特拉琴科晚上八点要去东鸡冠山北堡垒的情报，于是调集火力，于康特拉琴科刚刚登上山顶之时，以密集炮弹向东鸡冠山发动猛轰，康特拉琴科和中校纳乌明科等多名军官当场殒命，乃木希典成功铲除了攻打旅顺的最大障碍。

日军发动的第四次总攻的目标很明确，东线夺取东鸡冠山北堡垒，西线攻占二〇三高地。登上二〇三高地，旅顺城及其港口内俄军军舰将尽收眼底。乃木希典像下了赌注，把日军当时最先进的手榴弹和重型火炮全部对准了二〇三高地和东鸡冠山北堡垒。整整三天的炮击，两座山头几乎被削去了一截，留下的尽是焦土。

人类战争史上极其罕见而又惨烈的一幕出现了。东鸡冠山北堡垒固若金汤，不论日军发射多少炮弹，都不能将其摧毁，只要日军官兵敢于向上冲锋，立即就会被堡垒内的俄军射杀，无一漏网。为了抢出战壕内和山坡上的伤亡战友，每个冲锋的日军士兵身上都带着一个长长的铁钩，并在脚腕上系上绳索。前面的人中弹倒下，后面的人就用长钩套上绳索，将伤亡者拖离，方便后来者顺利前进。

1904 年 12 月 1 日凌晨时分，俄军部队为了争取对日作战的主动权，对二〇三高地周围的日军实施了猛烈的反突击，并很快进入短兵相接的阶段，肉搏血战一直持续了六个多小时。天亮以后，二〇三高地山前坡后，到处都是日俄两军士兵的尸体，并呈现出各种各样的姿态。有的两人紧紧抱在一起，或死死卡住对方脖子，或用嘴咬住对方的耳朵。有的人脑浆崩裂在外，有的人胸膛已经洞穿，肢体和躯干散落各处，找不到它们原来的"伙伴"。遍地的枪支、木棒、石块，都沾满了红色的鲜血和灰白的脑浆，二〇三高地北坡的沟壕里，日军伤亡者一层压着一层，把沟壕都填平了。对此恶战，日军战地记者形容，高地半山腰上，堆满了阵亡者的尸体，从而改变了山的形状。日军敢死队使用人操作鱼雷，炸开带刺的铁丝网，但俄军的抵抗也是不顾一切的。双方的子弹打光了，刺刀折断了，便赤手空拳相搏，用牙齿互相撕咬。激烈战斗进行了五天，12月6日下午6时，日军攻占了二〇三高地，伤亡多达一万一千多人。加上前几次总攻，日军损失达六万多人，乃木希典将军的两个儿子也先后战死。

英国随军观摩记者阿什米德·巴特利特描述说，自从法军攻击波罗的海大要塞以来，不曾再见过这么多的死尸。死尸十分难看，因为他们的皮肤变成了绿色，显出一种极不自然的样子。没有一具尸体是完整的，在炮弹、刀枪碎片的堆积中，到处夹杂着零碎的肢体。

战争是人类的灾难，这灾难中就包括发生在旅顺二〇三高地、东鸡冠山北方堡垒的日俄军人用生命毁灭生命的恶战。一个小小的山坡上，竟留下了一万一千多具日本军人的尸体和五千多具俄国军人的尸体。战役结束之后，乃木希典登上二〇三高地，见到

山坡上尸横遍野的景象，禁不住仰天长叹。可是，旅顺港就在眼前，港内的俄舰近在咫尺，这个战争恶魔的斗志又被激发了出来。他下令在二〇三高地开设海军观察所，以猛烈炮火轰击旅顺港内的俄太平洋舰队舰船。在隆隆的炮声和熊熊的火焰当中，那些舰船也如行尸走肉一般，悉数被摧毁在港湾里。

日俄两国对旅顺要塞的争夺，以俄军的彻底失败和日军的全面胜利而告终。俄罗斯驻旅顺总督斯特赛尔立即宣布了无条件投降。事实上，投降停战，使压在他心上的沉重的巨石被挪开了，被战火不断煎熬的心灵得到了解脱，因此，他接受了日方所有的投降要求。1905 年 1 月 2 日，日俄双方代表在投降书上签了字，乃木希典在水师营外接受俄军三万三千名官兵投降，他们都成了日军俘虏。第二天，日军开进旅顺城。1 月 13 日，耀武扬威的日军在太阳沟体育场举行了缴械仪式，同时，俄国国旗从黄金山信号旗杆上降下，日本军旗高高飘扬起来。

虽然旅顺要塞被日军攻克，但日俄战争并没有结束，由罗杰斯特温斯基中将所率领的波罗的海舰队依然在星夜兼程地赶往旅顺。遗憾的是，当这位海军中将得知旅顺要塞陷落，太平洋舰队已覆灭的消息时，马上决定改道，经对马海峡直赴海参崴。但是他有所不知，东乡平八郎早已率联合舰队埋伏在朝鲜海峡和对马海峡水域守株待兔，只等波罗的海舰队的到来。

1905 年 5 月 28 日，尼古拉二世全家和他的叔叔一起，正在加特齐那劳兰湾海滨乘摩托艇游玩，而此时，日本联合舰队和俄国波罗的海舰队正在对马海峡进行激烈的厮杀。经过一天一夜的鏖战，波罗的海舰队的三十八艘舰船，只有"阿芙乐尔"号等九艘有幸突出重围，分别驶进马尼拉、海参崴和上海等港口，其余二十九艘不是被击沉，就是成了日军的战利品，俄波罗的海舰队可谓全军覆灭。

至此，历时二百二十二天，历经三次沉船堵口，四次人肉总攻，以及对马海峡大海战三个阶段，轰动全世界的日俄战争，以日本完胜而画上了句号。

事实上，两个尚武民族的打斗较量，不仅是经济与军事实力的比拼，更是民族文化与心理的碰撞。在日俄战争之前，老牌列强俄国与新兴列强日本之间就已摩擦不断，屡有战事。但是，在历史的记分牌上，无论战争规模大小，俄国始终保持着对日作战的全胜纪录，从未失过手。反过来，日本可谓屡战屡败，从来没有打赢过。因此，在历史上，当日本人面对俄国人时，其刚韧耿直的特性马上就会大打折扣，而俄国人面在对日本人时，则会把自己威猛剽悍的一面成倍地放大。

但这样的局面在1904年得到了改写，日本人从哪里跌倒，又在哪里爬了起来。他们用了十年的时间，磨刀霍霍，不但把得而复失的旅顺重新夺了回来，并且血洗了在日俄战争中一直被动挨打的屈辱历史。

有人认为，这是一场狗咬狗的战争，其实不然。被称为"第零次世界大战"的日俄战争，是新列强战胜老列强的一场角斗，其结果，不仅催生了中国和俄国的觉醒与革命运动的爆发，也对亚洲和世界格局产生了极为深刻的影响。从这个角度看，日俄战争的发生地——旅顺，是改变中国、俄国和日本命运，进而影响和改变世界的城市。

只是，熊走了，狼来了，旅顺的主权仍然在日本人之手。从公元 1895 年算起，这是旅顺第三次与"母亲"的分离。

中立埋下祸根

被欧洲人称为"第零次世界大战"的日俄战争结束了，但是，战争的余震并没有消失。只有去伪存真，把藏匿在硝烟深处的阴谋与欺诈、歧视与屈辱、盘剥与掠夺的黑幕揭开，人们才会发现，在这场极其荒谬而又邪恶的战争中，清政府的残忍出卖，成了旅顺多舛命运最重要的注脚。

日俄两个列强国家为争夺旅顺，把战场摆在了中国的领土之上。面对这样一个关乎国家命运的历史时刻，清政府应该何去何从呢？

李鸿章临死之前，曾极力向朝廷推荐袁世凯出任直隶总督兼北洋大臣。在晚清一干高官要员当中，袁世凯也确实属于个中翘楚，拥有世界性的眼光、格局与才能。但谁能想到，他竟继承了李鸿章投降卖国的衣钵，扮演了一个跳梁小丑的角色。日俄战争的风声一起，袁世凯就表现得首鼠两端。他在心里盘算，若偏向于俄，日本会倚仗海军优势扰我东南；若偏向日本，俄国会以陆上优势扰我西北——不论怎样，大清国都不得安宁，形势危殆，甚至波及周边国家。日俄果真要为旅顺决一死战，清政府最好的办法就是置身事外，作壁上观。因而，袁世凯选择了所谓的"中立"态度，

他以为，大清国最多失去一个旅顺，换来的可能是长治久安。他自以为是地一再催促光绪宣布中立，并反复强调说，日俄都是强国，我们惹不起、躲不开，唯有中立方可稳时局、定人心、保民安。

这时候，英、美、德、法等国家也已经把清政府根本不敢调停制止战争的本质看透了，纷纷宣布中立，并发出通牒，认为清政府保持中立是必要的。在此背景下，袁世凯于日俄战争爆发后的第四天，即公元 1904 年 2 月 12 日，以清政府名义发布上谕，宣布中立：

现在日俄两国失和用兵，朝廷轸念彼此均系友邦，应按局外中立之例办理。著各直隶将军督抚，通饬所属文武，并晓谕军民人等一体钦遵，以固邦交，而重大局，勿得疏误。

紧接着，清政府外交部向外发出中立通电。清政府对发生在自家领土上的，并以自家领土为目的的日俄战争宣布中立，不做干预，一时令世界哗然。尤其令人作呕的是，清政府还自作多情地为难以确立和划分战争区域而大伤脑筋。当时，因黑龙江、吉林两省和奉天绝大部分地区已被俄军占领，东北三省哪里是战争区，哪里是中立地，说不清楚。而实际上，所谓皇帝上谕，所谓的外交部通告，以及对战争区和中立区如何定义，对日俄两国来说，都是一文不值的废话。面对领土被鲸吞蚕食，清政府何曾敢说半个"不"字？何况人家已经把坚船利炮摆到了自家"屋内"，何时何地交战，战略战术怎样，清政府又怎会有权置喙？

世界近代史上，有一个"中立条约"，其基本要义是，当其他国家发生战争时，对交战的任何一方都不采取敌对行动的国家称为中立。以条约形式把这种"中立"加以约定，就叫作中立条约。公元 1907 年签署的《海牙公约》就属中立条约，除规定了中立国领土不可侵犯原则之外，最主要的一条是，交战国必须尊重中立国主权，并避免在中立国领土或领土内从事任何可能构成违反中立的行动，交战各国不得使用中立国领土为其活动基地，不得在中立国领土上进行战斗。同时，中立国也有应承担的义务，主要包括，不得为交战国提供与战争有关的直接或间接援助等。而荒谬绝伦的清政府，不但不能利用国际规则来保护自己，反而滥用"中立国条约"中的定义，将自己置身于第三方的位置，对主权国的权益进行了彻头彻尾的自我抹杀。

这在近代世界战争史当中，是绝无仅有的。

日俄战争是以侵占中国领土为目的，在中国领土上进行的非正义的战争，对于清政府来说，其"中立"的先天条件已经丧失。历史上，再也找不到在同等情况下可以保持"中立"的先例。由此可以看到，清政府并没有对甲午战败的原因做出认真、深刻的总结与反省，战争的伤痛才刚刚消弭，便忘乎所以，继续以昏聩、软弱面对野蛮与凶残，乃至于一次次置自身于水火，陷苍生于涂炭。显然，这个落后腐朽的官僚政治再也不能保护自己的领土、家园和人民了。

卑鄙是卑鄙者的通行证，软弱可欺的清政府又放大了日本和俄国统治者的邪恶。为了再度夺取旅顺，日本耗费了整整十年的工夫，俄国也为这个"战利品"做了七年的战备。即便如此，对于未来可能的战局，日俄双方都没有充分把握和绝对的胜算，因此，

337

他们都把眼睛盯住了清政府，都想借助清政府和中国人的一臂之力。

以"三国干涉还辽"有功自居，打着帮助中国抗日的旗号，俄国再次以流氓手段，妄图迫使清政府站在他们一边。

俄国满洲军总司令库罗巴特金在1904年来到远东之前，就曾对清政府驻俄公使宣称，此去中国驻军，中国官民有犯我军政者，在民即杀无赦，在官则十分钟内必加禁锢。此后，沙俄军政当局公然宣布东北不是中立之地，强硬地要挟盛京将军增祺，必须遵守俄军制定的下列四条：

一、地方政府应守俄国训令；二、俄国有黜陟中国地方官之权；三、捐税等项，需交于俄国政府；四、所留中国军队，应受俄国调度。

文字不多，已足见其欺人太甚，俄国人已经完全凌驾于清政府之上，成了国中之国的实际主宰，而清政府及其地方官员竟然喏喏无声地给予了默认。沙俄远东总督阿列克谢耶夫过犹不及，他下达了指令，在旅顺的大街小巷张贴告示称，勒令华民承办俄军务差役，如不从命，即派兵剿杀。1904年5月24日，俄军威逼海城县令王海为其代办粮草，王海不从，俄军就把他五花大绑押送到辽阳，拘禁起来。6月8日，日军进攻岫岩县的时候，俄军以暗助日军为由，把县令段宏照押赴辽阳拘禁。可以说，沙俄对清政府州县级官员的随意撤换拘禁，已经达到了野蛮无耻的地步。当俄军占领营口后，又强行剥夺了营口海关关员的职权，由沙俄华俄银行征收海关税。1904年3月30日，俄军侵入奉天城（原盛京），将守城的清兵全部驱散，内外城大门全部换成俄军把守，使整个奉天城处于俄军的统治之下。而俄国人的每一个强硬举动，都旨在逼迫清政府就范，做出有利于自己长期统治旅顺及东北广大地区的选择。

与凶相毕露的俄国相比，日本人对付清政府的手段更加过犹不及。在日军越过鸭绿江，登陆辽东半岛之后，满洲军总司令大山岩以日本陆军名义发布了告示，迫令日占区的中国百姓，"尔等各宜奋力效劳，倘或暗助俄人，妨害我军，或做奸细等事，一经查出，立即严办，绝不稍贷"，为日本人在其占领区域任意杀害中国官员大开绿灯。1904年9月24日，盛京将军增祺委派部下前往沙河堡。这位官员刚一落脚，就以奸细名义被日本人抓获，并在严刑拷打之后，按军律处以死刑。第二年3月，日军占领新民县以后，马上在府署成立了指挥部，更名为军政署，并派兵防守起来。

面对日俄两个交战国在中国领土上恣意妄为，地方官员一遍又一遍地向上级报告。一份接一份的奏折上报到朝堂之上，都如泥牛入海，毫无回响。光绪帝更是冷汗直流，左右两难。

为了争取清政府的支援，精明的日本人在施以高压手段的同时，也发挥了软磨硬泡的功力，不惜对中国人和政府官员施加种种诱惑。除此之外，他们抛出了一个巨大的烟幕弹，精心炮制了欺骗中国和全世界的"黄祸论"，兜售亚洲的黄种人与西方的白种人之间有着天然的种族对立，日本人与俄国人的战争，实质上是黄种人不堪白种人的歧视、压迫而奋起反抗的战争。所以，同为黄种人的中国人应当和日本人团结起来，结成联盟，共同抵抗由

白种人构成的沙俄。

"黄祸论"具有极大的欺骗性和煽动性。公元1903年，即光绪二十九年12月30日，日俄战争爆发前，明治召开了专门会议，研究讨论如何在战时恰到好处地利用"黄祸论"，诱使中国表面上保持中立，实际上形成中日联手抗俄之势。他们认为，只要中国助日，就会大大增加打败俄国的胜算。果不然，在1904年2月4日的内阁会议上，日本得到了确切的情报，俄国人也在试图通过鼓动"黄祸论"来获得德国和法国等国家的支持，结成白种人的抗日联盟。其实，早在公元1902年，德皇威廉二世就曾写信给尼古拉二世，警告他说，二千多万受过训练的中国人，有六个日本师团加以协助，并由优秀勇敢而仇恨基督教的日本军官指挥，这个前景不可能不让人产生焦虑。他说，我在前几年所描绘的那个"黄祸"正在成为现实。

大战在即，日本和俄国都在不择手段地宣传和利用"黄祸论"。因此，日本内阁会议最后决定，要利用宣传机器向全世界宣布，日本对俄国作战的目的只是为了遏制俄国向东扩张，而日本对中国军事改革所给予的援助，均有利于维护远东的和平与发展——维护种族正义成了进行战争的旗帜与工具。而身处战争前沿的日本人，似乎并不在意给人留下不良观感，为了把"黄祸论"的文章做足，日本政府指示日军以"长白侠士""辽海义民"之类的名义撰写文章，印成传单，在东北地区，包括旅顺公开地张贴、散发，大张旗鼓地号召中国民众助日抗俄。

客观上说，在日俄交战之前，俄军侵占旅顺和东三省七年之久，他们的种种暴行，早已让这块土地上的人们深恶痛绝。而日本人恰恰利用了中国人的心理，不失时机地进行蛊惑，把列强之间争夺霸权的战争歪曲成为亚洲人抵御欧洲人，黄种人反抗白种人的义举。日本宣传机器铺天盖地地宣传中日两国同文同种，情同手足，声称日本尊重中国主权，毫无侵占中国之意图。

日本人的宣传蛊惑慢慢发挥了作用，从皇帝、大臣到精英阶层，再到普通民众，不但没有看透日本人炮制"黄祸论"的险恶用心，反而普遍认为，俄国人远比日本人更加狡诈和凶残，认为日本能够遏制俄国的侵略扩张，帮助中国人保家守土，因此，支持日本，既是地缘亲善的需求，也是出于国家和民族利益的考量。一时间，"联日抗俄"成为大清帝国上下一致的呼声，共同的诉求。此时的清政府，乃至整个大清国，早已把甲午战争的屈辱和灾难忘到九霄云外。甚至可以说，从光绪帝到袁世凯，整个社会的精英阶层当中，几乎没有信仰坚定，能够洞察古今的人物出现，帮助摇摇欲坠的大清王朝拨乱反正，做好历史的选择。

受"联日抗俄"幻想的鼓舞，已经宣布中立的清政府，私下里却给予日军以巨大的协助和支持。其中，"中立"立场的倡导者袁世凯是与日方私相授受的主要人物。日俄战争前夕，日军参谋本部派遣曾做过北洋军教官的青木宣纯，以清国公使馆武官的身份紧急来华，与袁世凯密商组建联合情报机构和招募东北马贼等事宜。袁世凯当时就从北洋军中挑选数十名毕业于测绘学堂军事学专业的精干士官，与日军组成了联合侦察队，其中就有后来大名鼎鼎的吴佩孚。镇守中立区的直隶提督马玉昆是甲午战争中的英雄，此时也积极踊跃地全面配合日军，为其敌后游击队特别任务班提供了上万两白银的活动经费和大量炸药。特别任务班由在

华浪人、特务及部分中国人组成，其成员可以在危机时刻遁入清军兵营，寻求保护。马玉昆还秘密协助日军招募马贼，组建所谓的正义军。后来成为东北王的张作霖，在日俄战争初期曾投靠过沙俄，后来又转投日本，也成了日本人的帮凶。在整个日俄战争期间，日本的特别任务班以北京为根据地，深入中国东北、俄国西伯利亚等地，破坏交通通信设施和辎重等，成为很有战斗力的一支力量。

若要人不知，除非己莫为。清政府暗中与日方勾结一事，沙俄早有觉察，并不断地以各种方式提出抗议。对此，清政府始终装聋作哑，混淆视听。因此，在日俄战争期间，三国两方互相指责、警告，甚至谩骂、攻击在所难免。事实上，三国各自心知肚明，在明里暗里，默契地展开博弈和较量，配合着清政府，将中立戏码演出到底。

日俄战争结束以后，获胜方日本一直竭力淡化"黄祸论"为这场战争带来的种族色彩，但无论是欧洲人还是美国人，都深陷于种族主义的情感之中不能自拔。欧洲人虽然乐见日本人出手，狠狠地教训了不可一世的沙俄，但日本所获得的超出欧洲人预期的巨大胜利，尤其是清政府为日本提供的主场优势，令他们难以抹去"黄祸"带来的阴影。这样的情绪也蔓延到了美国。当日俄代表在美国朴次茅斯签订和约时，美国人对俄国代表团给予了相当的同情和礼遇，使俄国谈判代表为这种"种族亲情"而感动，甚至流下了热泪。一位德国军官以日俄战争为背景创作了小说《万岁》，从 1908 年开始意外地火爆了美国书报市场。《纽约时报》《华盛顿邮报》等主流媒体，都不惜用整版的篇幅介绍和连载。这部小说之所以能够受到美国乃至整个西方社会的青睐，是因为描述了"黄祸"如何被制止的故事——日本海军在东乡平八郎的率领下，偷袭美属的菲律宾，登陆美国西海岸，在华侨、日侨的全力帮助和支持下，日本军队节节胜利，并在美墨交界处全歼美国太平洋舰队。正当美国濒临覆灭之时，德国人奋不顾身地站了出来，他们组成了强大的志愿军开赴美国，经过艰苦卓绝的战争，终于击溃了日军，使美国得以生存下来。小说的最后一句点题道，"黄祸终于被制止了"。

日俄战争之后，中国呈现出来的却是另外一番景象。虽然全国上下没有人清楚"黄祸论"是什么，却都为沾了"黄"字而倍感荣耀。尤其是同为黄种人的日本战胜了白种俄国人，居然大大提升了中国人的民族自信心。他们确信，既然黄种人能打败白种人，那么，亚洲人也能战胜欧洲人。

然而，还没等中国人从"胜利"的得意中回过神来，日本这位黄种"兄弟"却翻脸了。他们凶神恶煞一般，不但没有对帮助他们的中国感恩戴德，反而恩将仇报，把带血的战刀架在了中国人的脖子上。日本人煞有介事地宣称，日俄战争是白种人与黄种人之间的较量，是日本为了整个东亚安全，以巨大牺牲换来的胜利。它保护了整个黄种人的利益，应当受到中国人的感激与报答。那么，这个"报答"是什么呢？是"无条件地同意将俄国在东三省南部的所有权益让与日本"，而且还要给日本以"《日俄和约》规定之外的其他特权"——旅顺，自然也在其"基本诉求"当中。

这一切让中国人如梦方醒，中方派出了代表庆亲王奕劻、外务部尚书瞿鸿禨、直隶总督袁世凯等人，试图与日方谈判。未曾想，

日本人非但未给出任何余地，反而以重兵压境，威胁不惜与清国再次开战，也绝不退让半步。清政府早已是惊弓之鸟，只能乖乖接受日本人提出的所有条件，签订了《中日会议东三省事宜条约》，将更多的权益让渡给了日本人。

历时近一年的日俄战争及其结果，让世界各国大为震惊。泱泱大清帝国，不但以荒谬绝伦的"中立"借口，任由侵略者在自己的国土上逞凶撒野，而且亲自上演了农夫与蛇的悲情大剧，最后自然会被反咬一口。而他们儿戏一般将领土和主权拱手相让，使在战火中飘摇的旅顺和旅顺人民，一再陷入泰山压顶一般的苦难与屈辱当中。

更有甚者，中华民族自此，开始长久地被战争乌云所笼罩。二十多年以后，"九·一八"事变、卢沟桥事变相继发生，日本开启了武力征服中国东北乃至全中国的铁血旅程。战火频仍之中，"抗日救国"成为中国人的主要诉求。为赢得抗日战争的胜利，近四千万中国同胞倒在了日本人的屠刀之下。

列强结成同盟

日俄战争不仅把大清帝国推到了风口浪尖之上，也为诸多西方国家带来了压力。

在日俄战争开始之前，美国、德国、法国等列强国家纷纷宣布中立，连日本的同盟国英国也表达了中立的立场。他们当然有坐山观虎斗，或收渔翁之利的企图，但实际上，普遍希望能够借助日本力量，削弱俄国在中国和远东的势力，因此，他们都在暗地里支持日本对俄作战。为此，这些国家甚至以主人的身份，对清政府进行诱惑，对中国民众进行恫吓和压制。而当日俄战争即将进入尾声的时候，这些国家更是披着拯救世界的华丽外衣，纷纷粉墨登场。

首先是英国。在统治中国的问题上，早就与俄国存在尖锐矛盾的英国，一直希望日本能够充当好远东宪兵的角色，因此，他们坚定地选择站在日本一边。法国作为英国的协约国，俄国的同盟国，为了自身在远东的利益所在，也不得不拉拢日本，签署了一系列复杂的双边协议，结成了更加宽泛的同盟关系。

在所有西方国家中，美国始终扮演着救世主的角色，并能够不失时机地出面收拾残局。在日俄战争中，美国一方面要遏止俄

国或日本独占中国东北，使之成为美国及其盟友共同的殖民目标。另一方面，又期望他们吞并菲律宾的行为得到日本势力的支持，因此，当然会不遗余力地出面调停。同时，美国在东北地区最大的利益诉求是维护其"门户开放"的政策，因此，他们出面调停斡旋的重要前提之一就是，日本必须做出将满洲归还中国，并维护其"门户开放"的保证。

日俄两国自身也有坐下来谈判的内在需求。首先是俄国。在日俄战争高潮迭起之时，俄国国内的革命浪潮也一浪高过一浪，不断冲击着沙俄的统治，这让尼古拉二世所代表的统治集团惊恐不安。因此，当美国表达了从中协调，进行停战谈判的意愿时，尼古拉二世马上表示了同意。他在接见美国驻俄大使迈耶时表态说，十分信任美国总统，希望两国之间恢复旧的友谊。罗斯福心领神会，随即照会日俄两国，发出呼吁，望其不仅为了两国自身，而且为了整个世界文明利益，开始直接谈判。

同时，日本人也深知自己山穷水尽，无力进行持续战争的状况。战时大本营的参谋长山县有朋曾直言不讳地向首相桂太郎汇报说，俄国如非莫斯科、圣彼得堡被侵占，不会自动求和。他们在本国尚有强大的兵力，而我们则已用尽一切。他们的军官还没有匮乏，而我们自开战以来，已经损失了大批军官，今后也难以补充。如果继续交战下去，以往之赫赫战果都将付之东流。所以，对于美国的调停，日本政府和军方自然也是欣然接受。

因此，在美国的主导下，由罗斯福总统亲自指定，日俄两国坐到了位于美国朴次茅斯城的谈判桌前。

但是，以分赃为目的的谈判，几方的利益博弈必不可少。比如，对于交战双方来说，输家给予赢家以一定的战争赔款，是战争规则的一部分，其数额及相关诉求应由双方协商，或由第三方调停解决。那么，日本悍然发动战争，其目的和意义不言自明，对于战争赔偿，也是心心念念。但是，俄国的态度却空前强硬，根本无视日本国的要求。在他们看来，日俄战争并没有打到最后，俄国仍有相当大的军事力量可以支撑，甚至可以一直打到日本本土。有这样的底气，俄国自然不肯轻易认输。并且，早在俄国全权谈判代表维特起身赴美时，尼古拉二世就曾交代，对日本，一个戈比（俄国货币辅币）的赔款也不能给，俄国的领土一寸也不能割让，这是大俄罗斯帝国必须坚守的底线。因此，当谈判桌上谈及库页岛争端问题时，维特不敢做主，发电报给尼古拉二世请示。尼古拉二世继续了他的强硬态度，在电报上批示，割让库页岛一事根本不容谈判，如果我将一寸土地割让予敌，俄国国民绝对不会宽恕于我，我的良心亦复如此。同期，1905 年 8 月 18 日，尼古拉二世出席了在圣彼得堡举办的奥匈帝国皇帝弗兰茨·约瑟夫的生日宴会。在这次宴会上，他曾以傲慢而张扬的语气对奥匈帝国大使说，面对我们的国民和我的良心，俄国不能承担一个卢布的战争费用，不能割让一寸土地。对这一问题，日内要做出决定，因此可能还要长期作战下去，还要大量流血。这一番豪言壮语，不仅仅是为了向奥匈帝国宣威，也是在隔空传话给远在朴次茅斯的各个列强国家，当然也包括日本在内。

两个尚武的民族在多年以来，为了自身的利益，多次正面交锋，双方都付出了极其惨重的代价，同时也积累了无穷的怨恨。但是，令人没有想到的是，战场上的赢家，谈判桌上的对手，日本在知

晓了尼古拉二世的强硬态度之后，竟然一改战场上凶神恶煞的嘴脸，表现得尤其卑微和谦让，甚至连"赔偿"二字都没有说出来。

应该说，这不可能出于日本人的某种美德，而是美国人出面"调停"的结果，尤其是在调停之前，美国与英、日两国的幕后交易，在谈判中起到了神奇的作用。

因此，在美国和英国的操纵下，日、俄两国于1905年9月5日签订了《朴次茅斯条约》，宣告了日俄战争的正式结束，两国由敌对关系摇身一变，形成了与美、英等列强国相互勾结捆绑的利益关系，准备重新在中国东北划分势力范围。战败国俄国也最后一次参与了各列强国在中国国土上的狂欢。

必须指出的是，在这次谈判中，当事人大清帝国虽然提出了参与要求，但却遭到了日俄两国的粗暴拒绝，罗斯福也完全同意将清政府排斥在外。不难理解，如此，美、日、俄三国方可在这个谈判桌上达成不可告人的分赃交易，实现对中国的再次盘剥。

于是，在一夜之间，天大的咄咄怪事出现了。清政府不但无权参与事关自身的战争谈判，并且成为上述各国的瓜分对象。几个列强国形成的同盟，共同把中国推上了战败国的位置，让清政府来承担其后果和义务。更有甚者，日俄签订和约之后，两国不仅迟迟不撤军，还私下商定，共同留兵保卫各自的铁路。这在世界战争史上闻所未闻。

在同日本签署了《朴次茅斯条约》之后，日俄又就中国东北地区权属问题签署了《中俄条约》，重新划分势力范围。俄国把强租到手的旅顺、大连交与日本，长春以南至旅顺的铁路及其东线，均属日本势力范围，而长春以北的中东铁路仍属于俄国。这样，俄国虽然打了败仗，但在中国东北仍然有立足之地。

与同俄国人打交道的时候截然不同，日本人对大清国民则完全呈现出另外一副嘴脸。日俄战争之后，日本不仅基本上夺回了曾经在中国的斩获，并且进一步取得了新的特权。《朴次茅斯条约》签订之后，日本援引条约中的有关条文，继续在中国扩大战果，要把本应从俄国攫取的利益补回来。清政府被迫接受了日本人的要求，又与之签订了《中日会议东三省事宜正约及附约》。所谓正约，就是俄国转让给日本的一切特权，清政府全部接受。所谓附约，就是日本又攫取了东三省南部新的特权——中国允许在东三省的凤凰城、珲春、齐齐哈尔、海拉尔、瑷珲、满洲里等十六处开埠通商。战争期间，日军在其占领区内擅自修建的由安东到奉天的轻便铁路，于 1908 年以前实行改筑，成为南满铁路支线，仍由日本继续经营到 1923 年，然后再凭估价卖给中国。设立日本木植公司，日本获得在鸭绿江右岸的森林采伐权。中朝交界的陆路通商，按照相待最优国之例办理，并在商埠地区划定日本租界……相对于甲午战争来说，日俄战争使日本在中国的势力范围得到了进一步扩大。

从 1894 年的甲午战争，到 1904 年的日俄战争，中俄两国面对同一个死敌，各自打了一场保卫战。中、日、俄三国的表现，以及彼此之间的畸形关系图谱，不得不令人顿足捶胸。

同样是日军攻打旅顺，在甲午战争中，清军几乎没有抵抗，日军死伤官兵不足四百人，在一日之内就占领了旅顺。而进城以后，日军大开杀戒，针对手无寸铁的平民的屠杀持续了四天三夜，三万多冤魂从此飘荡在这座城市的上空。可是在日俄战争时，将

近七万名日军倒在了俄国士兵的枪口之下，尸横遍野，血流成河。然而，在俄军缴械投降以后，对其官兵和侨民，日本军队既未杀，也未辱，不仅允许军官携带配偶和私人物品离开，而且战俘和侨民也得到了同等待遇。反之，俄国作为战败国，寸金不给，寸土不付，日本人竟能忍气吞声。而清政府却在屠刀的强迫之下，给付了日本二亿三千万两白银，割让了广袤富饶的辽东半岛和台湾岛。

为什么，日本人敢于以征服者的姿态凌驾于中国人之上，傲慢、粗野、狂妄地把中华民族当作劣等民族来征服？

抚今追昔，沿着历史发展的大势，方可洞察可能的未来。从民族主义的角度看，弱国无外交、无主权、无尊严，只能蹲下来、趴下去，任人侮辱与宰割。而从国际主义的大视野看，弱国不仅无外交，更无盟友与话语权。不能以硬实力给予友邻以帮助，任何道义的声援与支持都是苍白的。

人在做，天在看。全世界人民都相信，真善美一定会得以弘扬，假恶丑也终将得到惩罚。那一天的到来，必须有一个先决条件——一个国家和民族，首先要强大、强盛起来，而不是把自己的命运和希望交予他人。

旅顺，在等待着扬眉吐气的那一天。

战后三国

日俄战争，不仅对中、日、俄三个国家产生了深刻影响，甚至也影响了世界格局的形成，这不能不引起世界各国的警觉。

万里之外，列宁身在莫斯科，也不禁为之侧目。就在旅顺陷落的第二天，他撰写了题为《旅顺口的陷落》的社论，该文刊载于俄罗斯《前进报》的第二版。在这篇社论中，列宁给予了苦难深重的旅顺以无限的同情和关怀，他断言，发生在旅顺的事情经过历史的激荡，注定要为亚洲、欧洲乃至全世界的无产阶级社会革命加速，注定要为全世界的和平事业做出不可替代的重大牺牲与特殊贡献。这个论断揭示了旅顺极不寻常的世界性意义，并且得到了历史的证明。

首先，日俄战争引发了俄国的十月革命。在列宁的领导下，布尔什维克领导的俄国工人阶级，武装推翻了沙俄的专制统治，建立了苏维埃政权，由此开辟了人类历史的新纪元——这是旅顺对俄国产生的最重要、最直接的影响。

《前进报》在发表了《旅顺口的陷落》这篇文章时，日俄战争并没有结束，最终的胜负仍有变数，但是列宁预感到，沙俄政府的失败将是不可挽回的。他通过各种行动表达他的坚决：

不是俄国人民，而是俄国专制制度挑起了这场殖民战争；不是俄国人民，而是专制制度遭到了可耻的失败。

旅顺口的投降是沙皇制度投降的前奏，而专制制度的削弱则意味着普遍革命的开始。

接着，列宁提出，工人阶级政党的基本任务，就是要充分利用俄国军事失败所引起的政治危机，来加速和扩大群众消灭专制制度的斗争，促使人民反对沙皇的战争和无产阶级争取自由的战争早日到来。

在社会动荡之中，列宁抓住了沙皇专制制度摇摇欲坠的历史机遇，推动了推翻沙皇专制统治，建立新的社会制度的进程。1900 年 12 月，《火星报》创刊号出版，报头之下，"星火可以燎原"几个大字夺人眼目，这是十二月党人在西伯利亚流放地回答诗人普希金的致意时所书写的著名诗句。果然，列宁点燃的革命火星，很快燃成了燎原的熊熊烈火，把代表地主贵族利益的沙皇君主制度和资产阶级政权烧成了灰烬。

公元 1917 年 11 月 6 日，夜幕刚刚降临，"阿芙乐尔"号巡洋舰委员会主席别雷舍夫接到彼得格勒革命军事委员会命令，要求"阿芙乐尔"号控制尼古拉耶夫大桥，保障赤卫队向市中心开进道路的畅通。因沙皇军队的防守薄弱，接到战斗命令后，"阿芙乐尔"号巡洋舰上顺利地占领了大桥。11 月 7 日上午十点，"阿芙乐尔"号的电台播放了列宁的《告俄国公民书》，向全世界宣告，苏维埃已经掌握了政权。但是，俄军依然以冬宫为据点顽强抵抗。唯有攻下冬宫，才能宣称十月革命的真正成功。因此，"阿芙乐尔"号又接到了向冬宫开炮，发出总攻信号的任务。当晚九点四十分，一百五十二毫米口径的空包弹被推入炮膛，在别雷舍夫的指令下，炮弹带着火光划破夜空，震天爆炸声使冬宫巨大的宫殿在顷刻间颤抖起来。随即，起义队伍占领冬宫，十月革命胜利，沙皇时代就此落幕，世界上第一个社会主义国家诞生了。

后来，"阿芙乐尔"号巡洋舰在苏德战争中受到德军的狂轰滥炸，并就此沉没。当第二次世界大战进入尾声之时，弹痕累累的"阿芙乐尔"号作为十月革命的纪念舰被打捞上来。在船体修复以后，成为一座海军博物馆，供游人参观。1968 年，苏联政府授予"阿芙乐尔"号巡洋舰以"十月革命勋章"。

曾经为旅顺而来，又与旅顺擦肩而过的"阿芙乐尔"，从此佩戴着闪光的勋章，继续书写着自己的传奇一生。

十月革命的胜利开辟了人类历史的新纪元，同时也使中国人民看到了民族解放的新希望，从某种意义上说，它也推进了中国的民族民主革命。在这一相互影响与促进的社会变革中，中国共产党的成立，犹如壮丽的日出，给沉闷黑暗的中国带来了光明的曙光。

中国共产党的成立，是两股力量共同作用的结果。甲午战争，旅顺唤起了中国人民群体意识的觉醒。"五四运动"的兴起，又将中国的民族觉醒推入更高的境界。同时，马克思列宁主义在中国的广泛传播，也为中国共产党的成立奠定了理论和组织基础。

马基雅维利有一句名言，造就最强大国家的首要条件，不在于造枪炮，在于能够造就其国民的坚定信仰。而在民族危亡中诞生的中国共产党，又在战火当中，再造了中华民族的精神信仰。

与之相反，在日俄战争中获胜的日本，开始空前地膨胀，这为二次大战的结局埋下了深深的一笔。

曾经，列宁在《旅顺口的陷落》一文指出，旅顺注定要为亚洲、欧洲乃至全世界的无产阶级的社会革命加速。这句话，也应包含一切反动势力会在加速的社会革命浪潮中毁灭的含义。从这个角度上说，旅顺也是日本走向毁灭的掘墓者。

十年间，旅顺作为主战场，经历了甲午战争和日俄战争两次世界级大战。两次大战，均以日本帝国的全面胜利而告终。但是，甲午战争唤起了四万万中国人的觉醒，迫使近代中国发生了历史性的转折。日俄战争催生了俄国革命运动的高涨，人类历史上第一个社会主义国家得以诞生。在这个过程中，旅顺发挥了积极而重要的作用。

另一边，日本军国主义把眼睛盯向了当时世界上综合国力最强大的美国。1941 年 12 月 7 日，日军偷袭美国海军基地珍珠港，宣告了美日太平洋战争的爆发。日本出动三百六十架飞机，五十五艘军舰，由南云忠一率领，连续两次猛袭珍珠港的美国军舰和机场，击沉击伤军舰十九艘，击毁击伤飞机二百六十架，死伤三千多人。美军猝不及防，太平洋舰队主力遭到重创。珍珠港事件发生后，美国正式对日宣战，随即，与日本交战多年的国民政府也宣布对日宣战。与此同时，纳粹德国和意大利站在日本一边，决议对美宣战。

至此，欧亚两大战场合一。从欧洲、亚洲到非洲、大洋洲，从大西洋、印度洋到太平洋、北冰洋，在天空、陆地、海上，到处是熊熊的战火，隆隆的炮声，滚滚的硝烟。六十多个国家和地区，二十亿人口被卷入第二次世界大战当中，交战兵力达到一点一亿，军民伤亡九千八百万人，经济损失超过四万亿美元。作为第二次世界大战一部分的太平洋战争，参战国达到三十七个，涉及人口超十五亿，交战总兵力达到六千万。这场战争同样给各国人民带来了永难消逝的惨痛记忆。

对于自称"从未被征服"过的日本，在这场四处树敌，以小搏大的豪赌当中，却急速走向了衰败。

孤悬于太平洋之上，由于地理位置的偏远和国内资源的匮乏，日本人的危机感是融入生命的。近代以来，日本因明治维新而崛起，随即便不安分了起来，四处侵略抢劫，先后占领了朝鲜、满蒙、台湾和旅顺，在短时间内，迅速建立起了"东亚共荣圈"。尤其是从十九世纪末到二十世纪中叶，日本人先后发动了甲午战争、日俄战争、全面侵华战争和太平洋战争。四次大型战争，先后与世界上人口最多，领土面积最大，或者综合实力最强的国家交手，将整个大和民族拖入到穷兵黩武的泥潭当中，国运迅速衰败。直到广岛、长崎遭到原子弹的轰炸和宣布无条件投降为止。不但国内经济倒退，民生凋敝，其战利品也逐一被退回各主权国，或者为他人做了嫁衣，其教训可谓无比惨痛。

远东地区的波谲云诡，旅顺都见证了，但她更见证了二十世纪的中国。从 1949 年以后，这条亚洲巨龙，以令人震撼的速度，从沉沦走向复兴，并以从来未有的雄心壮志，屹立于世界民族之林。

◎ 旅顺俄国远东总督府办公楼

◎ 旅顺监狱

◎ 日军花园口登陆

◎ 旅顺港内被日舰击伤的俄舰

◎ 1905 年 1 月 8 日，取胜的日军举行入城（旅顺）仪式

◎ 日本国内庆祝日俄战争胜利场面

◎ 旅顺日本关东都督府

◎ 被骗至大连港谋生的中国劳工

◎ 出生于旅顺老铁山的民族英雄金伯阳

◎ 旅顺街头张贴的收回旅大主权传单

◎ 活跃在辽东半岛南端的自发农民武装

◎　雅尔塔会议英、美、苏三国领导人，丘吉尔（左）、罗斯福（中）、斯大林（右）

◎　旅顺市民涌上街头欢迎苏联红军

◎ 1954 年 10 月 12 日，毛泽东与赫鲁晓夫等中苏两国政府领导人出席在北京举行的《中苏关于苏联军队自共同使用的中国旅顺口海军根据地撤退并将该根据地交由中华人民共和国完全支配的联合公报》的签字仪式。

◎　苏联红军向中华人民共和国接防部队移交防务

◎　1955 年 5 月 14 日，中国海军旅顺基地组建

第七章

山河破碎

关东都督府

公元 1898 年，沙俄通过与清政府签订《中俄旅大租地条约》，强行"租借"了旅顺和大连，期限为二十五年。可是，随着日俄战争的爆发，俄国以战败国身份投降，旅顺于公元 1905 年重新落入日本之手。在日本人统治下，俄国人命名的亚瑟港和达里尼市，被更名为旅顺港和大连市，并延续了俄国人在该地所有在建工程的建设。

除此之外，日本人延续了沙俄对"关东州"的叫法，并通过"关东总督府"（后更名为关东都督府）进行统治。"关东总督府"是日本人于 1905 年 10 月在辽阳成立的，由陆军大将大岛义昌任总督。作为日本侵略统治东北的大本营，"关东总督府"统辖日本在东北的所有军政机关，也包括"关东州"的一切军政事务。日俄战争结束后，随着日军逐渐从东北撤出，"关东总督府"留在辽阳的意义不大，因此于 1908 年 3 月迁至旅顺。为了加强对旅顺和大连地区的殖民统治，"关东总督府"实行总督府、关东军和南满洲铁道株式会社三位一体的管理体制，这三个机构共同构成了日本统治"关东州"的大本营。

在日俄战争之后，"关东总督府"即着手制定了所谓的《军政

实施要领》，以此作为统治旅顺和大连地区的基本政策。其主要规定包括：

第一，军政署之本务，在执行辖内军政及负责居住民之保护，同时在我军队、人民与中国官民之间担任交涉折冲任务，唯有领事馆设置之地方，不得干涉领事之权。第二，军政执行之方针，专在达成军事上之目的，维护我所获得之权利，以期居住民之发展，故其在当局应常注意不逸出此规范之外。第三，军政执行之方针虽宜积极，然凡事应尽可能采行地方主义，努力对中国官民表示温和怀柔；唯我若有获得利权之良机，在不违反军政执行规范而又有助于达成军事上之目的时，则应断然为之。第四，达成上述目的之手段概述如下：军事上有益事项之实施、帮助及维护；居住民之监督、信用之奖励及独占事业之排除；士民之启发指导及日语教授；地方卫生之监督及屠宰之设置；奖励殖民，督促道路、桥梁及其他公益事业；神社佛阁之保护、赏罚；宪兵及守备兵之协同。第五，营口军政署虽与其他地方迥异，唯仍应努力以本纲领为准据。

这个《军政实施要领》将"关东总督府"设置的目的、任务、职能、方针及实施手段等阐述得非常清晰，明确了日本政府希望借助于该"要领"的指导，在旅顺实施军事高压，撷取和扩大其在"关东州"乃至整个东北地区的各种权益。此等严重侵害中国权益的行径，不仅引起了中国官民的强烈不满，就连日本军政内部也认为存在措施失当，难以执行的问题。日本驻奉天萩原守一对日本军政在"关东州"及"满洲"所为严厉批评说，万一军事行政有所错误，甚至因而招致内外之非难，则不仅严重影响战胜之光荣，且可能使政权转移到领事手中。

作为明治维新元老的伊藤博文觉得，日本刚在"关东州"立足，还未扎根，基础不牢，如果实行的统治政策过于刻薄偏激，恐怕招致中国官民的反抗，尤其会引起西方社会的干预，这不利于日本对旅顺的统治和控制。于是，决定将"关东总督府"改为"关东都督府"，成为平时机构，削弱其在制定方针政策以及处理事关全局的重大问题上的权利。

虽然都督府名义上不同于总督府，但仍然握有并不亚于总督府的军政大权。按"关东都督府"的官制规定，"关东州"置于"关东都督府"，府设都督以管理"关东州"，并执掌保护和监督南满洲株式会社的业务。都督为特任官，由陆军大将或中将充任。并规定，都督为维护辖区境内的安全秩序，以及为从事铁道线路之保护及监督，必要时可使用兵力，但必须立即向外相、陆相和参谋总长报告；都督对于军政及陆军军人军属的人事、作战及动员计划、军队教育等任务，分别承陆军大臣、参谋总长、教育总监的监督处理。

为了处理好军政之间的关系，都督府设了陆军部，并制定了《关东都督府陆军部条例》，条例规定：

　　第一条，该部执掌关东都督府辖内的一般陆军事务；第二条，陆军部由参谋部、副官部、法官部、经理部、军医部、

兽医部等构成；第三条，参谋长辅佐关东都督，参划陆军机务、监督命令之实施及贯彻，并负责陆军部内一般业务之监督。

日本"关东都督府"还包含着南满洲铁道株式会社，一般称满铁。该会不仅限于办理铁路业务，在维护和发展日本在满洲的特殊利益方面，负有更大使命。日本人称满蒙为生命线，而满铁又是这个生命线的第一线。因此，满铁的性质与作用不同于一般公司，而是具有国家机能的"国策公司"，具有足够的政治、经济、军事战略性质，显示了日本帝国主义对殖民地统治的特殊意义。1905 年 8 月，时任满洲军总参谋长的儿玉源太郎在他所拟定的《满洲经营概览》中，便提出了以满铁为中心经营满洲的策略。1906 年 6 月 7 日，日本政府敕令第 142 号正式筹设满铁会社，由后藤新平担任总裁。后藤新平经营满铁的方针是，国家在海外经营的满铁，不应仅仅以经济利益为目的，尤需重视殖民政策之扩张。由此可见，满铁已成为日本实行殖民统治的重要工具。

同时，日本将"关东总督府"更名为"关东都督府"，并由辽阳迁往旅顺，意味着他们要长久地霸占旅顺，并以此为大本营，更有效地对整个东北实施统治。为了达到这个罪恶目的，"关东都督府"实行了三条措施。

一、扩大租界的地盘。沙俄侵占旅顺和大连时期，"关东州"租界地，包括违约扩展部分，面积是三千二百平方公里。当日本人卷土重来以后，又把复县的五个岛屿、普兰店以北的二百六十二平方公里的空地划归租借地范围。这样，旅大租借地总面积就达到了三千四百六十二平方公里。为了表明这些地域归日本所有，他们在绘制地图时，将"关东州"、朝鲜、台湾与日本本土的红颜色统一起来，妄图宣示主权和永久占领。

二、延长租借时间。虽然日本再次夺取了在旅顺、大连以及东北地区的各种权益，但是，中俄签订的《中俄旅大租地条约》仍然在有效期内。按照其约定，辽东半岛的主权仍然属于中国，日本只能是"转租"，其时长仍然要以前述条约为准。那么，依照国际公约，最晚到1923年，日本就得将眼前的一切归还中国，这让日本人心有不甘。于是，他们采用了各种卑鄙手段，玩弄各种无耻伎俩，逼迫清政府延长租借期。

公元1914年7月，第一次世界大战爆发，美、英、德、俄等欧洲主要国家相继卷入战争，无暇顾及中国东北。美国虽然没有立即参战，但其主要活动区域已从远东转向了欧洲战场，东亚"热点"开始趋向无人问津。这种国际局势的变化让日本人看到了希望，认为这是独占中国最有利的时机，于是在一番乔装粉饰之后，以参战为名，闪电出兵中国山东，迅速夺取了德国在山东的侵略权益，并将其划归为自己的势力范围。紧接着，又于1915年1月18日，以支持协助恢复帝制为诱饵，直接向当时的中华民国总统袁世凯提出了独霸中国的"二十一条"要求，企图把中国的领土、政治、军事及财政等大权，都置于日本的控制之下。

"二十一条"共分五号，第二号第七条要求，将旅顺、大连租借期由二十五年，延长为九十九年。

为什么清政府割让香港、澳门，以及后来租借旅顺、大连的时限都是九十九年，而不是一百年呢？按照当时的国际惯例，一个国家侵占另一个国家的土地达到一百年的时间，这个地方则可

以默认为由占领国所有。晚清政府及李鸿章等人是有最后一点底线的，他们在签订租借条约的时候，也考虑到这样的国际惯例，担心一百年以后，国土难以收回，于是就减去一年，只同意租借九十九年。这意味着，租借出去的领土仍然归中国所有。这为后来香港、澳门能顺利回归埋下了伏笔。

袁世凯在接到"二十一条"的文本后，作为国家总统，对日本人的得寸进尺很是激愤，他指示谈判代表陆徵祥谨慎行事，对其提出的所有条款要逐项、逐条仔细商议，不能粗心大意，不可笼统并商，以达到尽量拖延之目的。陆徵祥对袁世凯的用意心领神会，想方设法与日方周旋，使谈判被迫进行了五个月之久。之后，迫于种种压力，特别是恢复帝制的巨大诱惑，使袁世凯最终同意妥协，接受了日本人提出的条件，于 1915 年 5 月 25 日与日本正式签订了不平等条约《中日民四条约》，这个条约由《关于南满洲及东部内蒙古之条约》《关于山东省之条约》和另附的十三条换文组成。其中，《关于南满洲及东部内蒙古之条约》的第一条内容是，将旅顺、大连租借期限并南满洲及安奉两铁路之期限，延展至九十九年为期。按照这个约定，日本租借旅顺、大连的日期应当截止于公元 1997 年。

三、大量向租借地移民。旅顺、大连是中国最大的租借地，而日本在这个地区的军力有限，不能满足于其统治需要。于是，日本政府向"关东州"实行了移民政策，将日本本土居民大量迁移过来，以强化对其殖民统治。1910 年，在中国东北的日本人有七万人，其中"关东州"有三万人；1930 年，在中国东北的日本人为二十三万人，其中"关东州"有十一万人；1940 年时，在中国东北的日本人为一百零六万人，其中"关东州"有二十六万人。与此同时，"关东州"的总人口不过一百一十万人，日本人占其总人口的百分之二十四。

为了达到殖民统治的目的，日本实行了对长期居住在"关东州"区域的中国人的强制登记政策，控制区域内中国人的活动和流动，限制他们的自由。1943 年 1 月，日本对长期居住在"关东州"的中国人做出资格规定，即有祖坟在该地的，有不动产者，连续居住五年以上的。更有甚者，他们将有"资格"的中国人视为日本领土的州民，强制登记后改为"关东州"人。

日本政府通过这样一系列阴谋手段，逐步把"关东州"变成了中国版图上的日本领土，成了事实上的"国中之国"。日本当局还效仿沙俄做法，把"关东州"把持得壁垒森严，伪满洲国的官员去"关东州"办事，也要办理护照及日本领事馆的签证，即使是经过登记而长期居住在"关东州"的中国人，也不可随意走动，相互间经商来往、走亲访友等，都要经过日本人审查同意。可见，日本帝国主义对旅顺和大连地区的统治是何等的残酷而野蛮。

打通满洲门户

先占领旅顺，再占领东北，进而占领中国，这是日本人制定的侵略中国的路线图。日本人阴谋发动的日俄战争，其着眼点不仅仅在于旅顺和辽东半岛，而是意在整个东北及全中国。因此，在夺回旅顺之后，对日本人来说，当务之急就是乘势扩张在东北的侵略势力。为实现这个野心，日本以旅顺为基地，玩弄了一系列阴谋，逐步打开了通往东北各地的门户。东北的大好山河，也很快成为日本人在华发展的重要堡垒，其资源成为日军侵略中国的坚实的支撑。

在日俄战争结束以后，两国于1905年9月5日签订了《朴次茅斯条约》，其中关于日本侵略利益的条款有：

第四条，日俄两国为谋发展清国满洲之商工业，当各国采取共同一致之措施时，彼此不予阻碍。第五条，俄国将旅顺、大连及其附近领土、领水租借权让与日本。第六条，俄国将长春至旅顺间铁路及其支线，附属煤矿让与日本。第七条，日俄两国将各自在满洲的铁路完全限于商工业目的之经营，且彼此决不以军略为目的之经营。第八条，日俄两国政府为增进交通及运输，并使之便利为目的，应尽速在满洲缔结接续铁路业务之规定。

事实上，《朴次茅斯条约》是在美英等国家的操纵下，日俄之间私相授受的结果，未经清政府同意，是无效的，这正是横亘在日本面的一个障碍。为了越过这个障碍，日本政府蛮横地向清政府提出了"满洲"问题，迫使清政府让步、认可。清政府迫于日本的压力，于 1905 年 12 月 22 日，与日本签订了《中日会议东三省事宜》条约，其中含正约三款，附约十二款及附属规定十六款。这一条约使日本不仅正式获得了俄国所转让的包括旅顺在内的辽东半岛的领有权，而且还攫取了大量权益。这些权益大体可以归纳为如下几个方面：

> 日本承允按照中俄两国所订借地及造路原约实力遵行，嗣后遇事随时与中国妥商厘定；中国政府允将由安东县至奉天省城所筑造之行军铁路，仍由日本国政府接续经管，改为转运各国工商货物；中国政府为保障南满铁路之利益，于该铁路尚未回收前，应允在该铁路附近不修筑与之平行之干线或妨害该铁路利益之支线；中国政府允许设一木材公司在鸭绿江右岸地方砍伐木材；奉天省内铁道附属矿产，无论是否已开采，均应商定公开详细之章程，俾使相互遵守；奉天省内之陆上电线及旅顺烟台间海底电线之接续交涉事务，应由两国协议依需要随时处置之；中国应允，俟日俄两国军队撤退后从速将下列地方自行开埠通商，奉天省：凤凰城、辽阳、

新民屯、铁岭、通江子、法库门；吉林省：长春、吉林、宁古塔、珲春、三姓；黑龙江省：哈尔滨、齐齐哈尔、海拉尔、瑷珲、满洲里。

通过和清政府签订《中日会议东三省事宜》条约，日本取得了旅顺和大连的领有权，南满铁路和其他铁路的修筑权，木产、矿产、电信的开发权，开埠通商的交易权等等。这使日本人完全掌控了满洲的战略要地和交通咽喉，从而在相当广泛的程度上垄断了满洲的经济命脉。这为未来日本独占东北三省打下了坚实基础。而一直以来，日本的对华政策就是依托旅顺和大连，吞噬东北乃至全中国。所以，他们不惜代价地强行强占旅顺后，便开始逐步实施对东北的围剿。

旅顺太阳沟有一座兴建于 1900 年的米黄色大楼，系原俄国陆军炮兵部。日俄战争结束以后，改为日本关东都督府陆军部，后又改为关东军司令部。可以说，这栋耀眼的建筑，从它诞生的一刻起，就成为列强国家武力统治中国的某种象征。在日本统治之后，它更加成为其远东阴谋的大本营。日本人在这栋楼里，先后精心炮制了震惊中外的皇姑屯事件和"九·一八"事变。

在日俄战争时期，中华民国陆海军大元帅、奉天军阀首领，素有"东北王"之称的张作霖有明显的亲日倾向，曾公开或者暗中为日本提供帮助，被看作是日本人的朋友。日俄战争结束以后，除了民族意识的觉醒，张作霖还敏锐地觉察到了日本妄图占领东北的狼子野心，这也使他在东北地区的军事地位受到威胁。因此，张作霖的亲日立场迅速发生改变，他开始疏远日本人，不再接受他们的摆布。以张作霖为首的奉系政府，也开始抵制日本在满洲筑路、开矿、办厂、租地、移民等多方面的要求，阻拦日本继续向东北扩张的脚步。这必然要和日本推行的满蒙政策发生尖锐冲突，而日本政府绝不会容忍张作霖的不配合，他们企图通过暗杀手段来拔掉这颗"钉子"。

公元 1928 年 6 月 4 日，日本关东军在沈阳皇姑屯附近的京奉、南满铁路交叉口预埋了炸药，炸毁了张作霖所乘专列，致使张作霖重伤，不治而亡。这次炸车案，史称皇姑屯事件。

皇姑屯事件发生后，日本首相田中义一非常震惊和失望，他认为军方的作为过于莽撞，会招致东北民众和二十多万奉系军队的反抗，这无疑会为日本实行东亚战略增添麻烦。在此情形下，日本除了强行用武力占领东北，已无他路可走。而一味采用武力占领，其代价将会更加巨大。

另一个惊天的阴谋，是"九·一八"事变。

第一次世界大战后，日本在华扩张受到英美等国家的遏制，中国的北伐战争又使日本的在华利益受到削弱，这迫使日本政府不得不调整对华政策，加快吞并东北的步伐。日本的穷兵黩武，以及二十世纪三十年代初的世界性经济危机的爆发，使日本经济遭受了沉重打击。经济危机引发了政治危机，日本陷入内外交困的极端不利的局势之下。为摆脱美国华盛顿体系对日本的束缚，最好是利用美英忙于应付经济危机和蒋介石大规模"剿共"的时机，迅速夺取东北。日本政府认为，此举可使日本摆脱困境，并图谋争霸世界。

公元 1927 年 6 月，日本首相田中义一主持召开内阁会议，确

立了把满洲从中国本土分裂出来，自成一区，全面置于日本势力之下的侵略方针。他起草了臭名昭著的"田中奏折"，向天皇建议，欲征服中国，必先征服满蒙。"九·一八"事变就是在日本急于发动对华战争的背景下发生的，日本关东军在中国东北蓄意制造的武装挑衅事件，是日本帝国主义侵华战争的开端。

公元1931年9月18日夜，在日本关东军的安排下，铁道守备队炸毁奉天柳条湖附近的南满铁路，并栽赃嫁祸于中国军队。日军以此为借口，炮轰奉天北大营，并于第二天占领了奉天城。从这一天开始，到第二年的2月，仅仅五个月之后，东北全境沦陷。

应该说，"九·一八"事变是日本帝国主义长期推行对华侵略扩张政策的必然结果，是其征服中国的重要步骤。它不仅是日本全面侵华战争的总起，同时也揭开了第二次世界大战东方战场的序幕。

而日本人一手策划的"九·一八"事变，还包藏着一个更大的祸心，即建立以溥仪为元首的满洲国傀儡政权。

"九·一八"事变发生后，日本很快占领了东三省，这引起了西方诸列强国家的警觉与不满。为了缓和与他们的关系，保持远东局势的平衡，同时更加便于对中国的殖民统治，缓解与中国民众之间的矛盾和对立，日本关东军制订了在长春建立以溥仪为元首的日本傀儡政权的方案。

爱新觉罗·溥仪年号为宣统，是清朝的末代皇帝，也是中国历史上的最后一个皇帝，因此被称为清废帝。他出生于光绪三十二年，即公元1906年，于光绪三十四年登基，并于第二年，即公元1909年改年号为宣统。1911年，辛亥革命爆发，他也于1912年2

月 12 日被迫退位，大清王朝持续了两百多年的统治同时宣告结束，中国的帝制也从此寿终正寝。

"九·一八"事变后，溥仪受到日本人的控制，并胁迫他出任"满洲国"政权的元首，当时，一心复辟帝制的溥仪并不接受。1931 年 10 月 27 日，日本特务机关长土肥原由沈阳赶往天津，准备秘密实施劫持溥仪的计划。11 月 8 日，日本人制造了天津武装暴乱，借此浑水摸鱼地封锁了溥仪居住的静园。11 月 10 日傍晚，他们把溥仪藏进一辆双座敞篷汽车的后厢里，悄悄驶出静园，来到日租界的敷岛料理店，并在这里给溥仪换上了日本军装。简单整容之后，他们改乘日军司令部的军车来到天津英租界的一个码头，登上没有灯光的小汽艇，被送上日本由天津开往旅顺的"淡路丸"号商船。

1931 年 11 月 18 日，溥仪被秘密转送到旅顺大和旅馆，等待他们的是大汉奸罗振玉和郑孝胥。此后的一个月内，溥仪处于完全被封锁隔离的状态，他被软禁了。大和旅馆是日本人和中国汉奸拼凑满洲国傀儡政权阴谋活动的重要场所。1932 年 1 月 28 日，罗振玉、郑孝胥同日本关东军大佐参谋板垣征四郎一道，在大和旅馆正式确定了伪满洲国的政体。2 月 23 日下午，板垣征四郎奉日本关东军本庄繁司令官之命，与溥仪会谈，商定关于建立"新国家"的问题，并最后将其命名为"满洲国"。"满洲国"国都设在长春，因此，长春将更名为"新京"，其"国家元首"就是溥仪。当天晚上，溥仪以国家元首的名义，在大和旅馆专门为板垣征四郎等人举行了宴会。当他举起酒杯的那一刻，"汉奸"的头衔和相应的罪恶与耻辱将注定要伴随他的一生。

　　从 1934 年开始，溥仪正式坐上了日本人控制之下的伪满洲国傀儡皇帝的宝座，年号康德，日本人称之为康德皇帝。1945 年 8 月 17 日，苏联对日宣战，并进攻伪满洲国，伪满洲国政权就此覆灭。溥仪在沈阳准备逃亡时，被苏联红军俘虏，辗转带到苏联。1950 年 8 月，溥仪被押解回国，在抚顺战犯管理所学习改造。1959 年 12 月 4 日，溥仪接到中华人民共和国主席毛泽东的特赦令，并成为全国政协委员，从此获得了新生。

　　而坐落于旅顺太阳沟的关东军司令部，以及从这栋大楼里不断制造出来的罪恶与阴谋，将成为中国乃至世界人民永远的记忆。

制造罪恶与死亡

俄国通过欺诈手段强行"租借"了旅顺之后，在此开工建造了大量带有欧洲风格的街区、建筑，其中就包括在城市中心地段元宝房盖起来的监狱——旅顺大狱。1904年，随着日俄战争的爆发，刚刚进行到一半的旅顺监狱工程也被迫停止。由于战争需要，俄军曾把这个"烂尾"的监狱临时改作马队兵营和野战医院。一年以后，日本人把俄军赶走，将整个旅顺收入囊中，这座尚未完工的监狱，也成了日本人的战利品。

在长达四十年的日本殖民统治时代，日本人不仅在旅顺建起了"关东都督府"等统治机构，还建立起了严密的警察体系。警察署下设支署，支署下设派出所，由日本警察和中国巡捕构成。"关东州"境内共有二百多个派出所，其职能是，派出大批宪兵、宪补、巡捕、刑事、联络员等，行特务、密探、汉奸之事，监视和镇压辖区内的中国人。相应地，日本人也急需设置监狱署。于是，1907年，他们按照自己的意愿，将俄国人留下的"烂尾"监狱进行了重建和扩建。沙俄修建的监狱有八十五间牢房和一座办公楼，其墙体由灰砖砌成，屋顶黑色，整体形成了阴森恐怖的氛围。日本人对其进行改扩建时，首先在原址基础上，用红砖砌出高墙，围出了

二点六万平方米的面积。屋顶变黑为灰，从色彩上光亮了一些。

二十世纪初，旅顺元宝房大狱是当时东北地区规模最大、设施最完备的监狱。其中，两层牢房共二百五十三间，分列两排，可同时囚禁两千多人。走廊位于两排牢房中间，昏暗狭长，行走其中，有莫名的阴森恐怖之感。监狱的机构设置齐备，有戒护系、教诲系、作业系、用度系、庶务系、会计系、医务系等，分别担负着监狱内的各种职能。监狱的正面是办公楼，从正门走进可以看到，向左中右三个方向延伸出去的三叉形牢房楼体，其交叉点设一看守高台，站在上面，可以监视整个牢区。在监狱底层，单独修建了四间被称作狱中之狱的暗牢，是专门关押、折磨重刑犯的场所。被关进这四间暗牢的人，基本上必死无疑。监狱还设有刑讯室，内有老虎凳、吊人杆、重型脚镣、灌铅的竹条等几十种刑具。监狱的东南角设有绞刑室，二楼有绞刑架，上挂三条绞索。被施以绞刑的犯人，只需十几分钟便可命丧黄泉，之后，其尸体将被塞入木桶，埋在监狱附近的山沟里。后来，因尸骨不断增多，山沟里已无法掩埋了，日本人便把原来的尸骨挖出来扔掉，后来的尸骨也不再装进木桶，而是直接扔进沟里，任由山魈野兽糟蹋。

旅顺大狱是一座魔窟，几乎每天都要杀人，从几人到十几人不等，用以镇压和恐吓旅顺人民，为他们套上了沉重的精神枷锁。不仅如此，自 1942 年至 1945 年间，还有七百多位共产党员和革命志士在这里遇害。他们的尸体埋在后面的山沟里，堆成一排排，一行行，渐渐地连成了一大片。新中国成立以后，仅在三亩多的地面上就挖掘出五条九十多米长的山沟，装尸骨的木桶一个挨着一个，一排挨着一排。旅顺人的生活，仿佛地狱一般。

元宝房大狱先后被命名为"关东都督府监狱"和"旅顺刑务所"。特别是关东都督府与南满洲株式会社的隶属关系，使旅顺大狱的淫威覆盖了整个东北，监狱里关押的不仅有"关东州"的犯人，还有南满铁路沿线及其周边的重要犯人，其中就有朝鲜爱国志士、民族英雄安重根。1909 年 10 月，伊藤博文从内阁总理大臣任上退下，但仍担任枢密院院长、贵族院院长、首任韩国总监等职。他在得到明治天皇的恩准以后，赴哈尔滨与俄国财政大臣柯科佐夫会见。他乘坐"铁岭丸"号商船，于 1909 年 10 月 18 日抵达大连港，并在旅顺停留。六天后，他登上了开往哈尔滨的专列。10 月 26 日上午，哈尔滨火车站内，伊藤博文受到了声势浩大的欢迎。柯科佐夫径直来到伊藤博文所乘坐的车厢相迎，而后，二人一起下车，检阅俄军仪仗队。就在这时，安重根从欢迎的人群中钻了出来，他迅速掏出手枪，对准伊藤博文连开三枪。白发苍苍的伊藤博文打了个趔趄之后，重重地摔倒在地，当场毙命。

安重根对伊藤博文的仇恨缘何而来？日俄战争之后不久，伊藤博文曾以胜利者的姿态来到朝鲜。他废黜了朝鲜光武皇帝，解散了朝鲜军队，逼迫朝鲜缔结了七项条约，并开始担任首任韩国总监。不甘屈辱的朝鲜人民揭竿而起，要为争取民族独立与自由，与日本人抗争到底。那时候，中国东北有许多朝鲜流亡者，安重根离开了家乡，来到这里，参加了山地游击队，就任义勇军中尉参谋。1908 年冬，十二名志同道合者，在俄国境内的波西耶特，各自断掉左手的无名指，组成了断指同盟会，并用鲜血在太极旗上写下了"大韩独立"四个大字。后来，安重根去了海参崴，当他听说伊藤博文要来哈尔滨，觉得这是天赐良机，

就风尘仆仆地赶来，乔装打扮之后，于当天清晨来到哈尔滨火车站，混入欢迎的人群。当伊藤博文走到离他只有几米远的地方时，他掏出早已准备好的手枪，接连向伊藤博文射出了三发子弹，全部命中。

这次刺杀事件震惊了日本和朝鲜，震惊了整个远东，也震惊了全世界。被当场抓捕归案的安重根，后被押收在旅顺大狱三舍九号。他在赴刑前书写了《东洋和平论》一书，遗憾的是，他只写了一半就被处死了。在这本书中，安重根呼吁，日本要把旅顺还给中国，要在旅顺召开中日韩三国首脑会议，共同商讨和平方案。就义后，安重根被秘密埋在大狱后山的墓地里。后来，有很多韩国人来到旅顺，希望寻找安重根的遗骨，但都无功而返。

在中国近代史上，旅顺大狱是帝国主义列强在中国犯下滔天罪行的重要标志。甲午战争后，日俄等国肆无忌惮地侵略瓜分中国，视中国人如待宰羔羊，血腥屠城，任意杀戮。他们夺去了旅顺和大连地区数万人的生命，书写了中国乃至人类历史上最为黑暗的一页。旅顺大狱不但是这部黑暗历史的书写者，是人民走向灾难、走向死亡的见证者，更是中华民族遭受极端屈辱的产物。被晚清政府一再出卖的旅顺人民，只能任由命运的践踏，任由侵略者的奴役与欺凌。

反之，日本人则以强盗手段，为本国战死的亡灵修塔立碑。日本政府以胜利者的姿态，不惜耗费巨资，到处大兴土木，在与俄军交战过的山头、沟谷、海岸，修建起大小不等式样各异的碑塔，祭奠争夺旅顺过程中的阵亡军人。如今，散落在旅顺大地上的碑塔，都是日俄战争之后留下的。

　　日本人在旅顺竖立起的大大小小无数碑塔当中，最著名的即第一座以铜铁铸成的"尔灵山"碑，用以纪念为攻克二〇三高地而祭献出去的，成千上万的年轻人的生命。一将功成万骨枯，当初，日军总指挥、第二军司令官乃木希典在攻下二〇三高地后一战成名，被奉为"军神"这个至高无上的荣誉背后，在这几万名被当成"肉弹"去送死的日本士兵之中，也有他自己的小儿子乃木保典。而他的大儿子乃木胜典也死在了攻打金州城的战斗中。尽早在二〇三高地竖起纪念碑，既是为了所有阵亡者，也是为了他自己的儿子。因此，当年，日军在攻占二〇三高地之后，迅速在山顶上留下了"遗骨基标"。1905 年 1 月 6 日，刚刚夺回旅顺的日本人就开始了在原标点上建碑的工程。到 1913 年 8 月 31 日，该碑完工，前后修建了八年零八个月。这座碑的碑名"尔灵山"三个字由乃木希典亲手题写，碑高十点三米，形状酷似日式步枪子弹。碑的底座铜板上刻写着长达五百字的碑文，几乎是整个旅顺战役的总结。

　　不仅是对二〇三高地的冲锋伤亡巨大，在日俄战争中，日军付出了惨重的代价，仅战亡者就高达六七万人，他们的骨灰急需选择合适的地点安放。对俄作战中，陆海军最高指挥官乃木希典与东乡平八郎商议决定，在旅顺白玉山的主峰上修建一座"白玉神社纳骨祠"，主要负责收纳、存放日军旅顺海陆战场上死亡官兵的骨灰。为此，他们专门成立了建塔委员会，由乃木希典原来的参谋长，当时旅顺日军的司令官伊地知幸介担任委员长。该祠于 1907 年 11 月破土动工，并举行了奠基典礼。祠前建有一座塔，取名表忠塔。表忠塔的塔身由巨大的花岗岩石垒成，这些石材都是从乃木希典的老家，遥远的日本山口县德山冲黑发岛所采，并从

海上运输到旅顺港，再由中国劳工一块一块搬运到山顶的。为此，日本当局抓了两万多名中国劳工做苦力，前后花费了两年半的时间才完成。表忠塔的塔基四周以及道路两侧的石墙用的是白色的花岗岩，是从日军沉船堵口的船只上打捞出来的，原产地也来自日本。日本人在旅顺为阵亡者修塔，却执意使用产自日本本土的花岗岩石，所要表达的情感也许很复杂，但有一点很明确，即，他们要用这个举动告诉世界，坚如磐石的日本是不可战胜的，这是为称霸世界所做出的宣示。而且，表忠塔的外形酷似一支白色的蜡烛，也是日本朝野想借此表达一种希望，希望日本战士的亡灵可以长明不熄。但是，换一种眼光看，表忠塔其实也很像一颗炮弹，它可能证明了靠武力征服其他民族的日本人，拥有一种"永远不会放下武器的强者"的狂妄。

四十年后，旅顺重新回到了母亲的怀抱。中国人把表忠塔改名为白玉塔，但是，并没有忘记曾经的屈辱。1954 年秋，应邀到中国参加国庆典礼的赫鲁晓夫来到旅顺，曾经向陪同前往的国务院总理周恩来建议，不如将这座象征着民族仇恨的白玉塔拆掉，用拆下来的石料，在海口东侧的黄金山上建一座更高的塔，用以纪念在日俄战争中阵亡的马卡洛夫和康特拉琴科等人。周恩来听闻此言，立刻收起了笑容，不容质疑地回答说，阁下，这里是中国的领土，绝不能再给任何外国侵略者树碑立传了。

事实上，日本人也建立了若干碑或塔，用以纪念在日俄战争中阵亡的俄军官兵。这是因为，日俄战争胜负已定时，俄国政府曾经向日本政府提出过，要求按照西方已有的战争文明惯例，战胜方要为战败方安葬阵亡者，并立碑以记。已经脱亚入欧的日本政府接受了俄国政府的请求，为此在三里桥墓地修建了丛葬墓，为俄军官兵竖立起了大大小小的墓碑。

也就是说，在日俄战争结束后，战胜国日本曾大规模地组织为阵亡者竖碑立传的活动。1913 年 7 月，日本设在旅顺的关东都督府都督，陆军大将大岛义昌决定，成立旅顺战迹保存会，投资五十万日元，在曾经开辟过战场的重要场所，修建了十六座各种类型的纪念碑。

战争，不外乎流血和死亡，这是战争最为残酷的一面。近代以来，旅顺人民有两个难以打开的心结，一是美好的家园总会在战火中变成一片废墟，总是要用滴血的双手去修复战争的创伤。再一个是，不论怎样清理战场，都注定要面对侵略者那些移不开、搬不走的纪念建筑。日俄战争的硝烟虽已散去，但是，侵略者宣示主权的纪念物还占据着旅顺的山岗、海岸和河谷，站在旅顺的任何一个方位四下张望，那些令旅顺人倍感屈辱的历史遗迹难以回避，它们如同魔障般映入眼帘，令人如鲠在喉，如芒在背。

如今，旅顺大地上的那些碑和塔依然矗立，但却担负起了全新的历史使命——警示后人，不忘历史；记录罪恶，以儆天下！

疯狂掠夺

在世界近代史上，数次大规模战争中，有两次发生在中国，其主战场都与旅顺有关，并且间隔不到十年，这在整个世界历史上是极其罕见的。因此，小小旅顺，尽管拥有北中国海最灿烂的阳光，阳光下，却弥漫着日本侵略者制造的斑斑罪恶。除了军事上的严控、政治上的压迫之外，还有经济上的血腥压榨与掠夺。

甲午战争中，日本割走了辽东半岛。经过俄、德、法三国的干涉，日本很快就从旅顺撤军了。但他们在撤走之前，没有忘记掳掠。

战祸当中，旅顺和大连人民已民不聊生。而屠城之后，旅顺更是十室九空。但是，一定还有什么是能带走的，他们把眼睛盯在了在洋务运动中兴建的电报大楼等等建筑物上，把手伸进了旅顺港的船坞之内，能够搬走的机器、设备、原料等全部打包，装船运走了。而那些笨重的，无法搬运的设施设备则尽数拆毁。停泊在旅顺港内的大小船只也被洗劫一空，只留下一些破旧不堪、无法使用的小木船各自飘零。偌大的旅顺港，很快变得惨淡空旷起来。

这种劫掠、破坏从旅顺一直祸及金州城、复州城。当时，复州城有许多旗民，旗民衙署建筑是这座小城的一道风景。丧心病狂的日军将城内旗民衙署全部报复性地拆毁。城南十五里处，还有一条护城河保存完好，日本军人以这条河是他们修建的为由，索取了高额的赔偿费用，才没有对其进行破坏。

在日军最后的疯狂洗劫当中，受破坏最严重的是各种军事设施。作为北洋海军基地，对旅顺的建设先后历时十五年，其海陆防御体系坚固而完备，无论是对清政府，还是对旅顺来说，都是一笔宝贵的财富。而且，这些军事设施对于一座边关要塞而言，其意义是不言自明的，破坏它们，就等于在毁掉旅顺。对此，日本军队显然认识得很深刻，除了黄金山炮台之外，他们炸毁了几乎所有的陆岸、海岸炮台。

至此，旅顺城已面目全非。而随后到来的日俄战争，把旅顺再一次推进了火海。首先，为阻止日军的进攻，东起白银山，北到吴家村、水师营，西至羊头洼，南到鸭鹉嘴，在长达六十里的俄军防线内，凡是俄军认为不利于防守的建筑，都要炸掉或扒毁，至于百姓如何生存，则完全不在他们的考虑之列。比如，在他们占领旅顺后，曾在东鸡冠山上，正对着北麓吴家村的位置修筑了一座构造精巧、规模宏大的暗堡群。为了防御日军的进攻，在吴家村居住的二十多户人家，百余口人，一个不留，全部被俄军赶走，房屋连同村庄一起炸掉，村庄周围的庄稼也都砍光烧光。鸭鹉嘴一带的居民也是如此，惨遭毒手。

此外，在旅顺外围，日军为了对俄军防守阵地实施有效攻击，也采取了同样的方法，摧毁了大批村庄。

至此，旅顺已是断垣残壁，疮痍满目。战后，损毁得最为严重的吴家村，只剩下了五间残破不全的房子。当地人为了牢记日本人和俄国人留下的血债，把吴家村改称为五间房。

屠城的伤痛还没有消失，日俄战争的腥风血雨又起。在近一年的日俄战争中，在带血的屠刀下，整个辽东半岛，包括旅顺在内，共有五十多万中国民众死于战火。日本的《盛京日报》报道说，战场中的中国老百姓陷入枪林弹雨之中，既无法躲藏也无法逃离。死于炮火之中的数万生灵血飞肉溅，户破家倾，父子兄弟哭于途，夫妻亲朋呼于路。战区的居民，除被无辜杀害以外，还有大批人口因饥寒而死。家破人亡，甚至全村被杀，尸横荒郊，惨不忍睹。

日本殖民统治者对旅顺、大连的经济掠夺也达到了疯狂的程度，并且在不同时期呈现出不同的状态。最先使用的手段是横征暴敛。日俄战争刚一结束，日本初占旅顺和大连时期，以没收俄国人财产名义巧取豪夺，抢房窃地，旅顺老市区和大连市内的一些民房和土地大量被霸占。为遮人耳目，日本军人打着妨碍军事行动的幌子，没收了大片山林和土地，老百姓赖以生存的基础没有了，流离失所，无处安身。

一番横征暴敛之后，殖民统治者炒高地价，又玩弄起欺骗收买的伎俩，诱使中国人把土地卖给他们，然后再施展利滚利的圈套，使所有人不得不跳进他们设置的陷阱当中。当中国人在这种复杂的买卖关系中亏损，无法偿还债务时，他们便将其房屋、土地没收，可谓空手套白狼，且能坐收渔翁之利。在威逼利诱之下，仍然有一部分人不愿意出卖土地，他们就改为强抢。

1942年，太平洋战争爆发后，日本对旅大地区的统治进入末期，其残暴贪婪的本性更加暴露出来。他们以军事用地的名义，用低廉的"公价"强占村庄和土地，用于修建机场、铁路、公路、碉堡工事和防空壕沟。日本人在修建三涧堡机场时，把周边的庄稼和村庄一同划归征地范围，勒令三涧堡、左家屯的九十多户居民在一个月内全部迁出。许多村民因一时找不到房子不能按时搬迁，日本警察便野蛮地将房屋推倒扒掉，一间不留。无奈的村民无家可归，只能露宿街头、野外。

日本殖民统治者的政治压迫和经济剥削，使旅顺人民的生活变得暗无天日，只有远走他乡。从近代中国人口的迁徙路线上看，有下南洋、走西口、闯关东三个大的走向。闯关东，原本是山东、河南、江苏北部一带的人，因连年遭遇灾荒，日子过不下去，便携家带口，经旅顺、大连前往吉林、黑龙江等人烟稀少的地方落脚谋生，而有些人漂洋过海之后就留在了旅顺和大连。然而，在日本帝国主义的铁蹄之下，那些闯关东过来的人更加难以寻到安身立命之所，不得不再次北上，向茫茫的荒原寻求生机。

公元1898年，俄国强租旅顺和大连后，在港口附近兴建了达里尼市，即后来的大连市。建市的同时，要扩建港口，因此需要征地。俄国人发布了征地令，强行让港口周边居民动迁。那些世代以打鱼为生的原住居民，不得不驾驶着小渔船，搬到荒凉的老虎滩的石槽一带定居。日俄战争之后，旅顺和大连为日本人接管，他们继续了俄国人所做的扩建港口的工程。日本人之所以极其重视大连的扩港工程，其根本目的是为战争需要，要通过港口将战争所需的兵员、武器、军需等各种物资，源源不断地从海上运送进来。同时，通过港口，可以把从东北地区以及全国掠夺来的木材、煤炭、矿石、粮食等运回日本国内。对于日本人来说，港口就是一条生命线。

自1909年起，大连港口聚集了日本从旅顺、大连、金州以

及营口、海城、天津、烟台等地招来的劳工，约有一万五六千人。为了安顿这些劳工，1911 年 3 月，日本牟福昌公司经理相生由太郎在位于大连市区东部寺儿沟东山的背面，征得了十一万五千平方米的土地，并在两年的时间里建成了面积为三点九万平方米的房子。其中，平房三十八栋，二层楼房五十四栋，共可容纳劳工二点八万人。繁忙时，这里居住的劳工达到了三点五万人。由于这些房子都是由清一色的红砖建造的，远远看去，红彤彤一片，人们便称其为红房子。

红房子里，设有华工事务所和工头议事堂，这是日本统治华人劳工的机构。从港口到红房子，成群结队的日本工头、特务，不舍昼夜地监督、盘剥、压榨这些中国劳工。凡是被日本人蒙骗而来的，一脚踏入红房子的监管范围，就等于进入了地狱。他们不但要承担超出人体极限的繁重的体力劳动，而且还要遭受非人的折磨，生活非常悲惨，几乎每时每刻都要面对死亡的威胁。所以，人们称这片红房子为红魔。

首先，海港的工地就像一个鬼门关。劳工们的劳动强度之大，令人难以想象。日本人规定了装卸货物的负重标准，二百多斤重的麻袋，必须一个人背或扛，不能两个人抬。一块豆饼四十斤，每人每次必须肩扛五块，少一块就要挨皮鞭。有些上了年纪或者没有成年的孩子，只因少扛了一块豆饼，就被皮鞭打得皮开肉绽，还要扣下一些工钱。

往船舱里装货，连接陆地和船的木板很窄，人在上面走不稳，而且负载很重，又饿又累，一不小心就会掉到海里丧命。1938 年，大连的冬天格外寒冷，不仅地上铺满了厚厚的积雪，陆与船的连接板上也结着一层冰。许多劳工从一层楼高的船板上掉了下来，有的掉进海里直接淹死，有的摔成重伤。那年冬天，仅摔成残疾的劳工就多达三千九百多人，还有很多人不治而亡。

毫无疑问，红房子的居住环境也是十分恶劣的。红房子四周筑有高大的围墙，墙上架有密匝匝的铁丝网。迈进红房子的大门，就很难逃得出来。劳工们二十多个人挤在一个大房间里，每人只有一尺的铺位，一个挨着一个，连翻个身都很困难。大连的冬天严寒，可红房子里没有任何取暖设施，水缸里的水总是结成厚厚的一层冰，用水时需要拿石头把冰面砸开。卫生条件奇差，到了夏天，整个红房子就会被蚊虫攻占。1920 年夏天，红房子里发生了瘟疫，许多劳工被传染，他们既无钱治病，又无法离开，只有等待死亡的到来。日本人根本不管中国劳工的死活，凡是染病干不了活的，就被拖到一处封闭的房间，一顿只给一个掺了橡子面的窝窝头，任由他们在暗无天日的囚禁当中逐个死去。有的劳工虽然身染重病，但还能顽强地活下去。而狠毒的日本人则以阻断感染源为由，硬是把他们抬到板车上，拉到乱葬岗集体活埋，一次活埋十几个人不在话下。那一年，死于瘟疫的劳工竟多达四千八百人。

因此，劳工们从事繁重的体力劳动，吃不饱，睡不好，生命被一点点耗尽。有的人悄无声息地死在睡梦中，清晨，身边的工友们发现时，破被之下，人已经硬了。有的人蹲在厕所里，有的人来到井台旁边打水，突然之间就一头栽倒，从此再也没有起来。

而为了麻醉、愚弄中国劳工，日本人在红房子里修建了"天德寺""万灵塔"等充满封建、迷信色彩的建筑，煞有介事地组织劳工参拜，赤裸裸地散布人生是用来赎罪的观念——"前世你欠

如来债，今世赎罪做马牛"。他们说，这一切都是命运的安排。日本人就是用这种卑鄙伎俩掩盖自己的罪恶，把压迫剥削中国劳工合法化，使其甘心情愿地为他们卖命。

寺儿沟的红房子，不仅是吞噬中国人生命的魔窟，更是日本帝国主义在旅顺和大连作恶的见证，成为今天的人们了解、认识日本法西斯对中国实行残酷统治的一个窗口。

文化奴役

经历两次世界级战争的旅顺和旅顺人民，不仅蒙受着政治、经济等方面的压迫，肉体、生命受到深重的折磨，其灵魂与情感、文化与心理等方面也被打上了耻辱的烙印，心头留下了永久的疤痕。

实行文化侵略，摧毁旅顺和大连人的意志与信仰，是日本法西斯最毒辣的手段。

自甲午战争和日俄战争以来，清政府向日俄投降，旅顺人成了亡国奴。从俄国的军舰驶抵旅顺开始，为了让当地的百姓臣服，他们开始在关东州的学校里普及俄语。那时候，学校本身就很少，能够上学读书的人更少。而俄国人在占领旅顺之后，时刻处于对日本人卷土重来的危机感当中，因此把主要精力和财力用在了加强旅顺要塞的防御修筑上，在华人中推行俄语教育，还没有形成完整的计划。

但当日本人卷土重来，并把他们的太阳旗挂满大街小巷之时，其殖民统治以及在日本人的"东亚共荣战略"中，实行奴化教育是极其重要的一环。其中最重要的一条是将日语列为国语，取代汉语。日本人在旅顺和大连地区强行推行其奴化教育的策略，并

未招致清政府的任何形式的抗议，甚至未置一词。覆巢之下，旅顺人只能逆来顺受，但他们从情感上无法接受。让一个被剥夺了权利的亡国奴放弃自己的母语，把侵略者的语言当作国语，是最为屈辱与痛苦的选择。从军事占领到改变语言，进而实行政治和文化上的统治，是日本人在旅顺、大连以及辽东半岛实行奴化教育的路线图，他们已经从战略目标到方针政策，再到具体措施，形成了严谨而完备的体系。

因此，日本人首先要做的，就是建立起遍布城乡的教育机构。他们不但要把教育机构完全控制在自己手里，而且要实行严格的双重教育体制。双重教育体制是，在华的日本人有权享有远远高于中国人的优秀教育资源。所以，他们为日本人开设的学校，各方面的条件都大大超过中国人的学校，同时要严格控制对中国人的教育数量和教育水平。

在日本帝国主义对中国东北的侵略日益加深的背景下，大量的日本人开始移民到旅大和东北。1905年，关东州只有五千日本人，到了1944年，已增加到了二十三万人，相当于在不到四十年的时间里，日本移民增加了四十多倍。当时，伪满日本特权教育规程规定，在中国东北的日本人可以开办三种类型的学校：开拓团的日本人学校，关东州的日本人学校，在东北各城镇乡村的日本人学校。1944年，日本的开拓团小学有四百三十二所，加上其他类型的日本小学，总共达到了八百零四所，学生共有十六万人。中国人的学校则少得可怜，学龄儿童就学率只有百分之五。1939年，他们在旅顺创办了工业大学，时年，拥有日本教职员一百五十九人，中国教职员一人。招收日本学生四百七十五人，中国学生一百六十三人。

实行奴化教育的过程中，突出为继续扩大侵略战争服务的战略目的。日本为什么要在旅顺、大连以及东北大肆办学？在《满人教育的使命与价值》一书中，作者安藤基平赤裸裸地写道，对中国人的教育，首先要扮成神的使者，以救世主的姿态出现，站在人道主义的立场来拯救不幸的民族。要通过教育取得中国青年的信任和理解，坚信与日本互相提携共建王道乐土。对日本人在中国开展教育的目的，他还从另一个角度更加明确地提出，要从语言上打开缺口，让中国学生学习日语，再让他们做媒介，以影响他们的父母，减少他们对日本的仇恨，使他们从感情上同日本接近，感谢日本人。这样，可以从旅顺、大连、满铁附属地开始，最后普及全东北，这对日本在全东北的利益是无法估量的——可以说，安藤基平把日本政府在旅顺、大连和东北地区，以巨大投入建立教育机构的罪恶目的说得非常清楚了。比他更加直接明了的是关东都督府都督大岛义昌。1909 年 5 月 7 日，他在关东都督府中学的开学典礼上有过一个训示，提出，本府与国内府县不同，在帝国将来的大发展上具有重要地位，负有重大责任。因此，本府的教育方针必须充分考虑其地理、历史位置，包括北接俄国及其势力范围，南有德国虎踞胶州湾拭目以待。他认为，旅顺是举世闻名的要塞城市，是我国几万勇士用生命换来的成果，如何利用这段圣战历史，培养好忠君爱国精神，正是诸君的责任。日本早稻田大学负责管理中国留学生的青柳笃恒认为，多培养一名中国青年，也就是日本势力向大陆多前进一步。更具权威性的辽东守备军军政长官、陆军少将神尾光臣，在 1905 年 12 月向各地军

政委员发出的通令中强调，在我军管辖地区，战云已经散去，根据需要，各军要做的工作虽然很多，但致力于疏导清国官民，开发其民物，以图吾国国利之布殖，也是一项重要任务，其中第一则应是教育事业。以上这些观点均出自日本人之口，而且他们表达在中国开展教育的宗旨时，毫不隐讳其险恶用心，就是要为日本长期霸占旅顺、大连，并以此为根据地，扩大对华侵略战争服务。

因为日本人要在教育中植入"忠君爱国"的思想，因此必然要大肆渲染效忠日本天皇的精神。太平洋战争爆发后，日本在中国的占领区也随之进入战时状态，实施皇民教育又成为日占区教育的主要内容。1944 年，日本制定实施了《关东州人教育令》，提出日本殖民当局教育宗旨十二条，根据日本的建国精神，为醇化陶冶关东州人，培养挺身奉公的实践精神，以归顺皇国之道为目的，明确皇国在东亚乃至世界上的使命，须知辅佐大东亚建设事业是关东人的职责。这个教育宗旨就是要强迫关东州人接受归顺，强迫旅顺人心悦诚服地感谢"皇恩"，通过渗入日本的思想感情，培养日本精神，从而达到逐步泯灭旅顺和东北人民的家国观念、民族意识和反抗精神，最终使旅顺和东北人民同化为绝对效忠于日本天皇，服从于日本殖民统治的顺民。

同时还采取卑劣的驯化手段。日本在推行奴化教育的方针下，格外重视日语的普及和灌输。在他们看来，日语学习具有对中国人有效进行同化的潜移默化的意义。伪建国大学教授丸山林平直白地说，语言的统一，就是思想的统一；思想的统一，就是国家的统一。我们的希望是在不远的将来，使我们的国家语及国民语都近乎单一。于是，在旅顺、大连以及东北各地学校的课程设置上，日语课时最多，而且学校的日常用语全部都用日语。在高等公学校和公学堂的高年级，只有"满洲国语"一科可用汉语教学外，其他如历史、地理、算术、珠算，包括唱歌等课程一律不准用汉语。这种从小到大的强化日语、淡化汉语的教育，是日本人处心积虑炮制出来的文化侵略方针，以固化的手段来培养中国人的日本思想、感情，树立起日本精神，熄灭中国人的排日情绪。

日本人在推行奴化教育过程中，最为毒辣险恶的伎俩，就是对中国学生进行"报恩教育"，其本质就是感谢皇恩，效忠天皇。那时候，学生们每天早晨都集中在操场上，神情庄重地朝向东方，宣读日本天皇诏书，升日本国旗，唱日本国歌。与此同时，还向中国学生进行"仪式教育"和"敬神教育"，日本殖民当局把天照大神奉为元神，在旅顺、大连以及东北各地的神社和纪念塔中供奉，要求中国学生按照日本节日庆典、祭祀礼仪要求，每月八日这一天都要到旅顺白玉山"表忠塔"等地参拜祈祷，向学生们灌输"大东亚共荣""日满亲善"等思想。为了尽快实现中国学生的异化，他们还明目张胆地对历史、地理课程内容进行篡改，使中国学生失去对中华的热爱，转向热衷和向往日本。

日本对旅顺和大连的统治是残酷和血腥的，而用软刀子实现的文化奴役，是最长久、最严重的伤害。

抗日四十年

1931年，日本制造了"九·一八"事变，发动了对东北的侵略；1937年，日本又制造了卢沟桥事变，侵华战争全面爆发，抗战成为中华民族反对外国侵略的主旋律，并从此开始了为期十四年的艰苦卓绝的抗日战争。

旅顺虽然只是中国抗日洪流中的一股细流，一朵浪花，但它的抗日战争历史却可以追溯到1904年。从日俄战争算起，旅顺的抗日历程长达四十年。日本侵略者对旅顺实行血腥残酷统治的四十年，就是旅顺人民对其坚持不懈斗争的四十年，这在中国现代历史上绝无仅有。

但是，旅顺人民的抗日斗争并没有引起足够重视。因此，在大家的印象中，旅顺缺少惊涛骇浪，更显得沉寂平常。事实上，在火山平静的外表下，深藏着奔腾滚烫的抗日熔岩。

旅顺的抗日斗争史，是处于一种极不寻常的背景当中的。日本人长久地盘踞在旅顺，残酷地统治和掠夺旅顺人民，其过程令人痛心疾首。特别是日本人制造的"无风地带"，把旅顺和大连变成了针插不进、水漏不透的"铁桶"，可以随时用暴力浇灭任何不利于其殖民统治的火花。加之旅顺地处辽东半岛的最南端，地域狭窄，形同孤岛，缺乏外部援助与支持的空间。在这样一个近乎封闭的险恶环境下与敌人斗争，比其他任何地方都要艰难。

十年间，经历两次世界级局部战争的摧残，旅顺的元气大伤。甲午战争时期，日军对旅顺实施屠城，一夜之间，一个颇具近现代色彩的城市就变得满目疮痍。日俄战争历时一年，再次把旅顺推进了水深火热之中。人民在战乱中饱受煎熬，却无力与强盗抗争。他们只能在默默中忍耐，等待，积蓄心志和力量，寻找与敌人斗争的机会。

可以说，从日本人占领旅顺的那一天起，就一直没有停止他们的征服行为。不论是政治上欺诈，军事上围剿，还是经济上掠夺，文化上渗透，都没有令旅顺人民屈服过，局部抗争也从未停止。但直到二十世纪二十年代，旅顺人才赢来了与日本法西斯斗争的大好时机。他们自发地组织起来，万众一心地开展了如火如荼的夺回主权的抗日斗争。

在日本人的"租借地"里当亡国奴，等于在旅顺人的心上插了一把刀。原本，沙俄政府与清政府签订的《中俄旅大租地条约》，租借期为二十五年，起始日期为 1898 年 3 月 27 日。也就是说，这个"条约"将于 1923 年到期。从俄国人手中夺取了辽东半岛以及东北地区的各种权益之后，日本人成为这个"条约"的实际履行方，成了"租借"这一地区的新的"主人"。但是，1923 年到期这个条款令日本人极其不适，他们的目标不是"租借"，更不是短期"租借"，而是要永久霸占。因此，他们又胁迫清政府延长了租期，将旅顺、大连租借期限延长至九十九年，即租期截止于 1997 年。

为了粉碎日本人延长租借期的阴谋，在 1922 年 9 月，旅顺人民就开始行动了。在民族英雄金伯阳的堂兄金伯亮的带领下，为争取主权回归，同日本人进行了斗争。先是旅顺师范学堂工科大学和旅顺公学堂的学生组织起来，举行罢课、示威游行、到街头做演说等等，奋起开展废除二十一条、收回旅大主权、争取民主自由的爱国运动。1923 年 3 月 26 日，按中日签订的《中俄旅大租地条约》和《中日会议东三省事宜条约》的规定，旅顺和大连租期已满，日本应当立即从旅顺撤走，将主权归还中国。北洋军阀政府迫于全国人民的压力，向日本政府提出了收回旅顺、大连主权的要求。在遭到日本政府的无理拒绝后，北洋政府竟装聋作哑，这不免激起了旅顺和大连人民的更大愤慨。为了使这场斗争得到更广泛的支持和帮助，旅顺和大连人民不仅组织起来，走向街头，游行示威，还在《泰东日报》上以全体旅顺和大连人民的名义致电上海，请求全国声援支持。消息很快就传播开了，北京、上海、天津、武汉、广州和东三省的沈阳、长春、哈尔滨等许多城市积极响应，纷纷举行集会、游行，掀起了声势浩大的反对北洋政府的爱国运动，坚决要求废除卖国的"二十一条"，收回旅顺和大连主权。

日本殖民当局当然要实行高压政策，阻止他们的抗日斗争。但是，旅顺和大连人民并没有因此而停下来，他们继续以游行、集会、罢工、罢学等手段和形式，不屈不挠地与敌人做斗争。1925 年 5 月，上海"五卅惨案"的消息传到旅顺，各界群众义愤填膺，纷纷走上街头游行示威，散发传单，揭露帝国主义屠杀中国工人的罪行。1926 年 4 月 27 日，大连福纺纱厂一千二百多名工人不堪日本帝国主义的剥削压榨，为争人权、争自由、争起码的生存权利，爆发了持续一百零一天的大罢工。罢工浪潮席卷旅大全境，产生了极大的社会震动。旅顺船坞工人在这场大罢工的影响下，自动组织起来，开展向日本厂方争取工资的斗争。同年6月，旅顺双岛湾盐场工人举行罢工，大中学校的学生也投身到罢工斗争中来，以罢课支持声援盐业工人的反帝爱国行动。

除了正面的抗争行动，旅顺、大连人民还开展了釜底抽薪式的特殊战斗。"九·一八"事变之后，由于蒋介石的不抵抗政策，日本人很快就占领了东三省全境。伴随而来的则是，抗日的烽火在东北大地上熊熊燃烧起来，这火光也照亮了旅顺这个"无风地带"。民族英雄金伯阳组织领导旅顺人民与敌人展开了独特的斗争。金伯阳于1907年出生于旅顺老铁山，1929年加入了中国共产党，1931年担任中共满洲省委常委兼工运委员会书记，1932年随满洲省委机关，由奉天迁往哈尔滨。1933年9月，金伯阳和杨靖宇一同领导开展的东北抗日游击斗争，将磐石工农义勇军改编为中国工农红军第三十二军南满游击队。从此，金伯阳和赵尚志、赵一曼、冯仲云等人经常生活、战斗在一起。后来南满游击队和海龙游击队合编为东北人民革命军第一军独立师，杨靖宇任师长兼政委，金伯阳则以省委巡视员身份参与领导了独立师的抗日斗争，二人开始并肩战斗。

那时候，满洲省委对旅顺、大连地区的抗日斗争非常重视，想方设法加强这里的革命力量，打破日本人对旅顺和大连的封锁。按照满洲省委指示，1933年初冬时节，杨靖宇和金伯阳秘密来到旅顺，考察这里的工人运动和抗日斗争情况。他们根据旅顺和大

连地区抗日斗争和地理环境的实际情况，建立了一支由爱国青年组成的抗日游击支队，组织领导旅顺和大连地区的抗日游击斗争，有时也拉到沈阳、长春等地作战。

已经占领了东三省的日本人，还野心勃勃地要吞食苏联的远东地区。苏联早已看透了日本北犯的企图，因此，不仅加大了远东的防御力量，还在莫斯科郊外的森林里建立起一所军事谋略学校，培养各种军事人才。其中专门开设了中国青年培训班，然后让他们回到中国组织领导中国的抗日斗争。为了充分发挥旅顺和大连地区游击支队的作用，杨靖宇和金伯阳通过东北抗联独立师这个渠道，与苏联远东军事谋略局学校建立了联系，在游击支队中选派了一批骨干，与沈阳、长春、哈尔滨等地选派的队员一起进入苏联，到这所学校学习。他们怀着一腔报效国家、打败侵略者的热血，刻苦学习，不仅大大提高了军事、政治素质，还练就了一身攀岩、格斗、扒车、爆破等绝技，成为一个个移动的战斗堡垒。

1934 年 7 月，一支由赵国文、邹立升、程达显等人领导的被称为"放火团"的特工队，从莫斯科出发，带着特殊使命，乘火车，沿西伯利亚大铁路辗转进入中国境内，直奔辽东半岛南端的旅顺。他们要捣毁的目标是旅顺、大连地区的日军码头、仓库、车站、油库、机房、武器库、粮库等重要军事设施。自从"放火团"潜入旅顺和大连，这里的大火一场接着一场，日本人刺耳的警笛和警报声一阵接着一阵，把旅顺和大连搅了个天翻地覆。战斗在敌人眼皮子底下的日日夜夜，他们把自己的生死置之度外，昼伏夜行，来无影、去无踪地与敌人周旋，让日本人如坐针毡，一刻不宁。神奇小子于守安是这支特工组织中年龄最小，却屡建奇功的一个人。他有一身飞檐走壁的功夫，不仅神出鬼没，而且胆量过人，行动果敢，有一种不达目的誓不罢休的执着。一天夜里，于守安睡到凌晨四点来钟，忽地爬起来，只身一人消失在夜色之中。他接连在日军码头、日清制油株式会社、三泰仓库军事粮草垛等地方放置了六个引火装置。于是，一天之内，三处火起，光是在大连码头就有三架日军飞机被烧毁。那天，大连街头黑烟滚滚，火光冲天，消防车来回穿梭，警笛鸣叫，乱成了一锅粥。就在这年，孤胆英雄于守安一人放了十七次大火。在日本殖民统治的旅顺和大连，这样一群孤军奋战的英雄，其视死如归的壮志豪情，令人民敬仰，敌人胆寒。据日本人的档案记载，自1935年至1940年，以放火为主要攻击手段的特工组织，总共放了五十七次大火，烧毁了许多重要的战争物资，造成了近两亿日元的惨重损失。

在中国人民的抗日战争史上，杨靖宇和金伯阳领导的旅顺游击支队，所进行的是带有传奇色彩的特殊战斗，把日本人的"无风地带"彻底搅乱了。亲自创建和领导了旅顺抗日游击支队的金伯阳，却在1933年11月15日，在吉林旱龙湾围剿日军的战斗中壮烈牺牲了，年仅二十六岁。金伯阳的人生很短，那道轨迹就像一颗瞬间划过夜空的流星，点亮了生命的光芒。在抗日斗争最艰难的岁月里，他胸中始终有一团火在燃烧，那是一团激烈的生命之火，能够漫卷风云，并最终凝成了永恒的诗句：

> 人生难得几十年，岂为衣食名利权；
> 唯有丹心共日月，甘将热血洒江山。

1935 年，中共中央《八一宣言》中称，金伯阳是为抗日救国捐躯的民族英雄。吉林人民为纪念金伯阳，在龙湾森林公园的旱龙湾丛林中为他建墓立碑。1981 年，旅顺口区人民政府在八一烈士墓地中心，为金伯阳竖碑志文，纪念家乡英雄的不朽功勋。

旅顺人民还曾冲破日军对根据地的围剿。太平洋战争爆发后，日本帝国主义在中国推行"三光"政策，疯狂地对各抗日根据地进行扫荡，使胶东地区和华北抗日根据地处于非常困难的境地。他们一面开展自救运动，与日寇进行反封锁斗争，一面秘密派人到外地采购物资。与胶东半岛隔海相望的旅顺人民，在自己生存都非常困难的情况下，大义凛然，慷慨相助，旅顺沿海的渔民和农民，不顾个人和家庭安危，冲破日寇陆地与海上封锁，用打鱼的小船，从海上将大批粮食、布匹、钢材、硫黄等物资，源源不断地运送到胶东，有力地支持了那里的抗日斗争。

1940 年到 1943 年间，旅顺的龙王塘、董坨子、大口井、大潘家村、于家村、柏岚子、陈家村等地村民，在地下党组织的领导下，也秘密组织开展了向胶东根据地运送物资的活动。他们先到各杂货店购买粮油等食品，再用人工挑担在夜里偷运到海边装船。为避免运粮的铁瓦车发出声响，就用胶皮圈把车轮套上。虽然日本殖民统治者巡察得很严，但不能阻挡旅顺人民的秘密运输活动。他们机智地绕过关卡和警犬的围堵，将食品、药品、钢材等物品送到海边各个隐蔽的装货点，再装船运到胶东抗日根据地。无私的旅顺人民胸中有仇恨，眼里有大局，把胶东抗日根据地的困难当作自己的困难，宁肯自己饿着、冻着、苦着，也要把省下来的吃穿用度送到更需要的地方去。他们明知道这样做会有很大危险，甚至导致流血牺牲，但仍然义无反顾，只为能早日把日本侵略者打垮、赶走。因此，历史将留下这浓墨重彩的一笔，胶东军民反抗日寇斗争的胜利，也有旅顺人民的一份功劳。

在国家和民族的危亡之际，很多人的选择最终构成了一个民族的选择。在中国抗战进入最艰难困苦的阶段，许多爱国进步青年，包括工人、农民、学生和知识分子等等，纷纷从全国各地奔赴陕北。他们暂时放弃了自己的家园和故土，到延安来寻找民族解放与生存的信心和力量。黄海之滨，也聚集起了这样一群中华民族的优秀儿女，他们担负着拯救民族和解放人类的崇高使命，从旅顺出发，汇入到红色圣地延安卷起的时代洪流当中。

美国战地记者迈克在他的日记中，记述了一个来自旅顺的少年奔赴延安的感人故事。

1940年秋天，冀中平原发生了一场八路军与日军的惨烈战斗，尸体层层叠叠地堆满了一个不大的山丘。战斗过后，迈克来到硝烟还未散尽的战场，他压抑着狂跳不止的内心，仔细察看那些尸体。突然，有一个人从死尸堆里挣扎着站了起来。迈克顾不得害怕，大步流星跑了过去，两手抓住满身血污，几欲倒下去的士兵，扶他坐在地上后，掏出口袋里仅有的一块糖，扒开糖纸塞到他的嘴里。待他缓过点气来，二人有了这样一段对话：

你是日本兵还是中国兵？

我是八路军战士，是打日本鬼子的。

看你的模样像是个孩子，今年多大了？

十六岁，但我已经有三年的兵龄了。

这么小就参加八路军了，你的老家在哪里？

我的老家在旅顺，那旮旯你不知道。

不不不，我虽然没去过那里，但我知道中国的旅顺。你的父母都在旅顺吗？

不在了，他们都被日本人害死了，还有我的爷爷和姐姐。

你受了这么重的伤，准备到哪里去？

我去找部队，要是找不到部队，就到延安去，那是我最向往、最想要去的地方。只要我还有一口气，爬也要爬到延安去。

抗战胜利后，你最想要做的是什么？

到那时，也许我已经死了……

迈克在日记中写道，年轻的小战士说完这几个字，慢慢悠悠地站了起来，摇摇晃晃地朝前走去，地上留下了一串血迹。我久久待在原地，望着他的背影，泪水在眼中打转，不由自主地仰起头，对着苍天说，中国在不久的将来必将成为世界强国！

只是，由于迈克的日记里没有写明这个英雄少年的名字，时至今日，也不知道他是哪家的后生。

长期处于日本帝国主义殖民统治下的旅顺人民，以自己的勇敢和智慧，选择了特殊的斗争道路和方式。旅顺人民的刚烈坚强，深深扎根于那片热土之上。旅顺人民无畏的战斗精神，化为放着别样光彩的绚烂文化。

第八章

百年屈辱一朝雪

三巨头斗法

世界历史在 1945 年发生了重大转折，在欧洲和亚洲的政治地平线上，出现了彻底战胜德国和日本法西斯的胜利曙光。给人类带来了空前劫难的第二次世界大战，到了止戈停战的时候。

但是，如何彻底地把大规模的战火扑灭，让失速奔跑的战车静止下来，却是一个世界级难题，仅靠某一个国家、某一个地区之力显然是不够的，需要全世界联合起来，需要各国的领袖人物共同出场。

这时，被称为"世界三巨头"的美国总统罗斯福、英国首相丘吉尔和苏联最高统帅斯大林联袂登场，在苏联克里米亚海滨城市雅尔塔聚首，共同商讨如何给法西斯德国和日本，特别是给日本以最后一击，并重新规划战后的世界格局。

小小的旅顺竟成了这个世界级会议的一个重要议题！尤其令人意想不到的是，作为和斯大林交易的筹码，罗斯福在未征得蒋介石同意的情况下，就一把旅顺出卖了。

当时，这个决定世界命运的重要会议的地点，有多个备选方案，分别是苏格兰、马耳他、雅典、塞浦路斯。这些城市得到了罗斯福和丘吉尔的认可，也确实都是不错的选择，但却被斯大林生硬

地拒绝了。他认为，在苏德两国军队正在激战之时，作为苏军的最高统帅，他不能离开岗位。最终，罗斯福和丘吉尔接受了斯大林的意见，把会议地点安排在了雅尔塔。

实际上，美国和英国并不喜欢苏联。罗斯福的私人顾问霍普金斯直言不讳地问，总统先生，您是一位六十三岁的老人，为什么要执意跑出半个地球，去跟斯大林会晤？罗斯福笑着说，我愿意和斯大林交朋友。既然是交朋友，首先自己要够朋友。斯大林请我到他的国家去，我不好驳他这个面子。但是，不要忘了，在世界大舞台上的较量，我与斯大林是真正的棋逢对手。我特别喜欢和斯大林在谈判桌上斗智斗勇——他是个老狐狸，可我是个老猎手，猎手还怕斗不过狐狸吗？

雅尔塔会议的主角是罗斯福，主题则是讨论德国投降后欧洲问题的处理和敦促日本无条件投降。在这个主题背后，隐藏着美英两国争取苏联早日出兵中国，对日作战的希望。因此，在这次会议上，罗斯福满脸疲惫地坐在轮椅上，对斯大林提出了期望，按照德黑兰会议的决定，我非常希望苏联出兵中国，对日作战，说完，他的眼光并没有从斯大林的脸上移开，他希望得到果决的回答。但斯大林岂能轻易就范？他不假思索地来了个"狮子大开口"，苏联可以对日作战，但有两个先决条件，一是承认外蒙古独立，二是恢复日俄战争前俄国在华的各项利益。如果不能满足这两个条件，苏联就不会出兵。罗斯福知道，斯大林这是要勒索到底了，但还是咬着牙做出了让步，满足了斯大林的要求。

于是，1945 年 2 月，在雅尔塔冬季的寒风中，国际三巨头达成了对整个世界来说具有回暖意味的共识：彻底击败德国，惩办战犯。苏联出兵中国对日作战，战后建立联合国。1945 年 2 月 11 日，罗斯福、斯大林、丘吉尔三人联名签署的《雅尔塔协定》出炉了，其中的第二条规定是：

> 由日本 1904 年背信弃义进攻所破坏的俄国以前权益须予恢复，即库页岛南部及临近一切岛屿须交还苏联；大连商业港须国际化，苏联在该港的优越权益须予保证，苏联租用旅顺港为海军基地须予恢复；对担任通往大连之出路的中东铁路和南满铁路应设立苏中合办的公司以共同经营之；经谅解，苏联的优越权益须予保证，而中国须保持在满洲的全部主权。

对日作战，是反法西斯战线的共同责任和需要，背着主权国家，转让、出卖中国的领土和主权，天理何在？国际公义、公理何在？也许，通过对这三个能够左右世界局势的政治家的分析，才能看清楚他们各自的逻辑。

罗斯福是一个心怀天下的著名政治家，他每时每刻思考和运筹的，都是世界上的头等大事。就当时来说，有三件大事使他难以释怀，这三件事都与苏联有关。

头一件事是如何打败德国。这个问题已于 1943 年 11 月 28 日的德黑兰会议上得到了解决，当时的牵头人就是罗斯福、丘吉尔和斯大林三人。那时，斯大林希望自己不再孤军奋战，因此联合美英共同应对。他希望法国能够开辟第二战场，与苏联形成东西夹击之势，以尽快打开对德作战的交困局面。罗斯福和丘吉尔接受了斯大林的建议，斯大林的愿望得以实现。于是，在 1945 年春

夏之交，世界战争局势发生了巨大改变，苏军展开了对柏林的最后攻势。

第二件事是如何迫使苏联尽早出兵中国，对日作战，这也是罗斯福长久以来的一块心病。美国虽然在太平洋战场上打赢了，但要彻底摧毁日本，必须进入其本土作战，这是罗斯福最为忌讳的一种方式。到雅尔塔开会之前，五星上将马歇尔在给罗斯福的作战报告中指出，德国投降后，如果采用麦克阿瑟将军的作战计划，美军需要十八个月才能打败日本，而美国以及盟军则要付出一百多万士兵的生命。罗斯福被惊出一身冷汗。他既不愿意看到那么多美国人为此流血牺牲，更不敢因此而得罪美国民众，那会使他失掉总统连任的选票。可是，要想赢得战争的胜利，哪有不付出代价的呢？要想打开这个死结，最理想的办法就是动员斯大林，让苏联人上战场。为此，他在德黑兰会议期间就曾试探过斯大林，而狡猾的斯大林则以苏联曾与日本签订过中立条约而搪塞过去。现如今，罗斯福面对美日作战的悲观结局，下定了决心，要不惜任何代价鼓动苏联人参战。因此，面对斯大林提出的要求，罗斯福当然乐得借花献佛，于是就把中国旅顺、大连的权益，打包送给了他。

第三件事是组建联合国，建立战后世界新秩序。罗斯福认为，原有的国际联盟未能成功阻止第二次世界大战的爆发，因此，根据国际局势的变化，需要建立一个新的国际组织取而代之，以维护世界和平。在罗斯福的精心策划下，美国国务院提出成立一个新的世界组织的计划，罗斯福把它叫作"联合国"。但是，重建国际新秩序，没有苏联的合作是不完整的，同样，组建联合国，没有苏联的加入和支持，也是不可想象的。不论从哪一个角度来看，在当今和未来的世界事务中，苏联都是不可或缺的重要角色。

其实，在雅尔塔会议之前，美国和苏联的高层就怎样解决对日作战的问题，早已多次进行过秘密磋商。其中，美国驻苏联大使哈里曼奉命面见斯大林的时候，也探讨过苏联对日作战的条件。当时，斯大林左手握着大烟斗，走到地图前，用右手在包括旅顺和大连在内的辽东半岛南部画了个圆圈，说，我们希望再次租借这些港口和周边地区。

所以，在雅尔塔会议上，罗斯福对斯大林可能提出的条件心知肚明。但他打的是妥协牌，只要不损害美国的利益，能达到他所要追求的战略目标，适当向斯大林示弱，包括对会议地点的选择，都可以以斯大林的意见为准。对于美国来说，中国人"小不忍则乱大谋"的智慧同样适用。最终，罗斯福的隐忍，反而使美国成为雅尔塔会议上的最大赢家。

但是，世界是各方势力博弈后的结果，而强大的势力是主宰和统辖世界的根基。

雅尔塔会议几乎满足了斯大林的所有要求。斯大林不能不察觉到，包括美国在内的西方世界，把二战的胜利，特别是对日作战的赌注都押在了他和苏联身上。于是，他越发咄咄逼人了起来，不断向罗斯福发起挑战。

在提出了若干不合理的要求之外，还有一个特写尤其值得玩味。用攫取中国利益换取对日作战的决定，斯大林使用的是强盗逻辑。出于自知，他一再叮嘱罗斯福，《雅尔塔协定》的内容，要暂时对中国保密，不能让蒋介石知道。罗斯福对此感到为难。要

想实现协定中的目标，不与中国政府沟通是根本行不通的。雅尔塔会议把中国排除在外，已经是欺人太甚之举，再不把涉及中国的内容通告给中国政府，那协定必然是一纸空文，蒋介石政府是断然不会同意的。面对罗斯福的迟疑，斯大林的口气非常强硬，他说，当然要通知中国，但现在不是时候。至于什么时候，以怎样的方式通知中国，由我们来决定。罗斯福看到斯大林的架势，不再作声。

事实上，罗斯福也并非软弱可欺，只不过，两利相权取其重，两害相衡取其轻。事实上，美国和苏联是《雅尔塔协定》的共同赢家。而在赢家通吃的世界里，与其说《雅尔塔协定》是一次会议产生的结果，倒不如说是罗斯福和斯大林的私下交易的成果。

美国是个精明透顶的掮客和奸商，他们用中国的旅顺做交易，换取了苏联出兵中国，对日作战的承诺，怎么看都是一本万利的好生意。那么，苏联真的只盯住了旅顺军港吗？其实不然。斯大林用他握着大烟斗的手，在世界地图上画出了一个大圈——他要以出兵中国的代价，实现一举三得之目的。

第一个目的，是以正义为名，换取在旅顺以及中国东北的特权。以中、美、苏等国家组成的盟军对德日法西斯作战，这本是应尽的义务和责任。但斯大林却打着正义的旗帜，继承沙皇时期留下的遗产，把被日本夺走的旅顺、大连和东北两条铁路，完完整整地搋回自己的口袋。如此，可以不露痕迹地把损失的权益捞回来，还能增加不少意外收获，何乐不为？

其实，这一步棋，也有赖于罗斯福从中帮忙。在雅尔塔会议上，罗斯福在哈里曼和翻译波伦的陪同下，与斯大林、苏联外交部长莫洛托夫和翻译巴布洛夫进行了私下的会商。由于是拿中国的领土和主权做交易，美苏两国没有任何损失，因此，双方的会谈甚为轻松。罗斯福略带讨好地说，关于苏联要在远东寻求不冻港的意图，我早就替阁下深虑过，还是选择旅顺港比较适宜。至于大连，可以采取中国租借给苏联的办法，还可以将它辟为自由港。斯大林的回答也颇具情怀，他说，对日作战需要付出巨大的牺牲，在这种情况下，如果不能满足苏联提出的有限的条件，我和莫洛托夫难以向苏联人民解释。倘若这些政治条件得到满足，人们就会理解，这是在维护国家和民族的利益，也就容易将对日作战的决定向最高苏维埃说明。

这番话实在令罗斯福反感。十月革命胜利后，列宁曾明确宣布，要废除一切帝俄时代对中国的不平等条约。现在，斯大林想掩耳盗铃地行掠夺之实，不但不废除那些条约，还要变本加厉地去攫取中国的主权，这显然是对列宁的背叛。但是，罗斯福对此并没有说破。

因此，这桩交易做得空前绝后。美国人玩的是空手道，把别人的权益拿出来送人情。苏联人则是挂羊头，卖狗肉，是在正义的旗号之下赤裸裸地欺诈，并且实现了名利双收。而被三巨头出卖了领土和主权中国人，却无权参加会议，甚至连知情的权利也被剥夺了。

斯大林的第二个目的，是要报日俄战争的一箭之仇。日俄交恶由来已久，两个尚武民族的战争较量实际上是民族心理的激烈碰撞。有意思的是，只要一面对俄罗斯，日本自然就把腰弯了下来。因此，一直以来，俄罗斯始终保持着对日作战的全胜纪录。可是，

发生在二十世纪初的日俄战争，打破了日俄战争中俄罗斯不败的纪录，同时令所有的战争成果化为泡影，这是俄罗斯人的奇耻大辱，因此，俄国人始终在寻求报仇雪恨的机会。就在第二次世界大战濒临结束，德日等国的法西斯行将就木之时，苏联的机会来了。中国历时十四年的抗战即将结束，日本已是强弩之末，只要迎头痛击，立刻就会土崩瓦解。斯大林确实把握住了这一历史机遇，在时隔四十一年之后，他要通过一场新的俄日战争，把日本打回原形，并重新划分亚洲的势力版图。

他还有第三个目的，就是要独霸二战枭雄的桂冠。斯大林之所以敢在罗斯福面前趾高气扬，是他自认为有此资本。在欧洲战场上，他是打败希特勒的中坚力量，而且，这个目标很快就要实现了。这意味着，苏联和欧洲就要得到救赎。同样，在亚洲战场，中国苦苦支撑了十几年，使日本陷入了穷途末路。但是，要想逼其举手投降，依然需要外部力量。而苏联红军是摧毁日本最后心理防线的最大的敌人。因此，苏联又成了拯救中国、拯救亚洲的最重要的中流砥柱。在亚欧两个主战场上，苏联都扮演了如此重要的角色，令全世界瞩目，苏联自然就会成为全世界的领头人。

1945 年 5 月，罗斯福去世了，副总统杜鲁门接任美国总统。两个月后，丘吉尔在大选中下台了，英国的新任首相艾德礼当选。《雅尔塔协定》的后续事宜就由杜鲁门和艾德礼接手实施。但是，在雅尔塔会议之后，苏联并没有履行承诺，一直按兵不动地在原地观望。杜鲁门向其透露了美国要对日本使用原子弹的消息，并于 1945 年 8 月 6 日向日本广岛投下了第一颗原子弹。这下，斯大林坐不住了，他精心地算计着，如果美国继续扔下第二颗原子弹，中日战争很快就会结束，打败日本的功劳就会归于美国。这样，苏联失去了出兵中国的机会，自然也会失去旅顺以及与其相关的所有权益，而且，其"拯救者"的光环也将消失殆尽。斯大林绝不会做赔本的买卖，他当机立断，1945 年 8 月 8 日，也就是日本广岛原子弹爆炸的第三天，苏联正式对日宣战。

对这一切，卸任首相丘吉尔成了体面的看客。1945 年 2 月 10 日，雅尔塔第七次会议之前，苏联的莫洛托夫将斯大林关于苏联参加对日作战的政治条件草案文本，交给了美国驻俄大使哈里曼。经过斯大林和罗斯福分别修改后，作为协议文本送给了丘吉尔。作为一名大政治家，丘吉尔完全清楚斯大林和罗斯福的葫芦里卖的是什么药，并且，他感觉受到了排挤和轻慢。对此，既心有不甘，又不想涉足这桩不光彩的幕后交易，因此不愿意在《雅尔塔协定》上签字，索性把文本搁置了起来。英国外交大臣艾登也看不惯美苏的做法，力主丘吉尔拒签该协定。对这样一次不愉快的往事，《丘吉尔回忆录》中有过阐释：我明确地说，虽然作为大不列颠的代表，我参加了这一协定的签署，但我和艾登都不曾参与制定这一文件，这被看作是美国和苏联的事，对他们的军事行动当然有重大利害关系。对我们来说，我们并不要求制定它。总之，这个协定并没有同我们协商，只要我们同意。在政治上经历过大风雨，见过大世面的丘吉尔，内心虽然不满，但政治家的智慧和理智仍然占了上风。他私下里对艾登说，作为三巨头之一，邀请我来参加会议，说明他们离不开我。如果把眼光放长远一点，我接受了邀请，就非签字不可，不然，不仅要受到斯大林和罗斯福的轻视，大英帝国在远东的地位也有危险。再说，我们要学会成人之美，多了个

英国首相的签名，这个秘密协定就会由幕后交易变成光明正大的了。

在苏联克里米亚的雅尔塔，罗斯福、斯大林和丘吉尔三巨头斗法，斯大林以无与伦比的政治手段，逼迫老谋深算的罗斯福就范，把手中有关中国权益的底牌亮了出来，也迫使老奸巨猾的丘吉尔忍气吞声，在协议上签了字，使他和罗斯福并列成为大赢家。而丘吉尔以第三者的姿态，虽没有额外斩获，但也没有任何损失，并且也为自己的政治家头衔增添了砝码。

大国博弈的筹码

在雅尔塔，罗斯福和丘吉尔把旅顺出卖给了斯大林。既然要吞并中国权益，接下来，斯大林就要和中国国民政府的委员长蒋介石斗法了。而内战内行、外战外行的蒋介石，哪里会是斯大林的对手！

自十九世纪四十年代开始，旅顺的命运曾与伊朗的德黑兰、苏联的雅尔塔、埃及的开罗、德国的波茨坦有过关联。虽然旅顺与这些城市天各一方，非常遥远，但它们却在为争取各自国家利益的角斗中，决定或改变着旅顺的命运。

在中国近现代史上，除了李鸿章，还有一个两次"出卖"过旅顺的人，他就是蒋介石。美国总统罗斯福曾评价他说，在当时中国社会和政权结构的背景下，蒋介石虽然雄极一时，掌有中国的权力，但他非雄才大略，不是以国为怀，以民为怀，而是以自己为怀，以家族和小团体为怀，绑架了整个民族的利益，把国家和民族命运作为维护蒋家王朝的赌注。

当反法西斯的欧洲战场、太平洋战场已取得决定性胜利，中国战场也正在发生重大转折的历史背景下，1943 年 11 月，国际上连续召开了两个特别重要的会议。一个是美、英、苏首脑罗斯福、

丘吉尔、斯大林在伊朗首都德黑兰举行的会议，另一个是中、美、英三国首脑蒋介石、罗斯福、丘吉尔在埃及首都开罗举行的会议。其中，《开罗宣言》的主题是，中、美、英三国对日作战的目的在于制止和惩罚日本的侵略，剥夺日本自第一次世界大战爆发后在太平洋上获得或占领的一切岛屿，被日本强占的中国领土，包括旅顺所在的东北地区、台湾和澎湖列岛等，都须归还中国。

《开罗宣言》草案，先由美国人拟就并提出。在这个草案的讨论过程中，三个国家代表就如何表述，展开过激烈争辩。英国代表贾德干说，宣言草案中对日本占领的其他地区都表述为"应予剥夺"，唯独中国的满洲、台湾和澎湖列岛写着"应归还中华民国"。为求得一致，将满洲、台湾和澎湖也改为必须由日本放弃。中国代表王宠惠不同意，他宣称，全世界都知道，第二次世界大战是由日本侵略中国东北而引起的。如果只说日本放弃所占领的满洲、台湾和澎湖，就不能明确放弃后归哪个国家所有。因此，必须在宣言中确切表述为归还中国。美国代表哈里曼赞成王宠惠的意见。结果，英国未能就宣言草案这一实质性内容进行修改，只做了一些非实质性的文字上的改动，最终将宣言草案有关文字表述为，被日本所窃取的中国之领土，特别是满洲和台湾，应归还中华民国。丘吉尔本人又对宣言草案文字做了进一步修改。

经过当天的认真讨论，《开罗宣言》草案经中、美、英三国首脑一致同意后正式定稿，但暂不发表，由美国和英国派员到德黑兰听取参加美、英、苏三国首脑德黑兰会议的斯大林的意见。斯大林看完后回答称，完全赞成宣言及其全部内容，并明确表示，这一决定是正确的，朝鲜应该独立，满洲、台湾和澎湖等岛屿应该回归中国。1943 年 12 月 1 日，中、美、英三国分别在重庆、华盛顿、伦敦三地同时发表《开罗宣言》，表达了盟国打击并惩罚侵略者，维护国际正义的共同政治意愿，其合理性、严肃性、正义性和有效性毋庸置疑。

自 1941 年至 1945 年陆续公布于世的《中国对日宣战布告》《开罗宣言》《波茨坦公告》和日本《无条件投降书》，这四个文件组成了环环相扣的国际法律链条，明确无误地确认了满洲、台湾和澎湖列岛作为中国领土一部分的法律地位，保证了这些地区回归中国的国际协议，具有无可否认的有效性和权威性。

就是在这样十分有利于中国的情况下，蒋介石却卑躬屈膝地做了两件丢尽中国人颜面，进而被全世界嘲笑的事情。他先是将旅顺"开放"给了罗斯福，后来又将旅顺打包"卖"给了斯大林。

在开罗会议期间，由于是美国人起草的《开罗宣言》，并在讨论中站在中国一方，这令蒋介石异常感动。拿什么来答谢罗斯福的美意呢？他想到了日本人、俄国人和英国人都想占为己有的旅顺。在蒋介石的意念中，美国人可能比日本、俄国和英国还急切地想得到这个城市，于是慷慨地向罗斯福承诺，将来，日本投降后，旅顺基地可由中美合用。这就意味着把旅顺出让给了美国，由中美共同使用管理。罗斯福虽然笑纳了这件大礼，但并没有真正收入囊中。对此，他非常清楚的是，在世界范围内扩张竞争，美国一贯采取的是结盟战略，不会轻易占领别国的领土。而结盟的最大好处就是，虽然不动用武力占据某一城一域，但是可以共享盟国的特权，获得同样甚至更多的利益。把旅顺据为己有，不是美国的选择。再者，美国实施远东亚太战略的重要棋子是台湾而不

是旅顺，旅顺虽然具有极其重要的战略价值，但是在美国的战略体系当中，却并不那么重要。还有，罗斯福早就看穿了俄国与日本对旅顺的贪婪野心，为了这块兵家必争之地，两国已经打得不可开交。既然自己不太看好旅顺，又何必去蹚这个浑水呢？不介入旅顺，是美国与俄日两国保持平衡的一个重要筹码。所以，在开罗会议上，罗斯福虽然没有拒绝蒋介石送给他的厚礼，但并没有真正收下，因此，把旅顺辟为中美共同军事基地之事不了了之，并没有下文，成了一个"无言的结局"。

罗斯福去世后，副总统杜鲁门接任了美国总统一职。出于对罗斯福的尊重和国际国内政治的需要，他向美国人民宣称，要继承罗斯福总统的外交政策。有一天，杜鲁门在办公桌里发现了《雅尔塔协定》，顿时呆住了。雅尔塔会议已经开过三个月了，三个大国关于中国问题的协定至今未能通知中国，这太不合乎情理了。于是，在1945年6月9日，杜鲁门下令把《雅尔塔协定》的内容正式通知中国，并由中华民国政府外交部部长宋子文在7月1日前去参加莫斯科会商。

当然，杜鲁门和罗斯福一样，在这个问题上，都要看斯大林的脸色行事。当斯大林最后下定要对日宣战的决心，并废除1941年签订的《苏日中立条约》的时候，他才同意美国将《雅尔塔协定》的内容正式通报给蒋介石的要求。

没有受邀参加雅尔塔会议，蒋介石大国领袖的威严受到了挑战，他感到非常恼火。而当他看到《雅尔塔协定》中有关外蒙古独立、旅顺权益让渡给苏联等具体内容时，更是怒不可遏，暴跳如雷，大骂罗斯福背信弃义。愤怒之余，蒋介石有自己的意志和逻辑。抗日战争已经进行十几年，日本人宣布投降，可能只是时间问题。而在国民政府和蒋介石心中的国策中，最重要、最根本的问题是，要力争苏联和斯大林支持蒋介石的国民政府，好容许自己把赤色的共产党彻底剿灭。这是蒋介石向斯大林在中国问题上讨价还价的最后底线，而不是苏联何时对日作战。这样，蒋介石对国民政府代表到苏联就如何与《雅尔塔协定》所涉及的问题进行谈判，定了如下基调：将来签订中苏协定，美英应当为当事人，以期苏方遵守；指定旅顺口为中、美、苏、英四国海军基地，而不是苏联独占；千岛群岛和库页岛问题应由四国而不是中苏两国讨论。蒋介石这样做的用意很明确，既然美国和英国已经将中国的主权出卖了，那么中苏间以后发生的事情，美英也脱不了干系，要捆在一条战船上，形成美英对苏联监督、制约的态势。当然，这只是蒋介石的一厢情愿。处理解决涉及中国主权和未来前途命运这样的重大问题，国民党上层都期待蒋介石能亲自出马，以国家元首的资格和威望，迫使斯大林做出让步，争取有利于中国的结果。而蒋介石自知，虽然贵为大国领袖，但是在斯大林、罗斯福这些人的眼里，却不是一个量级，他不愿也不敢和斯大林坐在一个谈判桌上。在蒋介石看来，任何抗争都是自取其辱，不如避其锋芒以求自保。其实，不论派谁去苏联，其结局蒋介石早已料到了。

1945 年 6 月 30 日，国民党行政院院长兼外交部部长宋子文率中国政府代表团的胡世铎、沈鸿烈、蒋经国等人飞赴莫斯科与斯大林谈判。结果，一切都是按斯大林的意愿有条不紊地进行的。并且，斯大林以居高临下的姿态，教导国民政府该怎样合情合理

地完成中苏的共同使命，包括签订一项苏中友好同盟条约，以期用武力使中国达到从日本枷锁下获得解放的目的。在与中国代表团谈判的过程中，斯大林既展现了其世界级伟人的雄才大略，也纯熟地运用了威胁、利诱、离间等卑劣手段，迫使宋子文就范。

知己知彼，方能百战不殆，这是军事战略和政治战略的规则。宋子文并不了解《雅尔塔协定》的签订背景，更不清楚斯大林的心思，只能根据蒋介石给出的原则轮廓，走一步看一步，尽量争取好的结果。而斯大林不一样，他不但一手策划了《雅尔塔协定》，也充分了解蒋介石，实现了真正的知彼知己。在他看来，宋子文所率领的代表团阵容和级别，不过就是小儿科，因此极其轻蔑。但是，他们的欢迎致辞却非常热烈，并阐述了苏联对外政策的方式，不失时机地赞美了苏联人的高风亮节。他们说，现在的苏联领导人与沙俄时期有天壤之别，沙俄的目的是勾结日本瓜分中国，而现在苏联的目的则是联合中国遏制日本。这番话的弦外之音是，苏联的所作所为，都是为了中国，因此，苏联所提出的任何条件和要求，中国人都应当无条件地接受。

话虽好听，谈判却进行得极其不顺利，甚至刚一进入主题就形成了僵局。双方在涉及旅顺、大连和外蒙古主权以及对中国共产党等问题上，都存在重大分歧。可以说，对于斯大林来说是步步为营，各个击破。而宋子文难以招架，只能仓促应付。远方，蒋介石在见风使舵地遥控指挥。

两个国家间的谈判是极其庄重的政治事件，可是，蒋介石竟然指派蒋经国以个人名义去拜访斯大林。因为总统之子的特殊身份，蒋经国早年曾留学苏联，并见到过斯大林。这种关系非同寻常，使蒋经国能够很轻易地走进克里姆林宫。在斯大林的办公室，蒋经国规规矩矩地站着转达了父亲的问候。但斯大林并没有与其寒暄。他请蒋经国入座后，严厉地问他，为什么不能让外蒙古独立？蒋经国心理压力很大，但话还是说得温婉而清晰，我们中国对日作战就是为了要把失地收复回来。现如今，日本人还盘踞在东北、台湾，失地还没有收回，又要把外蒙古割让出去，这违背了抗战的本意，中国国民一定会指责我们出卖了领土和主权，所以我们不能同意。

　　斯大林听得有些不耐烦，他打断了蒋经国，说，我希望你父亲从实际出发。今天，并不是我要来帮忙，而是你们中国需要苏联的帮助，是有求于我的。倘若中国有力量，自己可以把日本人赶走，我自然不会提什么要求。可是，你们既然没有这个能力，还要讲些废话做什么？说完，斯大林看了一眼尴尬的蒋经国，知道他不懂其中更深的奥秘，便缓和了口气，循循善诱地说，外蒙古对苏联有极其重要的战略意义。如果日本、美国，包括中国从外蒙古向苏联发动进攻，西伯利亚铁路又被切断，苏联的麻烦就大了。停顿了一下，他突然提高了嗓门说，你还年轻，不懂得利害，你的父亲会懂。任何条约都是靠不住的，那就是一张纸，随时可以撕毁。中国与苏联能不能长期友好，这是很难说的事。何况，在你们背后，尚有势力强大的美国存在，苏联岂敢掉以轻心？所以，外蒙古必须与苏联紧密联系在一起。斯大林像是在做总结，也像是在下通知似的强调，这个世界没有免费的午餐，苏联出兵对日作战要付出巨大代价，中国必须放弃一部分领土主权作为酬谢。这是多么宏大的战略！阅历尚浅，经验不足的蒋经国一时不能完

全听懂，但让中国对苏联感恩的意思他听懂了。斯大林的这番话，本来就是说给蒋介石听的，蒋介石可以操纵中国代表团，而斯大林则要操纵蒋介石。

　　紧接着，斯大林给宋子文开了一张空头支票。在雅尔塔会议上，罗斯福很大方地用中国领土和主权作为苏联出兵对日作战的交易筹码，今天，在莫斯科的谈判桌上，斯大林要用支持蒋介石的国民政府作为提出领土主权要求的筹码。自从共产国际成立以来，从那里发出的对中国共产党的指令，实际上都来自斯大林。而这样一来，中国国共两党的事情，就都把握在斯大林手里了。他从国家关系上操控着中国国民政府，从政党关系上操控着中国共产党，可谓面面俱到，左右逢源。斯大林深知，在蒋介石国民政府的天平上，不是两端，而是三端。一端是他个人的权力地位，是他的独裁统治；另一端，是共产党的存在和发展壮大，恰恰在这一端，会推翻他的政权；再一端才是国家和领土主权。外蒙古和旅顺只是蒋家王朝的九牛之一毛，失去了，最多只会承受一些舆论的压力而已。因此，宋子文、蒋经国到苏联谈判最重要的使命，是让斯大林放弃共产党，全力支持国民政府。

　　与此同时，当罗斯福、斯大林和丘吉尔三巨头在雅尔塔商量如何打败德日法西斯时，中国共产党领导的八路军、新四军以及其他抗日武装正取得节节胜利，他们已控制了华中、华北的广大敌占区，并动员团结了这些区域的广大民众。而蒋介石的国民党军队多在西南地区，无法占据东北和广大的沦陷区。更让蒋介石寝食不安、坐卧不宁的是，十四年抗战打下来，共产党迅速发展壮大起来，拥有了一百三十万人的军队，还有二百六十万民兵，解放区的面积达一百多万平方公里，拥有一点二五亿人口，这个实力让蒋介石胆寒。他一再告诫政府军队的大官要员们，真正的心腹之患不是日本人，他们吞不下中国，也不会把中国搬走。而共产党一旦得势，就会把国民政府推翻，建立新的政权。就眼下而言，蒋介石最担心共产党的军队以对日实行全面反攻的名义，在苏联的支持下占领东北和内蒙古。于是蒋介石千方百计地逼迫斯大林做出抛弃共产党，全力支持国民党的承诺。

斯大林当然会送出这个顺水人情，他投其所好地给蒋介石吃了一颗定心丸。这样，在中苏多个回合的谈判中，斯大林巧妙地在不同场合，以不同的方式表达了一个明确的态度，即苏联只支持一个统一的中国，这个统一的中国可以由蒋介石的国民政府领导，但苏联对蒋介石的支持必须以取得一部分中国领土主权为前提条件。为了敦促蒋介石尽快下决心与苏联签订条约，斯大林威胁恫吓宋子文，如果国民政府不能尽快与苏联达成协议，中国共产党的军队进入满洲是谁也挡不住的，到那时候，局面将难以收拾。这是斯大林向蒋介石亮出的最后一张牌，终于刺痛了蒋介石最敏感的神经，也促使他在外蒙古、旅顺、大连、中东铁路等问题上，对苏联做出了最大限度的让步。

1945 年 7 月 7 日，宋子文接到蒋介石的指示，把苏联提出的所有要求一口答应下来。这时候，斯大林开始了他的表演。为了表达与蒋介石合作的诚意，斯大林下令召回苏联驻延安的苏共代表，并且要求他们在离开的时候，连无线电台都拆下带走。随后，斯大林又背着中共邀请蒋经国再次访问苏联。

1945 年 8 月 14 日午夜，中国国民党政府同苏联政府签订了《中

苏友好同盟条约》，同时还签订了《关于中国长春铁路、旅顺口及大连的协定》以及关于外蒙古问题的换文等。关于旅顺和大连，《中苏友好同盟条约》中规定：

> 在中苏旅顺协定有效期三十年内，以旅顺口为中苏共同使用之海军基地。该地区民政归中国管辖。在该区域内设中苏军事委员会，以处理有关共同使用等问题。
>
> 中国政府宣布大连为自由港，对各国贸易航运一律开放。大连一切行政权利属于中国，惟港务长由苏籍人员担任，开放期定为三十年。

这样，作为中国国民政府最高领导人的蒋介石，亲手把旅顺和大连的主权让给了苏联。

而在中国共产党和国民党中间骑墙的斯大林，给宋子文开出的则是一张空头支票。因为，作为几个大国间博弈的操盘手，斯大林清清楚楚地看到，蒋介石的背后站着美国。他之所以要对蒋介石软硬兼施，拉拢蛊惑，是希望蒋介石在美苏之间保持中立，以求美国和苏联的制衡。在长时间和中国打交道的过程中，斯大林目睹了共产党的日益壮大，他断定，得民心者得天下，共产党一定会取代国民党，蒋介石的独裁统治要不了多久就会垮台。所以，他在国共之间明修栈道，暗度陈仓，友好合作的天平暗中向中国共产党方面倾斜，但口头上依然坚定地支持国民党政府。日本投降以后，共产党领导的人民军队之所以能够迅速占领东北，这当然与苏联人的暗中帮助分不开。

　　果不出所料，斯大林和蒋介石度过了短暂的蜜月期，很快就撕破了脸皮。当蒋介石识破斯大林的伎俩，于1946年1月13日宣布，在东北境内的一切敌产，均为中国政府所有，这其中就包括已被苏联占有的旅顺、大连以及中东铁路范围内的产业，这实际上是变相地收回主权。面对斯大林的警告，蒋介石不予理睬，从此，斯大林和蒋介石势同水火，并断绝了往来。

　　自1931年"九·一八"事变后，日本在半年之内占领了中国东北全境，并全力加强了战场进攻。到1945年，他们共修建了可住六十个师的兵营，二十处空军基地，一百三十三处机场，二百处起降场。直到1945年8月，总部设在长春的关东军有三十一个师、十三个旅，共九十七万人，加上伪满、伪蒙军二十多万人，日伪总兵力约一百二十万人。还有火炮五千三百六十门，坦克一千一百五十五辆，飞机一千八百架，这个战力是相当强大的。

　　苏军为保持对日作战的绝对优势，德国投降后，迅速将欧洲四个集团军调运到远东，拥有一百七十万兵力，火炮二千六百门，坦克和自行火炮五千二百五十辆，作战飞机三千四百五十架，太平洋舰队作战舰艇四百二十七艘，飞机一千五百六十架。

　　1945年8月9日，斯大林一声令下，强大的苏军在华西列夫斯基元帅、马林诺夫斯基元帅、梅列茨科夫元帅的指挥下，以三个方面军阵容从东、西、北三个方向同时跨越中苏边境，开进东北境内，横扫日本关东军，使东北全境得到解放。

　　1945年8月22日，苏联后贝加尔方面军副司令伊凡诺夫中将率二百五十名空降兵，在旅顺土城子机场着陆后，立即开进市区，解除了日军武装，旅顺宣布解放。这一天，旅顺人民纷纷走上街头，兴高采烈地欢迎苏联红军，有些老人庄重地向苏联红军行了古礼。

然而，没过多久，笑容就从旅顺人的脸上渐渐消失了，疑虑和忧愁悄悄袭上了心头。自 1945 年 8 月起，旅顺名义上获得了解放，但却是中苏共管的。久而久之，旅顺人看明白了，所谓"共管"，只是一个说法罢了，其实，就是苏联人一家独大，旅顺的大事小情，都得是苏联人说了算。

多少年来，旅顺人困在一种说不清道不明的状态里。他们叫苏联人大鼻子，称日本人是小鼻子，从甲午战争以来，旅顺一会儿被小鼻子占了，一会儿大鼻子成了旅顺的主人，每隔那么几年，统治旅顺的大小"鼻子"就要换一回岗。但是，不论是大鼻子，还是小鼻子，旅顺人都不是旅顺的主人。

可怜的旅顺人是走不出这个迷阵了。四十年的苦苦等待，四十年的热切盼望，好不容易等来了解放这一天，却没有实现真正的自由，天上的太阳，还一直被乌云遮着。

开国领袖出征

一万年太久，只争朝夕，这是毛泽东的气魄与胸怀。

1949 年 10 月 1 日上午，毛泽东在天安门城楼上向全世界宣布，中华人民共和国成立了，中国人民从此站起来了！这一天，成为新中国与旧中国的分水岭。

就在毛泽东宣布中华人民共和国成立后的两个小时，苏联政府就发来电报，第一个承认新中国，表示愿意与中国建立外交关系，并立即互派大使。

一系列开创性的伟大事业诞生了。毛泽东收到来自苏联的邀约，立即做出了回应，并决定尽快访问苏联。对于首访苏联，毛泽东胸中有一张宏伟蓝图，期待废除国民党政府与苏联政府签订的《中苏友好同盟条约》，重新签订中华人民共和国与苏联间的友好互助条约，全面实现与苏联的合作，使百废待兴的新中国得到来自苏联的支持与帮助。在解决中苏间诸多重大问题的谋篇布局中，有一枚闪亮的棋子，就是毛泽东要在第一时间从斯大林手中将旅顺和大连的主权收回。

彼时，要收回的主权，不仅仅是旅顺、大连，还涉及香港和澳门，它们都是西方国家侵略瓜分中国的产物。但是，新中国刚刚成立，

国际局势仍然险恶，香港、澳门这两条通往西方社会的通道还起着至关重要的作用，因此并不急于收回。未来，完全可根据国内外形势的变化，合法收回香港和澳门的主权。

这样，收回旅顺、大连以及中长铁路（中东铁路干线）的主权，成为新中国发起的第一次外交战役。这意味着，中国将在独立自主、和平外交的旗帜下，实现近百年来前所未有的主权独立和领土完整。旅顺和大连的回归，成为中国历史发展的一个里程碑。

1949 年 12 月 6 日，毛泽东带领陈伯达、叶子龙、汪东兴和师哲等人，在北京火车站登上 9004 号专列，驶向东北平原，经过国门满洲里，横跨西伯利亚，直奔莫斯科。

在列车行进的路线上，最为壮观的就是西伯利亚平原，它原本是中国的领土。从历史上看，中国几千年来长期雄踞东方世界，是远东最强大的帝国，拥有优越的战略地位。但是，自康熙皇帝和彼得大帝时代开始，中俄之间就为领土问题纠纷不止。特别是到了晚清年间，中国与沙俄以及其他帝国主义国家签订了近千个不平等条约，每一个条约都在让步、妥协。因为不停地割地、赔款，大片领土从中国的版图上消失。列宁对此十分愤慨，他在 1919 年 7 月 25 日的《苏联第一次对华宣言》中宣称：

> 废除帝俄与中国、日本、协约国签订的一切秘密条约，帝俄政府在中国东北以及别处用侵略手段取得的土地一律放弃，废除帝俄在中国的领事裁判权和租界，放弃庚子赔款的俄国部分，放弃帝俄在中东铁路方面的一切特权。

列宁对中国的同情，也表现于他在 1920 年 9 月 27 日发表的《苏俄第二次对华宣言》当中：以前俄国历届政府同中国订立的一切条约全部无效，放弃以前夺取中国的一切领土和中国境内的一切俄国租界。遗憾的是，这一系列承诺尚未兑现，列宁就逝世了。1924 年 3 月，缺乏主权意识的中国北洋政府拿着这份宣言，要求苏联废弃旧约，提出领土要求时，却遭到了斯大林的拒绝。可以说，在中俄两个大国交往的历史上，关于订约与改约的话语权、主导权，始终都掌握在俄国或者苏联手中。毛泽东此去苏联，就是要打破和终结这个魔咒，要求斯大林放弃与蒋介石政府签订的协约，与毛泽东领导的新中国重新签一个新条约，并以此为准绳，开启两国间的平等交往。

而对于此次中苏谈判的艰巨性，毛泽东已有预料。他对随行的陈伯达、汪东兴等人说，不论是和斯大林交朋友，还是和斯大林谈判，都不会是简单的、一帆风顺的，而将是很艰难、很周折，甚至充满着复杂尖锐的斗争。由于共产国际的大本营在苏联，而中国共产党从一成立就在共产国际的领导之下。从某种意义上说，共产国际的指示就是斯大林本人的指示。虽然中国政府在与斯大林打交道的二十几年里，并没有赢得对方的好感，但是，随着蒋介石政权的趋于崩溃，中国革命胜利的日益迫近，毛泽东想到苏联访问学习，并请求苏联支持的想法也日益强烈。

早在 1939 年，抗日战争进入最困难的阶段，毛泽东和他的战友们就曾在延安的窑洞里讨论过旅顺对抗日战争的重要性。在整个抗战期间，日本人采取以战养战的策略，但其主要战争物资，包括兵员和弹药，则是从日本本土向中国运送。在这种情况

下，旅顺和大连港口作为重要通道，却没有得到蒋介石的足够重视，甚至几乎从不设防，从而使其成为日本进攻中国的可靠的战略后方。因此，毛泽东认为，一旦时机成熟，就要夺取和控制旅顺。到了1944年，抗日战场捷报频传，已经露出了胜利的曙光。这时候，毛泽东又和刘少奇、朱德等人说起了旅顺。他认为，等到抗战胜利了，把日本人赶走以后，要把旅顺的大门看好，不能让别的国家轻易打进来。他还说，现在就要着手研究海防，中国再也不能敞着大门任人侵犯了。可见，毛泽东对旅顺、大连看得很重。

但是，抗日战争结束之后，旅顺、大连的实际控制权在苏联方面，因此，毛泽东一直有造访苏联、学习谈判的意向。而在蒋家王朝尚未倒台之前，国际社会与中国共产党的接触并不方便。到了1948年，解放战争以摧枯拉朽之势席卷中国，蒋家王朝已陷入穷途当中，建立一个新中国已是指日可待。这时候，访苏一事似乎已顺理成章。尤其是从1947年夏天到1949年初，中苏两党的领导人开始有了来往。1949年1月，苏共中央政治局委员米高扬受斯大林委托，秘密访问了西柏坡，这是苏共领导人第一次踏上中国的领土，也是莫斯科迈出的未来和新中国缔结同盟的第一步。而中国共产党和苏联首次谈到旅顺和大连，就是在这次会面之时。

四个月后，刘少奇、高岗率中共中央代表团，以东北人民政府贸易代表团的名义出访苏联，这是自毛泽东成为中国共产党领袖以及共产国际解散以后，到苏联访问的第一批中国共产党领导人。

随着中国共产党在全国范围内军事胜利的持续扩大，建国问题提上日程，毛泽东开始正式考虑收回旅顺和大连的主权。1949年2月5日，斯大林给毛泽东发来电报：

> 随着中国共产党接管政权，形势将发生根本变化。苏联政府决定，撤销这一不平等条约。一旦同日本缔结和约，只要美国军队从日本撤出，苏联也将自己的军队从旅顺口撤出。但是，如果中国共产党认为应立即从旅顺口撤出苏联军队是适宜的，则苏联将准备满足中共的这一要求。

由于中国当时还没有海军，而且尚未完全打败蒋介石，还需要苏联军队为其守住旅顺海军基地，所以，毛泽东不赞成苏军马上从旅顺撤离，于是回信说：

> 现在不能从辽东撤军，不能撤离旅顺基地，这样会给美国提供可乘之机。撤军问题应该等到中国粉碎了反动势力，把人民动员起来，没收了外国资本，并在苏联的帮助下把国家治理得井然有序时再来考虑。一句话，等我们强大起来时，你们再离开中国，到时候我们要签订类似苏波条约那样的互助条约。

1949年，中共领导人密集访苏，一方面想向苏联请教建国经验，另一方面则想与苏联协商废除1945年签订的《中苏友好同盟条约》，重新签订新的条约，以收回苏联在华特权。这其间，斯大林曾经说过，新中国一成立，苏联立即就承认。1945年签订的"中

苏条约"是不平等的，因为那时总是与国民党打交道，不能不如此。新中国成立后，毛泽东即可来莫斯科，待毛泽东来莫斯科后再解决这个问题。

　　刚刚建国的开国领袖出访第一个国家苏联，一下吸引了全世界的目光，中国人民热切地期待着领袖出访结出伟大的果实。

一波三折的谈判

1949 年 12 月 16 日中午，当莫斯科北站时钟指针指向十二点时，毛泽东的专列正点到达。当天晚上六点，克里姆林宫的大门打开了，毛泽东和斯大林，两双改变时代命运的大手紧紧地握在一起。

当时，斯大林已步入古稀之年，须发已经花白，面部皮肤有些松弛。而当时，毛泽东才五十多岁，正年富力强。因此，斯大林握着毛泽东的双手，禁不住赞叹，你还很年轻，很伟大！你对中国人民的贡献很大，是中国人民的好儿子，我们祝愿你健康。斯大林对毛泽东的热情和尊重，让在场的苏共其他领导人感到惊奇。一直以来，斯大林对人都是那么深沉，威严，即使在罗斯福、丘吉尔面前也锋芒毕露。而今天，对待毛泽东却一反常态，露出少见的诚意与温暖。

毛泽东此次莫斯科之行，时间跨度为两个月十一天。历时两个多月的国家元首访问，举世罕见。这说明，此次出访，要解决的问题非常多而且特别重要，因而，其谈判也会是相当艰难的。在此期间，毛泽东与斯大林先后举行了三次会谈，如同打了三场大战役一般跌宕起伏。但最终，中国人民打赢了这场"战争"。

第一次会谈，是毛泽东到达莫斯科的当晚。在克里姆林宫，

中苏两国投石问路、互相摸底。所有的铺垫都完成后即进入主题，把此次谈判涉及的所有重要问题都摆在了桌面上。其中，最重要的两个问题是，缔结中苏友好同盟条约和归还旅顺、大连和中长铁路。在毛泽东看来，谈判的题目列出来了，主题也很明确，对中国来说就是抛砖引玉，一定要让斯大林先表态，他的立场、观点将主导着谈判的走向。但是，老谋深算的斯大林只是避实就虚、闪烁其词。他在等待最有利、最恰当的说话时机。

废除一切不平等条约和各国在华特权，是毛泽东确立的新中国外交的基本方针。但是，苏联与中共的特殊关系，使得新政权无法像对美英等西方国家那样强硬和决绝。因此，能否废除与苏联的不平等条约，成为对新中国外交的最大考验。正因为有这一层考虑，毛泽东的话说得很委婉，只是要求中苏之间签一个新的条约。但斯大林给予了否决，认为旧的条约或可修改，最好保留不动。尽管早有预料，但毛泽东似乎没想到，斯大林能出尔反尔得如此不留余地。斯大林随即面色一改，微笑着补充道，关于苏联在旅顺驻军问题，可以在名义上保留，实际上撤离，这个事情好办。毛泽东坚持说，现在最为紧迫的是缔结新约问题，从旅顺撤军倒在其次，可以缓办。他认为，缔结新约是纲，撤军是目，纲举目张——只要中苏缔结了新约，包括撤军在内的所有事情才都好办。因为二人在自己所坚持的范围相持不下，首次谈判不欢而散。

第二次谈判是在七天之后。在这漫长的七天里，毛泽东和斯大林都曾有过不眠之夜。这是斯大林平生第一次见到毛泽东。在此之前，他和蒋介石打过交道，直觉告诉他，眼前的这个政治对手似乎更加难以对付。因此，他私下里对莫洛托夫说过，毛泽东再不会让别人轻易在他那里获得利益，苏联以征服手段在中国取得领土和其他特权的光景过去了。

1949 年 12 月 24 日，毛泽东和斯大林举行了第二次会谈。依然握着大烟斗的斯大林绕开苏中条约问题，主要谈了越南、日本、印度等一些亚洲国家的事情。毛泽东非常焦急，只能主动出击，把签订新条约问题又提了出来，并且他说得无可辩驳：中苏旧约是苏联政府同蒋介石的国民政府签订的。蒋介石政权已经垮台，其旧约就不再有效，况且那还是一个不平等条约。苏联政府应当和新成立的中华人民共和国重新签订一个条约，这才是合情合理、顺理成章的事情。斯大林摇了摇头说，这个话题看似简单，实际上涉及好几个国家，我有难言之隐。

原来，苏联和国民政府之间的条约是根据苏、美、英三国签订的《雅尔塔协定》缔结的，《雅尔塔协定》中规定了有关千岛群岛、南库页岛、旅顺等几项重要条款，并且得到了美国和英国的同意。在这种情况下，对中苏旧约的任何一点修改，都可能给美国和英国提出修改《雅尔塔协定》中的有关内容提供法律借口——斯大林担心美英两国来找麻烦。所以，他反复强调，要寻求一种可行的，在形式上保留，而在实际上修改现行条约的办法。也就是说，为了不得罪美国和英国，形式上还得保留苏联在旅顺驻军的权利，但可以根据中国政府的要求，撤出那里的苏联军队，而且在名义上还得是"应中国政府的请求"撤出军队。

对此，毛泽东深表理解。他说，我们在研究缔结中苏新约时，没有考虑到美国和英国在《雅尔塔协定》中的立场，也没充分认

识到苏联在这个问题上的顾虑。现在，我们应该按照对共同事业有利的目标来行事，所以，不必修改条约，只要割断与美国、英国的关联，就可以重新签订一个中苏新约了。斯大林还是不停地摇头，不给予明确答复。这使毛泽东顿悟到，改变历史何其复杂，推翻任何一项国际间的协定或条约，都必将带来国际关系、国际局势的变化。而横亘在中苏之间的，恰恰是斯大林亲自参与制定的《雅塔尔协定》，让他否定自己谈何容易？但是，要想达到废除旧约、签订新约的目的，只有一条路，就是迫使斯大林亲自推翻由他自己亲自竖起来的雅尔塔巨石。

两次谈判都落空了，这让毛泽东非常不满，他拒绝苏联方面邀请他外出参观的安排，并且向斯大林派来看他的部长代表科瓦寥夫发了脾气。就在这个阶段，英国通讯社播发了一条消息，说毛泽东访苏十几天，却毫无中苏关系的实质性内容报道，因此推断，毛泽东被斯大林软禁了起来。这个消息石破天惊，使斯大林感觉棘手。他找到中国驻苏大使王稼祥，让他劝说毛泽东出来露个面，以消除为苏联方面带来的不良影响。同时，为了向全世界昭示他的无辜，斯大林在1950年1月1日，主动起草了一份以毛泽东名义答记者问的新闻稿。在这份文稿中，斯大林出人意料地写上了准备解决现有的中苏友好同盟条约，以及贷款、通商等各项问题的内容。看到这些内容，毛泽东转忧为喜，同意以他的名义发表。这样，不但有关毛泽东被苏联人软禁的谣言不攻自破，而且还为中苏谈判带来了新的转机。

其实，在闭门不出的日子里，毛泽东所有的行为都是在发战书，是他以极大的忍耐和毅力，通过明争暗斗，迫使斯大林同意缔结新约的过程。常言道，精诚所至，金石为开，中苏的前两轮会谈山重水复，这次终于迎来了柳暗花明的重大转机。1950 年 1 月 2 日，莫洛托夫和米高扬一同来到毛泽东的住处，询问毛泽东对中苏条约等问题的意见，并确定在 1 月 20 日至 1 月底前谈判签约。

毛泽东和斯大林的第三次会谈持续了两个小时，焦点问题还是签订中苏新约和苏联从旅顺撤军。虽然斯大林已改变观点，但是在谈判桌上又摆出了欲擒故纵的姿态。毛泽东抓住战机，不依不饶地反复阐明：

> 中苏关系在新的条约上固定下来，中国工人、农民、知识分子以及民族资产阶级左翼都将感到兴奋，可以孤立民族资产阶级右翼；在国际上，我们可以有更大的资本对付帝国主义国家，去审查过去中国和各帝国主义国家所订的条约。

三个回合缠斗下来，斯大林只好让步，同意与毛泽东签订新的中苏条约，毛泽东取得初步胜利。

当第三轮会谈的大局已定，毛泽东把接下来的事情委托给了周恩来。

1950 年 1 月 20 日，周恩来按照毛泽东的要求，带领中国政府代表团的李富春、刘亚楼、伍修权等人来到莫斯科。1950 年 1 月 23 日，中苏双方正式开始会谈。首先由苏方代表维辛斯基提出了《中苏友好同盟互助条约》草案。在这个草案中，仍规定中国长春铁路由中苏共同管理、经营，旅顺港等到对日和约签订以后再归还中国，而且没有提到大连港的问题。隔了三天，莫洛托夫又突

然提出一个关于大连港协定的草案，要求中国政府从大连港内划拨出一些码头和仓库转租给苏联，凡经大连港的苏联进出口货物均免征关税，大连的行政管理机关隶属中国，但港口正副主任的职务须由中苏两国人员轮换担任。在缔结对日和约前，大连港实行同旅顺海军基地一样的军事管制措施。这与毛泽东和斯大林会谈时已经明确表示过的态度和原则相背离，是苏联不愿放弃在东北各方面的特殊利益，以局部放弃旅顺为诱饵，在整体上与中国讨价还价。

毛泽东对斯大林的阳奉阴违极其不满，他让周恩来重新起草了一份草案，把谈判的方向再拨回正确轨道上来。经过与毛泽东反复商议，周恩来用了两天时间，主持起草了一个新的《关于中国长春铁路、旅顺口及大连的协定草案》，明确提出：

> 第一，中方主张立即一揽子解决所有协定的重新审议问题；第二，中方提议苏联放弃租用旅顺口作为海军基地的权利，放弃在大连和中长铁路的一切权力和利益，同时声明将上述所有权利和义务归还中华人民共和国；第三，中方要求目前由苏联临时代管或租用的在大连和旅顺口地区的一切财产，均由中国政府接收；第四，中方希望对日和约签订或本协定生效三年后，苏联政府即将中长铁路及其所属全部财产无偿地移交中国所有；第五，中方在同意苏军于对日和约签订后撤出的前提下，要求加上如果"由于某些原因阻碍了对日和约的签订，而本协定生效已超过三年期限且未再缔结相应的条约，则苏军将立即撤出旅顺口地区"等文字。

可以说，除了旅顺撤军问题外，中方草案几乎另起炉灶，完全推翻了苏方原来的方案。

周恩来起草的草案让斯大林颇感意外，苦苦思索怎样处理解决这个棘手的问题。经再三权衡，斯大林最终做出了重大让步，同意按照提交方案的基调办理，不要再节外生枝。他说，毛泽东和周恩来都是钢筋铁骨，是浑身长刺的人。

按照《关于中国长春铁路、旅顺口及大连的协定》规定，苏军于1952年底前撤出旅顺。1950年6月25日，朝鲜战争爆发，毛泽东致电斯大林，请求1952年底前苏军不要撤出旅顺口，斯大林同意了毛泽东的请求。随后，周恩来飞赴莫斯科，在中苏就延长共同使用旅顺口海军基地期限的换文中规定：

> 苏军撤退的期限予以延长，直至中华人民共和国与日本、苏联与日本之间和约获致缔结时为止。

在这场不到一个月的谈判中，中苏双方几经交锋，几多波折，终于迫使苏联基本放弃在华特权。

1950年2月14日晚六点，克里姆林宫的大厅华灯结彩，金碧辉煌，中华人民共和国和苏维埃社会主义共和国在这里举行了《中苏友好同盟互助条约》以及《关于中国长春铁路、旅顺口及大连的协定》等文件的签字仪式。当周恩来、维辛斯基分别代表中国和苏联政府签字时，毛泽东和斯大林就站在两位全权代表的身后。

新条约《关于中国长春铁路、旅顺口及大连的协定》有如下

规定：

第一条 缔约国双方同意苏联政府将共同管理中国长春铁路的一切权利以及属于该路的全部财产无偿地移交中华人民共和国政府。此项移交一俟对日和约缔结后立即实现，但不迟于一九五二年末。

第二条 缔约国双方同意一俟对日和约缔结后，但不迟于一九五二年末，苏联军队即自共同使用的旅顺口海军基地撤退，并将该地区的设备移交中华人民共和国政府。

第三条 缔约国双方同意在对日和约缔结后，必须处理大连港问题。至于大连的行政，则完全直属中华人民共和国政府管辖。

《中苏友好同盟互助条约》的签订，完整地收回了苏联在中国东北地区的特殊权益，并终结了1945年蒋介石政府签订的不平等条约，这对于巩固新生的中华人民共和国政权，保卫亚太地区乃至世界和平，都将发挥极其重要的作用，具有里程碑的意义。

1950年2月17日，毛泽东结束了访问莫斯科之行，带着胜利的果实，踏上了归国之途。当毛泽东成功访苏胜利回到北京后，整个中国为之沸腾，所有的城市和乡村都举行了盛大的庆祝集会和游行。旅顺和大连也沉浸在狂热的幸福当中，大人孩子一齐拥向街头，扭秧歌、踩高跷、跑龙船，人们紧紧相拥，尽情地挥洒着幸福与喜悦的泪水，像母亲怀抱里的孩子，脸上洋溢着满满的幸福与自豪。老人们见面，免不了寒暄几句，他们说，毛主席把咱旅顺从苏联人手里要回来了!

虽然是苏联红军帮忙,把旅顺从日本殖民统治中解放出来的,可是,从那以后,苏联的飞机、大炮、坦克、军舰又为这个城市制造了新的阴影。多灾多难的旅顺人,在自己的家园故土之上,却总会产生寄人篱下的飘零感。而这一回,他们真的等到了扬眉吐气、安居乐业的日子,终于迎来了真正当家做主人的那一天。

地"水兵俱乐部"前的大操场上隆重举行。中国海军接收分会负责人罗华生、苏联海军旅顺基地司令库德良夫切夫，分别代表本国在《辽东半岛协议地区海军防务交接证书》上签字，交接证书郑重宣告，苏联海军已将辽东半岛协议地区的海军防务移交中国人民解放军海军，并自 1955 年 4 月 15 日 23 时 0 分起，由中国人民解放军海军旅顺基地负责该地区沿岸之防务。

紧接着，让旅顺人、大连人和全国人民激动不已的时刻来临了，平静的水兵俱乐部操场骤然响起军乐队演奏的高亢嘹亮的乐曲，按照预定程序，军乐队演奏苏联国歌，国歌声落，苏联国旗从旗杆上缓缓降下。然后，军乐队演奏中国国歌，鲜艳的五星红旗在军乐声中冉冉升起——此时此刻，人们再也抑制不住激动的心情，欢呼着、跳跃着，任凭泪水滚滚流下。

1955 年 4 月 15 日，注定是个特殊的好日子，交接仪式刚结束，便接到国务院发来的命令：

中国人民解放军海军旅顺基地，正式编入中国人民解放军序列。

授予中国人民解放军海军旅顺基地番号，隶属海军建制，代号为，中国人民解放军 1006 部队。任命接收分会负责人罗华生为旅顺基地司令员，彭林为政治委员。

从这天起，基地官兵正式担负起了旅顺地区的防务，结束了半个多世纪以来一直由外国人统治和管辖的历史。自 1895 年 4 月中日《马关条约》签订，旅顺和整个辽东半岛被割让于日本，到

春望回归路

　　人有悲欢离合，月有阴晴圆缺。历史发展的路径从来都不是笔直的，总会伴有千折百转。而人世间事情的变化从来都不以人的意志为转移，总是会被这样那样的偶然事件所左右。当旅顺的回归正按照《中苏友好同盟互助条约》和《中苏关于中国长春铁路、旅顺口及大连的协定》规定，顺理成章地向前推进时，风云突变，朝鲜战争爆发，把1952年底前旅顺的回归之路生生切断了。

　　朝鲜半岛历史悠久，同时，局面也比较复杂。公元十世纪初，高句丽王朝统一了朝鲜半岛，又于十四世纪末为李氏王朝所取代，改国号为朝鲜。公元1910年，朝鲜沦为日本帝国主义的殖民地。1945年日本投降后，苏联、美国以北纬三十八度线为界，分别进驻朝鲜的北半部和南半部，又于1948年和1949年分别撤出。之后，1948年8月，朝鲜半岛南部成立了大韩民国，1948年9月，朝鲜半岛北部成立了朝鲜民主主义人民共和国。从那以后，朝鲜半岛南北部统一的问题就成了一个历史的大课题。

　　1950年6月25日，朝鲜对韩国不宣而战，8月中旬就占领了韩国百分之九十的领土。同年7月7日，美国通过八十四号决议，派遣联合国军队支援韩国，抵御朝鲜的进攻。接下来的9月15日，以美国为首的十六个国家组成的联合国军在仁川登陆，开始对朝鲜军队进行大规模反攻。朝鲜军队被打得溃不成军，遂向苏联和中国请求援助。

就在朝鲜战争爆发当天晚上七点钟，美国总统杜鲁门召开紧急会议，做出了出兵朝鲜的决定。为了保卫新生的红色政权，中国也很快做出了派兵入朝作战的决定。但在当时，中国并没有海军和空军，而美国大兵压境，正虎视眈眈地瞄准着中国东部沿海。在这种情况下，有着强大海空势力的苏联军队若从旅顺撤走，我国的东北海防就会呈现洞开之势。因此，毛泽东在 1952 年 3 月 28 日致电斯大林：

> 鉴于目前朝鲜半岛和台湾地区形势，我们认为中国政府有根据，也有必要请苏联政府让苏军留在旅顺口地区，并在 1952 年底不撤出旅顺。

斯大林很快就给毛泽东回电，同意了这一要求。就这样，中苏签署了《关于延长共同使用中国旅顺口海军基地期限的换文》，双方就 1952 年底前苏军不从旅顺撤走达成了共识。

之后，朝、中、美三方于 1953 年 7 月 27 日，在板门店签署了《朝鲜停战协定》，中国人民志愿军撤离朝鲜。

1954 年，是新中国成立五周年。斯大林逝世后，赫鲁晓夫继任苏共中央第一书记。1954 年 9 月 29 日，赫鲁晓夫率苏联政府代表团来到北京，参加了中华人民共和国建国五周年庆祝活动之后，毛泽东与赫鲁晓夫就中苏关系、国际形势及旅顺撤军问题举行了

会谈。赫鲁晓夫主动提出要从旅顺撤军，表态说，如果我们的部队从旅顺撤走，还会驻扎在不远的符拉迪沃斯托克。假如你们遭到攻击，我们很快就可以前来救援。停了一下，他又强调，中国作为一个独立的主权国家，不应驻有外国军队。我们的军队1952年没有依约从旅顺撤走，是应中国政府的要求。现在，形势发生了变化，要研究撤军问题。

因此，1954年10月12日，在北京中南海颐年堂，中苏两国举行了隆重的签约仪式，并签署了《关于中苏会谈的公报》和《关于旅顺口海军根据地问题的联合公报》。公报指出：

> 中苏双方议定，苏联军队自共同使用的旅顺海军基地撤退，并将该地区的设备无偿地移交中华人民共和国政府。苏联军队的撤退和旅顺口海军根据地地区的设备移交中华人民共和国政府，应于1955年5月31日前完成。

至此，苏联军队撤离的时间终于确定。

旅顺回归母亲怀抱，无疑是一件幸福而美好的事情。而与撤离有关的活动和内容太多，过程也是复杂、冗长的。但是，恰恰是这样一个复杂的交接过程，又抒写了一段别开生面的旅顺浪漫史。

为了做好苏军撤离过程中的交接工作，国务院总理兼外交部部长周恩来担任了整个接收工作的总指挥。从联合公报发表的那一天起，他就把接收旅顺列入重要工作日程，制订了完整严谨的工作计划。这个计划里有一个特殊的活动安排，就是在苏联建军节到来之际，对驻守旅顺的苏军进行慰问。1955 年 2 月 24 日，是苏联建军节，中国政府派出了慰问团，由国务院副总理兼国防部长彭德怀为团长，宋庆龄、贺龙、聂荣臻、郭沫若等为副团长。慰问团来到旅顺之后，身为副团长和全国人大常委会副委员长的宋庆龄兴致勃勃地参观了历经沧桑的旅顺港和苏军舰艇部队，参加了正要兴建的中苏友谊塔的奠基仪式，并为旅顺博物馆的奠基石培土。她还亲自撰写了名为《一件有历史意义的事》的文章，发表在 1955 年 3 月 30 日的《人民日报》上。

自 1955 年 2 月底开始，中苏两国部队装备交接全面展开。遵照中央军委的指示，在有关部队中对官兵进行"学习好、交接好、团结好"的教育，并将选定的接防部队陆续从全国各地开进旅顺。

1955 年 3 月中旬的一天，旅顺火车站迎来了第一批负责接收的组建部队，他们是从朝鲜战场直接开拔到旅顺的第三兵团的官兵。当火车缓缓在旅顺车站停下，从车厢里拥下来的全是身着陆军棉军装的军人，个个背着背包，挎着冲锋枪。当他们看到身着蓝呢制服、头戴大檐帽的苏联海军官兵，多么希望也能立刻换上一身崭新的海军军装啊。那时候，营区大多建在山沟里、山坡上，在散落的营房之间，又没有像样的路，彼此间交通来往，都要爬坡转弯，走上很远。但就是这样的营房，新来参加组建的部队也住不进去，因为苏军还没有走，营房都占着。所以，接防的部队大部分住在仓库、地下室，还有些住在临时搭建的简易帐篷里。与之相比，苏军吃的是海军专灶、面包、西餐，而中国的陆军部队官兵吃的是发涩的高粱米，刚从朝鲜战场走下来的官兵们，还未来得及休整，就又过上了另一番艰苦的生活。但是，他们从枪

林弹雨中归来，也曾经历过流血牺牲，这一点苦和难并不算什么。这些人不但能以大无畏的革命乐观主义精神面对着眼前的困难，而且所有人只有一个信念，要尽快进入角色，完成好党和人民交给的新的任务。

在先期来到旅顺的一万多名官兵中，只有少数骨干来自华北、中南军区海军和青岛海军基地，绝大部分是从天津、沈阳等地来的陆军和公安部队，对海和海军是陌生的。为了尽快熟悉装备，掌握必备的海军技术，各编队领导遵照国家要把苏军的一切先进经验、先进技术学到手的指示精神，把部队组织起来，本着兵对兵、将对将，接什么、学什么的原则，拜苏联官兵为师，争分夺秒、夜以继日地学习钻研。在那段不寻常的日子里，中国官兵的热情很高，学得很刻苦。苏军官兵责任心很强，教得很认真。那时候，旅顺成了一个大课堂，从山头到海上，从车站到军港，到处是一派热气腾腾的学军事、练技术的生动景象。

旅顺近代历史的厚重，决定了中苏在这里的交接，一定包括具有深刻含义的友谊的表达，而最适合、最能够表达这种友谊情感的物件，就是在旅顺的土地上建造解放塔、胜利塔和中苏友谊塔。

1945 年冬天，旅顺被苏联红军解放之后，很快进入苏军接管时代。脱离战火的旅顺平静下来了，获得自由的旅顺人民要把自己的感恩之情表达出来。于是，友谊和友好作为中苏关系的特旨，体现在日常的生活里，融入人们的情感中。人们把原来的日式街道名称全改了，取而代之的是解放街、友好街等等，并在白玉山东麓的空地上平整出一个崭新的公园，取名为友谊公园。自从公园建成之后，旅顺的大人孩子，还有苏军的官兵，每天都络绎不绝地来到园中散步、游玩、赏景，小小的公园充满了欢乐而友好的气氛。大连市也把原来的广场改名为友好广场，把以前的电影院改名为友好电影院。就连新建的医院，也取名叫友谊医院。后来，旅顺人仍觉得不够，希望增设一些更具纪念意义的建筑，于是又有了一座能够见证中苏人民友谊的塔。这座塔只有十二米高，但却建设得坚实雄浑。其底座用花岗岩砌成，下方雕有一面红旗，旁边还雕刻着辽东半岛地图。塔基底座上用中苏两种文字刻写着：感谢从日本帝国主义奴役下解放旅顺的苏军——旅顺全体人民敬献，1949 年 9 月 3 日。这一天，恰是中国抗日战争胜利四周年，同时也是苏军接管旅顺四周年的日子。后来，这座塔被旅顺人民亲切地称为解放塔。

离开的日子一天天迫近了，苏军官兵的惜别之情也一天天在加浓。四月中旬，春天已经到来，但花儿还未绽放，旅顺还有些寒意。一个星期天的早晨，是第一批苏军离开旅顺的日子。只见一个连的苏军官兵排着整齐的队伍，每人手里捧着一束松枝，向友谊公园走去。他们来到解放塔前，把手里的松树枝轻轻地摆放在塔基上，不大一会儿，解放塔就被绿色的松枝簇拥着，显得格外庄重。苏军官兵摆放完松枝又重新列队，振臂高呼，中苏友谊万岁！

围绕着中苏交接，苏军撤离，1955 年，旅顺又兴建了两座纪念塔。一个是中国政府决定在旅顺修建的中苏友谊塔，另一个是苏联政府决定建造的胜利塔。

中苏友谊塔选址在太阳沟中心广场。1955 年 2 月 23 日，中苏友谊塔奠基仪式在旅顺隆重举行。解放塔是旅顺人自己兴建的，中苏友谊塔是国家行为，不仅建筑规格高，奠基仪式也分外隆重，

国务院总理周恩来亲自到来，为奠基碑题字。中华人民共和国副主席宋庆龄和彭德怀、贺龙、聂荣臻三位元帅，中苏友好协会主席郭沫若等领导出席奠基仪式，并亲自执锹为奠基石培土。该塔于 1955 年 10 月 29 日破土动工，1957 年 2 月 14 日，也就是《中苏友好同盟互助条约》签订七周年纪念日这一天完工落成。

中苏友谊塔高二十二米，塔座的四面设有阶梯，周围有栏杆环绕。栏杆的立柱上雕刻着盛开的牡丹、飞翔的鸽子以及朵朵白云，坚实雅致中透着祥瑞和谐。两层正方形的塔基都是花岗岩砌成的，四面镶嵌着汉白玉浮雕，内容是天安门、克里姆林宫、鞍钢高炉、旅顺解放塔、中苏友谊农场等等。塔基的上方环绕着塔身雕有神态各异、栩栩如生的中苏两国人物群像，突出和彰显了中苏友谊这个主题。塔身由十二面柱形构成，全部用名贵的雪花理石雕砌。塔的顶端是用雪花理石雕刻的一朵盛开的莲花，托着中苏友谊徽章和一只展翅欲飞的鸽子。在清新幽静的太阳沟中心广场高高耸立的中苏友谊塔，周围被四季常青的龙柏环抱，把洁白的友谊塔衬托得十分壮丽。

旅顺的龙河上有一座解放桥，过了这座桥，呈现在人们面前的就是太阳沟的友谊路和斯大林路，在这两条路东端交会处的街心公园中，矗立着一座非常壮美的塔，这就是苏联人为中苏友谊修建的胜利塔。这座塔从设计到建造，再到施工，都是由苏军自己完成，连名字也是苏联人自己取的。

胜利塔全部由花岗岩砌成，塔身四十五米，呈五角形。塔的基柱由五根六角柱和十根八角柱构成。塔内有一百七十八级水泥阶梯，可盘旋直达塔顶的两层平台。塔顶立有十五米高的钢制镀金塔尖，上面镶着一颗被金色稻穗环绕着的红星。塔身下部镶嵌着钢板，上面刻着中苏两国文字，褒扬了苏联武装力量从日本侵略者手中解放了中国东北的成就，也讴歌了两国人民的友谊。

这座塔是 1955 年 3 月开工的，过了两个月，苏军就从旅顺撤离，许多守卫旅顺的苏军官兵并没有目睹建成后的胜利塔的风采，这成了他们后来的向往和期待。

胜利塔建成之后，苍松翠柏环绕，蓝天白云映衬，成为旅顺太阳沟最高的地标性建筑，在阳光照射下发出耀眼的光亮，但同时也会在身后留下一道长长的影子。而这道影子里，还埋藏着一段让中国人民不愉快的插曲。

虽然胜利塔是苏联人设计建造的，也是经过国家允许的，但建塔应该遵循的是两国间互相理解、彼此尊重是基本准则。可是，苏联人在建设这座塔的时候，却有意凌驾于中国人之上，将胜利塔的高度确定为四十五米，要远远高于中国所建造的二十二米的中苏友谊塔的高度，甚至是后者的一倍，这令许多旅顺人感觉到不平等、不和谐。为此，中国方面曾经暗示和提醒过苏联，但是他们不为所动，依然我行我素。综合他们的种种表现，难免不让人得出，俄罗斯人自认是优等民族，要从各方面压中国人一头的霸权主义思想。

在中苏交接的大名单中，旅顺博物馆也是非常重要的一个项目。旅顺博物馆并不大，可是它的文化半径不仅超越了旅顺和大连，也超越了中国和东北亚。它所承载的文化内涵和分量，在世界范围内也是不可或缺的。巧的是，博物馆也坐落在太阳沟内，和中苏友谊塔紧挨着。对旅顺博物馆的价值地位，郭沫若评价说，它

是博物馆大楼，其实并不算大。但就是这幢不太高大的历史博物馆，装载了旅顺五千年的历史，装载着半部中国近代史。

在旅顺，有诸多俄国人和日本人接力建造完成的重要建筑，旅顺博物馆就是其中之一。最早，这座建筑是俄国人所建的陆军将校会馆，但没等完全建成，便爆发了日俄战争。日本人来了以后，他们的设计师前田松韵觉得，在这么好的地方建娱乐会馆太可惜，因此，他逐渐形成了要在这里建造博物馆的构想，于是就大刀阔斧地对俄国人的设计进行了修改，把奢侈华丽的休闲娱乐式会馆变成了庄重典雅的博物馆。1916 年，原俄军将校会馆改建工程正式启动，两年后的 1918 年 11 月 22 日，"关东都督府博物馆"在太阳沟正式开馆。

1919 年，日本天皇发布敕令，撤销关东都督府，改设关东厅，它便改名为关东厅博物馆。1934 年，日本天皇再次发布敕令，将关东厅改为关东州厅，它又改为旅顺博物馆。1945 年秋天，苏联把日本人赶走，接管了旅顺。当时，博物馆的日本馆长岛田贞彦并没有马上离开，他向苏军详细地做了各项交接。后，苏军又把博物馆的名字改为旅顺东方文化博物馆。1950 年，在与中国签订了《中苏友好同盟互助条约》之后，苏军于 1951 年 1 月，把博物馆正式向中国做了移交，并举行了正规的交接仪式。就在那一天，紧挨着博物馆的动物园和植物园也被一并收回。博物馆归属中国之后，第一件事还是改名，于是，旅顺东方文化博物馆又改为了旅顺历史文化博物馆。到了 1954 年，名字又一次改回去，仍叫旅顺博物馆。

1955 年 4 月 15 日，中苏两国海军防务交接签字仪式在海军基

1955 年 4 月，旅顺在热烈友好的气氛中顺利完成与苏军的交接，整整过去了六十年，旅顺终于回到了母亲的怀抱，旅顺港终于掌握在中国人民自己手里了！

举行交接仪式的当天，旅顺城乡各界群众不约而同地举家欢庆，纪念这一盛大节日。那些饱经风霜的老人，一边流着幸福的泪水，一边抚今追昔，和晚辈们述说着已经过去但并不遥远的战争和离乱。让他们记住曾经的苦难，并不是播下仇恨的种子，而是要珍惜来之不易的今天。冬天的积雪和春天的花瓣，循环交替，翻滚的炮火和悠扬的涛声，此起彼伏。战争和离乱带来流血和痛苦，但也激扬着正义与坚强。不堪回首的岁月，都是那个年代人们的亲身感受和目睹的现实，人们觉得，这是需要和值得向和平年代的晚辈们讲述的真相。而讲述就是一种重新找回的过程，就是以过上幸福生活的晚辈们的视角找回时间，找回记忆，找回那些陌生而真切的生命。

1955 年 5 月 16 日，太阳刚刚升起，水兵俱乐部前的大操场上就聚满了人，他们含着热泪仰望着在微风中飘扬的五星红旗。这里的人们见过清王朝的龙旗，见过日本的太阳旗，见过沙俄的双头鹰旗，见过苏联的镰刀斧头五角星旗。虽然这些旗帜的颜色、样式不同，但都代表着侵略、统治和压迫。如今，旅顺人第一次在这片土地上看到光彩夺目的中华人民共和国国旗，在这面旗帜下，旅顺人成了真正的主人，可以在这片土地上按照自己的意志建设自己的家园，开创自己的事业，他们的生命中从此有了真正的自由、幸福和欢乐。

六十年岁月，六十载风云，旅顺这个从远古走来的军事要塞，在阅尽沧桑，写满传奇后，走进了阳光，迎来了春天。昨天的旅顺有伤痛，有抗争，今天的旅顺，前景光明，令人向往。旅顺人将把储存已久的希望与信仰，凝成热爱与追求和平的永恒乐章，并将在自己的年轮上镌刻出新的辉煌。

后　记

　　一些创造性的行动，往往源于热爱所产生的灵感，而我写《铁血旅顺》这本书，来自一篇深深打动我的文章。

　　2013年秋天，好友王旦轲送我一本他刚出版的新书《倚剑寻境》，里面有一篇纪实文章《仰视旅顺口》，这个题目一下把我吸引住了。认真拜读之后，心情很不平静。这些年，看到不少有关旅顺的专著和文章，第一次见到"仰视"的字眼。我马上打电话向他请教，为什么不展开写一个长篇纪实？他说，苦于资料有限，思考也不够深，还难以写成长篇，希望我能沿着"仰视"的逻辑和方向写一个长篇纪实，把旅顺从前的屈辱和抗争精神，深深烙印于人们的记忆，让"铁"与"血"的历史，永远砥砺我们前行。

　　《仰视旅顺口》这篇文章让我在感动之余，真的动心了。于是，我开始着手收集整理、研究有关旅顺的史料。我的想法很明确，要写一部让旅顺扬眉吐气、震撼人心的作品。

　　话好说，事难做。从2013年初到2016年初，三年时间，我收集到的有关旅顺的专著、地方志和其他资料，加在一起有两千三百多万字，已经堆成了一座小山。一头扎进资料堆里，得能消化得了，再走出来。走不出来，就会迷失在那座小山里，写出来的旅顺肯定是照猫画虎，既扬不了眉，也吐不了气，更无法震撼人心。我想，这部书一定不是求证式的，点滴不漏地堆砌资料，而是要深刻提炼和准确把握主导旅顺历史走向的事件的内核。并且，对于读者来说，人们不仅要了解东方第一要塞的地标，更要读懂旅顺奇迹的密码。于是，我对着那一堆让人望而生畏的资料，做了去粗取精的精细化处理，滤掉杂质，提纯精华。

三年做下来，很苦，很累，很焦虑，但也把我的心灵唤醒了，这叫天道酬勤，也可以用茅塞顿开来形容。我真切地看到了以前没有看到的东西，认识到了以前未曾重视的事物，领略到了以前没有悟透的道理。在动手写作之前，我从资料堆里走了出来，找到了极其重要而关键的两条思想脉络。

第一条脉络是，旅顺这里发生的所有故事都是镶嵌在"军事要塞"这个重要的头衔之上的。要塞是沃土，是根脉，赋予了旅顺不一样的责任和使命。作为军事要塞，旅顺的历史是分阶段的，覆盖了时光的每一个层面，每一个角落，那里隐藏着色彩，也隐藏着苦难。这些苦难辉煌的历史画卷总是浮现在我的眼前，挥之不去。

第二个脉络是，旅顺发生的故事，都映刻在中国和世界的背景里。背景是天地，是舞台，它们共同赋予了旅顺以格局和情怀。黑格尔说过，事物一旦获得理想背景，诗就出现了。引申到对旅顺的认知，可以说，一旦把旅顺放在中国和世界这个理想背景下加以观察，非同寻常的价值意义就涌现出来了。洋务运动领袖李鸿章为对抗西方列强的海上入侵，在修建旅顺北洋海军基地的

十五年里，先后十一次来到旅顺，大连湾、金州城都留下了他的足迹。大连湾那儿至今还有李鸿章曾经走过的小桥，被称为鸿章桥。民族英雄邓世昌曾经在旅顺、大连湾、三山岛水域训练，守卫旅顺十四个春秋。大东沟海战中，他为维护国家尊严，保卫旅顺安全，英勇捐躯……日俄战争爆发后，旅顺也吸引了全世界的目光，那些人类历史上著名的政治家、思想家，纷纷为旅顺的命运，注入了自己的心声，也投下了自己的筹码……所有这一切，在我的写作过程中与我相随相伴，常常让我心潮澎湃，甚至夜不能寐。

同时，旅顺又是一个人们了解中国和世界的窗口。在某种意义上，可以说，历史背景决定了旅顺的高度，也决定了《铁血旅顺》这本书的价值。因此，我写作旅顺的一个重要目的，就是要告诉人们旅顺与世界的关系，揭示旅顺受世界影响而又牵动世界的大观要义。

写旅顺，苦难和屈辱是绕不开的一个话题。长久以来，苦难和屈辱这四个字，让旅顺人背负着沉重的包袱而不能释怀。但是，这个苦难和屈辱又何尝不是国家、民族苦难历史的一部分？它不是旅顺人自己制造的，而是一个王朝衰落之时，内忧外患共同作用的结果。如今，我们用历史的、客观的眼光去看待，就会发现其因果和转化的可能。并且，对于旅顺来说，苦难和屈辱磨砺了它的意志；对于国家来说，苦难和屈辱唤醒了民族救亡图存的群体意识；对世界来说，苦难和屈辱催生和推进了人类解放事业的蓬勃发展。由此看来，旅顺所创造的，是另一种意义上的辉煌。

我写就了《铁血旅顺》这本书，但富有强大生命活力的旅顺历史不是由作家创作，而是由旅顺一代又一代先辈们用他们的身躯和灵魂创造的，从中可以窥知他们不可征服的力量，不可磨灭的功绩，这正是旅顺历史本身丰富而灿烂的精华。

研究历史，没有终点。对于历史的变迁，我们可以伤感，也可以反思，但更多的应是对后人的激励，因为历史永远都是写给未来的。当代以及后来人们的责任，就是让旅顺留下的精神财富，在打捞现实与开拓未来的奋斗中，得到淋漓尽致的释放。

作为一个热爱旅顺的大连人，写书如此，夫复何求？

2020 年 8 月 18 日 大连

铁血旅顺
LVSHUN ON
THE MARCH